Wenn die Schatten fallen

Weltbild Taschenbuch

Die Autorin

Kay Hooper lebt in North Carolina. Sie ist die preisgekrönte Autorin zahlloser Bestseller, ihre Bücher wurden weltweit über sechs Millionen Mal verkauft. Das erfolgreiche und etwas andere Profiler-Team um Noah Bishop taucht gleich in mehreren verschiedenen Thrillerserien Kay Hoopers auf.

KAY HOOPER

Wenn die Schatten fallen

Thriller

Aus dem Amerikanischen von
Susanne Aeckerle

Weltbild

Die amerikanische Originalausgabe erschien 2000 unter dem Titel
Out of the Shadows bei Bantam Books, New York.

Besuchen Sie uns im Internet:
www.weltbild.de

Übersetzung: Susanne Aeckerle
Redaktion: Christine Schlitt
Umschlaggestaltung: zeichenpool, München
Umschlagmotiv: www.shutterstock.com
Druck und Bindung: CPI Moravia Books s.r.o., Pohorelice
Printed in the EU
ISBN 978-3-86365-296-8

2015 2014 2013 2012
Die letzte Jahreszahl gibt die aktuelle Ausgabe an.

Für meine Schwester Linda
und ihre mutigen neuen Vorhaben,
privat wie beruflich

Prolog

Mittwoch, 5. Januar 2000

Eigentlich hätte sich Lynet Grainger nicht zu ängstigen brauchen. Gladstone war eine sichere Stadt, war es immer gewesen. Mochte auch der Rest der Welt verrücktspielen, Schüler in ihren Schulen herumballern und frustrierte Angestellte an ihrem Arbeitsplatz Amok laufen, Autos geklaut und Kinder entführt werden, in Gladstone passierte so etwas nicht.

Niemals.

Allerdings passierte hier auch sonst nicht viel, zumindest bis vor Kurzem.

Auch schon vor dem Bau der neuen Umgehungsstraße im vergangenen Jahr – die Gladstone tatsächlich völlig links liegen ließ –, war die kleine Stadt nicht mehr gewesen als ein Ort, in dem man zum Tanken anhielt oder auf der Durchreise nach Nashville zum Übernachten in der Bluebird Lodge abstieg. Jedenfalls würde man hier nicht länger als nötig Station machen. Es war nur ein Fleck auf der Landkarte, nicht hoch genug in den Bergen gelegen, um für Touristen als Wintersportort attraktiv zu sein – obwohl das Logo der Bluebird Lodge trotzig aus zwei gekreuzten Skiern bestand –, und doch wieder nicht weit genug von den Bergen entfernt, um sich guten Acker- oder Weidelandes rühmen zu können.

Es war eben nur ein kleines Tal. Die Industrie bestand aus einer am Fluss gelegenen, übel riechenden Papiermühle, in der ein Großteil der ansässigen Arbeiter beschäftigt war. In der Stadt selbst gab es ein paar kleinere Firmen: Autohäuser, Immobilienagenturen und Geschäfte, wie es sie überall gibt.

Zum Glück war Gladstone nicht so klein, dass jeder genau wusste, was der Nachbar tat – aber doch fast so klein. Nur die Videothek in der Innenstadt war an Unterhaltungswert dem Klatsch und Tratsch überlegen.

Daher war es eine Riesensensation, als die knapp vierzehnjährige Kerry Ingram vor einigen Monaten anscheinend von zu Hause ausriss. Viele behaupteten, damit sei zu rechnen gewesen, da Kerrys älterer Bruder vor einigen Jahren das Gleiche getan hatte, um in Nashville sein Glück als Sänger zu versuchen (was darauf hinausgelaufen war, dass er eine Frau und zwei kleine Kinder mit einem Mechanikerlohn durchbringen musste). Es sei eben die Art von Familie, hieß es, die ihren Kindern keinerlei Anhänglichkeit an ihre Heimatstadt vermittelte.

Doch schon damals hatte sich trotz dieser Gerüchte ein gewisses Unbehagen breitgemacht, noch bevor sich herausstellte, was wirklich mit Kerry passiert war. Denn ungefähr zur gleichen Zeit, als sie verschwand, war kaum mehr als hundert Meilen entfernt in Concord etwas sehr Unheimliches passiert. Lynet kannte die genauen Einzelheiten zwar nicht, aber man sprach davon, dass ein grässlicher Mann Frauen verfolgt und vergewaltigt hätte und erst gefasst worden sei, als man eine Spezialeinheit des FBI einschaltete.

Zu gerne hätte Lynet einer solchen Einheit beim Einsatz zugesehen. Sie interessierte sich für die Arbeit der Polizei, und nachdem Sheriff Knight letzten Frühling beim Career Day so geduldig Lynets Fragen beantwortet hatte, war ihr Interesse nur noch gestiegen. Zumindest bis zu dem Zeitpunkt, als Kerry Ingrams Leiche gefunden wurde und sich einige Details herumgesprochen hatten.

Lynet hatte sich richtig elend gefühlt, als sie die Einzelheiten gehört hatte. Sie redete sich ein, das Ganze ginge ihr nur deshalb so an die Nieren, weil sie Kerry tatsächlich gekannt hatte, und nicht wegen eines schwachen Magens, der ungeeignet war für die Arbeit einer Polizistin oder besser noch einer FBI-Agentin.

Nein, es lag nur daran, dass sie Kerry gekannt hatte, die nur eine Klasse über ihr in der Schule gewesen und jeden Tag mit demselben Schulbus gefahren war. Und weil sie sich so lebhaft an die glänzende Schleife erinnerte, die Kerry immer im Haar trug, und an ihr schüchternes Lächeln, wenn einer der Jungs sie ansprach. Und sie erinnerte sich daran, wie stolz Kerry gewesen war, dass sie zu den Jahrgangsbesten zählte, denn Mathe fiel ihr ziemlich schwer, und sie hatte sich wirklich anstrengen müssen in diesem Jahr …

Lynet verdrängte diese Erinnerungen und sah sich misstrauisch um, während sie forsch den Gehsteig entlangging. Nahezu alle Geschäfte in der Innenstadt hatten wie üblich auch an diesem Mittwoch zeitig geschlossen, und um neun Uhr abends waren weder Autos noch Fußgänger unterwegs.

Trotzdem, es gab keinen Grund für Lynet, sich zu ängstigen. Sheriff Knight hatte gesagt, die arme Kerry sei wahrscheinlich ausgerutscht und in diese schreckliche Schlucht gefallen, in die sonst Abfall gekippt wurde. Jedenfalls hatte man dort Kerrys Leiche gefunden. Doch Lynet hatte darüber munkeln gehört, was man Kerry möglicherweise angetan hatte, bevor sie starb. Und auch wenn es sich dabei nur um wilde Spekulationen handelte, waren die doch dazu angetan, einem Mädchen Angst zu machen, das nach Einbruch der Dunkelheit allein unterwegs war.

An der Ecke Main Street und Trade Street blieb sie stehen und überlegte kurz, ob sie wie sonst die Abkürzung durch den Park nehmen sollte. Sehr kurz nur. Besser, ich bleibe auf dem Gehsteig im Licht der Straßenlaternen, dachte sie, auch wenn dadurch der Heimweg eine Viertelstunde länger dauert.

Also marschierte sie weiter, ärgerte sich über sich selbst, dass sie in der Bibliothek so lange herumgetrödelt hatte, und sehnte ihren sechzehnten Geburtstag herbei, damit sie endlich mit dem zerbeulten Honda ihrer Mutter fahren konnte, statt überallhin zu Fuß gehen zu müssen.

»Lynet, was in aller Welt machst du noch so spät hier draußen?«

Vor Schreck blieb ihr fast das Herz stehen, und sie presste sich unbewusst mit einer dramatischen Geste die Hand an die Brust, als stünde sie kurz vor dem Herzinfarkt. »Ach, Sie sind es! Mein Gott, haben Sie mich erschreckt!«

»Das tut mir leid. Du solltest so spät nicht mehr unterwegs sein. Wieso bist du nicht zu Hause?«

»Ich musste an den Computer in der Bibliothek. Sie wissen ja, dass ich noch keinen eigenen habe.«

»Gut, aber nächstes Mal lass dich von jemandem heimfahren.«

»Mach ich.« Lynet lächelte freundlich. »Wir können bis zur nächsten Ecke zusammen gehen. Das ist doch auch Ihr Weg, nicht?«

»Ja.«

»Prima. Zu zweit wird uns niemand belästigen.«

»Nein, bestimmt nicht.«

»Ich bin überrascht, Sie hier draußen zu sehen«, plauderte Lynet munter weiter. »Gehen Sie spazieren? Ich weiß, einige Leute tun das, um sich ein bisschen zu bewegen. Aber nur im Sommer, dachte ich.«

»Heute Abend ist es nicht kalt.«

»Ihnen ist nicht kalt? Mir schon. Doch flott zu gehen hilft etwas. Wenn wir schneller …« Lynet machte einen weiteren Schritt und blieb stehen, als sie erkannte, was da auf sie gerichtet war. »Oh«, brachte sie benommen hervor. »Oh nein. Sie …«

»Du weißt, was das ist. Und was man damit tun kann.«

»Ja«, hauchte Lynet.

»Dann wirst du also mit mir kommen und keinen Ärger machen, nicht wahr, Lynet?«

»Tun Sie mir nicht weh. Bitte, nicht …«

»Es tut mir leid, Lynet. Wirklich.«

1

Donnerstag, 6. Januar

Die Leiche war schon mindestens zwei oder drei Tage der Witterung ausgesetzt gewesen. Und über die Lichtung mussten sich Dutzende von Pfoten- und Klauenspuren gezogen haben, bevor der heftige Regen der letzten Nacht sie fortgewaschen hatte.

Es sah nach einem langen, kalten Winter aus, und die Tiere waren hungrig.

Deputy Alex Mayse fröstelte, während er sich vorsichtig an dem einzigen gerichtsmedizinischen »Experten« der Stadt vorbeidrückte, einem jungen Arzt, den man zum Gerichtsmediziner gemacht hatte, weil sonst keiner den Job wollte. Der Arzt kroch auf allen vieren auf der Lichtung herum, die Nase nur wenige Zentimeter über dem feuchten Boden, während er die verstreuten Knochen und andere von den Tieren übrig gelassenen Teile zusammensuchte und markierte.

»Sie brauchen nicht vor sich hin zu summen, Doc«, knurrte Alex gereizt. »Wir wissen alle, wie erfreut Sie sind.«

»Wenn ich mich über einen ermordeten Teenager freuen würde, wäre ich schlimmer als ein Leichen fressender Dämon. Mich fasziniert nur das Puzzle, mehr nicht«, erwiderte

Dr. Peter Shepherd gelassen, ohne sich aus seiner gebückten Stellung aufzurichten. Einige Schritte hinter dem Arzt verdrehte Deputy Brady Shaw die Augen, während er mit der Kamera in der Hand geduldig darauf wartete, Fotos von jeder markierten Stelle machen zu können.

Alex grinste mitfühlend. »Ist ja schon gut. Aber sehen Sie zu, dass Sie diesmal was Verwertbares finden, ja?«

»Werde mein Bestes tun«, erwiderte der Arzt, während er etwas betrachtete, das wie ein ausgebleichter Zweig aussah.

Alex ging zu der Stelle, wo der größte Teil der Leiche gefunden worden war, und bemerkte durchaus mit Mitgefühl, dass sich Sandy Lynch drüben hinter einem Baum die Seele aus dem Leib kotzte. Eine schlimme Einführung in den Job für das arme Kind! Nicht, dass die alten Hasen damit besser zurechtgekommen wären, wirklich nicht. Carl Tierney hatte das Pech gehabt, die sterblichen Überreste von Adam Ramsay zu entdecken, worauf er, der Veteran des Sheriffdepartments, prompt seinen morgendlichen Egg McMuffin von sich gegeben hatte.

Alex selbst hatte während der letzten Stunden ein paar mulmige Augenblicke durch Zähnezusammenbeißen überstanden.

Die Einzige der Belegschaft des Sheriffdepartments von Cox County, der nicht anzusehen war, dass ihr der grausige Anblick auf den Magen schlug, war Sheriff Knight.

Das Ganze entbehrt nicht einer gewissen Ironie, dachte Alex, als er sich zu Sheriff Knight gesellte, die etwa einen Meter von Adam Ramsays Überresten entfernt hockte, die Ellbogen auf den Knien, die Fingerspitzen gegeneinander gedrückt. Die kleine Stadt Gladstone war während ihrer gesamten Geschichte kaum je von einem Mordfall erschüttert worden. Eine lange Reihe von Sheriffs war im Amt ergraut und hatte es nur mit Kleinkriminalität und unerheblichen Vergehen zu tun gehabt und an polizeilicher Ausbildung nicht mehr als das Laden einer Waffe benötigt, die nur auf Zielscheiben oder gelegentlich auf ein unglückliches Kaninchen abgefeuert wurde. Es war ein stadtbekannter Spruch, dass die einzige Herausforderung an den Sheriff von Cox County die jährliche Weihnachtsparade auf der Main Street war, bei der er in seinem Santa-Claus-Kostüm eine gute Figur machen musste.

Bis voriges Jahr. Da hatte die Stadt jemanden mit einem Juradiplom und dem Nebenfach Kriminalistik zum Sheriff gewählt. Und was geschah? Prompt passierten richtige Verbrechen.

Doch sie hatten Glück, denn gerade dieser Sheriff legte die beinahe unheimliche Fähigkeit an den Tag, den Dingen in kürzester Zeit auf den Grund gehen zu können.

Zumindest bis vor Kurzem.

»Jetzt sind es schon zwei«, sagte Alex, dem das Schweigen inzwischen zu lange dauerte.

»Ja.«

»Gleicher Mörder, was glauben Sie?«

Erstaunlich blaue Augen blickten ihn schräg von unten an. »Schwer zu sagen, mit nichts als Knochen.«

Alex wollte schon erwidern, dass hier und da auch noch ein bisschen verwestes Fleisch vorhanden war, hielt jedoch den Mund. An Adam Ramsays Skelett war weiß Gott nicht mehr viel davon dran, und an den Resten ließ sich nicht auf Anhieb erkennen, wer ihn umgebracht hatte und wie. Es war nicht möglich festzustellen, ob die Leiche des Jungen die gleichen Blutergüsse und Schnitte aufwies, wie sie bei Kerry Ingram gefunden worden waren. Dennoch war es naheliegend, davon auszugehen, dass zwischen zwei innerhalb eines Monats aufgefundenen Mordopfern ein gewisser Zusammenhang bestehen musste.

Alex seufzte. »Durch die Behauptung, es wäre ein Unfall gewesen, wird das Gerede nicht aufhören. Wir wissen zwar noch nicht, wie er starb, aber es ist doch sonnenklar, dass ein Unfallopfer niemals seine eigene Leiche begraben hätte. Und Sie können wetten, dass sich dieses Detail bald herumgesprochen hat.«

»Ich weiß.«

»Also haben wir ein Problem. Ein großes Problem.«

»Mist«, kam es leise von Sheriff Knight.

Alex fragte sich, ob in dem, was er da hörte, Schuldgefühle mitschwangen. »Auch wenn wir bekannt gegeben hätten, dass Kerry Ingram ermordet wurde, hätte das den Mord hier nicht verhindert«, rief er ihr ins Gedächtnis. »Ich bin vielleicht kein Experte, doch ich nehme an, dass Adam bereits vor mehreren Wochen gestorben ist.«

»Ja, vermutlich.«

»Und seine Mutter hat ihn erst kurz vor Halloween als vermisst gemeldet, obwohl er da bereits seit Wochen verschwunden war.«

»Weil sie einen Mordskrach hatten und er abgehauen war, um bei seinem Vater in Florida zu leben, was er schon mindestens zweimal zuvor getan hatte. Jedenfalls glaubte sie das.«

»Ich will darauf hinaus, dass wir nichts hätten tun können, um Adam Ramsay zu retten.«

»Möglich«, entgegnete Sheriff Knight nachdenklich. »Aber vielleicht hätten wir Kerry Ingram retten können.«

In die folgende Stille hinein sagte Alex: »Wie gut, dass er seinen Schulring trug. Und dass er diesen Goldzahn hatte. Ansonsten hätten wir ihn nie identifizieren können. Doch welches Kind in seinem Alter hat denn einen Goldzahn? Das wollte ich vorhin schon fragen, aber …«

»Keinen Zahn, eine Krone. Er hat einen Ring seines Vaters einschmelzen lassen, und ein Zahnarzt in der Stadt hat ihm die Krone gemacht.«

»Aber wieso in aller Welt?«

»Seine Mutter wusste es entweder nicht oder wollte es nicht sagen. Und ihn können wir jetzt nicht mehr fragen.« Und noch immer in Hockstellung, fügte Sheriff Knight hinzu: »Ich bezweifle, dass es von Bedeutung ist, zumindest für die Frage, wer ihn ermordet hat und warum.«

»Tja, das wird wohl stimmen. Haben Sie schon irgendeine Vorstellung in dieser Richtung?«

»Nein.«

Alex seufzte. »Ich auch nicht. Das wird dem Bürgermeister nicht gefallen, Randy.«

»Niemandem wird das gefallen, Alex. Vor allem nicht Adam Ramsays Mutter.«

»Sie wissen schon, was ich meine.«

»Ja. Ich weiß.« Sheriff Miranda Knight seufzte, erhob sich aus der Hocke und dehnte gedankenverloren ihre verkrampften Muskeln. »Mist«, murmelte sie erneut.

Deputy Sandy Lynch, immer noch leichenblass, wagte sich einen Schritt näher, vermied es aber tunlichst, den Blick auf die Leichenreste zu richten. »Tut mir leid, Sheriff«, sagte sie nervös. Sie war noch so neu in ihrem Job, dass sie Angst hatte, ihn wieder zu verlieren.

Miranda sah sie an. »Machen Sie sich darüber keine Gedanken, Sandy. Hier können Sie sowieso nichts mehr tun. Fahren Sie zurück ins Büro und helfen Sie Grace bei den ganzen Telefonanrufen.«

»Okay, Sheriff.« Sie hielt inne. »Was sollen wir den Leuten sagen?«

»Sagen Sie ihnen, wir hätten zur Zeit noch keinerlei Informationen.«

»Ja, Chef.«

»Das wird die Leute auch nicht lange aufhalten«, bemerkte Alex, während die junge Polizistin sichtlich erleichtert zu ihrem Wagen zurückging. »Lange genug, mit etwas Glück. Ich hätte gerne erst noch ein paar Antworten, bevor ich John Vorschläge präsentiere.«

»Nachdem ihm der Tumult drüben in Concord einen solchen Schreck eingejagt hat, wird er bestimmt überreagieren und behaupten, wir hätten es mit einem Serienmörder zu tun.«

»Zwei Morde machen noch keinen Serienmörder.«

»Sie wissen das, und ich weiß das. Aber der Bürgermeister wird es vorziehen, auf Nummer sicher zu gehen. Er liebt sein Amt und will es behalten. Der Bürgermeister von Concord wurde buchstäblich aus der Stadt gejagt, weil er nicht darauf bestanden hatte, schon eher eine Spezialeinheit anzufordern. John MacBride wird nicht gewillt sein, denselben Fehler zu machen.«

Miranda nickte stirnrunzelnd. »Ich weiß, ich weiß.« – »Dann kommen Sie ihm doch zuvor. Sagen Sie ihm, Sie würden vorschlagen, die Spezialeinheit sofort anzufordern.«

Ihr Stirnrunzeln vertiefte sich. »Sie haben das Rundschreiben ja auch gelesen. Die Spezialeinheit wurde geschaffen, um ungewöhnliche Verbrechen mit unerklärlichen Aspekten aufzuklären, Fälle, die sich durch normale Polizeiarbeit nicht lösen lassen. Soweit wir wissen, handelt es sich hier um zwei Teenager, die Opfer eines Streits oder einer gewalttätigen Auseinandersetzung wurden. Beide wurden wahrscheinlich von jemandem ermordet, den sie kannten, und aus äußerst banalen Gründen. Von etwas Ungewöhnlichem wissen wir nichts.«

»Randy, niemand wird es Ihnen zum Vorwurf machen, die Leute vom FBI geholt zu haben, egal, ob diese Morde ungewöhnlich sind oder nicht. Wir sind ein unterbesetztes Sheriffdepartment einer kleinen Stadt und nahezu ohne jegliche technische Ausrüstung. Der letzte Mord vor dem Ingram-Mädchen, den ein Sheriff von Cox County aufklären musste, liegt zwanzig Jahre zurück: ein gehörnter Ehemann, der den Liebhaber seiner Frau erschoss, während der versuchte, aus dem Schlafzimmerfenster zu entkommen. Keine besonders knifflige Ermittlung. Die Fälle, mit denen Sie bisher zu tun hatten, waren schwierig, und Sie haben sie weiß Gott gut gelöst. Doch dabei war Können, Verstand und Instinkt gefragt, wovon Sie jede Menge besitzen. Was Sie aber nicht haben, sind kriminalistische Hilfsmittel, die dem neuesten Stand entsprechen. Ein Computersystem, das nicht seit bereits fünf Jahren veraltet ist, genügend Deputys, um den Bezirk, für den Sie verantwortlich sind, tatsächlich abdecken zu können, und einen Mediziner, dessen Spezialgebiet – und nicht dessen Hobby – die Forensik ist.«

»Das habe ich gehört«, rief Dr. Shepherd herüber.

»Das sollten Sie auch«, rief Alex unbeeindruckt zurück. Er wandte sich wieder an Miranda und fuhr mit leiserer Stimme fort: »Fordern Sie die Leute vom FBI an, Randy. Niemand würde es Ihnen verübeln. Und, zum Teufel noch mal, wir brauchen die Hilfe.«

»Die helfen nicht, sie übernehmen.«

»Dann würde ich sagen: Sollen sie doch.«

Sie schüttelte den Kopf. »Das kann ich nicht, Alex. Ich kann das Problem nicht einfach jemand anderem überlassen, nur weil ich befürchte, dass es mir über den Kopf wächst.«

»MacBride kann seine Autorität spielen lassen. Und Sie wissen, dass er das tun wird. Randy, es gab schon genug Bedenken, eine Frau zum Sheriff zu wählen, daher reagiert er sehr empfindlich auf jede Kritik der Wähler. Beim ersten Anzeichen, dass dieses Department mit der Ermittlung überfordert ist, wird er so laut wie möglich um Hilfe schreien.«

»Nein«, entgegnete sie. »Das wird er nicht, nicht öffentlich.«

»Dann wird er Sie dazu bringen, es selbst zu tun.«

»Vielleicht.«

»Randy …«

»Vorläufig gibt es keinerlei Anzeichen für etwas Ungewöhnliches«, wiederholte Miranda dickköpfig. »Und nur weil wir bei den Ermittlungen zu dem Mord an Kerry Ingram feststecken, heißt das nicht, dass wir mit diesem Fall nicht mehr Glück haben könnten. Eines ist jedenfalls sicher: Ich habe weiß Gott vor, mein Bestes zu geben. Ich werde keine Fremden hinzuziehen, es sei denn, uns bliebe keine andere Wahl.« Sie massierte ihren Nacken, wo sich offensichtlich ihre Anspannung bemerkbar machte, und betrachtete die Überreste von Adam Ramsay mit finsterer Miene.

Alex beobachtete sie, ohne sich die Mühe zu machen, es diskret zu tun. Längst hatte er festgestellt, dass Miranda prüfende Männerblicke gar nicht wahrnahm. Zumindest nicht bei der Arbeit. Meist trug sie Pulli und Jeans, das schwarze Haar streng aus dem Gesicht, die Nägel kurz und unlackiert und nur das Nötigste an Make-up. Sie brauchte das alles nicht.

Miranda Knight war eine dieser seltenen Frauen, die auch dann noch gut aussehen würden, wenn man sie in einen Hafersack gesteckt und in Schlamm gewälzt hätte.

Sie trug auch im Dienst keine Uniform, ein Privileg, das sie sich mehr oder weniger ausbedungen hatte, ehe sie die Stellung annahm. Ihre engen Jeans und der dicke Pullover verbargen weder die Waffe an ihrer Hüfte noch ihre Maße, die denen eines Pin-up-Girls würdig gewesen wären.

Alex war sich nicht ganz im Klaren darüber, was den Bürgermeister von Gladstone mehr anzog, die Waffe oder der Körper, doch es war ein offenes Geheimnis, dass John MacBride ein Auge auf Miranda geworfen hatte, schon lange bevor die beiden vor einem Jahr ins Amt gewählt worden waren.

Was Miranda wiederum über den Bürgermeister dachte, war ein Geheimnis, das nur sie kannte. Wenn sie mit Alex sprach, erwähnte sie ihn hin und wieder ganz ungezwungen, doch in der Öffentlichkeit benahm sie sich dem Bürgermeister gegenüber ausnahmslos förmlich, höflich und respektvoll. Und sollte sie ihm tatsächlich gestattet haben, sie auf eine Tasse Kaffee einzuladen, hatte sie es in dieser neugierigen Stadt wohl an einem Ort getan, wo es niemand mitbekam.

Dennoch fragte sich Alex, ob sich MacBrides Bemühungen der letzten Monate ändern würden, falls Miranda sich weigerte, das politische Überleben des Bürgermeisters durch die unverzügliche Übergabe der Ermittlungen an die Bundesbehörde zu sichern.

»Wir *wissen* doch gar nicht, ob hier etwas Ungewöhnliches vorliegt«, wiederholte sie erneut, und ihr nachdrücklicher Ton ließ Alex plötzlich aufhorchen.

»Haben Sie irgendwas entdeckt?«, fragte er.

Diesmal nahm Miranda seinen Blick offensichtlich wahr, vermied es jedoch, ihn zu erwidern. »Ich sagte nur …«

»Ich weiß, was Sie gesagt haben. Ich habe auch gehört, *wie* Sie es sagten. Und ich weiß, dass Sie manchmal Dinge sehen, die alle anderen übersehen. Was sehen Sie, was ich nicht sehe, Randy?«

»Nichts. Ich sehe nichts.«

Alex hatte den Eindruck, dass sie ihn anlog. Doch bevor er nachhaken konnte, kam Doc Shepherd auf sie zu.

»Ich könnte Ihnen einen vorläufigen Bericht geben«, sagte er zu Miranda. »Sie bekommen ihn schriftlich, sobald ich wieder im Büro bin, doch falls Sie hören wollen, was drinstehen wird, während Brady die Fotos macht …«

»Lassen Sie hören.«

»Unmöglich zu sagen, ob der Junge erdrosselt wurde wie das Ingram-Mädchen, aber es gibt Anzeichen dafür, dass ein paar Knochen noch vor Eintritt des Todes gebrochen wurden.«

»Könnten sie versehentlich bei einem Sturz gebrochen sein?«, fragte Miranda.

»Unwahrscheinlich. Meiner Ansicht nach hat man ihm die

Arme derart verdreht, dass sie gebrochen sind, was eine beträchtliche, vorsätzliche Krafteinwirkung erfordert. Und zwei Knochen seiner linken Hand sind zertrümmert, wahrscheinlich von einem Hammer oder etwas Ähnlichem.«

»Wollen Sie damit sagen, er ist gefoltert worden?«, fragte Alex zögerlich.

»Ausschließen würde ich es nicht, doch ich habe nicht genug Beweise, um mir völlig sicher zu sein.«

»Worin sind Sie sich denn sicher?«, wollte Miranda wissen.

»Ich bin mir sicher, dass er mindestens drei oder vier Wochen tot ist, möglicherweise sogar länger. Ich bin sicher, dass er an einem anderen Ort getötet wurde. Dann wurde er hierher gebracht und in dieser flachen Grube vergraben, die seinen Körper nicht lange vor hungrigen Tieren schützen konnte.« Peter Shepherd hielt kurz inne. »Jetzt würde ich Sie gerne etwas fragen: Sind Sie sicher, dass es die Überreste von Adam Ramsay sind?«

Die Frage überraschte Alex, doch als er zu Miranda blickte, schien das bei ihr nicht der Fall zu sein.

»Wir haben hier seinen Schulring gefunden«, erklärte sie emotionslos. »Die Goldkrone auf dem Schneidezahn passt auch zu dem, was in den Unterlagen steht. Größe und geschätztes Gewicht könnten ebenfalls hinkommen. Und auf dem Stück Kopfhaut, das sich noch am Schädel befindet, sind rote Haare wie die von Adam Ramsay. Wir haben jeden Grund zur Annahme, dass die Identifizierung korrekt ist.« Sie hielt inne, und als sie fortfuhr, klang es, als würde sie die Frage nur ungern stellen. »Sie glauben, dass er es nicht ist?«

Shepherd genoss seine Rolle offensichtlich. »Ich bin der

Meinung, falls er es ist, muss seine Mutter wesentlich älter sein, als sie aussieht. Genaueres werde ich erst wissen, nachdem ich ein paar Tests durchgeführt habe, aber es würde mich wundern, wenn ich feststellen würde, dass diese Knochen von jemandem stammen, der jünger als vierzig Jahre ist.«

Wieder schien Miranda nicht überrascht. »Wir haben die vollständigen zahnärztlichen Unterlagen«, sagte sie in dem gleichen emotionslosen Ton, »also dürfte es nicht lange dauern, seine Identität zu bestätigen. Falls es Adam ist.«

»Adam war siebzehn«, stellte Alex verwirrt fest.

»Diese Knochen sind älter«, antwortete Shepherd schulterzuckend.

»Von ihm ist kaum mehr übrig, als in einen Schuhkarton passt«, wandte Alex ein. »Wie können Sie denn wissen …«

Miranda hob die Hand, um Alex zu unterbrechen. »Wir sollten warten, bis wir ein paar Fakten mehr haben, bevor wir uns darüber streiten. Doc, nehmen Sie die Überreste mit ins Leichenschauhaus, und ich schicke Ihnen den Gebissstatus.«

»Ich weiß nicht, wer sein Hausarzt war, doch wenn Sie dessen Unterlagen auch …«

»Ich schicke sie mit.«

Alex folgte Miranda, die sich ein Stück entfernte, um dem Arzt Platz zum Arbeiten zu machen. »Sie wussten, was er sagen würde, nicht?«, fragte er vorwurfsvoll.

»Woher hätte ich das wissen sollen?« Ihr Ton war eher sachlich als ausweichend. Sie sah Shepherd zu, wie er die Reste in einem schwarzen Leichensack verstaute.

»Genau das frage ich Sie ja, Randy. Wieso wussten Sie es?

Verfügen Sie insgeheim auch noch über einen Abschluss in Gerichtsmedizin?«

»Natürlich nicht.«

»Also?«

»Ich habe nichts anderes gesehen als Sie, Alex.«

»Doch Sie wussten, dass es nicht das Skelett von Adam Ramsay ist?«

Miranda drehte schließlich den Kopf und sah Alex an. In ihrem Gesicht lag etwas, das er nicht deuten konnte und das ihm gar nicht gefiel, eine Verschlossenheit, die er nie zuvor an ihr gesehen hatte. Zum ersten Mal in den knapp fünf Jahren, die er sie nun kannte, hatte Alex das Gefühl, eine Fremde anzusehen.

»Im Gegenteil«, erwiderte sie ruhig. »Ich wusste – ich weiß – nur, dass wir alles gefunden haben, was von Adam Ramsay übrig ist.«

»Das verstehe ich nicht.«

»Es ist Adam Ramsay, Alex. Der Gebissstatus wird es beweisen.«

»Aber wenn es die Knochen eines älteren Mann sind ...« Alex unterbrach sich und senkte die Stimme. »Dann irrt sich der Doc also darin?«

»Das hoffe ich.«

Alex ging nicht davon aus, dass Miranda dem Arzt eins auswischen wollte. »Wenn der Doc mit dem Alter der Knochen recht hat«, spekulierte er, »würde das bedeuten, das Opfer wäre jemand, den niemand als vermisst gemeldet hat. Und das hieße, wir könnten Adam Ramsays Leiche immer noch finden. Wenn aber Sie recht haben ...«

»Wenn ich recht habe, bedeutet es etwas ganz anderes«,

fiel ihm Miranda ins Wort. »Es würde bedeuten, wir hätten es mit einem viel größeren Rätsel zu tun als dem von zwei weggelaufenen Teenagern.«

Liz Hallowell hatte die dreißig Jahre ihres Lebens in Gladstone verbracht und kannte daher nahezu jeden. Und da die Buchhandlung, die sie von ihren Eltern geerbt hatte, im Stadtzentrum lag und kürzlich durch ein kleines Café erweitert worden war, wo die Leute sitzen und sich in aller Ruhe unterhalten konnten, bekam sie alles, was sich so tat, innerhalb von Stunden mit.

Also hatte sie die Neuigkeit dieses kalten Januarmorgens bereits gehört. Sie wusste, dass von einem dienstfreien Deputy, der frühmorgens auf die Jagd gehen wollte, im Wäldchen am Stadtrand eine Leiche – oder zumindest Knochen – gefunden worden war. Sie wusste, dass man annahm, es wären die Knochen von Adam Ramsay. Und sie wusste, dass die ganze Geschichte höchst seltsam war.

Ein Mord war natürlich immer etwas Seltsames. Doch da war noch etwas, davon war sie überzeugt. Die Blätter in ihrem morgendlichen Tee hatten ihr einen Schauder über den ganzen Körper gejagt, und schon davor hatte es einige andere beunruhigende Vorzeichen gegeben. Letzte Nacht hatte sie einen schreienden Ziegenmelker gehört und dann geträumt, auf einem Pferd zu reiten – was sexuell konnotiert war, für Liz kaum überraschend angesichts ihrer kürzlichen Enttäuschungen –, und auch von einer Tür, die sie nicht hatte öffnen können, was überhaupt kein gutes Vorzeichen war.

Zweimal war sie von einem heulenden Hund geweckt worden, und kurz vor Morgengrauen hatte es gedonnert, obwohl es nicht gewitterte. Am Morgen hatte dann der Hahn des Nachbarn mit Blickrichtung auf ihre Türe gekräht, was die Ankunft eines Fremden verhieß. Innerhalb der letzten zwei Tage hatte sie dreimal Salz verschüttet, aber nichts, was sie unternahm, um dem Unglück sofort entgegenzutreten, konnte es gänzlich verhindern.

Und ein Vogel, dazu noch eine Taube, war gegen das Fenster ihres Frühstückszimmers geflogen und hatte sich den kleinen Hals gebrochen. Da Liz allein lebte, nahm sie an, sie sei diejenige, der der Tod ins Haus stünde.

Alex hatte nur den Kopf geschüttelt, als sie es ihm erzählte, doch Liz' Großmutter war eine Roma gewesen, und sie selbst war mit einer Glückshaube geboren worden – und sie wusste über solche Dinge Bescheid.

Das Böse war hier, und Schlimmeres war im Anmarsch.

Daher hatte Liz, bevor sie das Haus verließ, sorgfältig verschiedene Amulette in dem Medizinbeutel verstaut, den sie an einem Lederriemen um den Hals trug: zwei Eschenblätter, eine Knoblauchzehe, kleine Stücke Glückswurzel, Eichenrinde und mehrere kleine Edelsteine – Blutstein, Karneol, Tigerauge, Granat, schwarzer Opal, Staurolith und Topas. In ihrer Handtasche hatte sie noch eine Hasenpfote, und ihre Ohrringe waren winzige goldene Wunschknochen. Das alles beschützte sie jedoch nicht vor Justin Marsh, was sehr traurig war.

»Das ist Gotteslästerung, Elizabeth«, rief er und wedelte mit einem Buch vor ihrer Nase herum.

Sie schob das Buch sacht so weit beiseite, dass sie den Titel lesen konnte, und erwiderte dann sanftmütig: »Das ist ein Roman, Justin. Eine erfundene Geschichte. Ich bezweifle stark, dass der Autor irgendjemanden davon zu überzeugen versucht, Jesus sei eine Frau gewesen. Doch falls Sie das tröstet, Sie sind der Erste, der das Buch hier je in die Hand genommen hat.«

In seinem ständig gebräunten Gesicht funkelten blässlich braune Augen. Der volle Schopf weißer Haare und der übliche weiße Anzug verliehen ihm das Aussehen eines Fernsehpredigers, fand sie. Und so klang er auch.

»Bücher wie dieses gehören auf den Index!«, verkündete er ihr lautstark.

Liz stellte fest, dass kaum einer ihrer frühmorgendlichen Kunden den Kopf hob. Alle waren genauso wie sie an Justins Tiraden gewöhnt. »Wir verbieten hier keine Bücher, Justin.«

»Wenn unschuldige Gemüter dies lesen …!«

»Glauben Sie mir, unschuldige Gemüter wagen sich nicht in diesen Bereich des Ladens. Sie drängeln sich alle bei den Regalen drei Reihen weiter und lesen Zeug über Ninjas und wie man sich in Computersysteme hackt.«

Die Ironie war an ihm verschwendet, genau wie sie erwartet hatte.

»Elizabeth, Sie haben die Aufgabe, den noch formbaren Geist junger Menschen vor Schund wie diesem zu bewahren.« Erneut fuchtelte er mit dem Buch vor ihrer Nase herum.

»Nein, dafür sind ihre Eltern zuständig«, sagte eine tiefe Stimme hinter ihm. »Liz führt nur eine Buchhandlung.«

»Morgen, Alex«, erwiderte sie.

»Hi. Ein Kaffee wär nicht schlecht, Liz.«

»Kommt sofort.« Sie überließ es Alex, sich mit Justin herumzuschlagen, und ging hinter den Tresen, um zwei Tassen von dem Kaffee mit dem Schokoladenaroma einzuschenken, dem Alex seit Kurzem verfallen war. Als sie sich dann zu ihm wie immer an den Tisch beim Schaufenster setzte, war Justin verschwunden.

»Wenn er jetzt da hinten ist und ein anderes Buch herausreißt …«

»Ich habe ihm für den nächsten Vorfall ein Bußgeld und eine Gefängnisstrafe angedroht, falls das was nützt.« Geistesabwesend pustete Alex in die Tasse, trank aber bereits, ohne zu warten, bis der Kaffee abgekühlt war. »Ich frage mich, warum er nicht irgendwo hingeht, eine religiöse Sekte gründet und uns, verdammt noch mal, zufriedenlässt.«

»Dafür fehlt ihm das Charisma«, erklärte Liz mit Nachdruck. »Er ist ganz offensichtlich bloß ein leicht beschränkter Irrer. Mir tut nur Selena leid.«

Alex schnaubte. »Sie wurde ja nicht gezwungen, ihn zu heiraten. Und so, wie sie ihn anschmachtet, hält sie ihn anscheinend für die Wiederkunft des Herrn – entschuldige die Blasphemie.«

»Ich glaube, jede Stadt braucht mindestens einen wie Justin Marsh. Worüber sollten wir sonst reden?«

»Über Mord?«, schlug er trocken vor. Liz sah in sein müdes, abgespanntes Gesicht.

»Ich habe gehört, diesmal sei es Adam Ramsays Leiche gewesen.«

»Sheriff Knight sagt Ja. Der Doc sagt Nein. Genaues werden wir erst wissen, wenn der Arzt die Zahnarztunterlagen einsehen konnte.«

»Was glaubst du?«

»Ich glaube, Randy irrt sich selten.« Er zuckte die Schultern und blickte stirnrunzelnd in seinen Kaffee. »Und wenn sie diesmal recht hat, dann geht hier etwas ganz Seltsames vor, Liz.«

»Das haben mir die Teeblätter heute Morgen auch gesagt«, erwiderte Liz, ohne nachzudenken.

Alex betrachtete sie voller Resignation. »Aha. Haben sie dir vielleicht sonst noch was verraten? Dass es in unserer hübschen kleinen Stadt einen brutalen Mörder gibt?«

»Du glaubst doch nicht, dass es einer von uns war?«, rief sie erschrocken.

Er lächelte sie auf eine seltsame Weise an, die sie nicht deuten konnte. »Liz, Gladstone könnte eine Stadt sein, die aus der Zeit gefallen ist. Es ist auf jeden Fall eine Stadt, an der die Touristen vorbeifahren. Wie viele Fremde fallen dir hier wöchentlich auf?«

»Nun ja … nicht viele.«

»Nicht viele?«

»Also gut, Fremde sind hier ganz selten, wenn man mal von den Versicherungsvertretern absieht. Doch das muss nicht bedeuten, dass einer von uns diese schrecklichen Dinge tut, Alex.«

»Der Gedanke gefällt mir auch nicht. Aber wie wahrscheinlich ist es, dass ein Fremder Gladstone auswählt, um dort Teenager umzubringen?«

»Wenn du das so siehst …«

»Ja.«

»Was auch immer da vorgeht«, sagte Liz nach kurzem Schweigen zögerlich, »es ist noch nicht vorüber, Alex.«

»Wieder die Teeblätter?«

»Ich weiß, was ich weiß.« Das war ihre Standardantwort auf Zweifel oder Unglauben.

»Weil deine Großmutter Zigeunerin war? Liz …«

»Ich weiß, dass du mir nicht glaubst, doch diesmal musst du auf mich hören. Noch nie habe ich so viele düstere Omen gesehen. Es ist etwas Böses hier, etwas wirkliches, buchstäbliches Böses, das über dieser Stadt schwebt.«

»So weit bin ich deiner Meinung. Hast du denn auch in deiner Kristallkugel gesehen, wie das Ganze ausgehen wird?«

»Du weißt, dass ich keine habe.« Sie zögerte. »Aber ich weiß, dass jemand kommt. Die Blätter haben es mir gezeigt. Er kommt, um uns zu helfen, doch auch noch aus einem anderen Grund, einem geheimen. Und ich glaube … ich *weiß* … er wird sein Leben aufs Spiel setzen, um einen von uns zu retten.«

2

Miranda schloss die Tür ihres stillen, unweit des Zentrums von Gladstone gelegenen Häuschens auf und ging geradewegs in die Küche. Sie war eigentlich ein heller Raum, doch nach dem Regen der letzten Nacht war der Himmel bedeckt, sodass nicht mal das luftig-leichte Gelb und Weiß der Küchenzeile und die strahlend weißen Haushaltsgeräte den Raum aufheitern konnten.

Oder Miranda.

Sie schaltete die Kaffeemaschine ein, um den Rest von gestern Abend aufzuwärmen, denn heute Morgen hatte die Zeit nicht für frischen gereicht. Mrs Task würde wegen eines Arzttermins erst später kommen. Der aufgewärmte Kaffee würde grässlich bitter schmecken, das war ihr klar.

Aber das passte zu ihrer Stimmung.

Im Büro bekäme sie frischen Kaffee, doch sie musste erst hierherkommen, und wenn auch nur für ein paar kostbare Minuten, fern von klingelnden Telefonen, besorgten Deputys und verstörten Bürgern. Sie nahm an, dass auch Alex einen Umweg gemacht hatte. Allerdings hatte er wohl eher bei Liz vorbeigeschaut, als nach Hause zu fahren.

Sie alle suchten Trost, wo sie eben konnten.

»Randy?« Ein Mädchen von sechzehn Jahren, Miranda verblüffend ähnlich, betrat zögernd den Raum. Um zehn Uhr morgens an einem Schultag war sie noch in Nachthemd und Morgenmantel. »Du hättest nicht aufstehen sollen, Bonnie«, schimpfte Miranda leise. »Der Arzt hat gesagt, Schlaf würde dir mehr als alles andere guttun.«

»Mir geht es schon viel besser, wirklich. Ist doch nur eine Erkältung, nichts Ernstes.« Bonnie sah zu, wie Miranda schwarze Brühe in eine Tasse goss. »War es …?«

Miranda trank ihren Kaffee und nickte.

»Adam Ramsay? So wie du es gesehen hast?«

»Genau so«, bestätige Miranda verbittert.

Bonnie erschauerte und biss sich auf die Lippe, während sie sich an den Tisch in der Mitte des Raumes setzte. »Ich kannte ihn ja eigentlich nicht. Aber trotzdem …«

»Aber trotzdem«, pflichtete ihr Miranda bei.

»Jetzt wird alles seinen Lauf nehmen, oder?«

»Das befürchte ich.«

Bonnies Lippe bebte, und sie biss erneut darauf. »Dann verschwinden wir eben. Wir gehen einfach …«

»Das würde nichts nützen, Bonnie. Dadurch würde sich überhaupt nichts ändern. Manche Dinge müssen genau so geschehen, wie sie geschehen.«

»Du kannst es nicht verhindern?« In ihren leuchtend blauen Augen lag tiefste Verzweiflung.

»Nein, das kann ich nicht.« Miranda holte Luft. »Nicht allein.«

»Vielleicht kann Alex …«

»Nein. Alex nicht.«

Ihre Blicke trafen sich, hielten einander fest. »Du könntest sie bitten, jemand anderen zu schicken«, sagte Bonnie.

»Ich brauche *ihn.*« Wieder klang Bitterkeit aus Mirandas Stimme, dazu Widerwillen und etwas, das fast Hass sein konnte.

»Bist du sicher?«

»Ja, bin ich.«

»Es ist lange her, Randy. Acht Jahre …«

»Acht Jahre, vier Monate und etliche Tage.« Mirandas Lachen klang nicht fröhlich. »Ich weiß, wie lange es her ist, das kannst du mir glauben.«

»Ich meinte ja nur, dass sich die Dinge verändern, Randy. Menschen ändern sich, das weißt du. Sogar er muss sich verändert haben. Diesmal wird es anders sein.«

»Wirklich?«

Bonnie zögerte. »Du hast noch etwas gesehen, stimmt's? Was ist es? Was hast du gesehen?«

Miranda blickte auf ihren Kaffee hinunter, und ihr Mund verzog sich. »Unausweichlichkeit«, sagte sie.

Freitag, 7. Januar

»Ich habe keine Erklärung dafür.« Dr. Shepherds sonst so fröhliches Lächeln war einem konsternierten Stirnrunzeln gewichen. »Der Gebissstatus stimmt zweifelsfrei überein. Demnach haben wir die sterblichen Überreste von Adam Ramsay gefunden.«

»Aber«, sagte Miranda.

»Ja … aber. Die Knochen weisen alle darauf hin, dass sie von einem Mann stammen, der mindestens vierzig Jahre alt war. Die Knochennähte des Schädels sind geschlossen. Kalkablagerungen und andere Veränderungen der Knochenstruktur deuten ebenfalls auf ein Lebensalter von vierzig bis fünfzig hin.« Er hielt inne. »Das hier geht über meinen Verstand, Randy. Jemand, der mehr Erfahrung und eine Ausbildung in Gerichtsmedizin hat, sollte sich die Reste unbedingt ansehen. Irgendwas muss ich übersehen, die Resultate falsch gedeutet oder ungeeignete Tests durchgeführt haben. Anders kann ich es mir nicht erklären.«

Miranda blickte ihn über den Schreibtisch hinweg an. »Lassen wir das mal außer Acht, sonst verlieren wir vielleicht das Wesentliche aus den Augen. Wesentlich ist doch, dass wir die Überreste eines siebzehnjährigen Ausreißers gefunden haben. Wissen Sie, wie er starb?«

»Vom Schädel war noch genug übrig, um zumindest an zwei Stellen das Einwirken eines stumpfen Gegenstandes nachweisen zu können. Und ich bin nicht der Meinung, dass das nach Eintreten des Todes geschah.«

»Keine Verletzungen durch Unfall?«

»Wenn Sie meine Meinung hören wollen, würde ich sagen: Nein. Fürs Protokoll: Wahrscheinlich wurde er durch einen Schlag auf den Kopf getötet. Ob dieser Schlag absichtlich oder versehentlich erfolgt ist, kann ich nicht mit medizinischer – oder rechtsverbindlicher – Gewissheit sagen.«

Miranda machte sich eine Notiz. »Ich danke Ihnen, dass Sie mir den Bericht persönlich ins Büro gebracht haben, Doc.«

»Nicht der Rede wert. Ich wusste ja, dass Sie alle Hände

voll zu tun haben. Schon irgendwas Neues über Lynet Grainger?«

»Noch nicht. Meine sämtlichen Beamten, Simons Spürhunde und jeder Freiwillige, den ich auftreiben konnte, ist da draußen auf der Suche nach ihr, doch bisher ohne Erfolg. Sie hat am Mittwochabend die Bibliothek verlassen und sich in Luft aufgelöst.« Mirandas Mund wurde schmal. »Wenn ihre Mutter an diesem Abend nüchtern gewesen wäre und uns Lynets Verschwinden nicht erst gestern Nachmittag gemeldet hätte, dann hätten wir vielleicht eine bessere Ausgangsposition für unsere Suche. Jetzt, nach fast achtundvierzig Stunden, ist die Spur eiskalt.«

Shepherd musterte sie. »Sie sehen miserabel aus, wenn Sie mir die Bemerkung erlauben.«

»Herzlichen Dank.«

»Waren Sie letzte Nacht überhaupt im Bett, Randy?«

Miranda holte tief Luft und atmete langsam wieder aus. »Doc, ich habe hier zwei tote Teenager und einen dritten vermissten, und keinerlei Hinweise, die mich davon überzeugen könnten, dass es sich nur um eine Reihe tragischer Unfälle und harmlose Ausreißer handelt. Darüber hinaus habe ich keinerlei Hinweise auf den Mörder – oder die Mörder – der beiden toten Kinder, und nichts, was mir bei der Suche nach Lynet Grainger weiterhilft. Den halben Vormittag war ich in einer Besprechung mit dem Bürgermeister, und die andere Hälfte habe ich damit verbracht, Anrufe verängstigter Eltern abzuwimmeln. Irgendjemand in meiner kleinen sicheren Stadt hat offenbar beschlossen, Teenager zu quälen, zu verstümmeln und zu ermorden. Und zu Hause habe ich eine sechzehnjährige Schwester. Was glauben Sie wohl?«

»Ich glaube, Sie waren nicht im Bett.«

Sie richtete sich in ihrem Schreibtischstuhl auf, als wollte sie seinen Vorwurf zurückweisen, hob dann die Hand und massierte sich erschöpft den Nacken. »Tja, ich hätte sowieso nicht schlafen können. Ich will nicht noch einen toten Teenager finden, Peter.«

»Denken Sie, das könnte geschehen?«

»Und Sie?«

Er zögerte einen Moment. »Ehrlich? Ja. Ich weiß nicht, was da vor sich geht, Randy, oder wer dahintersteckt, aber ich glaube, Sie haben in einer Hinsicht recht. Jemand ist hinter unseren Teenagern her. Und dieser Jemand hat sehr seltsame … Vorlieben.«

Mit einer heftigen Bewegung schüttelte Miranda den Kopf. »Wir wissen nicht, was vor sich geht.«

»Wissen wir nicht?«

»Nein.«

»Verstehe. Dann nehme ich an, Sie haben eine plausible Erklärung dafür, wieso sich in Kerry Ingrams Leiche fast kein Blut befand.«

»Erzählen Sie mir nicht, dass Sie glauben, der Mörder habe es getrunken«, hielt Miranda ihm trocken entgegen.

»Nein … obwohl so etwas häufiger der Fall ist, als man wahrhaben will.«

»Ich frage mich nur, wieso.«

Ohne auf den gemurmelten Einwurf einzugehen, fuhr Shepherd fort: »Ich bin der Meinung, der Mörder hatte eine gewisse Verwendung für das Blut, zweifellos eine, die ein vernünftiger Mensch nicht nachvollziehen könnte. Und – dieses Detail haben Sie bestimmt nicht übersehen, da bin ich mir sicher – es ist doch interessant, dass wir da draußen nur einen kleinen Teil von Adam Ramsays Knochen gefunden haben.«

»Die Tiere. Aasfresser.«

»Möglich. Oder es war von Anfang an nicht alles von ihm dort. Vielleicht hat der Mörder auch Ramsays Blut gebraucht, genau wie das des Mädchens. Und auch noch einige Knochen. Vielleicht hat er sich Lynet Grainger geholt, weil er von den ersten beiden nicht alles bekam, was er brauchte.«

»Spekulationen«, wies ihn Miranda energisch ab. »Wir wissen nicht mal, ob Kerry und Adam von der gleichen Person ermordet wurden, und Lynets Verschwinden muss nicht mit dem Fund ihrer Leiche enden.«

»Das mag ja alles stimmen.«

Shepherd erhob sich. »Aber es gibt noch etwas, das stimmt: Es sieht Ihnen nicht ähnlich, den Kopf in den Sand zu stecken, Randy.«

»Ich weiß nicht, was Sie meinen.«

»Das glaube ich schon.« Er lächelte schwach. »Und ich glaube auch, dass Sie ehrlich genug sind – vor allem sich selbst gegenüber –, sich dem eher früher als später zu stellen. Zumindest hoffe ich das. Ich lese nicht in Teeblättern wie Liz Hallowell, doch ich brauche kein Zigeunerblut in meinen Adern, um zu erkennen, dass sich hier in Gladstone etwas äußerst Merkwürdiges abspielt.«

»Ja. Ja, das weiß ich.«

»Niemand wird Sie dafür gering schätzen, Hilfe anzufordern. Nicht, wenn sich Dinge wie diese zutragen.«

»Das sagt mir inzwischen schon jeder.«

»Und damit haben sie recht.« Er hielt inne. »Wir brauchen

einen Experten, der sich diese Knochen anschaut, Randy. Nennen Sie mir einen, und ich rufe ihn an.«

Sie betrachtete ihn ziemlich lange und seufzte dann. »Nein, das ist mein Job. Ich rufe an, Doc.«

Als Shepherd gegangen war, griff sie jedoch nicht zum Telefon. Stattdessen nahm sie sich die Akten der Fälle erneut vor und grübelte über jede kleinste Information nach, die sie über Kelly Ingram und Adam Ramsay zusammengetragen hatten. Sie richtete ihren ganzen Willen darauf, etwas zu finden, einen winzigen, bisher unbeachteten Hinweis, der ihr bestätigen würde, dass es sich hier um ganz gewöhnliche Morde handelte, die aus Wut oder aus einem anderen eindeutig tragischen, eindeutig menschlich begreifbaren Grund begangen worden waren.

Doch egal, wie oft sie alles durchging – die Fotos des jungen, misshandelten Körpers, die Fotos der Überreste eines Skeletts, die medizinischen Berichte und die Gespräche mit Verwandten und Bekannten, die Informationen über die Aktivitäten der beiden Teenager in den letzten Wochen vor ihrem Verschwinden – egal, wie oft sie die Akten durchsah, ihr stachen immer die gleichen unabänderlichen, unausweichlich grauenhaften Tatsachen ins Auge.

Kerry Ingrams blutleerer Körper.

Die fehlenden Knochen von Adam Ramsays Leiche.

Der gealterte Zustand der gefundenen Knochen.

Miranda schloss die letzte Akte und starrte ins Leere. »Verdammt noch mal«, flüsterte sie.

Unvermeidlichkeit. Manche Leute nannten es Schicksal.

* * *

Er betrachtete das Mädchen, das von Beruhigungsmitteln betäubt auf der Liege lag, auf die er es gebettet hatte. Ein hübsches Mädchen. Das war schade. Und Lynet hatte sich bemüht, ihre Lebenssituation zu verbessern, war in der Schule fleißig gewesen und hatte ihr Bestes getan, ihre Mutter davon abzuhalten, betrunken Auto zu fahren oder das Haus abzufackeln.

Wirklich schade.

Doch er konnte nichts daran ändern.

Er hoffte, Lynet würde das verstehen.

Samstag, 8. Januar

»Also, wann sollen die vom FBI denn kommen?«, fragte Alex Miranda. Sie standen unterhalb der Hügelkuppe und sahen zu, wie unten in der Senke ein halbes Dutzend kleiner Boote kreuz und quer über den See zuckelte. Über die Berge kam gerade noch das letzte Tageslicht und tauchte den See in glitzerndes Silber. Nur noch wenige Minuten, und sie würden Scheinwerfer aufstellen oder die Suche für die Nacht unterbrechen müssen.

»Jeden Moment.«

Alex wandte sich ihr zu. »Wieso sind Sie dann hier draußen, statt in Ihrem Büro auf die Agenten zu warten? Den See abzusuchen ist eine gute Idee – anonymer Hinweis hin oder her –, nachdem wir sonst nirgends eine Spur des Grainger-Mädchens finden konnten. Aber ich könnte Sie sofort anrufen, wenn sich etwas tut.«

Mirandas Schultern zuckten ungeduldig. »Die Agenten kommen aus Nashville, also könnte es spät werden. Außerdem habe ich Brady im Büro beauftragt, sie hierherzuschicken, falls sie vor meiner Rückkehr eintreffen.«

»Wissen Sie, wie viele kommen werden? Besteht diese neue Supereinheit denn nicht aus einem Dutzend oder mehr Agenten?«

»Das weiß ich nicht so genau. Darüber gibt es nicht allzu viele Informationen, nicht einmal für höhere Dienstgrade. Wir müssen nehmen, was wir kriegen, schätze ich.« Sie klang nervös und beklommen.

Alex wollte gerade zu einer weiteren Frage ansetzen, als er bemerkte, dass Miranda erstarrte. Er konnte sich zwar nicht erklären, wieso er das wusste, doch ihm schien, dass sich ihre gesamte Aufmerksamkeit, ihr ganzes Sein plötzlich auf etwas völlig anderes konzentrierte. Sie sah weder den See noch die Leute dort unten und nahm nicht mal wahr, dass er neben ihr stand.

Dann bemerkte er, wie sich ihr Blick zur Seite richtete, als hätte sich plötzlich ein Geräusch, irgendetwas hinter ihr mit Macht in ihr Bewusstsein gedrängt, ohne dass sie sich jedoch danach umdrehen wollte.

»Randy?«

Sie antwortete nicht, schien ihn nicht zu hören.

Alex blickte sich um. Zuerst sah er nur die in Licht getauchte Hügelkuppe. Die Sonne war noch nicht ganz untergegangen. Doch plötzlich schien das Licht irgendwie zu zerfließen, und die Silhouette eines sehr großen Mannes tauchte auf.

Alex blinzelte überrascht, da er kein Geräusch gehört hatte.

Zu beiden Seiten der ersten Silhouette tauchten zwei weitere auf, die eines Mannes und einer Frau. Auf dem Kamm des Hügels blieben sie stehen und blickten auf das Geschehen unter ihnen. Als sie sich den Hang hinab auf Alex und Miranda zubewegten, gewannen ihre Umrisse an Kontur.

Der Mann links war knapp eins achtzig groß. Er mochte um die dreißig sein, eher dünn, mit unscheinbarem braunen Haar. Die Frau hatte wahrscheinlich das gleiche Alter, war von mittlerer Größe, schlank und blond. Beide waren zwanglos gekleidet und trugen dunkle Hosen und weite Pullover.

Doch es war der Mann in der Mitte, der Alex' Aufmerksamkeit auf sich zog. Genauso leger gekleidet wie die beiden anderen, in Jeans und schwarzer Lederjacke, war er doch eine beeindruckende Erscheinung, über eins achtzig groß und dunkel. Sein schwarzes Haar glänzte im letzten Tageslicht, und ein ausgeprägt spitzer Haaransatz begrenzte seine hohe Stirn. Er hatte breite Schultern und bewegte sich mit der Gelassenheit und Geschmeidigkeit eines durchtrainierten Athleten. Er bewältigte den Abstieg zwischen den Felsbrocken hindurch wesentlich geschickter als seine stolpernden und rutschenden Begleiter. Als der Mann näher kam, bemerkte Alex eine auffällige Narbe auf der linken Seite des gut aussehenden, aber zugleich kalt wirkenden Gesichts.

Liz' dunkler Fremder, dachte Alex so wenig erstaunt, dass sie sich gewundert hätte.

Er wandte sich Miranda zu und sah, dass ihr Blick wieder nach unten auf den See gerichtet war. Doch ihr Atem ging rasch zwischen den geöffneten, zitternden Lippen, und ihr

Gesicht war blass und angespannt. Alex war überrascht, wie verletzlich sie wirkte. Einen Moment lang. Nur einen.

Dann schloss sie die Augen, und als sie sie eine Sekunde später wieder öffnete, war all die Anspannung verschwunden. Sie wirkte vollkommen ruhig, fast gleichgültig.

»Randy, ich glaube, die vom FBI sind da«, sagte er leise.

»Tatsächlich?« Es klang beinahe desinteressiert. »Sie sind früh dran«, sagte sie, während sie die Hände in die Taschen ihrer Jeans steckte. »Hatten wahrscheinlich ein schnelles Auto.«

»Wahrscheinlich.«

Neugierig richtete Alex seine Aufmerksamkeit wieder auf die sich nähernden Agenten. Als sie vor ihnen standen, ergriff der große Mann in der Mitte das Wort. Seine Stimme war tief und kühl, doch es lag darin eine vernehmbare unterschwellige Spannung. »Sheriff Knight?« Wie eine Frage klang das eigentlich nicht. Seine hellen, seltsam leuchtenden Augen waren auf Miranda gerichtet.

Sie wandte sich zu den Neuankömmlingen um. »Hallo, Bishop.«

Bishops Begleiter schienen nicht überrascht, dass dieser Kleinstadtsheriff ihn kannte.

»Sie beide kennen sich?«, fragte Alex.

»Wir sind uns bereits begegnet.« Miranda stellte Alex vor, und Bishop nannte mit der gleichen Gelassenheit die Namen der Special Agents Anthony Harte und Dr. Sharon Edwards. Keiner machte Anstalten, sich die Hand zu geben, was daran liegen mochte, dass Miranda und Bishop während der ganzen Zeit die Hände in den Hosentaschen behielten.

»Ich bin der Gerichtsmediziner, den Sie angefordert haben«, sagte Edwards freundlich. Alex dachte sich, Doc Shepherd würde hier auf eine verwandte Seele treffen.

»Mein Spezialgebiet ist die Auswertung von Daten«, erklärte Harte, als Miranda sich ihm mit fragendem Blick zuwandte.

»Sehr gut«, erwiderte sie. »Wir haben einige verwirrende Daten für Sie zum Auswerten. Im Moment – um Sie auf den Stand der Dinge zu bringen – verfolgen wir einen Hinweis, dass unser verschwundener Teenager eventuell in diesem See zu finden sei.«

»Ein Hinweis von wem, Sheriff Knight?«, wollte Bishop wissen.

»Ein anonymer Hinweis.«

»Telefonisch, im Büro?«

»Richtig.«

»Männlich oder weiblich?«

Sie zögerte nahezu unmerklich. »Weiblich.«

»Interessant«, meinte er.

Es war keine Spur eines Vorwurfs in seiner Stimme, und ihre Stimme war frei von jeglicher Abwehrhaltung. Alex spürte beides und war nur noch verwirrter. Dann fiel ihm noch etwas anderes auf. »He, Sie beide sind Schachfiguren. Knight und Bishop, Springer und Läufer.«

Mit hochgezogenen Augenbrauen sah Miranda ihn an. »Was Sie nicht sagen«, erwiderte sie trocken.

Alex räusperte sich. »Tja, egal. Das Licht auf dem See verschwindet, Sheriff. Wollen Sie die Suche für heute abblasen?«

»Ist wohl besser.« Sie richtete den Blick auf die Agenten. »Wenn Sie mich für einen Augenblick entschuldigen würden?« Ohne eine Antwort abzuwarten, machte sie sich auf den Weg zum Ufer hinunter, wo sich die Boote sammelten.

Bishop ließ Miranda keine Sekunde aus den Augen. Vor lauter Neugier hätte Alex zwar gerne weiter nachgebohrt, doch etwas in Bishops Gesichtsausdruck riet ihm, sich auf berufliche Themen zu beschränken. »Und was ist Ihr Spezialgebiet, Agent Bishop?«

»Profiler. Wer hat den anonymen Anruf entgegengenommen, Deputy Mayse?«

Alex gefiel die Frage nicht so recht, aber er antwortete dennoch. »Sheriff Knight.« Dann merkte er, dass er anfing, sich zu rechtfertigen, was Miranda vermieden hatte. »Das ist überhaupt nichts Ungewöhnliches, falls Sie das denken. Sheriff Knight legt Wert darauf, erreichbar zu sein, daher rufen viele Leute sie persönlich an, wenn sie Informationen oder Fragen haben.«

Nun richteten sich diese kühlen, hellen Augen auf ihn. »Typisch für Kleinstädte, meiner Erfahrung nach«, sagte Bishop fast beiläufig. »Sagen Sie, ist dieses Gebiet hier schon abgesucht worden?«

»Nein. Bevor wir den Tipp mit dem See bekamen, bestand kein Grund für die Annahme, das Grainger-Mädchen könnte sich so weit von der Stadt entfernt haben.«

»Und glauben Sie, dass sie hier ist?«

»Sheriff Knight meint, die Möglichkeit bestünde. Das genügt mir.«

Bishop ließ den Blick noch länger auf ihm ruhen, was Alex irritierte. Dann nickte der Agent, wechselte Blicke mit seinen beiden Begleitern und entfernte sich ein Stück in Richtung eines Felsvorsprungs. Von dort aus konnte man den größten

Teil der Senke, den See und die umliegenden Hügel überblicken.

»Was tut er denn?«, fragte Alex mit gedämpfter Stimme.

»Er sieht sich die Beschaffenheit des Geländes an«, antwortete Sharon Edwards. »So nennt man das, glaube ich. Hält Ausschau nach … Hinweisen.«

»Hinweisen? Es ist schon fast dunkel, vor allem dort unten. Was soll er denn noch sehen können?«

»Sie wären überrascht«, murmelte Tony Harte.

Wieder hätte Alex gerne nachgehakt. »Ich nehme an, er ist der Chef?«, fragte er jedoch stattdessen. »Er ist der Senior Agent«, bestätigte Edwards. »Der Chef ist Ihr Sheriff. Wir sind nur da, um zu helfen und unsere Erfahrung und unseren Rat einzubringen.«

»Aha.«

Sie lächelte. »Wirklich. Wir haben die Anweisung, uns nie in die Arbeit der örtlichen Polizeibehörden einzumischen. Nur so können wir tatsächlich von Nutzen sein *und* sichergehen, dass wir auch gerufen werden, wenn es die Sachlage erfordert. Die Polizei wird uns bei unserer Art von Fällen viel eher zurate ziehen, wenn sich herumspricht, dass wir die Einsatzleitung vor Ort nicht rücksichtslos bevormunden.«

Alex musterte sie neugierig. »Ihre Art von Fällen?«

»Sie haben bestimmt das Rundschreiben gesehen, das von der Bundesbehörde verschickt wurde.«

»Habe ich. Wie sooft bei diesen amtlichen Verlautbarungen hat es mir nicht allzu viel gesagt.«

Edwards lächelte erneut. »Die können schon in Rätseln sprechen, wenn sie es darauf anlegen. Im Grunde genommen werden wir zu Fällen gerufen, bei denen die Beweise nicht zusammenpassen oder keine vorhanden sind, oder wenn sich Details ergeben, die den Anschein des Paranormalen oder Unerklärlichen erwecken. Diese Aspekte treten oft erst zutage, nachdem die örtliche Polizei alle normalen Ermittlungsmethoden ausgeschöpft hat.«

»Ihr Leute bedient euch also *un*normaler Ermittlungsmethoden?«

»Wir … suchen nach den unwahrscheinlicheren Erklärungen. Und einige der Methoden, die wir anwenden, gründen sich eher auf Intuition als auf Wissenschaft. Wir versuchen, im Hintergrund zu bleiben.«

»Also deshalb keine Trenchcoats?«

Sie kicherte belustigt. »Innerhalb des FBI betrachtet man uns eher als eine Gruppe von Außenseitern, und als wir dann vorschlugen, uns etwas legerer anzuziehen, wurde es von oben genehmigt.«

Alex hätte gerne noch mehr gehört, doch Miranda winkte ihn vom See zu sich her, und er stapfte hinunter, um den Trupps zu helfen, die Ausrüstung an Land zu bringen.

Tony Harte blickte ihm nach. »Meinst du, du hast ihm genug erzählt?«

»Um ihn zufriedenzustellen?« Edwards schüttelte den Kopf. »Nur für den Augenblick. Seinem Persönlichkeitsprofil nach ist er neugierig und unkonventionellen Methoden gegenüber äußerst aufgeschlossen. Deshalb wird er Sheriff Knight auch nicht allzu genau nach all den Vorahnungen und intuitiven Entscheidungen ausgefragt haben, seit sie im Amt ist. Er sorgt sich um sie und misstraut uns. Er wird sich kooperativ verhalten, solange er davon überzeugt ist, dass unser Beitrag zu den Ermittlungen kein schlechtes Licht auf Sheriff Knight wirft.«

Harte brummte zustimmend und blickte dann zu Bishop hinüber, der noch immer ein Stück entfernt stand und auf den See hinuntersah. »Was hat es mit diesem Sheriff auf sich? Wusstest du, wer sie ist?«

»Ich bekam so meine Zweifel, als ich ihren Werdegang gründlich überprüft habe – und feststellte, dass sie keinen hat.«

»Also ist sie es?«

»Ich denke schon.«

»Kein Wunder, dass er es so eilig hatte, hierherzukommen. Aber ich habe schon freundlichere Begrüßungen unter Todfeinden gesehen.«

»Was macht dich so sicher, dass sie nicht genau das sind – zumindest von ihrer Warte aus?«

»Ich hätte nie gedacht, dass Bishop mir einmal leidtun könnte.«

»Ich kann mir vorstellen, dass er schon allein mit seinen Problemen zurechtkommt.« Edwards lächelte. »In der Zwischenzeit kümmern wir uns lieber um dieses kleine Problem, bei dem wir helfen sollen. Empfängst du irgendwas?«

»Nein. Ich wurde abgeblockt, als wir über die Hügelkuppe kamen. Und du?«

»Ich auch. Merkwürdig, nicht?«

Harte beobachtete Sheriff Knight, die den Hügel heraufkam. Ihr hübsches Gesicht war ausdruckslos. »Armer Bishop«, murmelte er.

Falls Bishop mitbekommen hatte, dass sich seine Mitarbeiter über ihn unterhielten, ließ er es sich nicht anmerken, als er, nur wenige Sekunden bevor Sheriff Knight und ihr Deputy sie erreichten, zu ihnen trat.

»Heute Abend können wir hier nichts mehr ausrichten«, erklärte Deputy Mayse, »also ...«

»Wir könnten nach einem alten Brunnen suchen«, sagte Bishop. »Hier in der Nähe ist einer.«

Mayse starrte ihn an. »Wie in aller Welt können Sie das wissen?«

»Er weiß es.« Sheriff Knight sah ihren Deputy gelassen an. »Die meisten der Männer sind sicher erschöpft, Alex, aber Sie könnten ein paar Freiwillige bitten, rund um den See danach zu suchen. Der Mond wird bald aufgehen, dann werden wir etwas Licht haben.«

Der Deputy schien eindeutig Fragen oder Einwände zu haben, schüttelte schließlich jedoch nur den Kopf und entfernte sich, um mit den Suchtrupps zu reden.

Harte blickte zu Edwards. »Je mehr Leute sich an der Suche beteiligen, desto größer sind die Chancen, rasch etwas zu finden. Unsere Ausrüstung ist im Wagen. Wir ziehen Stiefel an und holen unsere Taschenlampen, ein Seil oder was sonst nützlich sein könnte.«

»Sie sollten einen Kompass mitnehmen«, riet ihnen Sheriff Knight. »Das Gelände hier ist schwierig. Man verliert leicht die Orientierung, vor allem im Dunkeln.«

»Verstanden.« Harte sah Bishop an, der schon Stiefel anhatte. Dann wechselte er einen Blick mit Edwards und zuckte die Schultern. Beide drehten sich um und stapften den Hügel wieder hinauf zu ihrem Mietwagen, der hinter der Kuppe stand.

Mit einem letzten Blick zurück auf die beiden Menschen,

die wenige Schritte und mindestens ein Lichtjahr voneinander entfernt standen, murmelte Harte: »Wahrscheinlich hätte es noch schlimmer kommen können. Sie hätte ihn beim ersten Anblick erschießen können.«

Bishop wusste, dass es an ihm war, das Schweigen zwischen ihnen zu brechen. Doch als es so weit war, fiel ihm nichts anderes ein als eine äußerst lahme Bemerkung.

»Ich hätte nicht gedacht, dass du im Polizeidienst bist.«

»Das war eine naheliegende Wahl. Mit einem Juradiplom, das ich nicht verwenden kann … und der passenden Erfahrung.«

»Und damit konntest du die … Verbindung aufrechterhalten, nicht? Zu allen wichtigen Informationsquellen.«

»Das gab den Ausschlag.«

Er dehnte das Schweigen, und als er es nicht länger ertrug, machte er die nächste unpassende Bemerkung. »Knight. Noch eine interessante Wahl.«

»Ich fand den Namen passend.«

Er wartete auf weitere Ausführungen, doch sie wechselte das Thema.

»Wie ich sehe, funktioniert dein Spinnensinn so gut wie eh und je.«

Sie hielt den Blick auf den See gerichtet, als faszinierten sie die kaum mehr wahrnehmbaren Bewegungen der Männer dort unten. Er hätte gerne gewusst, woran sie dachte, wagte jedoch nicht, sie zu berühren, um das herauszufinden. Sie war es gewesen, die auf die Bezeichnung »Spinnensinn« für die Fähigkeit gekommen war, sein Seh- und Hörvermögen bis zu einem Grad zu schärfen und zu verstärken, der ihm bisweilen ermöglichte, weit mehr zu sehen und zu hören als normale Menschen. Er fragte sich, ob sie sich vorstellen konnte, dass er seitdem kaum je mit einer anderen Bezeichnung an diese zusätzliche Begabung dachte.

»Das werden wir sehen, wenn wir einen Brunnen gefunden haben«, sagte er schließlich.

»Oh, es gibt einen Brunnen.«

Wenn sie ihn doch endlich anschauen würde! »Und eine Leiche?«

Miranda nickte. »Und eine Leiche.«

»Es war gar kein anonymer Anruf, stimmt's, Miranda?«

»Nein.«

»Du hattest eine Vision.«

Das schwache, ungeduldige Zucken ihrer Schultern strafte ihren ruhigen Gesichtsausdruck Lügen. »Ich hatte einen … sehr eindringlichen Tagtraum. Ich sah den See. Ich wusste, sie ist hier irgendwo. Ich weiß es jetzt. Ein Brunnen … könnte passen.«

»Offensichtlich bist du immer noch nicht bereit, sie Visionen zu nennen.«

»Visionen? Ich bin der gewählte Sheriff einer kleinen konservativen Stadt, in der es tatsächlich mehr Kirchen als Autohäuser gibt. Wie lange, glaubst du, hätte ich meinen Job noch, wenn sich herumsprechen würde, dass ich Visionen habe?«

»Konntest du das denn so gut verheimlichen?«

»Es ist erstaunlich, wie viele durchaus logische Gründe sich finden lassen, um überraschende Kenntnisse zu erklären.« Sie holte Luft und atmete langsam wieder aus. »Ich bin intuitiv. Ich habe Ahnungen. Ich habe Glück. Ich bin sehr gut in meinem Job. Ich sorge dafür, die Dinge mit Beweisen untermauern zu können. Und wenn alle Stricke reißen, greife ich auf den guten alten anonymen Anruf zurück. Und ich bin äußerst vorsichtig.«

»Du hast sehr loyale Deputys«, sagte er nach einer kurzen Weile.

»Die mir aufs Wort glauben? Mag sein. Aber ich hatte schon öfter recht, und sie haben gemerkt, dass sie mir vertrauen können.«

»Irgendeine Idee, wer hinter diesen Morden steckt?«

Miranda lächelte gequält. »Wenn ich das wüsste, wärst du nicht hier.«

Die Bitterkeit in ihrer Stimme war nicht zu überhören und verriet ihm zum ersten Mal mit Gewissheit, dass sie wohl nicht so gelassen war, wie sie nach außen wirkte. Sie wollte ihn nicht hierhaben. Sie hasste ihn. Und die Intensität seiner eigenen Reaktion darauf überraschte ihn.

»Ich hatte nie vor, dich zu verletzen«, sagte er unvermittelt.

Das Licht verschwand rasch, doch sie konnten beide Alex Mayse erkennen, der zu ihnen heraufkam.

»Mich zu verletzen«, sagte Miranda, »war noch das Geringste dabei.« Dann ging sie ihrem Deputy entgegen.

3

In weniger als zwei Stunden war der Brunnen gefunden. Die grauenhaft zugerichtete Leiche von Lynet Grainger zu bergen dauerte noch zwei weitere Stunden.

Zur Beleuchtung der Lichtung rings um den Brunnen hatten sie mehrere batteriebetriebene Scheinwerfer aufgestellt. So konnte Dr. Edwards vor Ort eine vorläufige Untersuchung vornehmen. Währenddessen wurde das Gebiet abgesperrt und aufs Gründlichste durchkämmt.

»Wir werden allerdings kaum etwas Brauchbares finden«, sagte Alex zu Miranda. »Letzte Nacht hat es wieder geregnet, und ich wette, die Leiche wurde entweder vor oder während des Regens dort hineingeworfen. Prima Methode, alle Beweise zu verwischen. Mit allen Wassern gewaschen, unser Junge.«

»Sie denken, es war der gleiche Mörder?«

»Ich glaube, Ihnen ist das Gleiche wie mir aufgefallen.«

»Ja.«

»Und?«

Sie nickte bedächtig. »Ich glaube, wir haben es hier nur mit einem Mörder zu tun. Aber … irgendwas an diesem Opfer ist anders.«

»Was?«

»Ich weiß es nicht.« Alex wartete einen Moment. »Sie ist völlig bekleidet, ist es das? Die anderen beiden waren nackt, oder zumindest beinahe.«

»Nein … das ist es nicht. Etwas anderes.« Sie sah ihn an und verzog das Gesicht. »Anscheinend nichts, was ich erklären kann. Nur eine Vermutung.«

»Ihre Vermutungen treffen meist ins Schwarze.«

»Die haben uns bei diesem Fall noch nicht viel genützt.« Mit einer erschöpften Bewegung rieb sich Miranda den Nacken.

Alex sah auf die Uhr. »Beinahe zehn. Sie sind schon über acht Stunden hier draußen, Randy. Ohne Abendessen, ohne Mittagessen, und ich wette, Sie haben letzte Nacht kaum geschlafen.«

Ihr Blick wanderte zur anderen Seite des abgesperrten Bereichs, wo Bishop mit Agent Harte sprach. »Heute Nacht werde ich bestimmt schlafen. Bin viel zu müde …«

»Ist Mrs Task bei Bonnie?«

»Bis ich nach Hause komme, ja. Wie immer. Ich wüsste nicht, was ich ohne sie täte.«

»Das beruht auf Gegenseitigkeit«, erwiderte Alex. »Sie wäre arm dran, wenn Sie und Bonnie nicht vor acht Jahren hierhergekommen wären. Verwitwet und bis über beide Ohren verschuldet, dank des letzten fiesen Kerls, mit dem sie verheiratet war, ohne Familie, nichts gelernt, keine Freunde. Sie beide zu versorgen hat ihr neuen Auftrieb gegeben.«

»Wenn das wirklich so ist, dann hat sie es mir aber mehr als vergolten. Ich habe immer ein schlechtes Gewissen, sie all die Stunden auf mich warten zu lassen.«

»Ihr macht das nichts aus. Sie haben das ja nicht zur Gewohnheit werden lassen – wenigstens bis vor ein paar Monaten.«

Das stimmte schon, pflichtete ihm Miranda schweigend bei. Der Sheriff einer kleinen und meist friedlichen Stadt zu sein war größtenteils ein Job, der während der üblichen Bürozeit zu bewältigen war. Gelegentlich musste sie zu Stadtratssitzungen und anderen Abendveranstaltungen, doch im Allgemeinen konnte sie ihre Abende zu Hause mit Bonnie verbringen.

Auch schon als Deputy des vorherigen Sheriffs hatte sie vernünftige Arbeitszeiten gehabt, und die Arbeit war meist angenehm und anspruchslos gewesen.

Allerdings war das, bevor der Mörder in Gladstone sein Unwesen zu treiben begann.

Bevor die Visionen wiederkehrten.

Bevor Bishop wieder in ihr Leben trat.

Sie richtete den Blick auf Dr. Edwards, um der Versuchung zu entgehen, Bishop zu betrachten, und sah, wie sie ihm fast unmerklich ein Zeichen gab. Als Edwards sie und Alex erreichte, waren Bishop und Agent Harte auch bei ihnen angelangt.

»Ich kann Ihnen einen vorläufigen Bericht geben, Sheriff«, sagte Edwards knapp. »Später werde ich natürlich mehr wissen, aber …«

»Schießen Sie los, Doktor.«

»Der Tod trat schätzungsweise vor zwölf bis vierundzwanzig Stunden ein. Die Leichenstarre ist bereits vollständig eingetreten, und nach der Position zu urteilen, in der wir die Leiche fanden, wurde sie kaum mehr als zwei oder drei Stunden nach Eintritt des Todes, doch einige Zeit vor Einsetzen der Leichenstarre in den Brunnen geworfen. Die kühle Temperatur hat den Prozess allerdings etwas verzögert.«

»Verstehe«, erwiderte Miranda. »Fahren Sie fort.«

»Für Vergewaltigung oder anderen sexuellen Missbrauch gibt es keine äußeren Anzeichen. Nichts weist darauf hin, dass sie gefesselt oder durch andere Mittel in ihrer Bewegungsfreiheit behindert war. Keine Abwehrverletzungen. Nichts unter den Fingernägeln. Sie wurde mit einem stumpfen Gegenstand heftig geschlagen, möglicherweise mit einem Baseballschläger. Als Todesursache werden sich innere Verletzungen erweisen, aufgrund der Schläge, nehme ich an. Der Leiche wurde alles Blut entzogen, und das von jemandem, der sich damit auskennt.«

»Es gibt Leute, die darauf spezialisiert sind, jemanden ausbluten zu lassen?«, fragte Alex verblüfft. »Wenn jetzt jemand von Vampiren anfängt, dann ...«

Edwards schüttelte den Kopf. »Bestattungsunternehmer, Ärzte, auch ein Tierarzt, würden wissen, wie das geht«, sagte sie ernst. »Aber es ist nicht nur eine Frage des ›Wie‹. Das hier wurde nicht irgendwo auf der grünen Wiese gemacht. Dafür brauchte er den geeigneten Ort und die entsprechende Ausrüstung.«

»Fließend Wasser«, erklärte Miranda. »Schläuche, Abflussrohre. Behälter für das Blut, falls er es aufgehoben hat.«

»Genau.« Edwards nickte. »Er könnte sich die Vorgehensweise angelesen haben, zumindest so weit, dass er es ordentlich hinbekommt. Doch wir können davon ausgehen, dass er dafür eine längere Zeitspanne ungestört und abgeschieden sein musste.«

Miranda hielt den Blick unverwandt auf die Gerichtsmedizinerin gerichtet. »Okay. Und Sie sind sicher, dass sie sich nicht gewehrt hat? Keine Abwehrverletzungen, sie wurde nicht gefesselt, nichts unter den Fingernägeln. Sie ließ sich ohne Gegenwehr von jemandem zu Tode prügeln?«

»Ich bezweifle, dass sie wusste, was geschah. Nach einem toxikologischen Test wissen wir mehr, aber ich glaube, sie wurde betäubt, vermutlich bis an den Rand eines Komas, bevor sie ermordet wurde.«

»Bingo«, sagte Alex leise und sah Miranda an. »Da liegt der Unterschied.«

»Wir haben die detaillierten Berichte der beiden anderen Fälle noch nicht gesehen«, erinnerte Bishop sie.

»Von Adam Ramsay wissen wir es noch nicht«, beantwortete Miranda die unausgesprochene Frage, »aber der toxikologische Test bei Kerry Ingram war negativ, und alles deutet darauf hin, dass sie die meiste Zeit ihres Martyriums wach und bei Bewusstsein war. Unser Gerichtsmediziner geht davon aus, dass sie wiederholt bis zur Bewusstlosigkeit gewürgt und dann wiederbelebt wurde. Ein Schlag auf den Kopf brachte sie schließlich um.«

»Aus all diesen Angaben schließe ich, dass der Kerl völlig pervers ist«, murmelte Agent Harte.

»Amen«, stimmte Alex zu.

»Ich werde die Überreste des Ramsay-Jungen untersuchen«, sagte Edwards. »Dann werden wir ziemlich bald wissen, ob er betäubt wurde. Und über diese hier kann ich nach der Obduktion mehr sagen.«

»Sie haben ihre Augen nicht erwähnt, Doktor«, wies Miranda sie hin.

»Die sind entfernt worden, wie Sie offensichtlich bemerkt haben. Und auch diesmal von jemandem, der sich damit auskannte.«

»Was bedeutet?«

»Das bedeutet, dass die Augen weder eingedrückt noch ausgestochen wurden. Sie wurden sorgsam aus den Höhlen entfernt. Der Täter war bemüht, das umliegende Gewebe nicht zu beschädigen. Tatsächlich waren das die einzigen Verletzungen oberhalb des Halses.«

»Ich bin ja kein Profiler«, warf Alex ein und sah dabei Bishop an, »aber mir scheint das bedeutungsvoll.«

»Wäre möglich«, erwiderte Bishop unbewegt, als hätte er die Herausforderung nicht gehört. »Dadurch, dass er sein Opfer blind macht, das Gesicht sonst aber unbeschädigt lässt, könnte er uns sagen wollen, dass die Frau ihn kannte und er etwas für sie empfand, eventuell sogar eine Art Zuneigung. Er entfernte ihre Augen, weil sie ihn gesehen hatte, und deckte wahrscheinlich ihr Gesicht ab, während er auf sie einschlug, damit sie ein namen- und gesichtsloses Etwas für ihn wurde. Obwohl es relativ selten vorkommt, dass ein Mörder einen Körperteil als Trophäe behält, wäre allerdings auch das eine denkbare Möglichkeit.«

»Tut mir leid, dass ich gefragt habe«, murmelte Alex.

»Wieso wollte er ihr Blut?«, fragte Miranda. »Und das Blut von Kerry Ingram … Möglicherweise das von allen dreien? Worauf deutet das hin?«

»Höchstwahrscheinlich auf eine rituelle Zwangsvorstellung oder kannibalische Veranlagung«, war Bishops prompte Antwort. »Angenommen, er hat es behalten und den Körper nicht nur ausbluten lassen, dann braucht er das Blut, oder meint es zu brauchen. Entweder um es zu trinken oder es auf andere Weise für ein ihm bedeutsames Ritual zu benutzen.«

»Dann brauchte er vielleicht auch Lynets Augen«, gab Miranda zu bedenken.

»Das wäre möglich«, stimmte Bishop zu. »Zu diesem Zeitpunkt liegen mir aber kaum genug Informationen für eine improvisierte Diagnose vor, geschweige denn für eine stichhaltige Analyse.«

»Und ich kann im Moment nicht mehr über diese Leiche sagen«, ergänzte Edwards. »Außerdem, falls ihr es noch nicht bemerkt habt, wird es verdammt kalt hier draußen. Ich schlage vor, wir packen die Leiche ein, bringen sie in die Gerichtsmedizin, und ich beginne mit der Autopsie.«

»Unsere Gerichtsmedizin«, klärte Alex sie auf, »ist die Leichenhalle des Bezirkskrankenhauses. Die Blutegel hat man wohl inzwischen entsorgt, glaube ich.«

Edwards lächelte schwach. »Untersuchungen vor Ort machen Zugeständnisse notwendig, Deputy. Ich bringe immer meine eigene Ausrüstung mit.«

»Klug von Ihnen.«

»Der Leichenwagen, mit dem wir die Leichen transportiert haben, steht bei den anderen Fahrzeugen, Doktor. Nehmen Sie so viele von meinen Leuten zu Hilfe, wie Sie brauchen«, meinte Miranda.

»Danke, Sheriff.«

»Randy, fahren Sie doch nach Hause«, sagte Alex, nachdem Edwards und Harte sich entfernt hatten. »Es war ein fürchterlich langer Tag, und morgen wird es auch nicht besser werden.«

Miranda schüttelte den Kopf und war sich bewusst, dass

Bishop sie schweigend beobachtete. »Ich muss noch zu Teresa Grainger, ehe sie von jemand anderem erfährt, was mit ihrer Tochter passiert ist. Wir werden hier in etwa einer Stunde fertig sein.«

»Kann ich kurz mit Ihnen sprechen, Sheriff?«, fragte Bishop geschäftsmäßig.

Miranda entfernte sich ein paar Schritte mit ihm und war sorgsam darauf bedacht, Abstand zu ihm zu halten.

»Miranda, wenn mein Team dir wirklich nützen soll, muss es auch in der Lage sein, seine Arbeit tun zu können.«

Ihre Haltung wurde starr. »Mir war nicht bewusst, dass jemand dem Team im Wege steht.«

»Du tust das.«

Sie wollte widersprechen, doch er gab ihr keine Gelegenheit dazu.

»In dem Moment, als wir ankamen, bist du zugeschnappt wie ein Tellereisen. Und was sich auch sonst in acht Jahren geändert haben mag, das jedenfalls nicht. Du blockst sie ab. Weder die Leiche noch die Umgebung hier wird ihnen nur das Geringste verraten, solange du in der Nähe bist.«

»Du hattest anscheinend kein Problem damit.« Sie hielt diesen hellen, wachsamen Augen stand und verweigerte ihm die Befriedigung festzustellen, dass er ihr noch immer nicht egal war.

»Und wir beide wissen, wieso«, sagte er ausdruckslos. »Aber mein Team besitzt diesen … Vorteil nicht.«

Es bedurfte ihrer ganzen Willenskraft, nicht auf ihn einzuschlagen. Sie brachte kein Wort heraus, weil sie nicht wusste, ob ihre Stimme versagen würde.

»Lass uns erledigen, wozu wir hergekommen sind, Miranda«, sagte er ungerührt. »Und du tust, was du tun musst. Geh zu der Mutter des Mädchens und sag ihr, dass ihre Tochter nicht nach Hause kommen wird. Und dann ruh dich aus. Morgen fangen wir neu an.«

Sie konnte noch immer nicht sprechen, denn ihr war klar, dass sonst ein Sturzbach von Worten herauskäme. Worte über Verrat. Worte über Unehrlichkeit und Täuschung, über Schmerz und Verlust und Verbitterung und Wut.

Sie sagte nichts, sondern drehte sich einfach um und ging am See entlang zu ihrem Jeep. Sie überließ es Bishop, Alex und den anderen zu erklären, wieso sie plötzlich verschwunden war.

Sie wusste, ihm würde etwas Glaubhaftes einfallen.

»Um Himmels willen, wir haben es mit einem Serienmörder zu tun«, stieß der Bürgermeister entsetzt hervor.

John MacBride saß am Schreibtisch Miranda gegenüber. Schon zum dritten Mal wünschte sie sich, sie wäre von Teresa Grainger aus direkt nach Hause gefahren. Stattdessen war sie, wie sie dachte, nur für zehn Minuten ins Büro gefahren.

Doch MacBride war aufgetaucht, und aus den zehn Minuten wurden zwanzig.

»Das steht noch nicht fest«, erklärte sie ihm geduldig.

»Bei drei toten Teenagern? Was sollte es sonst sein?«

»Man nannte Serienmörder früher auch Fremdenmörder, weil sie nur selten eine Verbindung zu ihren Opfern hatten oder sie schon vorher kannten. Ich glaube nicht, dass das hier der Fall ist. Und so, wie wir die Leichen auffanden, nehme ich an, dass die Spezialeinheit sie als bizarre Morde einstufen wird. Morde, die für eine Art Ritual begangen wurden.«

MacBride wirkte noch entsetzter. Eigentlich war er ein gut aussehender Mann, doch in den letzten Wochen hatten sich Zeichen von Anspannung bemerkbar gemacht, und der bestürzte Gesichtsausdruck ließ die dunklen Ringe unter seinen Augen und die Falten in seinem Gesicht noch stärker hervortreten. »Ritualmorde?«, rief er aus. »Wollen Sie andeuten, wir hätten es mit Satanismus oder ähnlichem okkulten Mist zu tun?«

»Ich weiß es nicht, John. Aber falls Sie jetzt an schwarz gekleidete Gestalten denken, die draußen im Wald bei Vollmond um ein Feuer tanzen, vergessen Sie es. Wir haben es hier mit einem einzelnen Mörder zu tun, und was immer seine Gründe für die Morde sind, was seine kranken Rituale auch sein mögen, ich bin der Meinung, wir werden feststellen, dass er allein handelt.«

»Das hilft mir auch nicht weiter, verdammt! Der Bastard hat schon weiß Gott genug allein angerichtet.« Er brütete einen Moment lang. »Es muss ein Fremder sein. Jemand, der eigentlich nicht in Gladstone lebt, sondern nur ...«

»... hier auf die Jagd geht?« Miranda zuckte die Schultern. »Wäre möglich. Und jetzt, da wir drei Morde zum Vergleich haben, sollte es uns möglich sein, genügend Gemeinsamkeiten zu finden, damit die Polizei der umliegenden Bezirke ihre ungeklärten Fälle nach ähnlichen Morden durchforsten kann.«

»Das öffentliche Aufsehen!«, stöhnte MacBride.

Miranda fand sich an diesem Abend nicht in der Lage, einen besorgten Bürgermeister zu beruhigen. Ganz gleich, was sie sagte, es würde ihn nur noch mehr aufregen. Mit einem Seufzer erhob sie sich.

»Also, John, wir wollen uns doch keine weiteren Schwierigkeiten aufhalsen, stimmt's? Wir tun unser Bestes, um das Aufsehen in Grenzen zu halten. Und übrigens, falls diese FBI-Spezialeinheit so gut ist wie ihr Ruf, könnten wir schon bald den Fall gelöst und den Mörder in Gewahrsam haben.«

»Und wenn sie nicht so gut ist?« Auch er erhob sich, etwas steif und mit gerunzelter Stirn. »Ich habe heute Abend schon ein Dutzend Anrufe erhalten, Randy. Panik greift schnell um sich.«

»Dann werden wir tun, was wir können, um die Leute zu beruhigen, John. Wir werden vernünftige Vorsichtsmaßnahmen anordnen und der Bevölkerung mitteilen, dass wir alle verfügbaren Kräfte im Einsatz haben, um den Mörder zu fassen.«

»Und wir sollten dafür sorgen, dass diese Leute vom FBI auch wahrgenommen werden. Bewusst wahrgenommen.«

Miranda war klar, dass MacBride beabsichtigte, der Öffentlichkeit gegenüber die ganze Verantwortung für die Ergreifung des Mörders auf die breiten Schultern des FBI abzuwälzen. Das machte ihr zwar persönlich nicht viel aus, doch sie würde verdammt noch mal dafür sorgen, dass ihre eigenen Leute die Anerkennung bekamen, die ihnen zustand. Sie hatten sowieso schon viele Überstunden mühevoller Arbeit investiert.

»Ich denke, dass die FBI-Agenten durchaus wahrgenommen werden, John«, sagte sie jedoch nur. »Abgesehen von allem anderen gibt es hier in der Stadt nur ein Motel, und da es an der Main Street liegt und selten mehr als ein paar Übernachtungsgäste pro Woche beherbergt …«

Er stöhnte. »Ja, damit haben Sie schon recht. Aber hören Sie, Randy, ich will täglich einen Bericht.«

»Ich werde dafür sorgen, dass Sie immer auf dem Laufenden sind«, erwiderte sie unverbindlich.

Er seufzte, hakte aber nicht nach. »Soll ich Sie nach Hause fahren? Sie müssen doch erschöpft sein, und mein Wagen steht vor der Tür …«

»Meiner auch«, erwiderte sie. »Außerdem möchte ich morgen sehr früh los, deshalb sollte ich jetzt fahren. Trotzdem vielen Dank, John.«

Er seufzte erneut. »Eines Tages werden Sie Ja sagen, Randy.«

»Gute Nacht, John.«

Die Bluebird Lodge war ein mieser Schuppen. Das war Bishops ehrliche Meinung. Auch die grundlegenden Renovierungsarbeiten, die laut Besitzer und Manager im Gange waren, konnten das Haus nicht verschönern. Es hatte zwei Stockwerke, aber Außenflure und enge Zimmer, die zwar qualitativ anständig, doch mit zweifelhaftem Geschmack eingerichtet waren. Und falls man nicht in das Lokal ein Stück die Straße hinunter gehen wollte (das natürlich um neun Uhr abends geschlossen war), blieb einem nur die Möglichkeit, sich etwas aus den beiden Automaten zu ziehen. Zumindest war der Schuppen sauber.

Es war fast schon Mitternacht. Bishop und sein Team wollten am nächsten Tag früh anfangen, und ihm war klar, dass er schlafen sollte. Doch dafür war er zu überreizt.

Er packte seinen Laptop aus und stellte ihn auf den lächerlich kleinen Schreibtisch am Fenster. Nachdem er die

Verbindung mit Quantico hergestellt hatte, lud er einige Dateien herunter, die vielleicht nützlich sein würden. Normalerweise erledigte er das, lange bevor er zum Tatort kam, aber in diesem Fall …

Er lehnte sich auf dem nicht allzu bequemen Stuhl zurück und starrte auf einen langweiligen Druck an der Wand. Doch was er sah, war etwas völlig anderes.

Sie hatte sich in den acht Jahren verändert. War natürlich noch immer auffallend schön, das hatte er erwartet und sich auch darauf gefasst gemacht. Oder es sich zumindest eingebildet.

Doch das Mädchen, an das er sich erinnerte – auch damals schon hinreißend –, war in den vergangenen Jahren zu einer Frau von ungewöhnlicher Schönheit und seltener Stärke herangewachsen.

In ihren lebhaften blauen Augen erstrahlte das Lachen nicht so schnell wie früher, und sie besaßen eine Tiefe, die Gedanken und Geheimnisse verbarg. Ihr schönes Gesicht enthüllte nur, was sie zu enthüllen bereit war, und ihr herrlicher Körper bewegte sich mit geschmeidiger Anmut. Ihre Stimme klang gemessen und beherrscht, eine Stimme, von der man sich kaum vorstellen konnte, dass sie vor Kummer, Wut und Schmerz Flüche ausstoßen konnte, die bis ins Mark drangen.

»Du rücksichtsloser, kaltherziger Dreckskerl! Du würdest alles und jeden benutzen, stimmt's? Solange du bekommst, was du willst, solange du gewinnst, ist es dir scheißegal, was mit anderen geschieht!«

Er fragte sich, ob Miranda ihn jetzt unter den gleichen Umständen nicht einfach erschießen würde. Doch die gleichen Umstände würde es natürlich nie wieder geben.

Er beging nie zweimal denselben Fehler.

Nein, diese Miranda, diese Frau, der er heute nach acht Jahren und nach zu viel Schmerz und Verlust gegenübergestanden hatte, war nicht mehr das Mädchen, an das er sich erinnerte.

Sie hatte ihre damals noch etwas lückenhafte Selbstkontrolle perfektioniert und gelernt, nicht nur sich selbst abzuschirmen, sondern diese Schutzhülle auch auszudehnen und andere mit einzuschließen.

Er kannte natürlich den Grund. Bonnie.

Der menschliche Geist ist ein bemerkenswertes Instrument, der menschliche Wille ist sogar noch bemerkenswerter. Miranda hatte sich gezwungen gesehen, Bonnie zu beschützen, und dieses starke, verzweifelte Bedürfnis hatte sie dazu gebracht, ihre erstaunlichen Fähigkeiten noch zu verfeinern.

Er fragte sich, ob sie überhaupt wusste, wie erstaunlich diese Fähigkeiten waren.

Es war … eine unvorhergesehene Komplikation. Er war davon überzeugt, ihren Schutzschild durch eine Berührung durchdringen zu können, denn immerhin hatte sein Spinnensinn trotzdem funktioniert. Und er war den meisten anderen gegenüber im Vorteil, was sie betraf. Aber ihre Stärke hatte ihn überrascht und ihm bewusst gemacht, dass Miranda nichts gegen ihren Willen preisgeben würde.

Wenn er ihren Schutzschild mit Gewalt durchbrach, war es fraglich, ob einer von ihnen den Kampf ohne schwerste Schäden überstehen würde.

Bishop gestattete sich einen Moment grimmiger Selbstironie. Acht Jahre lang hatte er nur den Wunsch gehabt, sie wiederzufinden, hatte sich eingeredet, dass die Wunden, die er geschlagen hatte, schnell geheilt werden könnten, wenn er ihr wieder gegenüberstünde und mit ihr sprechen könnte. Er hatte sich eingebildet, dass ihr Schmerz und ihre Verbitterung mit der Zeit nachgelassen hätten, sodass er es leichter hätte.

Aber es würde nicht einfach sein, Mirandas Vergebung zu erlangen. Falls das überhaupt möglich war.

»Mich zu verletzen war noch das Geringste dabei.« Damit hatte sie unrecht, soweit es ihn betraf. Was er getan hatte, war nicht ungeschehen zu machen. Die Toten ließen sich nicht wieder zum Leben erwecken. Dafür erwartete er auch keine Vergebung, denn er würde sich selbst nie vergeben. Doch er beabsichtigte, die Dinge zwischen ihnen wieder in Ordnung zu bringen.

Koste es, was es wolle.

Als sie heimkam, teilte Miranda ihrer Schwester und Mrs Task die Neuigkeiten mit. Sie beschränkte sich jedoch aufs Nötigste. Lynet Graingers Leiche war gefunden worden, mehr brauchten sie nicht zu wissen. Zumindest im Augenblick.

Bonnie war nicht überrascht. Miranda hatte ihr schon vor dem Aufbruch zum See gesagt, sie sei davon überzeugt, noch eine Leiche zu finden.

Die Haushälterin war entsetzt. Sie hatte darauf beharrt, dass dieses »Grainger-Mädchen« wahrscheinlich nur ausgerissen war und bald wieder heimkommen würde.

Zweckoptimismus.

Wie alle in der Stadt wollte sie es nicht wahrhaben, dass

sich hier unter ihnen ein Monster herumtrieb. Ein Monster mit menschlichem Aussehen.

»Arme Teresa«, murmelte Mrs Task, als sie ihren Mantel anzog. »Sie haben es ihr gesagt?«

»Ja, bevor ich nach Hause gefahren bin«, erwiderte Miranda. »Und ich habe ihre Schwester angerufen, damit sie bei ihr bleibt.«

»Teresa hatte nicht getrunken?«

»Nein. Soweit ich das feststellen konnte. Ich glaube sogar, dass sie stocknüchtern geblieben ist, seit sie aufgewacht war und festgestellt hatte, dass Lynet verschwunden war. Jammerschade, dass sie nicht eher aufgewacht ist.«

»Ich werde ihr morgen etwas vorbeibringen.« Wie so viele ihrer Generation glaubte Mrs Task, die Wunden des Lebens und der Schrecken des Todes ließen sich mit Essen lindern.

»Das wird sie sicherlich freuen«, murmelte Miranda, obwohl sie sich sicher war, dass viele Nachbarn Essen bringen würden, um die Leere, die der Tod ihres Kindes in ihr Leben gerissen hatte, damit zu füllen.

Mrs Task griff kopfschüttelnd nach ihrer Handtasche. »Die arme Teresa. Ein Kind zu verlieren …«

»Eine von Mrs Tasks Freundinnen rief an und erzählte ihr, die FBI-Agenten seien gekommen«, sagte Bonnie, nachdem Mrs Task gegangen war. »Stimmt das?«

Miranda nickte.

»Und? Ist er es?« – »Sie sind zu dritt. Er ist der Leiter der Gruppe.«

Bonnie sah sie besorgt an. »Hast du mit ihm gesprochen?«

»Über die Ermittlungen.« Miranda zuckte die Schultern. »Er hat sich absolut professionell benommen. Ich auch.«

»Aber er hat sich an dich erinnert.«

»Oh ja. Er hat sich erinnert.« Viel zu gut.

»Hat er gefragt, warum du deinen Namen geändert hast?«

»Das war nicht nötig.«

»Hast du ihm gesagt, was du gesehen hast?«

»Nein. Nein, natürlich nicht. Das braucht er nicht zu wissen. Nicht jetzt. Noch nicht.«

»Geh du doch duschen und mach dich bettfertig«, sagte Bonnie nach einem kurzen Schweigen, »und ich wärme das Abendessen auf.«

»Ich bin nicht sehr hungrig.«

»Du musst essen, Randy.«

Miranda war zu erschöpft, sich zu wehren. Sie ging nach oben, stellte sich unter die heiße Dusche und versuchte, ihre müden Muskeln zu lockern und die Anspannung und den Gestank des Todes von sich abzuwaschen. Danach fühlte sie sich besser, zumindest körperlich. Als sie in Bademantel und Pantoffeln in die Küche zurückkam, spürte sie, wie sich ihr Appetit regte, als sie den Eintopf roch.

Ganz automatisch griff Miranda nach einer Kaffeetasse, fand sich jedoch mit einem Glas Milch in der Hand wieder.

»Das Letzte, was du heute Nacht brauchst, ist noch mehr Koffein«, erklärte Bonnie.Und wieder fügte sich Miranda. Sie trank ihre Milch und aß den Eintopf, ohne ihn zu schmecken, und überlegte, wie lange sie die Unterhaltung wohl noch hinauszögern konnte, die ihre Schwester zweifellos führen wollte.

»Hat sich Bishop sehr verändert?«

Überhaupt nicht lange.

»Er ist älter geworden. Wir sind alle älter geworden.«

»Sieht er anders aus?«

»Ist mir nicht aufgefallen.«

»Ist er verheiratet?«

Die Frage überraschte Miranda. »Nein«, sagte sie rasch und fügte dann hinzu: »Ich weiß es nicht. Er trägt keinen Ring.«

»Und ihr habt nicht über persönliche Dinge gesprochen.«

Ich wollte dich nie verletzen. »Nein«, sagte Miranda ruhig. »Darüber haben wir nicht gesprochen.«

»Weil du dich völlig abschottest?«

»Weil es keinen Grund für uns gibt, über Persönliches zu sprechen, Bonnie. Er ist da, um seinen Job zu erledigen, und mehr nicht.«

»Kann er noch immer ...«

»Was?«

»Kann er noch immer zu dir durchdringen, auch wenn du dich vollkommen abschottest?«

Miranda starrte auf ihr leeres Milchglas. »Ich weiß es nicht.«

»Aber ...«

»Wir haben uns nicht berührt.«

»Überhaupt nicht?«

»Nein.«

Bonnie runzelte die Stirn. »Du musst es herausfinden, Randy. Solange er nicht zu dir durchdringen kann, wird er dir nicht helfen können, wenn es so weit ist.«

»Ich weiß.«

Bonnie zögerte kurz. »Wenn er es nicht schafft, musst du ihn *hereinlassen*«, sagte sie sanft.

»Das weiß ich auch.«

»Kannst du das tun?«

»Du hast es ja gesagt. Ich muss.«

Bonnie biss sich auf die Lippe. »Ich weiß, du hast gesagt, von hier zu verschwinden würde auch nichts ändern, aber …«

»Auch wenn wir das könnten, ist es zu spät.« Weil Bishop jetzt hier war. Weil die Dinge in Bewegung gekommen und nicht mehr aufzuhalten waren, bevor sie zu ihrem unvermeidlichen Abschluss kamen.

Bis es schließlich zu Ende war.

4

Sonntag, 9. Januar

Das Sheriffdepartment von Cox County war in einem Gebäude untergebracht, das noch keine zwanzig Jahre alt war. Als es entworfen wurde, hatten die Stadtväter aufgrund der damaligen positiven Entwicklung mit einem anhaltenden Wirtschaftswachstum gerechnet. Leider hatten sie sich getäuscht, doch ihr Optimismus hatte zu einem Gebäude mit zahlreichen Büros und einem geräumigen Konferenzraum geführt, der hauptsächlich als Lager genutzt wurde.

Miranda hatte Anweisungen gegeben, alle Kisten mit alten Akten und Bürobedarf aus dem Raum zu schaffen. Als sie sich früh am nächsten Morgen mit den drei FBI-Agenten dort traf, bot der Konferenzraum der Spezialeinheit eine anständige Operationsbasis. Zusätzliche Telefonleitungen waren bereits verlegt, Tafeln angebracht und Pinnwände aufgestellt, und die drei großen Doppelschreibtische enthielten die üblichen Schreibutensilien. Es gab einen Konferenztisch, der sechs Personen Platz bot, veraltete Videorekorder und Monitore und einen fünf Jahre alten Computer, den man noch schnell aus einem der Vorzimmer hereingeholt hatte.

Wenigstens die Kaffeemaschine war neu. Miranda machte

sich gar nicht erst die Mühe, sich für die Unzulänglichkeiten ihres Departments zu entschuldigen. Nachdem Dr. Edwards ihre eigene Ausrüstung mitgebracht hatte und sowohl Bishop als auch Harte an diesem Morgen mit dem Modernsten erschienen, was an Laptop-Computern zu haben war, dachte sie sich, dass die Bundesagenten von Anfang an mit derartigen Kleinstadtmängeln gerechnet hatten.

Und wenn es ihnen nicht passte, hatten sie Pech gehabt.

Sie versorgte sie mit sämtlichen Akten über die Ermittlungen, stellte ihnen einen bedauerlich ehrfürchtigen und nervösen Deputy zur Seite, der die nötigen Handlangerdienste verrichten sollte, und zog sich in ihr Büro zurück, um sich ihren morgendlichen Pflichten zu widmen.

Als Erstes rief sie in der Leichenhalle an und wurde von Dr. Edwards informiert, dass die Autopsie von Lynet Grainger bereits in vollem Gange war.

»Übrigens bin ich Dr. Shepherds Bericht über die Obduktion von Kerry Ingram durchgegangen und glaube nicht, dass wir die Leiche exhumieren müssen.«

Kerry war das einzige Opfer, dessen Leichnam der Familie zur Bestattung freigegeben worden war, und Miranda war äußerst dankbar dafür, sich nicht noch einmal mit der Bitte an die trauernden Eltern wenden zu müssen, ihre Tochter für eine neuerliche Autopsie ausgraben zu dürfen.

»Dr. Shepherd war sehr gründlich«, erklärte Edwards aufgeräumt, »und so umsichtig, die Objektträger und Gewebeproben aufzuheben. Daher dürfte es kein Problem sein, seine Befunde zu verifizieren.«

Im Hintergrund war Peter Shepherd mit der Bemerkung zu vernehmen, er wisse das zu schätzen.

Auch über dieses kleine Detail war Miranda erleichtert. Sie hatte zwar nicht mit Schwierigkeiten seinerseits gerechnet, da der Vorschlag, einen erfahreneren Gerichtsmediziner hinzuzuziehen, ja von ihm gekommen war. Aber bei Profis konnte man sich nie sicher sein, vor allem bei Ärzten. Stets so sehr auf ihren fachlichen Ruf bedacht.

»Vielen Dank, Doktor«, sagte sie zu Edwards. »Wenn Sie noch irgendwas benötigen, rufen Sie mich bitte hier im Büro an.«

»Mach ich, Sheriff, danke. Der schriftliche Bericht wird bis zum Abend vorliegen.«

Miranda legte auf und wandte sich dann dem Stapel von Zetteln zu, auf denen die Anrufe notiert waren, die diesen Morgen schon eingegangen waren. Sie verbrachte einige Zeit mit Rückrufen und bemühte sich, die Ängste und Sorgen der Menschen, die sie ins Amt gewählt hatten, so gut wie möglich zu beruhigen.

Nur gab es nicht viel, was sie zur Beruhigung anführen konnte.

Sie versuchte es dennoch, hörte geduldig Vorschlägen zu, die von einer Ausgangssperre für unter Achtzehnjährige bis zur Anforderung der Nationalgarde reichten, und begegnete allem mit einer gelassenen Zuversicht.

Sie würden den Mörder fassen, dessen sei sie sich sicher.

Wessen sie sich sonst noch sicher war, verriet sie niemandem. Dass zuerst noch weitere Teenager sterben mussten. Es sei denn, sie fände einen Weg, das Schicksal auszumanövrieren.

Möglich war es. Sie hatte es schließlich schon einmal geschafft.

Um elf Uhr konnte Miranda es nicht mehr ertragen, auch nur einer weiteren besorgten Stimme zu lauschen. Sie ging in den Konferenzraum, um dem unaufhörlichen Läuten ihres Telefons zu entkommen.

Zumindest redete sie sich das ein.

Bishop und Harte waren fleißig gewesen. Auf dem Konferenztisch türmten sich neben Schreibblöcken voller Notizen die aufgeschlagenen oder in ordentlichen Stapeln sortierten Akten. Ihre Laptops und der alte Computer surrten, und ein noch älterer Drucker ratterte in einer Ecke, während er irgendeine Anfrage ausdruckte.

Die große Pinnwand war in drei Spalten aufgeteilt worden, eine für jedes der Opfer, und alle Fotos der Leichen am Tatort waren dort zusammen mit den Autopsieberichten angeheftet. Agent Harte notierte den Zeitablauf auf der Tafel, die Namen der Opfer in Blockbuchstaben, das Alter, wann und wo sie verschwunden und wann und wo die Leichen gefunden worden waren.

Bishop hockte auf der Kante des Konferenztisches und sah Harte zu. »Dir ist das zeitliche Muster natürlich aufgefallen«, begrüßte er Miranda.

Miranda fühlte sich nicht sonderlich geschmeichelt, dass er etwas so Naheliegendes noch einmal eigens betonte. »Du meinst, dass ihr Verschwinden fast genau zwei Monate auseinanderlag? Klar. Schon irgendeine Idee, inwieweit das von Bedeutung sein könnte?«

»Ich möchte noch keine Meinung dazu äußern, bevor wir nicht alle Gemeinsamkeiten zwischen den Opfern entdeckt haben und ein halbwegs ordentliches Profil des Täters erstellen können.«

Das war vernünftig und entsprach dem, was Miranda erwartet hatte. Dennoch konnte sie sich eine Bemerkung nicht verkneifen. »Er scheint sie jedes Mal schneller umzubringen.«

Bishop sah auf seinem Block nach. »Dein Gerichtsmediziner schätzt, dass der Ramsay-Junge etwa sechs Wochen nach seiner Entführung ermordet wurde, das Ingram-Mädchen weniger als vier Wochen. Und da Lynet Grainger erst vor ein paar Tagen verschwand, wissen wir, dass sie bereits nach wenigen Stunden umgebracht wurde.«

Tony Harte trat etwas zurück, um sein Werk zu begutachten. »Also kommen mehrere Möglichkeiten in Betracht. Er könnte seinen Zeitplan aus Gründen, die für ihn oder sein Ritual wichtig waren, drastisch verkürzt haben. Er könnte kurz nach der Entführung des Grainger-Mädchens festgestellt haben, dass sie nicht seinen Erwartungen entsprach, und sie daher aus Wut getötet haben. Sie schnell zu töten könnte aber auch zu seinem Ritual gehört haben, eine neue Variante. Oder irgendwas an Grainger war anders und veranlasste ihn, sie nicht wie die anderen Opfer zu behandeln.«

Miranda erschienen diese Erklärungen ziemlich plausibel. »Wir wissen also nicht, ob uns zwei Monate bleiben, bevor er sich einen weiteren Teenager schnappt.«

Mit ernster Miene schüttelte Harte den Kopf. »Wenn Sie mich fragen, könnte er sich auch schon heute oder morgen einen holen. Er könnte aber genauso gut zwei Monate oder sechs warten … oder sich ein neues Jagdrevier suchen. Wir wissen einfach noch nicht genug.«

Da Miranda allein mit den Agenten war, fragte sie freiheraus: »Hat jemand von Ihnen gestern Abend etwas aufgefangen, nachdem ich gegangen bin?« Sie sah Harte an, doch die Antwort kam von Bishop.

»Tony meint, der Mörder kannte das Mädchen, wahrscheinlich sogar recht gut. Tony spürte ein deutliches Gefühl von Bedauern, sogar Trauer.«

Miranda betrachtete den Agenten voller Interesse. »Das ist also Ihre andere Spezialität, wie? Sie können emotionale Schwingungen auffangen?«

Er lachte leise. »Gar keine schlechte Erklärung, würde ich sagen.«

Miranda setzte sich Bishop gegenüber ans andere Ende des Konferenztisches. »Und wie steht's mit Dr. Edwards? Was ist ihre nicht medizinische Spezialität?«

»Ähnlich wie meine«, sagte Harte. »Nur dass sie eher Informationen statt Emotionen empfangen kann. Harte Fakten. Sie kann sich besser auf körperliche Schwingungen einstellen, könnte man sagen. Wir fassen beide Fähigkeiten unter der Bezeichnung ›adaptiv‹ zusammen.«

»Verstehe. Und hat sie letzte Nacht draußen am Brunnen irgendwelche körperlichen Schwingungen aufgefangen?«

»Keine nennenswerten. Sie ist der Meinung, dass er sich nur so lange aufhielt, wie er brauchte, um die Leiche loszuwerden. Dem stimme ich zu.« Nun sah er sie neugierig an. »Ich muss schon sagen, es ist sehr angenehm, zur Abwechslung mal auf örtliche Gesetzeshüter zu treffen, denen man keine ausweichenden Erklärungen dafür liefern muss, wie wir an manche unserer Informationen gelangen.«

»Wenn man unkonventionelle Methoden verwendet«, sagte Miranda, »muss man mit dieser Art von Zweifel und Unglauben rechnen.«

»Aber nicht bei Ihnen.«

»Nein. Bei mir nicht.« Sie lächelte verhalten. »Und behaupten Sie bloß nicht, Sie wüssten nicht, wieso.«

»Weil Sie selbst sehr gut Schwingungen auffangen können?«

»Schwingungen zu spüren ist nicht unbedingt meine Stärke. Es ist das, was Bishop eine Zusatzfähigkeit nennt«, sagte sie und hielt den Blick auf Harte gerichtet. »Ähnlich wie sein Spinnensinn, nur bei Weitem nicht so fokussiert.«

»Aha. Eine der seltenen Paragnosten, die mehr als nur eine Fähigkeit besitzen. Und Ihre Hauptbegabung?«

»Früher einmal war es Präkognition. Aber die ist vor einigen Jahren so gut wie ausgebrannt. Die ... Visionen ... kommen inzwischen nur noch vereinzelt und mit großen Zeitabständen.«

Hartes braune Spanielaugen weiteten sich, und er blickte Bishop voller Erstaunen an. »Mein Gott«, sagte er leise. »Drei verschiedene Fähigkeiten?«

»Vier«, verbesserte Bishop. »Außer adaptiv, präkognitiv und in der Lage, einen Schutzschild zu errichten, ist sie auch noch eine recht gute Berührungstelepathin. Auf unserer Skala ... wahrscheinlich Stufe acht.«

»Wow«, stieß Harte wieder ganz leise aus.

Miranda wusste nicht so recht, ob ihr Bishops Offenheit gefiel. Andererseits war sie sich vollkommen im Klaren darüber, dass sie diese Tür selbst geöffnet hatte. Nach den vielen Jahren bewussten Schweigens kam es ihr nur etwas seltsam vor, so offen darüber zu sprechen. Sie mochte es nicht einmal sich selbst eingestehen, dass es irgendwie angenehm war, mit Menschen zu sprechen, die sie verstanden und akzeptierten.

»Stufe acht?«, fragte sie neugierig. »Von was für einer verdammten Skala reden wir da eigentlich?« Da Harte noch immer völlig perplex war, blieb ihr nichts anderes übrig, als schließlich Bishop anzusehen.

Er betrachtete sie mit festem Blick, seine bleichen Augen waren undurchdringlich. »Einer Skala, die wir in Quantico aufgestellt haben, als wir während der letzten Jahre das Programm entwickelten.«

»Da ihr Gründlichkeitsfanatiker seid«, bemerkte sie trocken, »musstet ihr auch noch das Paranormale wiegen, messen und katalogisieren, wie?«

»So ungefähr.«

Ihr wurde klar, dass er es ihr nicht sagen würde, wenn sie nicht fragte, und das ärgerte sie. »Okay, ihr habt mich am Haken. Wie weit geht eure Skala denn nun?«

»Bis zwölf.«

»Was, wie ich annehme, deine Stufe ist?«

Bishop schüttelte den Kopf. »Den Paragnosten, der eine Begabung der Stufe zwölf besitzt, müssen wir erst noch finden. Ich stehe in puncto Telepathie etwas über Rang zehn.«

»Wie ist es mit dem Spinnensinn? Wo steht der?«

»Vielleicht bei sechs. An einem guten Tag.«

»Nur um die Dinge in Relation zu bringen«, murmelte Harte, »Sharon und ich erreichen als Adepten ungefähr Stufe drei. Die meisten anderen Mitglieder der Einheit kommen tatsächlich nicht auf mehr als fünf. Und nur ein Agent außer Bishop besitzt noch eine Nebenbegabung, geschweige denn eine ausgewachsene Zweitfähigkeit. Das hier ist das erste Mal, dass ich jemanden mit mehr als zwei Fähigkeiten kennenlerne. Es ist überhaupt das erste Mal, dass ich von so etwas höre.«

»Na ja, ich entstamme einer langen Linie von leistungsorientierten Menschen.« Miranda war von sich selbst nicht halb so beeindruckt, wie Harte es war. Sie hatte sich an ihre Fähigkeiten gewöhnt. Das hatte zwar nicht dazu geführt, dass sie sie gering schätzte, aber immerhin dazu, dass sie sie als gegeben akzeptierte. Für Miranda war das Paranormale einfach ein Teil ihres Lebens.

»Wieso, zum Teufel, hängen Sie dann hier draußen in der Pampa herum, statt bei uns im Team mitzumischen?«, rief Harte, zuckte dann jedoch zusammen und warf Bishop einen entschuldigenden Blick zu. »Oje. Tut mir leid, Boss.«

»Tony«, sagte Bishop milde, »mir scheint, die Kaffeekanne ist leer. Hol doch bitte Wasser, um neuen aufzusetzen.«

»He, du brauchst mir nicht mit dem Laternenpfahl zu winken, um mich loszuwerden. Ich bin Paragnost. Ich verstehe auch einen sanfteren Wink.« Er griff nach der Kaffeekanne, zog sich eilig zurück und schloss leise die Tür hinter sich.

Miranda wusste nicht, welches Gefühl stärker war – Wut und Verlegenheit darüber, dass ihre Vergangenheit anscheinend nicht ganz so privat war, wie sie gedacht hatte, oder Wut und Schmerz, weil Bishop offensichtlich mit mindestens einem aus seinem Team über sie gesprochen hatte.

»Es tut mir leid, Miranda.«

Sie zwang sich, den Blick nicht abzuwenden, und musste ihre gesamte Selbstkontrolle aufbringen, um sich einen gelassenen Anschein zu geben. »Was tut dir leid? Dass du mit deinen Agenten über mich gesprochen hast? Hätte ich was anderes erwarten sollen?«

»Ich hoffe, doch. Es ist nicht so, wie du zu glauben scheinst.«

»Ach ja?«

»Miranda, das sind Paragnosten. Und auch wenn mein Schutzwall ziemlich stabil ist, kann ich keinen undurchdringlichen Schild aufbauen wie du – nicht mal um meine eigenen Gedanken.«

Sie war froh, dass ihr Schild sicher stand, froh, dass Bishop keine Ahnung von ihren Gedanken und Gefühlen hatte. »Also, wessen Idee war denn nun eure neue Einheit? Sie klingt so gar nicht nach der Bundesbehörde.«

Einen Augenblick lang dachte sie, er würde nicht antworten. »Ist sie auch nicht«, sagte er dann jedoch. »Zu Beginn gab es eine Menge Widerstand, bis sich erwies, dass unkonventionelle Methoden und Fähigkeiten greifbare Ergebnisse erzielen konnten.«

»Und wer hat es bewiesen? Du?«

»Letztendlich.«

»Tatsächlich? Wie?«

Er atmete tief ein. »Ich habe den Schlächter von Rosemont aufgespürt.«

Miranda erhob sich langsam und starrte ihn an. »Was?«

»Lewis Harrison. Ich habe ihn gefasst. Vor sechseinhalb Jahren.«

Alex hatte mehr oder weniger den Befehl erhalten, am Sonntag nicht aufs Revier zu kommen. Er hatte fast drei Wochen lang ohne Pause durchgearbeitet, und Miranda hatte behauptet, der Stadtrat würde ihr den Kopf abreißen, wenn sie nicht dafür sorgte, dass sich Alex freinahm, ob er wollte oder nicht. Überstunden seien das eine, erklärte sie, doch er würde es übertreiben. Auch wenn sie es tatsächlich mit einem Serienmörder zu tun hatten.

Er hasste freie Tage. Er war kein großer Sportsmann, also reizte ihn weder Angeln noch die Jagd. Ebenso wenig Golf. Sport im Fernsehen anzuschauen machte ihm auch nur während der Baseballsaison Spaß. Er ging joggen und trainierte, um in Form zu bleiben, doch das konnte man auch nicht den ganzen Tag lang machen.

Und dann war da noch das Haus. Es war zu groß und viel zu leer. Er sollte es loswerden, das war ihm klar. Aber Janet hatte das Haus geliebt und es liebevoll eingerichtet. In dem Jahr seit ihrem Tod hatte er sich nicht mit dem Gedanken anfreunden können, jemand anderen in Janets Haus einziehen zu lassen.

Allein in dem Haus zu sein bereitete ihm immer noch große Probleme, und obwohl er inzwischen endlich in der Lage war, nachts dort zu schlafen, war es nach wie vor schwierig, Zeit dort zu verbringen, wenn er wach war.

Leider boten die Sonntage in Gladstone von der Kirche abgesehen wenig an Unterhaltung. Und noch weniger, wenn man sich kaum für die Kirche interessierte.

Schließlich fuhr er in die Stadt, widerstand jedoch dem Bedürfnis, auf dem Revier vorbeizuschauen, um sich zu erkundigen, was sich so tat. Stattdessen parkte er in der Nähe von Liz' Buchcafé und musste fast eine Dreiviertelstunde auf Liz warten, bis sie um zwei Uhr den Laden aufsschloss.

»Ich habe von Lynet gehört«, sagte sie.

»Tja, das arme Kind.« Alex setzte sich an die Theke statt in seine übliche Nische, da Liz an Sonntagen allein im Laden war.

»Und ich habe gehört, dass das FBI in der Stadt ist.«

»Ja, drei Agenten.« Er lächelte. »Dein dunkler Mann mit

dem Mal im Gesicht ist einer von Ihnen. Und Randy kennt ihn.« Dann fiel Alex wieder ein, was Liz über das Schicksal dieses Mannes gesagt hatte, und sein Lächeln erlosch. »Du denkst doch nicht noch immer …«

Liz kaute auf der Unterlippe. »Als ich noch mal in den Teeblättern gelesen habe, war es verschwommener, weniger deutlich, aber ich bin mir sicher, es war das Gleiche, Alex. Mag … mag Randy ihn?«

Alex überlegte. »Um ehrlich zu sein, bin ich mir nur sicher, dass sie heftige Gefühle ihm gegenüber hegt. Ob es Zuneigung oder Abneigung ist, positiv oder negativ, kann ich nicht sagen.«

»Vielleicht sollte ich mit ihr über das reden, was ich gesehen habe«, schlug Liz zögernd vor. »Sie hat sich nie verächtlich darüber geäußert. Hat mich aber nie für sie die Teeblätter lesen lassen …«

Alex schüttelte den Kopf. »Nicht jetzt, Liz. Randy hat schon genug um die Ohren, glaube ich, ohne sich um etwas zu sorgen, was vielleicht nie passiert.«

»Ich wusste, dass es ein seltsames Jahr werden würde, ein neues Jahrtausend und so weiter, doch all diese schlechten Vorzeichen gefallen mir gar nicht, Alex.«

»Noch mehr heulende Hunde in der Nacht?«

Bevor sie antworten konnte, stürmte Justin Marsh herein. Seine dünne, kleine Frau Selena folgte ihm wie ein stummer Schatten.

»Elizabeth, ich bitte Sie erneut, am Sabbat keine Geschäfte zu machen!«, donnerte er wie von der Kanzel.

Alex seufzte. »Warum hacken Sie auf Liz herum, Justin? Die Hälfte aller Einzelhandelsgeschäfte und alle Restaurants und Cafés machen nach der Kirche auf. Guten Tag, Selena.«

»Hallo.« Sie lächelte schüchtern und hielt ihre Bibel mit beiden Händen fest, als fürchtete sie, das Buch würde ihr jeden Moment herunterfallen. Selena mochte einmal hübsch gewesen sein, doch sie war seit fast dreißig Jahren mit Justin Marsh verheiratet, und dieses Martyrium hatte sie zermürbt. In der Öffentlichkeit sah man sie kaum ohne ihn, und Alex konnte sich nicht erinnern, sie je viel mehr als »Hallo« und »Auf Wiedersehen« sagen gehört zu haben oder ein gelegentliches »Gepriesen sei der Herr« oder »Amen« in den Pausen von Justins Redeschwall.

»Übrigens – war Ihr Autohandel nicht auch am Sonntag geöffnet, bevor Sie sich zur Ruhe gesetzt und das Geschäft verkauft haben?«, fuhr Alex fort.

»Ich habe mein Irrwege erkannt«, erklärte Justin fromm und wurde rot. »Und nun befiehlt mir der Herr, die anderen seiner Herde zum Licht der Erlösung zu führen!«

Darauf hätte Alex beinahe selbst Amen gesagt. Er wusste eine gute Vorstellung durchaus zu schätzen.

»Kann ich Ihnen beiden einen Kaffee einschenken, Justin?«, fragte Liz mit ernster Miene. »Aufs Haus, natürlich, Sie verstehen – keine geschäftliche Transaktion.«

Mit durchdringendem Blick beugte sich Justin über den Tresen. »Elizabeth, ich möchte Sie auf den Pfad Gottes zurückführen. Sie dürfen dem Weg des Bösen nicht folgen. Eine brave Frau wie Sie sollte einen ehrenvollen Platz im Hause unseres Herrn haben.«

Normalerweise ertrug Alex Justins Exzesse geduldig, doch mit der noch frischen Erinnerung an den geschundenen

Körper der armen kleinen Lynet rastete er aus. »Wenn Sie das Böse ausmerzen wollen, Justin, könnten Sie mit demjenigen anfangen, der unsere Teenager umgebracht hat. Ich würde meinen, das wäre jedem Gott verdammt viel wichtiger als die Frage, ob Liz am Sonntag Kaffee und Bücher verkaufen soll!«

Justin gab einen pikierten Laut von sich und wandte sich zum Gehen. Selena huschte geschickt zur Seite und folgte ihm als treuer Schatten, während er aus dem Laden stolzierte.

»Ich kann den Mann nicht leiden«, verkündete Alex.

»Aber du hättest das nicht sagen sollen, Alex. Du weißt, er wird direkt zum Bürgermeister rennen.«

»Oh, mach dir darum keine Sorgen. Im Moment hat sogar der Bürgermeister etwas anderes zu tun, als sich um einen aufgebrachten Justin Marsh zu kümmern.«

Sharon Edwards streifte ihre Latexhandschuhe ab und sah über den Obduktionstisch hinweg zu Peter Shepherd. »Gar keine Frage.«

»Ich verstehe das nicht«, brummelte er. »Wo liegt der Sinn?«

»Das kommt auch auf die Liste der Fragen, die wir diesem Wahnsinnigen stellen werden, wenn wir ihn haben. Wenn Sie die Objektträger und Gewebeproben verstauen könnten, würde ich in der Zwischenzeit mit meinem Bericht für Sheriff Knight anfangen.«

»Vor sechseinhalb Jahren«, wiederholte Miranda benommen. »Aber … darüber kam nichts in den Nachrichten.«

»Nicht in den überregionalen. Zufälligerweise wurde in

der gleichen Woche ein Massenmörder in Texas gefasst. Das war natürlich wesentlich spektakulärer und hat die gesamte Aufmerksamkeit der Medien auf sich gezogen.«

»Ich habe in der Zentraldatenbank des FBI nachgesehen«, protestierte Miranda. »Gleich nachdem ich hier im Sheriffdepartment angefangen und dazu Zugang hatte, habe ich jeden Monat nachgesehen, ob er gefasst worden war.«

»Es tut mir leid«, sagte Bishop. »Ein paar Leute vom FBI waren davon überzeugt, dass Harrison einen Partner gehabt hat. Sie meinten, kein einzelner Mann hätte all das getan haben können, was er gestanden hat. Daher fiel die Entscheidung, die Akte des Falles nicht zu schließen und ihn als flüchtig zu führen, um sicherzugehen, dass jedes ähnliche Verbrechen sofort alle Alarmglocken schrillen lässt.«

»Aber wie konnten sie das bewerkstelligen, es sei denn …« Sie setzte sich wieder. »Ist er tot?«

Bishop nickte.

»Du?«

»Ja.«

In gewisser Weise war sie überrascht, dass der Tod von Lewis Harrison sie so wenig berührte. Über so lange Zeit hinweg war Harrison Teil ihres Lebens gewesen, eine ständige Bedrohung, das Ungeheuer, das sich im Schrank versteckte, um herauszuspringen, wenn es dunkel wurde.

Wahrscheinlich hatte es keine Nacht in den vergangenen acht Jahren gegeben, in der sie nicht an ihn gedacht hatte, wenn sie die Nachttischlampe ausknipste. Und Bonnie, die Arme, hatte noch immer schreckliche Albträume. Inzwischen nicht mehr so häufig, doch es war klar, dass sie nichts von dem Entsetzen vergessen hatte.

Miranda konnte nicht anders, als sich zu fragen, wie ihr Leben verlaufen wäre, wenn sie gewusst hätte, dass ihr Lewis Harrison niemals wieder etwas wegnehmen konnte.

Was wäre anders gewesen?

»Ich wollte es dir sagen, Miranda. Ich habe versucht, dich zu finden.«

»Ich wollte nicht gefunden werden«, murmelte sie.

»Das haben wir ziemlich schnell festgestellt. Nicht einmal das FBI kann einen wütenden Paragnosten aufspüren, wenn er das nicht will.«

Miranda erklärte ihm nicht, wie sie es bewerkstelligt hatte, ihr Leben völlig neu zu gestalten, obwohl sie wusste, dass er neugierig darauf war. Sogar nachdem Harrison keine Bedrohung mehr war, wollte sie Geheimnisse, deren sie sich eventuell eines Tages noch mal bedienen müsste, auf keinen Fall preisgeben.

Immer vorausgesetzt, sie überlebte die nächsten paar Wochen.

Sie sah zu Bishop, und plötzlich regte sich in ihr dumpf ein beunruhigender Verdacht. Er nahm keine Rücksicht, hatte es noch nie getan. Wenn es um seine Arbeit ging, glaubte er, dass der Zweck die Mittel heiligt, und er war absolut in der Lage, alles zu tun, um seine Ziele zu erreichen.

Himmel, das wusste sie nur allzu gut.

Was also waren jetzt seine Ziele? Sie dazu zu bringen, ihre Deckung aufzugeben, ihren Schutzschild, damit er sich ihre Fähigkeiten zunutze machen konnte, um einen brutalen Mörder aufzuspüren? Sie davon zu überzeugen, dass für sie und Bonnie keinerlei Gefahr mehr bestand, es keinen Grund für sie gab, sich und ihre Schwester zu schützen?

Würde er lügen, um sie zu überzeugen?

Obwohl er ihre Gedanken gewiss nicht lesen konnte, bemerkte Miranda eine Veränderung in seinem Gesichtsausdruck, als wäre ihm bewusst, was sie gerade dachte.

»Ich lüge nicht«, sagte er.

Sie brachte ein schwaches Lächeln zustande. »Du musst schon entschuldigen, wenn ich dir nicht aufs Wort glaube.«

Bishop verlagerte unbewusst das Gewicht seines Oberkörpers, als wollte er protestieren oder widersprechen, sagte aber nur in gelassenem Ton: »Ich werde dafür sorgen, dass du Zugang zu den versiegelten Akten über Harrison bekommst.«

»Mach das«, erwiderte Miranda.

5

Kurz nach Mittag streckte Tony Harte seinen Kopf vorsichtig in den Konferenzraum. Er sah Bishop, der noch immer auf der Tischkante hockte und auf die Tafel starrte. Bishop wirkte vollkommen ruhig, doch die Narbe auf seinem Gesicht hob sich weiß von der gebräunten Haut ab, und Harte war sich dieses Warnzeichens, das er ernst zu nehmen gelernt hatte, durchaus bewusst.

»Ähm … Sheriff Knight ist gerade gegangen«, bemerkte Harte.

»Ich weiß.«

»Ich meine, sie hat das Gebäude verlassen.«

Bishop sah ihn kurz an. »Ja. Ich weiß.«

»Sie schien es fürchterlich eilig zu haben. Konnte meiner Ansicht nach gar nicht schnell genug hier rauskommen.«

Bishop hielt den Blick weiterhin auf die Tafel gerichtet.

Harte betrat den Raum und setzte eine frische Kanne Kaffee auf. Er rang im Stillen mit sich, wagte aber dann seufzend den Schritt auf das gefährliche Terrain.

»Damals, als ich der Einheit beigetreten bin, hieß es, du hättest erst dann das offizielle Okay für die neue Einheit bekommen, als du gedroht hast zu gehen. Auch nach all dem, was du inoffiziell gemacht hattest, dem jahrelangen Planen und Testen, nach all der Feldforschung und einer stetig wachsenden Liste abgeschlossener Fälle, wollte das FBI derartig unorthodoxe Ermittlungsmethoden noch immer nicht öffentlich anerkennen – oder zugeben, dass es sie anerkannte. Sogar nachdem du ihnen Ergebnisse geliefert hattest, vor denen sie die Augen nicht verschließen konnten. Aber sie wollten einen ihrer besten Profiler nicht verlieren, und so bekam die Einheit die offizielle Zulassung – obwohl sie sich dabei nicht ganz wohl in ihrer Haut fühlten.«

»Wenn du auf irgendwas hinauswillst, Tony, dann sag es.«

Harte ließ sich von dem warnenden Ton nicht abhalten. »Ich dachte nur, Sheriff Knight weiß wahrscheinlich überhaupt nicht, wie sehr es ihr zu verdanken ist, dass eine Menge Monster in den Käfigen sitzen, in die sie gehören.«

Bishop antwortete nicht.

»Und ich dachte mir, das solltest du ihr vielleicht sagen.«

»Falls du meinst, damit wären wir dann quitt«, entgegnete Bishop, »dann irrst du dich.«

»Kann sein. Aber sie würde sich vielleicht besser fühlen, wenn sie wüsste, dass die Tragödie zu etwas Positivem geführt hat.«

»Du meinst, sie würde mich dann ein bisschen weniger hassen?« Bishops Lächeln war mehr eine Grimasse. »Da bist du falsch gewickelt.«

»Entschuldige, wenn ich das sage, Boss, aber wenn ihr die Sache zwischen euch so weiterlaufen lasst, behindert es uns nur. Wenn wir diesen Dreckskerl fassen wollen, brauchen wir jedes Ass, das wir aus dem Ärmel ziehen können – und das schließt eine unglaublich begabte Paragnostin mit einzigartigen Fähigkeiten ein, die sich im Moment völlig abgeschottet hat.«

»Sie konnte ihn ja auch nicht spüren, bevor wir hierherkamen«, hielt ihm Bishop entgegen.

»Wahrscheinlich wegen ihres Schutzschildes. Weil sie verbergen musste, wozu sie fähig ist, weil sie auf der Hut sein musste. Und … weil sie selbst sich hier versteckt hat. Sich und ihre Schwester.« Harte hielt inne. »Ich nehme an, sie weiß, dass das nicht mehr nötig ist.«

»Sie hat zur Kenntnis genommen, was ich ihr gesagt habe. Ob sie mir allerdings glaubt, dass ich die Wahrheit gesagt habe, ist etwas völlig anderes.«

»Du kannst beweisen, dass es die Wahrheit ist.« Dann schüttelte Harte den Kopf. »Nur, dass der Mistkerl in den offiziellen Berichten noch als lebend und flüchtig registriert ist. Du musst ihr Zugang zu den versiegelten Akten verschaffen.«

»Ich weiß.«

Harte sah ihn an und fragte sich, ob Bishop wollte, dass Sheriff Knight ihm ohne Beweise glaubte. Bishop war stolz. Aber nicht dumm. Er musste wissen, dass sein Verhalten in der Vergangenheit Miranda äußerst misstrauisch gemacht hatte.

Harte sondierte die im Raum schwingenden Emotionen, so wie ein ausgebildeter Jagdhund in der Luft nach einer verräterischen Spur schnüffeln würde, und war überrascht von dem Aufruhr, den er in seinem sonst so beherrschten Boss entdeckte. Tiefe und heftige Gefühle, eine Mischung aus Zorn und Schuld, Verlangen und Bedauern, Schmerz, Sehnsucht und Scham.

»Beweise hin oder her«, sagte Harte zögernd, »sie wird eine Weile brauchen, sich an den Gedanken zu gewöhnen, schätze ich. Doch wenn sie das hinter sich hat, wenn sie erkennt, dass sie sich öffnen kann … dann bist du da.«

»Dann bin ich da. Und verhindere es.« Bishop seufzte und sah seinen Mitarbeiter mit grimmigem Blick an. »Manchmal hasse ich es, mit Paragnosten zu arbeiten.«

»Achtundneunzig Prozent Erfolgsrate«, erinnerte ihn Harte.

»Ja, ja. Aber halt dich bloß aus meinem Kopf raus, sei so gut.«

»He, Boss, ich kann nicht in deinen Kopf. Das ist nicht meine Stärke, schon vergessen? Ich fange nur die Schwingungen in der Luft auf. Ist nicht meine Schuld, wenn du damit um dich wirfst.«

»Ich werde darauf achten«, erwiderte Bishop trocken.

»Ja, das wäre von Vorteil«, murmelte Harte und machte sich übereifrig an der Kaffeemaschine zu schaffen.

Eine heiße Röte stahl sich auf Bishops Wangen. »Irgendeine Ahnung, wohin sie gegangen ist?«

»Nein. Aber es ist Essenszeit, mehr oder weniger. Vielleicht hat sie ja ein Lieblingslokal. Da sie der Sheriff ist, nehme ich an, dass sie immer hinterlassen muss, wo sie hingeht. Oder einen Piepser tragen, obwohl ich noch keinen an ihr gesehen habe. Ich habe sie mit der Empfangssekretärin sprechen gesehen, bevor sie hinausging. Wie war ihr Name … Grace?«

Bishop machte sich nicht die Mühe, eine Ausrede dafür zu erfinden, dass er den Konferenzraum verließ. In einem Team von Paragnosten gab es wirklich nur sehr wenige Geheimnisse, und falls es ihn störte, dass man seine Gedanken und Gefühle hervorzerrte, hatte es immerhin den Vorteil, dass Ausflüchte nutzlos und Erklärungen überflüssig waren.

Grace zögerte etwas, als er an ihrem Schreibtisch stehen blieb, um sie zu fragen, doch Sheriff Knight hatte schließlich Anweisungen gegeben, der Spezialeinheit jede Hilfe zu geben, die sie benötigte.

»Sie ist bei Tims Karateschule. Main Street, Innenstadt. Sie können es nicht verfehlen.« Grace Russel hatte schon zu viele Jahre mit Polizisten gearbeitet, um noch leicht aus der Fassung zu geraten, doch diesem Bundesagenten gegenüber fühlte sie sich unbehaglich. Vielleicht lag es an seinen bleichen Augen, die einfach durch einen hindurchzusehen schienen. Oder vielleicht an der hässlichen, gezackten Narbe auf seiner linken Gesichtshälfte, die ihn seltsam zweigeteilt erscheinen ließ – die eine Seite vollkommen, die andere durch Pech oder Versagen verunstaltet. Aus rein weiblicher Sicht fand sie das unheimlich schade. Ohne die Narbe hätte er umwerfend ausgesehen, was zusammen mit dieser absoluten Männlichkeit bei nicht vielen Männern anzutreffen war.

Andererseits verlieh ihm die Narbe einen Hauch des Gefährlichen, was ebenso faszinierend war. Grace hatte mitbekommen, wie die anderen weiblichen Deputys ihn unauffällig beobachteten, und das Interesse in ihren Gesichtern hatte wenig mit beruflichen Vorbehalten gegenüber einem Bundesagenten in ihrer Mitte zu tun.

»Eine Karateschule? Die am Sonntag geöffnet ist?« Bishops Stimme war absolut höflich, sein Gesichtsausdruck vollkommen undurchdringlich, doch Grace hatte das unangenehme Gefühl, dass er genau wusste, was sie dachte.

»Nicht offiziell, aber einige von Tims Schülern trainieren

dort am Nachmittag, manchmal auch am Sonntag. Sheriff Knight verbringt da meist einen Teil ihrer Mittagspause.« An der Narbe war nicht viel zu ändern, nahm sie an, obwohl die kosmetische Chirurgie heutzutage wahre Wunder vollbrachte. Wieso ein so gut aussehender Mann diesen körperlichen Makel für alle sichtbar im Gesicht trug, war ihr ein Rätsel.

»Danke, Mrs Russel.« Sich ihrer Gedanken völlig bewusst, auch ohne sie zu berühren, überließ Bishop sie ihren Spekulationen, wie er wohl zu der Narbe gekommen war. Ihre Vermutungen störten ihn genauso wenig wie ihr Misstrauen. Im Lauf der Jahre hatte er sich an beides gewöhnt.

Mit dem Hinweis, er könne die Karateschule nicht verfehlen, hatte sie recht gehabt. Sie wäre schon allein an der Ansammlung von Pokalen und Auszeichnungen im Schaufenster zu erkennen gewesen, auch ohne das Schild mit der Aufschrift »Tim Skinners Karateschule«. Bishop dachte einen Augenblick lang über den Namen nach, zuckte dann jedoch die Schultern und ging hinein.

Er betrat eine große Turnhalle, in der sechs Schüler im Alter von acht bis sechzehn paarweise unter dem wachsamen Auge eines Karatelehrers trainierten. Niemand nahm von ihm Notiz, als er zu einer halb geöffneten Tür ging und in den anderen, kleineren Übungsraum schaute.

Dort befanden sich nur zwei Personen, beide barfuß und im weißen Karate-Gi. Der Mann bewegte sich mit einem solchen Geschick, dass es kaum vorstellbar war, jemand könnte für ihn eine Herausforderung sein.

Miranda war dazu offensichtlich in der Lage.

Mit einem sensationellen Gleichgewichtsgefühl und absoluter Konzentration glich sie ihr Manko an Muskeln durch eine Schnelligkeit und Gewandtheit aus, die faszinierend waren und ihren Gegner nicht zur Ruhe kommen ließen.

Bishop war nicht verwundert über ihr Können und auch nicht über den schwarzen Gürtel, den sie trug, obwohl er wusste, dass sie erst in den letzten acht Jahren Karate gelernt haben konnte. Er sah ihr von der Tür aus zu. Und obwohl er keine Aufmerksamkeit auf sich lenken wollte, bemerkte er die Veränderung in ihr in dem Moment, als sie seine Gegenwart spürte.

Ihre Schultern spannten sich an, und ihr Kopf drehte sich fast unmerklich in seine Richtung. Dann griff sie ihr Trainingsparter mit einem Flying Kick an, und sie musste sich ganz auf ihre Verteidigung konzentrieren.

Es störte Bishop, dass Miranda ihn trotz ihres Schildes spüren konnte, er sie aber nicht. Früher einmal hatte er es gekonnt. Früher hatte er immer gewusst, wenn sie in seiner Nähe war. Wenn sie gekränkt oder betrübt war, hatte er es sofort gespürt.

Früher.

Jetzt könnte sie genauso gut eine Fremde sein. Er war sich ihrer nur dann bewusst, wenn er sie sah oder hörte. Würde sie vollkommen leise hinter ihm einen Raum betreten, er würde ihr Kommen nicht bemerken.

Das war eine ernüchternde Erkenntnis.

Es nützte ihm auch nichts, sich ins Gedächtnis zu rufen, dass sie die weit erfahrenere Telepathin war und ihr Spinnensinn schon immer mehr auf Defensive ausgerichtet war als seiner. Überdies war sie von einem tödlichen Raubtier gejagt worden. Jahrelang um ihr Leben fürchten zu müssen hatte zweifellos ihr Gespür für jegliche Art von Bedrohung geschärft.

Er war eine Bedrohung.

Bishop machte kehrt und ging zur Eingangstür zurück. Er trat hinaus und blieb auf dem Gehsteig mit dem Rücken zur Karateschule stehen, den Blick ins Leere gerichtet.

Miranda hatte sich schon vor seiner Ankunft verschlossen, doch ihre Intuition und ihr Spinnensinn hatten funktioniert, und auch ihre präkognitiven Fähigkeiten hatten es ihr ermöglicht zu »sehen«, dass sie Lynet Grainger im Wasser nahe dem See finden würden. Sie hatte sich nur so weit verschlossen, um sich und ihre Schwester zu schützen.

Doch jetzt machte sich Miranda absichtlich blind und taub im paragnostischen Sinn, schaltete ihre zusätzlichen Fähigkeiten ab, die so essenziell für sie waren. Das war eine drastische, verzweifelte Maßnahme, die Bishop deutlicher als alle Worte vor Augen führte, dass er vor acht Jahren weit mehr getan hatte, als sie einfach nur zu verletzen.

Die Frage war: Wie konnte er einen Fehler gutmachen, der sie beide so viel gekostet hatte?

Mit einer seltenen, unbedachten Geste der Verletzlichkeit hob er die Hand und strich über die Narbe auf seiner linken Wange. Dann vergrub er leise fluchend die Hände in den Jackentaschen. Und starrte ins Nichts.

Erst nach einer Weile wurde ihm bewusst, dass die Autofahrer das Tempo verlangsamten und ihn anstarrten und einige Fußgänger ihn argwöhnisch musterten.

»Sobald sich die Leute aus der Kirche auf den Weg ins Café und in die Buchhandlung machen, wirst du einen ganz schönen Auflauf verursachen«, stellte Miranda trocken fest.

Er hatte recht gehabt. Sie hatte sich still und leise auf dem Gehsteig hinter ihn gestellt, und er hatte ihre Anwesenheit nicht bemerkt.

Verärgert darüber und gleichzeitig wütend auf sie, drehte sich Bishop halb zu ihr um. »Ich bin überrascht, dass du nicht in der Kirche warst«, sagte er schneidend. »Ich dachte, alle Kleinstadtsheriffs hätten dort eine eigene Bank.«

»Die Atheisten nicht.« Ihre Augenbrauen hoben sich. »Oder hattest du das vergessen?«

Hatte er. »Wie hast du es in dieser konservativen Stadt geschafft, mit so etwas in deinem Lebenslauf gewählt zu werden?«, fragte er, ohne auf ihre Frage einzugehen.

Miranda zuckte die Schultern. »Seltsamerweise hat keiner danach gefragt. Bist du aus einem bestimmten Grund hier, oder machst du nur einen Schaufensterbummel?«

»Wir müssen miteinander reden.«

»Über die Ermittlungen?«

»Nein.«

»Dann«, erwiderte sie, »müssen wir das nicht.«

»Miranda …«

»Ich bin auf dem Weg zurück ins Büro. Wir sehen uns dort«, sagte sie mit immer noch freundlicher Stimme. Einen Augenblick lang war Bishop versucht, sie am Arm zu packen und sie zu zwingen, mit ihm zu reden, hier und jetzt. Er hätte gerne herausgefunden, ob er noch immer zu ihr durchdringen konnte, wenn er sie berührte, doch er verwarf den Gedanken. Schließlich hatte Miranda den schwarzen Gürtel.

Und sie hatte eine Waffe.

Also stand er nur da und sah ihr nach, wie sie die paar Meter den Gehsteig entlang zu ihrem geparkten Jeep ging, und sagte kein weiteres Wort.

Doch zum ersten Mal in seinem Leben sah sich Bishop mit der ernüchternden Gewissheit konfrontiert, dass sich nicht alles, was aus Unachtsamkeit in Scherben gegangen war, wieder kitten ließ. Jemals.

»Wenn meine Mutter das herausbekommt«, sagte Amy Fowler kichernd, »zieht sie mir das Fell über die Ohren.«

Steve Penman grinste sie an. »Dann müssen wir eben dafür sorgen, dass sie es nicht herausbekommt. Und auch, dass es dein Vater nicht herausbekommt. Er würde noch was ganz anderes mit mir machen.« Steve spielte mit dem obersten Knopf ihrer hübschen Sonntagsbluse, während er mit der anderen Hand sein Hemd aus der Hose zog. »Wir haben nicht viel Zeit, Schatz. Seth sagt, sein Boss käme manchmal nach der Kirche und dem Mittagessen hierher.«

Amy blickte sich in dem schmutzigen, nach Schmieröl stinkenden Hinterzimmer von Cobbs Werkstatt um und unterdrückte ein Seufzen. Anfangs hatte sie es aufregend gefunden, ihren achtzehnjährigen Freund an den seltsamen Orten zu treffen, die seine Freunde ihm für ein oder zwei Stunden überließen, doch nach zwei Monaten begann sie sowohl die Heimlichtuerei als auch die unvermeidlich schäbige Umgebung zu deprimieren.

»Steve, meinst du nicht …« Er küsste sie und wich so einem heraufziehenden Problem aus, von dem er nichts hören, geschweige denn mit dem er sich auseinandersetzen wollte. Nicht heute. Vielleicht morgen oder nächste Woche, doch jetzt machte es mit ihr noch so viel Spaß, und sie war willig,

Dinge auszuprobieren, von denen er nur in den unter seinem Bett versteckten Magazinen gelesen hatte.

Sie ließ sich von ihm auf das Feldbett drücken, die Bluse aufknöpfen und hatte auch nichts dagegen, als er den Vorderverschluss ihres ansonsten züchtigen weißen BHs öffnete und die Körbchen beiseiteschob. Er lag halb auf ihr, sein Körper gestählt von der vorausgegangenen Footballsaison und erhitzt von einem Fieber, das sie bereits kannte.

Amy schloss die Augen, streichelte seinen Nacken und genoss das Gefühl seines Mundes auf ihr, doch es dauerte nicht lange genug, um auch nur annähernd sein Stadium der Erregung zu erreichen. Tat es nie. Viel zu früh schon schob er ihren Rock hoch und zerrte an ihrem Slip.

Sie versuchte die Sache zu verlangsamen, tastete ganz langsam nach seinem Hosenschlitz, zog den Reißverschluss auf, öffnete den Haken und schob die Hand hinein. Er war hart und heiß, und sie hielt ihn in der Hand, mit einem sanfteren Griff als dem rauen, den er vorzog, weil das für sie erregender war. Er war für sie noch immer neu und seltsam, noch immer ein faszinierend fremdartiges Wesen, das erkundet und ausgekostet werden musste – aber das schien er überhaupt nicht zu verstehen.

Er stöhnte und legte seine Hand über ihre, zwang sie, ihn fester zu halten, stärker zu reiben. Er steckte seine Zunge in ihren Mund und schob seine Hose über die Hüften nach unten.

Mach langsamer!, hätte sie gerne gesagt, doch er drückte bereits mit den Knien ihre Beine auseinander, um sie zu nehmen, murmelte heiser einige Worte, die Ansporn, Zärtlichkeit oder reines Verlangen bedeuten konnten.

Sie dachte schon, er würde es vergessen, aber er kramte in letzter Minute den Gummi aus seiner Hosentasche und schaffte es gerade noch, ihn überzustreifen, bevor er in sie eindrang. Amy umklammerte ihn mit den Beinen und versuchte ihn auf diese Weise etwas aufzuhalten. Aus Erfahrung wusste sie, dass sie die Reibung als angenehm empfinden würde, wenn auch nicht so wild aufregend, wie Steve es zu finden schien. Doch an der blinden Begierde in seinem roten Gesicht konnte sie erkennen, dass es wieder einmal so sein würde, dass er nur schnell kommen wollte oder musste. Sie hatte sich damit abgefunden, als ihr sein Zucken und erschauerndes Stöhnen sagte, dass er bereits fertig war.

Sie lag unter ihm, Bluse und BH offen, Rock hochgeschoben und Slip weiß Gott wo, und fühlte nahezu nichts, außer seinem Gewicht auf ihr und seinem feuchten Atem an ihrem Hals. Sie roch Wagenschmiere und Öl und beobachtete die Staubkörnchen, die im Lichtstrahl des einzigen dreckigen Fensters dieses schmutzigen kleinen Hinterzimmers tanzten.

Schließlich hob er den Kopf. »Alles in Ordnung, Schätzchen?« Es war die übliche Frage, die er mit dem üblichen selbstgefälligen Lächeln stellte, das ihrer Antwort zuvorkam. Amy enttäuschte ihn nicht.

»Alles bestens, Steve.« Sie fuhr mit den Fingern in sein Haar. »Bestens.«

Er sah schon auf die Uhr. »Ich glaube, wir sollten uns beeilen. Hast du nicht deiner Mutter gesagt, du wärst den Nachmittag über bei Bonnie?«

»Sonst hätte sie mich nicht gehen lassen«, erwiderte Amy. »Sie ist völlig aus dem Häuschen wegen dem, was mit Kerry Ingram und Lynet passiert ist.«

Steve brummelte, als er sich auf die Knie aufrichtete und die Hose hochzog. Das benutzte Kondom ließ er auf den Zementboden zwischen Feldbett und Wand fallen.

Amy fragte sich, wie viele andere gebrauchte Kondome wohl schon unter diesem Bett lagen, verschrumpelt und der schuldbeladene Inhalt im Lauf der Zeit versteinert. Einsame Andenken an andere Mädchen, die auf dieser kratzigen Wolldecke gelegen hatten, mit hochgeschobenen Röcken und ohne Höschen.

Zum ersten Mal kam sie sich entsetzlich nackt vor – und er sah sie nicht einmal an. Sie setzte sich auf und rutschte nach hinten, damit ihr Rock sie zumindest wieder einigermaßen bedeckte. Dann beeilte sie sich, ihren BH zu schließen und die Bluse zuzuknöpfen.

»Bonnie sagt, Sheriff Knight verhängt vielleicht eine Ausgangssperre, damit Jugendliche nach Einbruch der Dunkelheit zu Hause bleiben«, bemerkte sie nervös. Wo war ihr Höschen?

»Gut möglich.« Steve stand auf und steckte sein Hemd wieder in die Hose. »Wäre wahrscheinlich keine so schlechte Idee, vor allem für euch Mädchen.«

Sein abwesender Ton ärgerte sie, und sie hörte, wie ihre Stimme einen schrillen Klang bekam, den sie gar nicht mochte. »Was macht dich so sicher, dass nur wir in Gefahr sind? Was ist mit Adam Ramsay?«

»Soviel ich gehört habe, ist man sich nicht sicher, dass er von dem gleichen Kerl ermordet wurde wie die Mädchen.«

Amy wollte nicht daran denken, was sie gehört hatte. »Ich habe die FBI-Agenten noch nicht gesehen. Du?«

»Nee, noch nicht. Beeil dich, Schatz, wir müssen hier weg.«

Amy rutschte vom Bett und knöpfte ihre Bluse zu. Wo war ihr Höschen? Sie wollte Steve nicht fragen. Es kam ihr peinlich und unpassend vor, einen Mann zu fragen, was er mit ihrem Slip gemacht hatte …

Steve wartete kaum ab, bis sie fertig war. Er stieß die Schachtel mit den Ersatzteilen zur Seite, die dazu gedient hatte, die dünne Sperrholztür geschlossen zu halten. Dann griff er nach Amys Hand und zerrte sie mit sich durch die stille Werkstatt.

»Ich fahr dich zu Bonnie«, verkündete er kurz, »und hole Seth ab. Wir wollen uns einen Wagen ansehen, den er haben will.«

Amy war nicht überrascht, dass weder sie noch Bonnie dazu eingeladen wurden, doch es ärgerte sie. Bestimmt hätte es keinen besonderen Spaß gemacht, sich ein blödes altes Auto anzuschauen, aber *fragen* hätte er wenigstens können.

Steve half ihr auf den Beifahrersitz seines Mustang und schloss ihre Tür. Diese routinierte Höflichkeit war etwas, das ihr von Anfang an an ihm gefallen hatte. Amy wartete, bis er hinter dem Steuer saß und sie losfuhren.

»Steve, beunruhigt dich denn das nicht, was da passiert?«

»Was, diese Morde?« Er zuckte die Schultern. »Ich sehe einfach keinen Grund zur Panik. Wahrscheinlich war es nur irgendein Verrückter, der hier vorbeikam und die Mädchen entführt hat. Und was Adam Ramsay betrifft, so kenn ich ein halbes Dutzend Jungs, die ihm an den Kragen wollten.«

»Wieso?«

»Das geht dich nichts an«, erklärte Steve.

»Aber …«

»Ihr Mädchen müsst einfach aufpassen, das ist alles,

worum ihr euch zu kümmern braucht, Schatz. Bleib heute im Haus von Sheriff Knight, bis deine Mom dich abholt. Geh nirgends allein hin, vor allem im Dunkeln. Wir sehen uns morgen in der Schule.« Erneut zuckte er die Schultern. »Du kannst darauf wetten, dass der Mörder inzwischen längst über alle Berge ist.«

Sie sah ihn fragend an. »Glaubst du das wirklich, Steve?«

»Verlass dich drauf.«

Es war fast vier Uhr, als Miranda hörte, wie sich ohne Vorwarnung die Tür ihres Büros öffnete. Da sie gegen rasende Kopfschmerzen ankämpfte und beide Hände ans Gesicht gepresst hielt, fühlte sie sich ziemlich überrumpelt. Und das umso mehr, als sie die Hände sinken ließ und sah, dass Bishop ihr Besucher war. »Hausordnung. Wenn diese Tür geschlossen ist, klopft man zuerst und wartet dann, bis man hereingerufen wird«, erklärte sie ihm und versuchte, nicht so angespannt zu klingen, wie sie sich fühlte.

»Hast du das deinen Deputys so beigebracht?«

»Wie gesagt, Hausordnung. Gilt für jeden.«

Er stand in der Tür und sah sie stirnrunzelnd an. »Kopfschmerzen, Miranda?«

Ihr war klar, dass es keinen Sinn hatte zu lügen. »Ja, vom Feinsten. Brauchst du etwas?«

Bishop antwortete nicht gleich, doch dann sagte er: »Sharon ist da, mit ihrem Bericht über das Grainger-Mädchen. Ich dachte, wir sollten alle gemeinsam darüber reden.«

»In Ordnung. Ich bin in einer Minute da.« Miranda öffnete die Akte auf ihrer Schreibunterlage und starrte auf das oberste Blatt, bis sich die Tür leise hinter ihm geschlossen hatte.

Wieder allein, brauchte sie kaum mehr als die versprochene Minute, um ihre Selbstkontrolle zu aktivieren. Gegen ihre Blässe oder dagegen, dass sie wegen des schmerzenden Lichts am liebsten eine Sonnenbrille aufgesetzt hätte, konnte sie nicht viel tun. Doch es gelang ihr, die Schmerzen tief genug in sich zu vergraben, dass Bishop und seinen Paragnosten wahrscheinlich nichts Ungewöhnliches auffallen würde.

Vielleicht ist der Preis zu hoch. Vielleicht … Aber sie wusste, dass dem nicht so war.

Manche Dinge waren unausweichlich, die Geschehnisse mussten sich in der ihnen eigenen Reihenfolge entwickeln, oder das Resultat wäre eine Katastrophe. Und nicht nur eine Tragödie.

Miranda stand auf und wartete verbissen, bis die Woge des Schwindelgefühls verebbte. Dann straffte sie die Schultern, streifte die Maske professioneller Abgeklärtheit über und machte sich auf dem Weg zur Spezialeinheit im Konferenzraum.

Entgegen ihrer Anordnung war Alex auch da und verzog entschuldigend das Gesicht, als Miranda hereinkam.

»Ich sollte Sie entlassen«, verkündete sie.

»Ich habe nicht gestempelt.«

»Sie sind hier, also müssen Sie auch stempeln.« Sie setzte sich neben ihn an den Tisch, den drei Agenten gegenüber, und konzentrierte sich auf Sharon Edwards. »Doktor Edwards, bitte sagen Sie mir, dass Sie etwas gefunden haben, was auf unseren Mörder hinweist.«

»Ich wollte, das könnte ich.« Edwards schob einen braunen Umschlag in Mirandas Richtung.

Miranda öffnete ihn nicht. »Was haben Sie herausgefunden? Hat die Obduktion unsere früheren Annahmen bestätigt?«

»Mehr oder weniger. Sie starb ungefähr sechzehn bis achtzehn Stunden vor Entdeckung der Leiche, was einen Todeszeitpunkt zwischen vier und fünf Uhr am Freitagmorgen ergibt. Und es hat sehr lange gedauert, bis sie starb, wahrscheinlich Stunden. Ich glaube, er hat einen Baseballschläger benutzt. Ich habe ein paar Holzsplitter in ihrer Haut gefunden. Nach den Verletzungen zu schließen, nehme ich an, dass er mindestens in drei Etappen auf sie einschlug, möglicherweise mit Ruhepausen dazwischen.«

Alex murmelte etwas vor sich hin, doch Miranda hielt den Blick auf die Ärztin gerichtet und verbannte den Ekel, den sie empfand, aus ihrem Gesicht. »Fahren Sie fort.«

»Sie wurde nicht vergewaltigt, und es gibt keine Anzeichen dafür, dass sie gefesselt oder in ihrer Bewegungsfreiheit eingeschränkt wurde. Sie war betäubt worden. Ich habe eine mehr als lebensbedrohliche Konzentration von Chloralhydrat gefunden, was ihr wahrscheinlich in gesüßtem Tee verabreicht wurde. Ich gehe davon aus, dass sie schon komatös war, bevor er sie zu schlagen begann, und dass sie nie wieder aufgewacht ist. Sie starb an inneren Verletzungen, bedingt durch die Schläge, wenn auch das Chloralhydrat sie höchstwahrscheinlich sowieso getötet hätte. Ihre Augen wurden nach dem Tod entfernt, und der Täter hat ihre Leiche ausbluten lassen, sowohl die Halsschlagader als auch die Arterien am Oberschenkel wurden geöffnet.«

»Ich habe überhaupt kein Blut an ihrer Kleidung gesehen«, sagte Miranda.

»Nein, es war kein einziger Tropfen zu finden. Das und

die Tatsache, dass Holzsplitter in ihrer Haut steckten, bedeutet, dass er sie nackt ausgezogen hat, bevor er sie schlug, und danach wieder anzog. Und nicht nur das, er hat ihre Leiche gewaschen. Ich fand Spuren einer handelsüblichen Flüssigseife. Peter – Dr. Shepherd – hat bei ihrer Mutter nachgefragt, doch die Seife, die sie zu Hause benutzen, ist eine völlig andere.«

Miranda ging kommentarlos darüber hinweg, dass Shepherd seine Befugnisse überschritten hatte. »Verstehe.«

»Noch etwas, Sheriff. Der Mörder hatte einen Tampon in die Vagina des Mädchens gesteckt.«

Darauf folgte ein kurzes Schweigen, dann sagte Alex peinlich berührt: »Woher wissen Sie, dass nicht sie …«

»Sie hatte keine Periode, Deputy. Und ich glaube, wir können ziemlich sicher davon ausgehen, dass sie es nicht selbst war.«

Sie sah Miranda an. »Der Tampon befand sich noch in der ungeöffneten Zellophanhülle.«

6

Diesmal dauerte das Schweigen viel länger. Dann ließ sich Miranda mit einer zögernden Frage vernehmen. »Sprechen wir von einer Vergewaltigung, wenn auch nur symbolisch?«

Dr. Edwards runzelte die Stirn. »Das glaube ich nicht. Ich meine, ich glaube nicht, dass es um Macht oder Beherrschung ging, was bei Vergewaltigung normalerweise der Fall ist, wie wir alle wissen. Es gibt nichts, das auf Misshandlung oder Gewalt hindeutet. Keine Verletzungen, kein Riss, nicht einmal Zeichen irgendeiner Reizung. Er war vorsichtig. Man könnte sogar behaupten, er war sanft. Der verpackte Tampon wurde vor dem Einführen mit Gleitmittel versehen.«

»Ich versteh's nicht«, sagte Alex verdutzt.

Miranda sah Agent Harte an. »Irgendeine Ahnung, wie diese Angaben zu interpretieren sind?«

Harte lehnte sich zurück und faltete stirnrunzelnd die Hände über seinem Bauch. »Vielleicht hat er sie … verschlossen, unzugänglich gemacht. Es für jeden – sich selbst eingeschlossen – unmöglich gemacht, mit ihr Verkehr zu haben.«

»Weil er das wollte?«, überlegte Miranda.

»Könnte sein. Wenn er sie betäubt und ihr Gesicht bedeckt hat, während er sie schlug, weil er sie kannte, sie auf eine geisteskranke Art mochte, dann könnte er gegen die Versuchung angekämpft haben, mit ihr schlafen zu wollen – vielleicht schon längere Zeit.«

»Sie meinen, schon ehe er sie entführt hat?«

Harte nickte. »Sie war gerade fünfzehn, aber für ihr Alter sehr gut entwickelt, körperlich eher Frau als Kind. Es wäre möglich, dass er sie beobachtete, an sie dachte, lange bevor er sie sich holte.«

»Aber was *bedeutet* das?«, fragte Alex bekümmert. »Wird es uns helfen, den Dreckskerl zu fassen?«

»Auf lange Sicht schon«, erwiderte Miranda. Eine Antwort auf diese optimistische Aussage wartete sie nicht ab, sondern fuhr grübelnd fort: »Bei Kerry Ingram gab es kein Anzeichen für sexuelle Handlungen oder ein derartiges Interesse. Und wenn wir den Mord an Adam Ramsay dazunehmen und davon ausgehen, dass es sich um denselben Mörder handelt …«

»Ich würde sagen, das können wir«, unterbrach die Ärztin. »Ich habe so ein Gefühl, was das Aussehen der Knochen angeht, obwohl ich mit einer Aussage noch warten möchte, bis meine Tests vollständig abgeschlossen sind. Doch ich bin mir sicher, dass der Täter den Ramsay-Jungen auch hat ausbluten lassen. Ich bezweifle, dass wir es zur gleichen Zeit mit zwei Mördern in einer kleinen Stadt zu tun haben, die beide ihren Opfern das Blut entziehen.«

Mit einer Grimasse stimmte Miranda zu. »Und solange es uns gelingt, dieses Detail geheim zu halten, schließt das jeden Nachahmungstäter aus. Ich weiß, Sie hatten nicht viel Material, als Sie die Überreste des Ramsay-Jungen untersuchten, aber haben Sie irgendwelche Anzeichen sexueller Handlungen gefunden?«

»Nein, keine. Doch Sie wissen bestimmt, dass es schwierig, wenn nicht unmöglich gewesen ist, solche Anzeichen zu finden, da nahezu kein weiches Gewebe übrig geblieben ist. Und das, was übrig geblieben ist, war eine lange Zeit Wind und Wetter ausgesetzt.«

Erst als Miranda Bishops Blick auf sich spürte, wurde ihr bewusst, dass sie sich die Schläfe rieb. Sofort ließ sie die Hand sinken. »Okay, also, unser Mörder entführte einen siebzehnjährigen Jungen und folterte ihn anscheinend über einen Zeitraum von mehreren Wochen zu Tode. Dann holte er sich ein vierzehnjähriges Mädchen, das er durch mehrfaches Strangulieren ebenfalls folterte, wieder einige Wochen lang. Dann schnappte er sich eine Fünfzehnjährige, pumpte sie bis zur Bewusstlosigkeit mit Betäubungsmitteln voll und prügelte sie mit einem Baseballschläger zu Tode – innerhalb weniger Stunden. Keinerlei Anzeichen eines sexuellen Interesses bei den ersten beiden – obwohl wir uns bei dem Jungen nicht sicher sein können –, und mögliche Anzeichen einer gewissen Art von unterdrücktem oder undurchführbarem sexuellen Interesse im dritten Fall. Die beiden Ersten hat er durch Schläge auf den Kopf getötet, die Dritte aber zu Tode geprügelt. Langsam.«

»Das klingt in etwa richtig so«, sagte Harte. »Wenn Sie meine… Vermutung… hören wollen, würde ich sagen, wir haben es mit einem Mörder zu tun, der in einem unglaublichen Zwiespalt steckt. Er hat das Gefühl, es tun zu müssen, und lässt sich von nichts aufhalten, bedauert jedoch gleichzeitig die Notwendigkeit seiner Tat. Ob er allerdings echte

Reue empfindet, steht noch zur Debatte. Meiner Ansicht nach tut es ihm verdammt leid, dass er diese Kinder umbringen muss, aber nicht ihretwegen, sondern nur, weil es sein Leben durcheinanderbringt und er sich die Hände schmutzig machen muss, um sie zu töten.«

Alex starrte ihn an. »All das schließen Sie aus dem wenigen, was wir bis jetzt haben?«

Harte lächelte. »Es ist nur eine Vermutung.«

»Tonys Vermutungen«, erläuterte Bishop sachlich, »sind meist ziemlich verlässlich.«

Alex blickte von einem zum anderen und schüttelte dann den Kopf. »Ich begreife einfach nicht, dass er sie ohne ersichtlichen Grund auszuwählen scheint. Die Opfer haben keine Gemeinsamkeiten.«

»Außer, dass sie alle drei Teenager waren«, erinnerte ihn Miranda.

Bishop stand auf, trat an die Pinnwand und betrachtete die Berichte und Fotos, die dort hingen.

Miranda beobachtete ihn einen Augenblick lang und wandte sich dann an Edwards. »Sie haben sich noch mal mit der Obduktion von Kerry Ingram befasst?«

Edwards nickte. »Peter war recht gründlich, und ich stimme seinen Schlussfolgerungen zu. Sie wurde wiederholt bis zur Bewusstlosigkeit gewürgt, und dann hat er sie sich wieder erholen lassen. Oder er hat sie dazu gebracht. Und sie wurde geschlagen, allerdings mit der Faust, glaube ich, und bei Weitem nicht mit der Wucht, wie es bei dem Grainger-Mädchen der Fall war. Ein Schlag auf den Kopf tötete sie schließlich. Ein einziger, äußerst kräftiger Schlag.«

»Das erste Opfer fällt auf, weil es männlich war«, sagte

Harte nachdenklich, »aber Lynet Grainger ist diejenige, die meiner Meinung nach wirklich heraussticht – wegen der Art und Weise, wie er mit ihr umging. Ich behaupte, er kannte sie, und wahrscheinlich sogar sehr gut.«

Alex warf Miranda einen skeptischen Blick zu und wandte sich dann an den Agenten. »Das Problem ist bloß, nahezu jeder männliche Erwachsene in der Stadt kannte Lynet, und sei es auch nur im Zusammenhang mit ihrer Mutter. Teresa Grainger trinkt zu viel und feiert gern – und sie nimmt es nicht so genau damit, mit wem sie feiert. Zu behaupten, dass Teresa sehr viel ausging, wäre noch untertrieben. Und für gewöhnlich brachte sie ihre Verehrer über Nacht mit nach Hause. In einer derartigen Umgebung hätte sich Lynet so oder so entwickeln können, schätze ich, doch sie war anscheinend ziemlich prüde. Sie trank nicht, rauchte nicht, nahm keine Drogen und vögelte nicht herum. Vielmehr hieß es, sie sei stolz darauf, noch Jungfrau zu sein.«

»Sie starb als Jungfrau«, ergänzte Dr. Edwards.

»Kerry Ingram auch«, sagte Miranda nachdenklich. »Könnte das etwas bedeuten?«

»Wenn es nur Mädchen gewesen wären, würde ich es für einen möglichen Ansatzpunkt halten«, stimmte Harte zu. »Es könnte sich um eine Art Zwangsvorstellung von sexueller Reinheit handeln. Doch in Anbetracht des männlichen Opfers erscheint das weniger wahrscheinlich. Ich könnte mir noch vorstellen, dass der Mörder bisexuell ist, sich von beiden Geschlechtern angezogen fühlt, aber der Ramsay-Junge ...«

»Schien für einen Jungen seines Alters ein sehr aktives Sexualleben gehabt zu haben«, schloss Miranda trocken.

»Ihrem Bericht zufolge.« Harte nickte. »Also fällt der Gedanke flach, dass der Mörder versucht hat, die Reinheit zu erhalten. Es sei denn, er hat den Jungen aus einem völlig anderen Grund umgebracht.«

»Das hat er auch.« Bishop sprach mit fester Stimme und wandte sich ihnen wieder zu. »Das Ingram-Mädchen reizte ihn nicht. Ihr Körper war noch kindlich, noch nicht entwickelt. Mit ihr konnte er sich Zeit lassen und genießen, was er tat, ohne davon abgelenkt zu werden, dass er sich von ihr angezogen fühlte. Doch Lynet Grainger reizte ihn. Er begehrte sie, und sein Verlangen machte ihm Angst. Deshalb brachte er sie so schnell um. Ich glaube … Lynet war ein Fehler. Ich denke, er hat sie sich aus einem Impuls heraus geholt, vielleicht nur, weil sich die Gelegenheit bot. Und als er sie dann hatte, war ihm klar, dass er es durchziehen musste, sie töten musste. Doch er wollte auch noch andere Sachen mit ihr machen, daher betäubte er sie, um sicherzustellen, dass sie nicht mit ihm reden konnte, und bedeckte ihr Gesicht, damit es ihn nicht reizen konnte. Der Tampon – Sharon, wurde er nach dem Tod eingeführt?«

»Schwer, das mit Bestimmtheit zu sagen, doch ich würde annehmen, dass er es tat, als sie noch lebte.«

Bishop nickte. »Vielleicht sofort nachdem er sie ausgezogen hatte. Ihr Körper reizte ihn, und er musste etwas unternehmen, um sich daran zu hindern, der Versuchung nachzugeben. Den Tampon einzuführen verschloss nicht nur ihre Vagina, es war auch eine Art Penetration, die möglicherweise seinem Verlangen die Spitze nahm.«

»Wieso hat er ihre Augen entfernt?«, wollte Miranda wissen. »Weil sie ihn kannte?«

Bishop schüttelte den Kopf. »Weil sie gesehen hatte, was er mit ihr machte. Oder weil er glaubte, dass sie es gesehen hat. Vielleicht haben sich ihre Augen einmal kurz geöffnet, und er dachte, sie würde ihn ansehen. Er entfernte ihre Augen, weil … sie gesehen hatten, dass sie ihn reizte. Sie hatten seine Schande gesehen.«

Alex starrte Bishop mit unbewusster Faszination an. »Sie sagten, er brachte Adam Ramsay aus einem anderen Grund um. Aus welchem?«

»Er brauchte etwas von ihm.«

»Außer seinem Blut?«

»Ja.«

»Und das wissen Sie … woher?« Die Frage klang fast wie eine Herausforderung.

Bishop blickte über die Schulter auf die Fotos hinter sich und lächelte Alex dann an. »Nennen Sie es eine Vermutung.«

»Eine Vermutung? Sie haben nicht zufällig etwas Handfestes, um das zu untermauern, oder?«

Bishop behielt sein Lächeln bei, doch seine Augen wurden eine Spur schmäler. »Lassen Sie sich eines gesagt sein, Deputy. Die Menschen verraten immer, wer sie sind, wie ihr Leben aussieht und was ihre Beweggründe sind, wenn auch unbewusst und zufällig. Meist nur durch kleine Dinge. Zum Beispiel sagt mir die Art, wie Sie Ihre Laufschuhe binden, dass Sie täglich laufen, dass Sie ein passionierter Läufer sind. Die Art, wie Sie den Stift in der Hand halten, zeigt mir, dass Sie früher Raucher waren, und an Ihrer Sitzhaltung kann ich erkennen, dass Sie sich kürzlich einen Rückenmuskel gezerrt haben.«

Er erklärte gar nicht, welche »Hinweise« ihn zu dem

Schluss gebracht hatten, der Mörder hätte etwas von Adam Ramsay gebraucht, dachte Miranda. Doch diese kleine Vorführung hatte den gewünschten Effekt, Alex davon abzulenken, sich darüber Gedanken zu machen.

»Auf Partys müssen Sie ein Knaller sein«, murmelte Alex nicht ganz unhörbar.

Miranda durchzuckte ein Anflug wehmütiger Belustigung, und als sie Bishop ansah, sah sie an seinen Augen, dass er dasselbe dachte. Einen kurzen Moment lang teilten sie das Bewusstsein, dass sie sich von anderen Menschen unterschieden, dass ihre Fähigkeiten ihnen sowohl Einsichten in den Alltag eines normalen Lebens ermöglichten als auch in die finsteren Winkel des menschlichen Geistes, wo Schatten und Ungeheuer lauerten. Dann wurde Miranda bewusst, wen sie da anlächelte, und sie zwang sich, die Augen von ihm abzuwenden. Sie begegnete dem ruhigen Blick der Ärztin und sagte das Erste, was ihr in den Sinn kam. »Ich nehme an, es besteht kaum Hoffnung, dass er auf dem Tampon Fingerabdrücke hinterlassen hat?«

»Überhaupt keine. Ich denke, er hat Gummihandschuhe getragen, wahrscheinlich von dem Moment an, als er die Kinder entführte.«

»Und nachdem der Todeszeitpunkt von Lynet darauf schließen lässt, dass er sie vor Morgengrauen in den Brunnen geworfen hat, werden wir kaum jemanden finden, der etwas gesehen hat.«

Edwards seufzte. »Er ist sehr vorsichtig, das muss man ihm lassen. Wenn Bishop recht hat und Lynets Entführung ein Fehler war, dann ist das der einzige Fehler, den er gemacht hat, soweit ich sehe.«

»Nein«, widersprach Bishop. »Er hat noch einen gemacht. Er hat Adam Ramsay nicht tief genug vergraben.«

»Ach, komm schon, Bonnie, das wird bestimmt lustig.« Amy sprach leise, obwohl Mrs Task unten war und das Abendessen zubereitete.

»Ich glaube nicht, dass es Randy recht wäre«, entgegnete Bonnie.

»Bon, es nervt, dass du immer machst, was deine Schwester will«, antwortete Amy verärgert. »Also komm schon. Was ist denn dabei? Es ist doch nur ein Spiel.«

Bonnie blickte auf das Ouija-Brett, das zwischen ihnen auf dem Bett lag. Es machte sie sehr nervös, doch das konnte sie Amy nicht gut erklären. Es gab Geheimnisse, die man auch mit der besten Freundin nicht teilen konnte. »Ich kann es kaum glauben, dass du damit im Rucksack in der Kirche gesessen hast«, sagte sie, um Zeit zu gewinnen. »Reverend Seaton würde es ein Werkzeug des Teufels nennen, ganz bestimmt.«

»Es lag draußen in Steves Wagen«, erwiderte Amy. »Außerdem wird Reverend Seaton es nicht erfahren. Und Miranda auch nicht, wenn du ihr nichts sagst.« Als Amy Bonnies unschlüssigen Gesichtsausdruck bemerkte, fügte sie schnell hinzu: »Auch wenn du es ihr sagen würdest, Miranda ist nicht gläubig, also warum sollte es sie stören? Es ist kein Werkzeug des Teufels, es ist nur ein Spiel. Komm schon.«

»Du willst doch bloß wissen, ob Steve dich zum Schülerball ausführt«, stellte Bonnie trocken fest.

»Nein«, erwiderte Amy und fühlte, wie ihr die Hitze ins Gesicht stieg, »ich möchte herausfinden, ob er mich wirklich mag.«

Bonnies klare, auffallend blaue Augen wurden ganz sanft. »Er geht mit niemandem sonst. Du würdest es wissen, wenn er jemand anderen hätte.«

»Das heißt noch nicht, dass er mich wirklich mag. Ich gebe ihm, was er will, Bonnie. Und vielleicht ist das ja auch schon alles, was er will.«

Das war eine Frage, die Bonnie hätte beantworten können, doch dem stand eine Regel entgegen, die sie nicht zu brechen wagte. Sie sah auf das Ouija-Brett hinunter und überlegte schuldbewusst, ob es so schlimm wäre, die Regel etwas zu dehnen, wenn ihre Absichten doch gut waren.

»Bitte!«, bettelte Amy.

Sicher, die gewünschte Antwort zu bekommen, zog sie ein Tischchen neben das Bett, um das Brett daraufzulegen. Sie platzierte die Planchette im Mittelpunkt des Brettes und legte ihre Fingerspitzen darauf.

Bonnie zögerte noch einen Moment länger. »Ach, na gut. Aber stell wirklich genaue Fragen, Amy.«

Amy lachte. »Warum? Ist es ein begriffsstutziges Brett?«

Geheimnisse waren wirklich erstaunlich einengend, überlegte Bonnie und fragte sich, wie sie ihrer Freundin begreiflich machen konnte, dass man nicht immer unter Kontrolle hatte, was hereinkam, wenn man eine Tür öffnete. »Bleib beim Thema, ja? Stell Fragen über dich und Steve, und sonst nichts.«

»Ich dachte, du hättest dieses Spiel noch nie gespielt«, meinte Amy misstrauisch.

»Ich hab dir gesagt, dass ich noch nie ein Ouija-Brett benutzt habe, und das habe ich auch nicht.« Bonnie holte Luft und legte ihre Fingerspitzen sacht auf den Zeiger. »Also los.«

»Was ich gerne wissen würde ...«, begann Amy. Der Zeiger schlug heftig aus und pendelte sich über dem Wort NEIN ein.

»He! Du darfst nichts tun, *damit* er sich bewegt«, rief Amy vorwurfsvoll.

»Hab ich auch nicht.« Bonnie starrte auf die Planchette und das unerbittliche Wort darunter.

»Aber ich hab doch noch nicht einmal gefragt ...« Amy schüttelte den Kopf und brachte den Zeiger wieder in die Mitte zurück. »Wir versuchen es noch einmal. Was ich wissen will, ist ...«

Die Planchette schlug wieder aus und deutete unmissverständlich auf das Wort NEIN.

»Bonnie ...« Jedes Mal, wenn Amy den Zeiger wieder in die Mitte rückte, schwenkte er sofort wieder auf NEIN. »Schwöre, dass du nicht ...«

»Ich bewege ihn nicht.« Zumindest nicht bewusst. Nicht absichtlich. Sie starrte auf das Brett hinunter und sagte leise: »Wer bist du?« Der Zeiger bewegte sich augenblicklich.

L ... Y ... N ... E ... T.

Amy riss ihre Finger zurück. »Das finde ich gar nicht lustig, Bonnie!«

Bonnie nahm ebenfalls ihre Finger weg und sah sie an, als gehörten sie jemand anderem. »Das war ich nicht.«

Amy wollte protestieren, doch dann fiel ihr mit einem leichten Schauder ein, dass das kaum die Art von Scherz war, die Bonnie lustig fand. »Du meinst ...«

»Ich denke, wir sollten aufhören, Amy.«

»Du glaubst doch nicht wirklich ... Es ist bloß ein *Spiel.*«

»Manche Spiele sind gefährlich.«

Amy durchströmte Angst, aber auch Erregung. »Aber wenn es da eine Möglichkeit gäbe … Wenn wir herausfinden könnten, wer sie umgebracht hat? Das wollen doch alle wissen. Und wenn wir es herausfinden könnten …«

Bonnie wählte ihre Worte mit Bedacht. »Amy, Randy sagt, man dürfe im Leben nie von Annahmen ausgehen. Du nimmst an, dass wer auch immer – oder was auch immer – diesen Namen geschrieben hat, tatsächlich Lynet ist.«

»Aber wer sollte es sonst sein?«

»Falls ihr … Geist … uns erreichen kann, glaubst du dann nicht, dass andere Geister das auch könnten?«

»Gibt es böse Geister?«

Bonnie sah sie bedauernd an. »Es gibt böse Menschen. Wieso sollte es nicht auch böse Geister geben?«

»Ja, aber … Geister können uns doch nichts anhaben. Oder doch?«

»Das weiß ich nicht«, log Bonnie. »Aber ich könnte mir vorstellen, dass es keine gute Idee ist, ihnen eine Tür zu öffnen.«

»Bonnie, hast du nicht auch Angst, dass da ein Irrer herumläuft und Kids umbringt? Hast du nicht auch immer den Drang, hinter dich zu schauen, wenn du irgendwo allein bist? Und bevor du um eine Ecke biegst, fürchtest du nicht, dass dahinter etwas Schreckliches auf dich wartet?«

Halb unbewusst strich Bonnie über die kleine, seltsam geformte Narbe auf ihrem rechten Unterarm. »Ja«, gab sie zu. »Stimmt alles. Aber, Amy, irgendwas zu unternehmen, weil wir Angst haben, ist eine ganz schlechte Idee. Wir müssen es Randy, den Deputys und den FBI-Agenten überlassen, den Mörder zu finden. Dafür sind sie da.«

Amy sah ihre Freundin fragend an. »Du willst das Spiel wirklich nicht mehr spielen, oder, Bon?«

»Ich will wirklich nicht«, erwiderte Bonnie entschlossen.

»Okay, dann lassen wir es.« Amy griff nach ihrem Rucksack, um das Brett hineinzustecken, und als sie die Planchette nahm, merkte weder sie noch Bonnie, dass sich der Zeiger wieder auf das Wort NEIN ausgerichtet hatte.

Miranda blickte Bishop stirnrunzelnd an und versuchte dabei, die immer häufiger werdenden Schmerzattacken hinter ihren Augen zu ignorieren. »Wieso war es ein Fehler des Mörders, Adam Ramsay nicht tief genug zu vergraben? Weil wir ihn gefunden haben?«

Bishop nickte. »Ich glaube nicht, dass die Leiche des Jungen je gefunden werden sollte. Im Gegensatz zu den beiden anderen.«

»Zugegeben«, sagte Alex, »als Kerry Ingram gefunden wurde, lag sie offen in einer Schlucht, wie abgeladener Müll. Aber Lynet war auf dem Grund dieses Brunnens doch ziemlich gut versteckt.«

»Ja, aber für wie lange? Ich habe ein paar Erkundigungen eingezogen, und es scheint, dass eure Lokalzeitung vor etwa einer Woche berichtet hat, das Gelände rings um den See sei an eine Käufergruppe aus Florida verkauft worden, die dort Ferienhäuser bauen will. Die Vorbereitungsmaßnahmen für die Bebauung der Grundstücke sollen in wenigen Wochen beginnen. Und den Grundbucheinträgen zufolge liegt eines der Grundstücke keine zwanzig Meter von dem Brunnen entfernt.«

»Also hätte man die Leiche höchstwahrscheinlich gefunden«, stimmte Miranda zu. »Okay. Aber wollte er, dass wir die Mädchen finden, oder war es ihm einfach egal?«

»Sagen Sie's mir«, erwiderte Bishop und sah sie unverwandt an.

»Ich? Woher sollte ich das wissen?« Es war nahezu eine Herausforderung an ihn, etwas über zusätzliche Sinne in Alex' Gegenwart zu sagen, und das war ihnen beiden klar.

»Sie kennen doch die Grundlagen, auf denen wir das Profil eines Mörders erstellen, Sheriff«, erwiderte Bishop nur. »Wieso sollte eines von drei Opfern viele Meilen weiter als die anderen transportiert und in einem Wald vergraben werden, der sogar von Jägern nur selten betreten wird?«

Sie dachte darüber nach. »Weil irgendetwas an dem Opfer oder der Art, wie es getötet wurde, auf den Mörder verweist.«

»Genau.« Bishop streckte den Arm über die Schulter nach hinten und klopfte mit den Knöcheln gegen die Fotos an der Pinnwand. Die Fotos der Überreste von Adam Ramsay. »Den Jungen hat er als Ersten entführt und am längsten am Leben gelassen, und als er mit ihm fertig war, hat er die Reste dort vergraben, wo er nahezu sicher davon ausgehen konnte, dass sie für alle Zeit verborgen bleiben würden.«

»Unglücklicherweise traf das auch beinahe zu«, sagte Alex. »Und als wir sie dann gefunden haben, war nicht mehr viel übrig. Wie sollen wir Hinweise auf den Mörder finden, wenn wir nichts anderes als Knochen haben – und auch davon ziemlich wenige?«

»Diese Knochen.« Miranda sah Edwards an. »Sind Sie sicher, dass Sie uns inzwischen nicht doch etwas über die Knochen sagen können, Doktor?«

»Um ehrlich zu sein, Sheriff, habe ich bisher nur eine Vermutung, und die klingt ziemlich schräg. Es dauert noch ein paar Tage, bis ich mit meinen Tests fertig bin. Im Moment kann ich Ihnen nur sagen, dass die Knochen des Ramsay-Jungen … verändert wurden.«

»Gealtert wurden«, ergänzte Miranda.

Edwards nickte. »Künstlich gealtert.«

»Warum denn, um Himmels willen?«, fragte Alex.

»Das ist eben die Frage, nicht wahr, Deputy? Warum – und wie. Ich hoffe eine Antwort darauf zu finden, aber ich brauche Zeit.«

»Ich hoffe, wir haben die Zeit«, erwiderte Miranda. »Doch falls Lynet tatsächlich ein Fehler war, könnte ihre Ermordung seine Bedürfnisse und seine Rituale in einer Weise verändert haben, die zu begreifen, geschweige denn vorauszusehen, wir nicht einmal annähernd in der Lage sind.«

»Er könnte wieder auf der Jagd sein«, sagte Harte. »Und da wir anscheinend alle irgendwelche Vermutungen haben, ist meine, dass er sich bereits nach seinem nächsten Opfer umsieht, während wir uns unterhalten.«

»In einer County mit mehreren Tausend Teenagern.« Diesmal versagte es sich Miranda nicht, ihre Schläfen zu reiben. »Mist. Ich werde zumindest eine Ausgangssperre für alle unter achtzehn verhängen müssen, von der Abenddämmerung bis zum Morgengrauen. Wir müssen versuchen, die Kinder zu Hause zu halten, oder in der Schule – auf jeden Fall weg von den Straßen.«

»Ich glaube nicht, dass es dagegen Proteste geben wird«, meinte Alex. »Außer von den Kindern natürlich. Der Bürgermeister wird begeistert sein über eine Maßnahme, die danach aussieht, als würde er etwas für die Sicherheit der Stadt tun.«

Miranda bedachte ihn mit einem leisen Lächeln, dann warf sie einen Blick auf die Uhr. »Ich weiß zwar nicht, ob Sie drei vorhaben, heute Abend noch zu arbeiten«, sagte sie an die drei Agenten gewandt, »aber das Café und die meisten unserer besseren Restaurants schließen in weniger als zwei Stunden. Wenn Sie meinen Rat wollen, gehen Sie essen, solange es noch möglich ist.«

»Gute Idee.« Harte stand auf und streckte sich. »Wenn ich außer Koffein nicht noch etwas anderes in meinen Magen bekomme, könnt ihr mich irgendwann von der Decke abkratzen.«

Edwards nickte zustimmend und sah, während sie aufstand, zu Bishop. »Ich muss heute Abend noch ein paar Stunden in die Leichenhalle, dann gibt es für mich bis morgen nichts mehr zu tun.«

Bishop richtete den Blick auf Miranda und schien etwas sagen zu wollen, folgte aber dann seinen Agenten und verließ den Konferenzraum.

»Ich finde, wir könnten sie ab und zu zum Essen einladen«, sagte Alex sanft. »Sie sind ja schließlich hier, um uns zu helfen.«

»Ich habe Grace beauftragt, ihnen mittags etwas zu essen bringen zu lassen, und diese Anweisung gilt für ihren gesamten Aufenthalt«, klärte ihn Miranda auf. »Auch ins Krankenhaus zu Edwards habe ich etwas schicken lassen. Ich bin nicht ungastlich, Alex. Aber ich habe auch nicht vor, mich mit ihnen anzufreunden. Sie sind hier, um ihre Arbeit zu tun, und ich hoffe inständig, dass sie die auch sehr gut erledigen.«

»Das hoffen wir alle. Und ich meine ja gar nicht, dass wir

uns außerhalb des Büros verbrüdern müssen. Sie haben es vielleicht nicht gemerkt, aber Bishop liegt mir nicht besonders.«

»Ach, tatsächlich?«, murmelte Miranda.

»Okay, es war vielleicht doch etwas offensichtlicher, als ich dachte.« Er hielt inne. »Woran liegt das?«

»Sagen wir mal so, ich kann mir nicht vorstellen, dass Sie beide frühmorgens wie die besten Freunde zum Joggen gehen würden.«

»Ach, er geht joggen?« Alex klang ganz unschuldig.

Miranda holte Luft und rieb sich wieder die Schläfen. »Zurzeit? Weiß ich nicht. Aber er hat gejoggt, und er scheint gut in Form zu sein, also nehme ich an, dass er immer noch joggt.«

»Ja, gut in Form scheint er zu sein. Kann er auch gut mit der Waffe umgehen, die er trägt?«

»Ja«, erwiderte Miranda ohne weitere Erklärung.

»Aha. Und ich nehme an, er hat diese Narbe beim Kampf gegen böse Buben bekommen?«

»Nach bester Heldenmanier«, sagte sie, nur halbwegs spöttisch.

»Und seine Vermutungen über den Mörder? Wie wahrscheinlich sind die?«

»Sagen wir mal, ich würde nicht dagegen setzen. Er war immer … sehr gut in seinem Job.«

Eine kurze Gesprächspause entstand. Dann sagte Alex beiläufig: »Sie beide kannten sich also ziemlich gut, nicht?«

Sie lachte leise in sich hinein. »Wollen Sie mich etwa fragen, ob wir ein Liebespaar waren, Alex?«

»Sagen Sie es nur, wenn ich zu neugierig bin.«

»Es ist schon sehr lange her.«

»Und ich nehme an … es ging schlecht aus?«

»So könnte man sagen.« Sie zuckte die Schultern und spürte ihre Verspannung dort umso mehr.

»Jetzt mit ihm zu arbeiten kann kaum Spaß machen.«

»Nein«, bestätigte Miranda. »Spaß würde ich das nicht nennen.« Ein Schmerz durchzuckte sie plötzlich und ließ sie den Atem anhalten.

Alex starrte sie an, und seine Brauen zogen sich zusammen. »Alles in Ordnung? Sie sehen blass aus.«

»Kopfschmerzen, sonst nichts.« Miranda ließ sich nicht anmerken, dass die kurze Unterbrechung von einer Woge von Übelkeit verursacht worden war. »Ich gehe nach Hause. Sie auch. Und kommen Sie heute Abend nicht wieder hierher zurück.«

»Randy? Dieser Mörder. Glauben Sie, es ist jemand, den wir kennen? Ich meine, gut kennen?«

»Ich glaube nicht, dass wir ihn kennen, Alex. Ganz und gar nicht.«

* * *

Tony Harte lehnte sich zurück, um der Kellnerin Platz für den Teller zu machen, und wartete, bis sie gegangen war. »Zugegeben, ich habe nur meine normalen fünf Sinne benutzt, aber bin ich der Einzige, der fand, dass Sheriff Knight Schmerzen hatte? Ziemliche Schmerzen?«

»Sie sagte, es seien Kopfschmerzen«, erwiderte Bishop.

»Das waren keine normalen Kopfschmerzen«, stellte Sharon Edwards fest. »Ihre Pupillen waren erweitert. Neigt sie zu Migräne?« Diese knappe Frage war direkt an Bishop gerichtet.

Er zögerte. »Soviel ich weiß, nicht.«

Edwards beobachtete ihn aufmerksam. »Aber?«

»Ihr wisst es so gut wie ich. Besser noch als ich.« Bishop wünschte, sie müssten diesen Sonntag nicht in einer kleinen Stadt verbringen, wo er nicht mal ein Bier bestellen konnte, geschweige denn einen Whiskey, den er im Moment so dringend nötig gehabt hätte. »Eine Theorie besagt, dass paragnostische Fähigkeiten dann entstehen, wenn einige der elektrischen Impulse im Gehirn ihr Ziel verfehlen und sich dadurch neue Bahnen zu bislang ungenutzten Hirnregionen brechen.«

Harte runzelte die Stirn. »Ja, ich erinnere mich, darüber gelesen zu haben. Und?«

»Und sollte diese Theorie stimmen«, erwiderte Bishop sachlich, »hätte das zur Folge, dass besonders häufige oder starke Fehlzündungen beginnen könnten, alte Wege zu zerstören, statt neue zu schaffen. Das Gehirn würde auf diese Weise zerstört werden.«

»Miranda Knight ist definitiv das, was ich einen besonders starken Paragnosten nennen würde«, sagte Harte bedächtig. »Da sie vier verschiedene Fähigkeiten besitzt, muss sich in ihrem Gehirn ein unheimliches Feuerwerk elektrischer Aktivitäten abspielen. Noch dazu, da sie eine enorme Menge Energie darauf verwendet, sich selbst abzuschirmen – und uns abzublocken.«

»Ja«, stimmte Bishop zu.

Edwards legte die Gabel weg und sagte zögernd: »In dem Fall wären die anfänglichen Symptome höchstwahrscheinlich starke Kopfschmerzen, Licht- und Lärmempfindlichkeit sowie erweiterte Pupillen. Wie bei Migräne, doch mit zunehmender Intensität und stärkeren Folgeschäden bei jedem Anfall.«

»Bis …?«, fragte Harte argwöhnisch.

Edwards wich seinem Blick aus und nahm ihre Gabel wieder auf. »Bisher gibt es nicht genug Forschung, um klare Antworten auf etwas so Theoretisches geben zu können. Auch wenn wir das technische Wissen hätten, es zu verstehen, die Vorrichtungen, es zu messen und auszuwerten …«

Harte blickte zu Bishop, und ihm gefiel nicht, was er sah. Oder fühlte. »Bis …?«, wiederholte er.

»Bis sie zum körperlichen und geistigen Krüppel geworden ist.« Bishops Stimme klang wie versteinert. Er wandte den Kopf ab und starrte aus dem Fenster in die dunkle, kalte Winternacht. »Das ist natürlich … nur eine Theorie.«

7

Dienstag, 11. Januar

Vorsichtig schaltete Seth Daniels in den zweiten Gang. Er behandelte den Wagen wie ein rohes Ei und wollte möglichst weich schalten, doch als es verräterisch ruckelte, blickte er finster drein. Er war sich bewusst, dass Bonnie ihn belustigt beobachtete, vermied es aber, ihrem Blick zu begegnen. Für einen Jungen war es schon hart genug, die Schwester des Sheriffs zur Freundin zu haben, doch es war geradezu beschämend, dass genau diese Freundin ihm beibrachte, wie man einen Wagen mit Gangschaltung fuhr.

»Du brauchst nur etwas Übung«, sagte sie, und ihrem betont neutralen Ton war nur zu entnehmen, dass sie sich bemühte, seinem zarten männlichen Ego keinen weiteren Schaden zuzufügen.

»Das weiß ich«, erwiderte er.

»Und Koordination.«

»Auch das weiß ich, Bonnie.«

»Ich sage ja nur, dass du den Dreh schon noch herausbekommst. Es kann nicht schwerer als Football sein, und das kannst du auch.«

Seth zuckte zusammen, als es beim Schalten in den dritten Gang wieder ruckte und knirschte. »Ja, ja … so schwer kann es nicht sein«, murmelte er. Ein Blick zur Seite zeigte ihm, dass Bonnie sich auf die Lippe biss, und er kämpfte einen Moment lang mit sich, bevor er schließlich doch lachte.

»Okay, okay. Ich krieg den Dreh schon noch raus. Aber jetzt sag bloß nicht, Miranda hat dir auch noch beigebracht, Bären zu jagen und Jets zu fliegen.«

»Du möchtest lernen, Bären zu jagen?«, fragte sie betont unschuldig. »Denn wenn du tatsächlich …«

»Bonnie.«

Sie lachte. »Nein, davon hat sie mir nichts beigebracht. Nur normalere Sachen. Kochen, Nähen, einen Wagen mit Schaltgetriebe zu fahren … Scharfschießen.«

»Himmel.«

Bonnie lächelte ihn an. »Tja, sie hat versucht, sowohl Vater als auch Mutter zu sein, weißt du.«

»Na ja, das verstehe ich. Aber manchmal frage ich mich, ob sie nicht auch noch versucht hat, Elitesoldat zu sein. Scharfschießen?«

»Da ja eine Waffe im Haus war, meinte sie, ich sollte auch wissen, wie man mit ihr umgeht.«

»Aber *Scharfschießen?* Zu vermeiden, sich selbst in den Fuß zu schießen, ist eines, doch wie oft im Leben wirst du einer Fliege auf hundert Metern die Flügel wegpusten müssen?«

»Die Ampel ist gelb, Seth. Kupplung treten und runterschalten.«

Er befolgte ihre Anweisung und brachte den Wagen an der Ampel so sanft zum Stehen, dass sein angekratzter Stolz wieder etwas aufpoliert wurde. »Du hast das Thema gewechselt«, beschwerte er sich.

»Da gab es sonst nichts zu sagen. Randy hat mir alles beigebracht, was mir vielleicht eines Tages nützlich sein könnte. Also kann ich Kekse backen und einen Knopf annähen, und ich kann auch einen Reifen wechseln und mit einer Waffe umgehen.«

Seth sah sie kurz an und fuhr dann langsam los, als die Ampel umschaltete. »Ich bin überrascht, dass sie dir erlaubt hat, heute mit mir wegzugehen.«

»Wir müssen zur Sperrstunde wieder zu Hause sein, Seth.«

»Ja, das weiß ich.«

Er war siebzehn und gehörte daher zu denjenigen Jugendlichen, die ab fünf Uhr nachmittags weg von der Straße und unter der Aufsicht von Eltern oder Arbeitgebern sein mussten. »Aber sie war immer so besorgt um dich, und jetzt, wo ein Mörder frei herumläuft …«

»Ich habe ihr versprochen, auch vor der Sperrstunde nirgendwo allein hinzugehen und entweder mit dir zusammen zu sein oder zu Hause bei Mrs Task. Randy mag dich und vertraut dir.«

»Ach, wirklich?«

»Warum überrascht dich das so? Du bist doch das Paradebeispiel eines braven Teenagers.«

»Vielen herzlichen Dank.«

»Es stimmt, und das weißt du auch. Deine Noten sind so gut, dass du anderen Schülern Nachhilfe gibst, und wir alle wissen, dass du Medizin studieren willst. Du arbeitest stundenweise in Cobbs Werkstatt *und* in der Kinderklinik deines Vaters, wann immer du kannst. Du hilfst sogar beim Kindergottesdienst mit und trägst Zeitungen aus.«

»Zeitungen habe ich schon mit zehn Jahren ausgetragen«,

wehrte er ab. Dann sah er zu ihr hinüber und stellte fest, dass sie ihn anlächelte.

Es war ein Lächeln, das unweigerlich seinen Blutdruck in die Höhe trieb und ihn all die verrückten Sachen denken ließ, die er nicht laut auszusprechen wagte. Selbst wenn er einen zusammenhängenden Satz herausgebracht hätte, was er bezweifelte.

Bonnie schien sich ihrer Wirkung auf ihn nicht bewusst zu sein. »Also wie auch immer, Randy vertraut dir. Sie weiß, dass ich bei dir gut aufgehoben bin.«

Als er wieder zu ihr hinüberblickte, sah Seth einen Schatten über ihr Gesicht huschen, was ihn von seinen aufwallenden Hormonen ablenkte. »Jedes Mal, wenn du so etwas sagst, habe ich das Gefühl …«

»Welches denn?«, fragte Bonnie, doch es klang eher nach einer freundlichen Erwiderung als nach einer echten Frage.

Seth bemerkte das und machte einen Rückzieher. »Nichts.« Er war ehrlich genug, sich zu fragen, ob er das tat, weil er wusste, dass sie sich ihm nicht anvertrauen wollte, oder weil er Angst davor hatte, es zu hören. Und eine Antwort darauf fand er nicht.

»He, da ist Steve«, sagte er, um das Thema zu wechseln. »Sollen wir halten und Hallo sagen?«

»Er scheint es eilig zu haben. Muss er nicht zur Arbeit?«

»Um sechs, ja.« Seth schaltete zurück und hörte das Getriebe knirschen. »Verdammt. Vielleicht sollte ich mich besser auf das konzentrieren, was ich gerade mache.«

»Solltest du vielleicht.« Sie klang wieder heiter, fügte dann jedoch ernst hinzu: »Steve hat vor, mit Amy Schluss zu machen, oder?«

»Ich hab keine Ahnung, was Steve vorhat.«

»Ehrlich nicht?«

»Nein, ehrlich nicht, Bonnie.« Er zögerte. »Er ist ein toller Kerl, er liebt nur die …«

»Abwechslung?«, vervollständigte sie ironisch.

»Ich behaupte ja nicht, dass das die feine Art ist, aber es ist nun mal seine. Das muss Amy doch von Anfang an gewusst haben. Steves Ruf ist schließlich nicht blütenrein. Sie wusste das, stimmt's?«

»Wissen ist das eine. Glauben und verstehen etwas ganz anderes.«

Seth verzog das Gesicht. »Sie glaubt, sie kann ihn ändern?«

Bonnie seufzte. »Ich fürchte.«

»Sie wird ihn nicht ändern, Bonnie.«

»Ich weiß.« Sie warf einen Blick auf ihre Uhr. »Es ist nach vier, Seth.«

Er war erleichtert über den Themenwechsel. Seine eigene romantische Beziehung im Lot zu halten war schon schwierig genug. Sich darüber hinaus mit der eines anderen auseinanderzusetzen überstieg seine Kräfte. »Ja, ich weiß. Zeit, nach Hause zu fahren. Möchtest du zuerst noch bei Miranda vorbeischauen?«

»Nein. Sie wird wahrscheinlich so um sieben zu Hause sein. Es gibt nicht viel, was sie abends noch tun können, außer wieder und wieder die Berichte und Informationen durchzugehen, und nach einiger Zeit kommt man sich vor …«

»Wie ein Hund, der seinen Schwanz jagt?« – »So in etwa wohl.«

»Das muss Miranda verrückt machen. Sie ist doch gewohnt, ihre Fälle immer schnell aufzuklären. Aber ich nehme an, so etwas wie diesen Mörder hat es noch nie gegeben.«

»Nein«, pflichtete ihm Bonnie bei. »So etwas wie ihn gab es noch nie.«

Seth hörte einen seltsamen Klang in ihrer Stimme und warf ihr einen Blick zu. In Gedanken rieb sie die Narbe auf ihrem Unterarm. Und Seth wusste, dass sie das nur tat, wenn sie wegen etwas besorgt war. »Sie erwischen ihn, Bonnie.«

»Ich weiß. Ich weiß, dass sie ihn erwischen werden.«

»Du machst dir wegen Miranda Sorgen?«

»Natürlich.«

»Ihr passiert schon nichts. Ich kenne niemanden, der besser auf sich selbst aufpassen kann als Miranda.«

»Das sollte man meinen«, antwortete Bonnie.

Sie schlossen den Konferenzraum immer ab, wenn sich niemand dort aufhielt, um die Berichte und Mutmaßungen vor neugierigen Augen zu schützen. Sogar Mirandas Deputys, mit Ausnahme von Alex Mayse, wussten nur so viel wie nötig. Bishop war daher nicht besonders glücklich, als Miranda Dienstagabend kurz vor sechs Uhr in Begleitung des Bürgermeisters hereinkam.

Bishop hatte John MacBride am Tag zuvor kennengelernt und nicht den besten Eindruck von ihm bekommen. Was aber daran liegen konnte, dass MacBride es sich angelegen sein ließ, Miranda auf eine ungezwungene Art und Weise zu berühren, die die Instinkte jedes Mannes wachgerufen hätte. Miranda hatte sich höflich und geschäftsmäßig verhalten und nicht auf diese Aufmerksamkeiten reagiert. Doch sie hatte sich auch nicht dagegen verwahrt.

Während der Bürgermeister mit angeekeltem Gesichtsausdruck vor der Pinnwand stand, die grausigen Bilder betrachtete und sich von Tony die Verfahrensweisen erläutern ließ, trat Bishop so nahe zu Miranda, wie er es für unverfänglich hielt. »Das ist keine gute Idee«, sagte er leise.

»Ich weiß«, erwiderte sie ebenso leise. »Aber er hat darauf bestanden. Und wenn ihm dieser Besuch die Gewissheit gibt, dass wir unser Möglichstes tun, um den Mörder zu finden, gelingt es ihm vielleicht, den Stadtrat und auch die anderen besorgten Bürger zu beruhigen. Bisher versucht niemand, ungebührlichen Druck auf die Ermittlungen auszuüben, geschweige denn sich einzumischen. Und ich möchte, dass es so bleibt.«

Bishop war politisch versiert genug, ihr Argument zu verstehen. Die Situation gefiel ihm dennoch nicht. »Falls einige dieser Details nach außen dringen, wirst du es mit einer ziemlichen Panik zu tun bekommen. Und unsere Arbeit wird dadurch nicht einfacher.«

»Er wird nicht über die Einzelheiten reden.«

»Wie kannst du dir da so sicher sein?«

Miranda setzte sich auf die Kante des Konferenztisches und sah Bishop mit hochgezogener Augenbraue an. »Weil ich ihn darum gebeten habe.«

Bishop wusste nicht, ob er belustigt oder verärgert sein sollte. »Und daran hält er sich immer?«

»Wenn es sich um meinen Job handelt, schon.«

Mit einem Blick vergewisserte sich Bishop, dass MacBride und Tony noch immer beschäftigt waren. »Kannst du seine Gedanken lesen?«

Miranda schüttelte den Kopf.

»Auch nicht, wenn er dich berührt?«

»Nicht einmal dann.«

Bishop fragte sich insgeheim, ob es klug war, sich nach diesen Berührungen zu erkundigen, zwang sich dann aber dazu, professionell zu bleiben. »Wegen deiner Schutzschilde oder seiner?«

»Seiner.« Miranda zuckte die Schultern. »In einer kleinen Stadt ist das nicht ungewöhnlich. Du hast es bestimmt bemerkt.«

»Allerdings. Als ich gestern mit Tony durch die Stadt ging, um mit den Geschäftsleuten zu reden, gelang mir das Gedankenlesen bei zwei Dritteln nicht. Und Tony genauso wenig.«

»Wie gesagt, das ist nicht so außergewöhnlich. In kleinen Städten ist es besonders schwierig, seine Privatsphäre zu schützen, also neigt man dazu, sich abzuschirmen. Wenn man das ein Leben lang macht, könnte es ohne Weiteres auf geistige und emotionale Schilde und Mauern hinauslaufen.«

»Hast du dich deshalb hier niedergelassen?«

»Das war einer der Gründe.«

»Und weil das Leben in einer Kleinstadt gut für Bonnie ist?«

»Das auch.«

Leicht verbittert dachte Bishop, dass Miranda nur dann bereit war, sich so mit ihm zu unterhalten, wenn noch andere dabei waren. Er hatte versucht, sich solche Momente zunutze zu machen, doch da sich einiges nur schlecht anbringen ließ, wenn man belauscht werden konnte, hatte er sich gezwungen abzuwarten, sich auf die Ermittlungen zu konzentrieren und ihre Unterhaltungen hauptsächlich auf die Arbeit zu beschränken.

Was es nicht leichter machte.

In der Hoffnung, irgendwie einen Durchbruch zu schaffen, griff er in die Jackentasche, zog ein gefaltetes Stück Papier heraus und hielt es ihr hin. »Das wollte ich dir vorhin schon geben.«

Sie rührte sich nicht. »Was ist das?«

»Der Zugang zu den versiegelten Akten, von denen wir gesprochen haben.«

Sie bewegte sich noch immer nicht.

Er tat, als bemerkte er ihr Zögern nicht. »Die Dateien wurden in der Datenbank des Bureaus in einer eigenen, gesicherten Sektion gespeichert, und dir wurde ein zeitlich befristeter Zugang gewährt. Nichts darf heruntergeladen oder kopiert werden, damit musst du dich einverstanden erklären. Die Verbindung kann über die Computer hier hergestellt werden. Das da sind die Passwörter, die du brauchst.«

Schließlich nahm Miranda das Blatt, ohne Bishop zu berühren.

Bishop wartete nicht darauf, dass sie ihm dankte, da er annahm, darauf ziemlich lange warten zu müssen. Er trat zu den beiden Männern an der Pinnwand.

Man brauchte keine telepathischen Fähigkeiten, um Tonys kurzes Augenrollen zu interpretieren, und als Bishop die Nervosität in MacBrides Stimme vernahm, wurde ihm klar, dass der andere Agent wahrscheinlich am Ende seiner Geduld war.

»Aber wieso unternehmen Sie nicht mehr, um ihn zu fassen? Straßensperren oder Hundestaffeln zur Suche oder …«

»Wir haben keine Spur, der die Hunde folgen könnten«, fiel ihm Bishop ins Wort. »Und mit Straßensperren kann man einen Tatverdächtigen nur fassen, wenn er versucht, die Stadt zu verlassen. Dieser lebt jedoch hier.«

»Woher wollen Sie das wissen?«

»Das gehört zu meinem Beruf, Bürgermeister. Der Mörder lebt in Gladstone oder in der Umgebung. Er war sehr umsichtig und hat keine Hinweise hinterlassen, die uns zu ihm führen könnten. Und wir werden ihn nicht finden, solange er keinen Fehler macht.«

MacBrides Gesichtsausdruck wirkte gequält. »Das war ziemlich deutlich.«

»Es ist die Wahrheit.«

»Aber… um einen Fehler zu begehen, müsste er da nicht…«

»Erneut morden. Ja, ich fürchte schon.« Bishop schwieg eine Sekunde. »Somit hat Sheriff Knight mit der Ausgangssperre das Einzige getan, was sie tun konnte, um die jungen Leute von Gladstone zu schützen. In der Zwischenzeit überprüfen wir jede vorhandene Information und nutzen jedes Quäntchen an Wissen und Erfahrung, das wir mitbringen, um auch noch das kleinste Detail aufzuspüren und zu verstehen. Wir werden ihn fassen, Bürgermeister. Das ist nur eine Frage der Zeit.«

MacBride warf einen weiteren Blick auf die Pinnwand. »Ich hoffe es, Agent Bishop. Ich hoffe es.« Er bedeutete Miranda zu bleiben, als sie Anstalten machte, ihn hinauszubegleiten, und verließ leise den Konferenzraum.

»Wieso ist mir nicht eingefallen, ihm zu sagen, es sei nur eine Frage der Zeit?«, meinte Tony in bewunderndem Ton. »Das hat ihn so richtig aufgemuntert.«

»Halt den Mund, Tony.«

Tony grinste ihn an, blickte dann zu Miranda und wurde wieder ernst. »Tut mir leid, Sheriff. Niemand weiß besser als ich, wie ernst diese Angelegenheit ist. Es ist nur ... ich komme mit gewählten Beamten im Allgemeinen nicht gut zurecht.«

»Anwesende ausgeschlossen, Agent Harte?«, fragte sie leichthin.

»Anwesende ausgeschlossen«, antwortete er prompt.

»Dann kannst du mich Miranda nennen, in Ordnung?«

»Gerne, wenn das umgekehrt auch gilt.«

»Tony, oder?«

»Ja. Also – Miranda –, hat die genaue Untersuchung des Gebietes rings um den Brunnen irgendwas ergeben?«

Sie schüttelte den Kopf. »Alex ist mit seinem Team noch draußen, doch bis jetzt nichts Neues. Niemand aus der Gegend dort gibt zu, zwischen vier und sechs Uhr morgens wach gewesen oder aufgestanden zu sein, geschweige denn einen Wagen gesehen oder gehört zu haben – oder überhaupt etwas.«

Tony sah Bishop an und verzog das Gesicht. »Tja, unsere Erfolgsaussichten waren sowieso gering.«

Bishop nickte. »Sehr gering.«

»Einmal abgesehen von den aufmunternden Worten für den Bürgermeister«, sagte Miranda, »haben wir denn überhaupt etwas Verwertbares? Tatsachen, Schlüsse, Spekulationen ... Vermutungen?«

»Zu unserem Wissensstand von gestern ist nur hinzugekommen, dass keine Polizeibehörde der Umgebung ähnliche Verbrechen in ihren Akten hat – aufgeklärt oder nicht.«

»Wieder ein Anzeichen dafür, dass er von hier ist«, fügte Tony Bishops Worten hinzu und setzte sich an den Tisch.

»Wovon wir ohnehin ausgehen«, bemerkte sie.

»Tja.« Tony zuckte die Schultern. »Ich habe nicht den Eindruck, dass wir weiterkommen, es sei denn, Sharon findet etwas Brauchbares bei ihren Tests der Knochen des Jungen. Oder wir haben bei den anderen Opfern etwas übersehen.«

»Es würde mich überraschen, wenn wir alle zusammen ein wichtiges Detail übersehen hätten. Wir sind im Besitz aller Informationen, die wir von den Opfern wohl je erhalten werden. Jedenfalls in diesem Leben.« Miranda sah Bishop an. »Hast du ein gutes Medium auf deiner Gehaltsliste?«, fragte sie trocken.

Er nahm ihre Frage ernst. »Wir waren nie in der Lage, ein Medium auf glaubwürdige Weise bestimmen zu können. Das Sprechen mit den Toten ist wissenschaftlich nicht leicht zu beweisen.«

»Vermutlich nicht.«

Bishop zögerte und sagte dann beiläufig: »Wenn ich mich recht erinnere, war das doch Bonnies besondere Begabung. Geister zu sehen, meine ich. Tut sie das noch?«

Miranda erstarrte. »Bonnie hat mit dieser Sache nichts zu tun«, sagte sie mit sehr ruhiger Stimme. »Du triffst sie nicht, du sprichst nicht mit ihr – genau genommen kommst du gar nicht in ihre Nähe. Ist das klar?«

»Sie ist ein Teenager, Miranda.« Die Narbe auf Bishops Wange trat deutlicher hervor als sonst. »Und wenn auch nur aus dem Grund, dass sie ins Opferprofil passt – sie hat damit zu tun.«

»Nein. Sie wird nichts mit dir zu tun bekommen. Du

hältst dich von ihr fern.« Sie blickte zu Tony. »Ihr haltet euch alle von ihr fern.« Dann verließ sie das Zimmer.

»Brrrr.« Tony zog den Reißverschluss seiner Jacke etwas höher und vergrub die Hände in den Taschen. »Das war deutlich. Also halten wir uns besser von Bonnie fern.«

Bishop knurrte und richtete grimmig den Blick auf die Pinnwand. »Wenn wir können. Solange wir können.«

Tony sah ihn fragend an. »Besitzt Mirandas Schwester auch mehr als eine Fähigkeit?«

»Wahrscheinlich. Sie alle hatten mehr als eine Fähigkeit. Doch Bonnie war noch ein Kind, als ich sie kennenlernte, nicht älter als acht, und ihre Fähigkeiten entwickelten sich erst.«

»Aber sie hat Geister gesehen?«

»Das hat sie behauptet.«

»Ihre Familie hat ihr geglaubt?«

»Ja.« Bishops Stimme wurde plötzlich ausdruckslos. »Es war eine … außergewöhnliche Familie.«

»Tut mir leid, Boss. Wollte keine alten …«

»… Erinnerungen wachrufen? So alt sind sie nicht, und du hast sie nicht wachgerufen, also mach dir keine Gedanken.« Bishop starrte auf die Pinnwand und bemühte sich, alles bis auf die Einzelheiten der Morde auszublenden. »Wenn ich doch nur darauf käme, was der Mörder von dem Ramsay-Jungen brauchte …«

»Du glaubst, das ist der Schlüssel?« – »Könnte sein. Ich bin mir sicher, es ist ein entscheidendes Detail, um den Dreckskerl zu begreifen.«

»Angenommen, wir kriegen ihn nicht schnell genug, was für ein Opfer schnappt er sich als Nächstes?«

»Ein männliches«, antwortete Bishop. »Älterer Teenager. Kräftig, vielleicht sogar aggressiv, jedenfalls eindeutig maskulin. Wirkt von seinem Äußeren her nicht schutzlos, und niemand könnte ihn sich als Opfer vorstellen.«

»Wieso?«

Bishop tippte auf das Jahrbuchfoto von Lynet Grainger. »Ihretwegen. Sie hat ihn gereizt, Tony, und er wollte nicht gereizt werden. Er ist sich seiner selbst nicht sicher genug, um wieder ein Mädchen zu nehmen. Noch nicht. Erst wird er sich beweisen müssen, dass er stark und Herr der Lage ist. Sich selbst beweisen, dass das, was er tut, nichts mit Sexualität zu tun hat. Also wird er sich einen älteren Jungen schnappen, jemanden, den er sexuell niemals reizvoll finden würde und der sich nicht so leicht unterordnet. Falls er ihn sich nicht schon ausgesucht hat, wird er das bald tun. Und er wird diesen Jungen nicht schnell töten, nicht wie Lynet. Er braucht es, ihn lange leiden zu lassen.«

»Manchmal bist du einfach verdammt viel schlauer, als gut für dich ist, Bishop«, sagte Miranda leise von der Tür aus. Die beiden Agenten sahen sie an, alarmiert vom Ton ihrer Stimme. Anspannung zeigte sich in ihrem grimmigen Blick und den zusammengepressten Lippen.

»Wir haben wieder einen vermissten Teenager«, sagte sie.

* * *

Um neun Uhr abends waren sie sich ziemlich sicher, dass der achtzehnjährige Steve Penman nicht plötzlich von einem spontanen Ausflug zurückkommen und sich in aller Unschuld über den ganzen Wirbel wundern würde. Zuletzt war er kurz vor vier gesehen worden, als er seine sechzehnjährige Freundin zu Hause abgeliefert hatte.

Er habe sie unbedingt vor der Sperrstunde heimbringen wollen, damit sie in Sicherheit sei, erzählte Amy Fowler benommen Sheriff Knight und den FBI-Agenten. Da ihn die Ausgangssperre nicht betraf, wollte er danach zurück in die Stadt fahren, um im Drugstore etwas abzuholen, bevor er zur Sechs-Uhr-Schicht in der Papiermühle antreten musste.

Als er nicht zur Arbeit erschien, hatte sein Vorgesetzter, wie es das Sheriffdepartment angeordnet hatte, sofort Steves Eltern verständigt. Die Eltern hatten Sheriff Knight angerufen.

Steves Wagen wurde vor dem Drugstore gefunden, doch keiner der Angestellten hatte ihn hereinkommen sehen. Die Deputys befragten auch andere Ladenbesitzer, und Sheriff Knight bat in einer Radiodurchsage jeden, der zwischen vier und sechs in der Innenstadt war und etwas Ungewöhnliches gesehen haben könnte, sie anzurufen.

Die Telefone klingelten pausenlos, doch es waren nur Anrufe von besorgten Bürgern, die erklärten, dass sie nichts gesehen hatten.

»Wie konnte er so einfach spurlos verschwinden?« Miranda rieb sich geistesabwesend die Schläfen. »Wie konnte ihn jemand gegen seinen Willen mitnehmen, ohne Lärm oder Aufsehen zu erregen, ja, ohne überhaupt bemerkt zu werden? Der Junge ist über eins achtzig groß und trug seine leuchtend blaue Footballjacke. Nicht das, was man als unauffällig bezeichnen würde. Wenn er kurz nach vier in die Stadt kam, war es noch nicht mal dunkel.«

Alex blickte auf den Notizblock vor sich auf dem Konferenztisch. »Nach den Aussagen hier liefen zwischen vier und sechs Uhr etwa ein Dutzend ältere Jungen mit diesen Jacken in der Stadt herum. Sie planten, diese Woche eine Party für ihren Trainer zu geben, die offenbar am Ende der Saison hatte verschoben werden müssen, weil er wegen einer Bypassoperation in Nashville war. Daher waren einige von ihnen in der Stadt, um dafür einzukaufen.« Er machte eine Pause. »Keiner der Jungs hat Steve Penman gesehen oder sonst etwas, das ihnen auch nur im Entferntesten verdächtig vorkam.«

Als Miranda Bishops Blick auf sich spürte, wurde sie sich bewusst, was sie tat, und hörte auf, ihre Schläfen zu massieren. Fast wie unbeteiligt fragte sie sich, ob es möglich sei, dass ein Kopf einfach zerplatzte. »Keine Spur, der die Hunde folgen könnten. Keine Hinweise. Keine Zeugen. Keine Anhaltspunkte.«

»Und wir haben nicht viel Zeit«, steuerte Tony nüchtern bei. »Wenn Bishop recht hat, wird er den Jungen eine Weile am Leben lassen. Aber nicht lange, glaube ich.«

Miranda lehnte sich zurück, um etwas entspannter zu wirken, und blickte über den Tisch zu Bishop. »Ändert diese Entführung etwas an deinem Täterprofil?«

Er schüttelte den Kopf. »Wir suchen nach einem weißen Mann zwischen dreißig und fünfundvierzig, in guter körperlicher Verfassung. Er ist wahrscheinlich Single oder besitzt außerhalb seiner Wohnung einen Ort, der ihm Abgeschiedenheit garantiert und ihm die Möglichkeit bietet, seine Opfer einzusperren. Er ist hochintelligent, akribisch und beherrscht, sehr gut organisiert. Entweder er ist selbstständig, arbeitet in der Verwaltung, oder er hat eine leitende Position inne. Jedenfalls übt er einen respektablen Beruf aus. Er kennt sich mit der Vorgehensweise der Polizei gut genug aus, um keine verwertbaren Spuren zu hinterlassen. Ob dieses Wissen mit seinem Beruf zu tun hat oder nur ein Hobby ist, lässt sich jedoch nicht sagen.«

»Mit seinem Beruf? Wollen Sie damit sagen, er könnte ein Cop sein?«, fragte Alex.

»Wäre möglich.«

»Aber ist es auch wahrscheinlich?« Miranda beobachtete ihn genau. »Wie sieht deine Vermutung aus?«

»Ich vermute, er ist kein Cop. Ich glaube, es handelt sich um eine Art von Hobby, und er hat sich selbst in polizeiliche Methoden eingearbeitet. Er könnte sogar eine Verbindung zu diesem Department haben, einen Freund oder Verwandten, der völlig unbedarft Informationen an ihn weitergibt.«

»Na toll«, sagte Miranda.

Bishop schüttelte den Kopf. »Wahrscheinlich wird es sich dabei nicht um geheime Informationen handeln. Doch wenn dem so wäre, bezweifle ich, dass er uns das durch eine Veränderung seiner Vorgehensweise verrät. Er ist gerissen genug, eine Leiche so zu hinterlassen, dass keine Spur zu ihm zurückverfolgt werden kann, und kaltblütig genug, sich die Zeit zu nehmen, sich dessen zu vergewissern. Er neigt weder zu Panik noch zu Nachlässigkeit.«

»Ein kühl und fachmännisch vorgehender Mörder«, stellte Alex fest.

»Ich frage mich nur, was der Auslöser war«, mischte Tony sich ins Gespräch. »Was ihn so plötzlich losschlagen ließ. Die meisten Mörder dieser Art fangen vergleichsweise jung damit an, lassen Anzeichen gemeingefährlicher Veranlagungen bis in ihre Kindheit zurück erkennen. Bei den meisten werden die Taten aufgedeckt, bevor sie dreißig oder vierzig sind.«

»Es sei denn, sie haben unverschämtes Glück«, meinte Bishop zögernd und wandte sich an Miranda: »Bevor die neue Umgehungsstraße gebaut wurde, lag diese Stadt doch an der Hauptverbindungsstraße nach Nashville, oder?«

Sie nickte, wobei sich ihre Brauen zu einem Runzeln zusammenzogen.

»Deinen Unterlagen zufolge gibt es keine Fälle von unaufgeklärtem Verschwinden von Ortsansässigen. Aber wie sieht es mit Durchreisenden aus? Teenager, die von zu Hause weggelaufen sind, oder Jugendliche, die hier nur durchkamen. Sagen wir … in fünfzig Meilen Umkreis von Gladstone. Da hätte es doch Rundschreiben an dic örtlichen Polizeistationen gegeben.«

»Nichts dergleichen, seit ich das Amt übernommen habe«, erwiderte Miranda. »Was davor war, weiß ich nicht. Vermisstenmeldungen nachzugehen gehörte nicht zu meinen Aufgaben als Deputy.«

»Wir müssen feststellen, mit wie vielen ungelösten Fällen wir es wirklich zu tun haben«, sagte Bishop zu ihr. »Ich hoffe zwar bei Gott, dass wir nicht noch mehr vermisste Teenager finden, aber wenn doch, bietet uns jeder weitere Fall eine Möglichkeit festzustellen, ob das Schwein einen Fehler gemacht hat, der uns hilft, ihn einzukreisen.«

Miranda sah Alex an und nickte.

Alex stand auf. »Ich lasse Sandy und Greg die Akten durchsehen. Im Computer haben wir nur die neuesten Vorfälle. Alles, was länger als fünf Jahre zurückliegt, befindet sich im Keller in Kisten. Wie weit zurück sollen wir gehen?«

»Zehn bis fünfzehn Jahre«, erwiderte Bishop.

Alex seufzte. »Das wird Tage dauern, wahrscheinlich sogar länger. Die letzten Sheriffs waren nicht gerade berühmt für sorgfältige Aktenführung.«

»Ziehen Sie jeden zur Hilfe heran, den Sie brauchen«, sagte Miranda. »Wir machen schon alle Überstunden.«

»Zehn bis fünfzehn Jahre?«, fragte sie Bishop, nachdem der Deputy gegangen war.

»Wenn das Alter des Mörders eher an der oberen Grenze unserer Schätzung liegt, könnte er schon fünfzehn Jahre oder länger aktiv sein.«

»Himmel. Und keiner hätte es bemerkt?«

»Vielleicht, weil er irgendwo anders gejagt hat. Oder weil die Opfer durch die Maschen geschlüpft sind und nie wirklich vermisst wurden.«

Miranda holte tief Luft und atmete langsam wieder aus. »Und es schien mir eine so nette, sichere kleine Stadt.«

»Du weißt, dass es so etwas nicht gibt.«

Sie schwieg.

»So etwas gibt es nicht«, wiederholte er.

»Ja. Ich weiß.«

In die Stille hinein murmelte Tony etwas davon, Alex helfen zu wollen, und schlüpfte aus dem Zimmer.

Noch bevor Miranda ihm folgen konnte, fragte Bishop: »Du hast wieder Kopfschmerzen, stimmt's?«

»Mein ganzes Leben ist im Moment ein einziger Kopfschmerz«, erwiderte sie leichthin.

Er ging nicht darauf ein.

»Miranda, bist du dir der Gefahr bewusst bei dem, was du tust?«

»Ich weiß nicht, wovon du sprichst.«

»Du weißt ganz genau, wovon ich spreche. Du strengst dich so an, mich von dir fernzuhalten …«

»Bilde dir bloß nicht zu viel ein«, fauchte sie ihn an.

Bishop zählte innerlich bis zehn. »In Ordnung. Du strengst dich so an, *uns* von dir fernzuhalten, kanalisierst deine gesamte paragnostische Energie so darauf, uns abzublocken, dass dein Körper sich dagegen zu sträuben beginnt. Kopfschmerzen, Licht- und Geräuschempfindlichkeit, Übelkeit.«

»Du bildest dir wirklich etwas ein, Bishop.«

»Das kann dir irreparablen Schaden zufügen, Miranda, begreifst du das? In den letzten Jahren haben wir einiges über paragnostische Fähigkeiten dazugelernt, und die momentane Auffassung besagt, dass die elektrischen Impulse, die Telepathie und Präkognition auslösen, das Gehirn auch schädigen können – vor allem, wenn man sie daran hindert, sich auf natürlichem Weg zu entladen.«

»Ich werde es in meinem Gehirn abspeichern«, entgegnete sie. »Verzeih mir den schlechten Witz.«

Er sah sie durchdringend an und sagte dann ernst: »Ich nehme an, du hast bedacht, was mit Bonnie geschehen würde, wenn du sie nicht mehr beschützen könntest.«

Miranda fragte sich, wieso sie nicht aufstand und den Raum verließ. »Bonnie geht dich nichts an.«

Er zögerte. »Würde sie aber, und das weißt du. Nicht weil ich es dir schuldig bin, sondern ihr.«

Sie war überrascht und versuchte, es sich nicht anmerken zu lassen. »Das ist keine Schuld, die du begleichen kannst, Bishop.«

»Ich weiß.«

Miranda hatte das dringende Bedürfnis, allein zu sein, um ihren Schutzschild verstärken zu können. Beim Aufstehen stützte sie die Hände auf den Tisch und hoffte inständig, dass es eher lässig als haltsuchend wirkte.

Unvermittelt griff Bishop über den Tisch und packte ihr Handgelenk.

Mit einem Gefühl blinder Panik starrte Miranda einen Augenblick lang in diese bleichen, nahezu hypnotisierenden Augen. Dann riss sie sich los und trat einen Schritt zurück.

Bishop ließ den ausgestreckten Arm auf dem Tisch liegen. Seine langen Finger schlossen sich zur Faust. »Du willst mich nicht reinlassen.«

Miranda stieß ein zittriges Lachen aus. »Und du besitzt die Frechheit, dich darüber zu wundern?«

Seine Narbe stach so deutlich hervor, als wäre sie gerade erst entstanden. »Wovor hast du Angst, Miranda?«, fragte er rau. »Was ist es, das ich nicht sehen soll, das ich nicht wissen soll?«

»Wie schon gesagt, bilde dir nicht zu viel ein.«

»Miranda …«

Sie hatte nicht vorgehabt, noch etwas zu sagen. Sie hätte sich einfach umdrehen und aus dem Zimmer gehen sollen. Doch ihre Panik brachte sie dazu auszuweichen, ihn abzulenken.

»Ich habe dich einmal reingelassen, Bishop. Dich in mein Leben gelassen. In meinen Kopf. In mein Bett. Sogar, Gott steh mir bei, in mein Herz. Und dieser Fehler hat mich so viel gekostet, dass ich ihn bestimmt nicht wiederholen werde.«

Er lehnte sich zurück und sprach mit großer Behutsamkeit. »Ich bin derjenige, der den Fehler gemacht hat. Ich war dumm und eingebildet und so davon besessen, den Mörder zu fassen, dass ich außer diesem Ziel nichts mehr gesehen habe. Und das tut mir leid. Kein Tag vergeht, an dem ich nicht bedaure, was vor acht Jahren geschah. Doch es ist geschehen, Miranda. Ich kann nicht in die Vergangenheit zurückkehren und alles ändern, so gerne ich das auch tun würde. Ich muss mit dem leben, was ich getan habe, was ich verursacht habe. Aber …«

Sie rührte sich nicht, half ihm nicht weiter, tat nichts, außer zu warten.

»Aber sollte dir oder Bonnie jetzt irgendetwas zustoßen, könnte ich nicht damit leben. Ich bitte dich nicht um Vergebung. Ich bitte dich nur, dir nicht dadurch, dass du mich mit aller Macht von dir fernhältst, selbst zu schaden. Ich werde mich fernhalten. Das schwöre ich dir.«

Miranda hätte gerne etwas Lässiges oder Spöttisches gesagt, doch sie brachte kein Wort heraus. Stattdessen drehte sie sich um, ließ ihn stehen und ging hinaus.

Und er fragte sich, wie lange sie ihm die Wahrheit noch verheimlichen konnte.

8

Mittwoch, 12. Januar

Liz Hallowell hatte von ihrer Großmutter gelernt, in Gesichtern zu lesen. Die Farbe und Form der Augen, der Umriss des Kinns, der Bogen der Brauen und der Schwung des Mundes. Das alles wären Zeichen, hatte ihre Großmutter gesagt, wären die äußeren Hinweise auf die Seele.

Und so musterte Liz, als sie am frühen Nachmittag zu einer ihrer wenigen kurzen Zigarettenpausen vor ihren Laden trat, den nur ein paar Meter von ihr entfernt auf dem Gehsteig stehenden FBI-Agenten mit dem gezeichneten Gesicht besonders gründlich. Sie waren sich bisher nicht vorgestellt worden. Die beiden anderen Agenten waren schon in ihrem Café gewesen, aber dieser nicht.

Er unterhielt sich mit Peter Green, dem der altmodische Friseursalon gehörte, und Liz brauchte nicht in ihren Teeblättern zu lesen, um zu wissen, worüber sie sprachen. Die Hälfte von Randys Deputys und zwei der drei Bundesagenten hatten sich schon den ganzen Tag systematisch durch die Stadt gearbeitet und mit jedem gesprochen, der möglicherweise gestern, als der Penman-Junge verschwand, etwas gesehen haben könnte. Mit Liz hatte noch niemand geredet.

Während sie rauchte, beobachtete sie den Agenten, ohne sich darüber Gedanken zu machen, ob er es bemerkte. Die meisten Leute auf der Straße starrten ihn sowieso an, wieso sollte sie sich anders verhalten?

Sein Gesicht war interessant. Faszinierend sogar. Ihrer Großmutter hätte es gefallen. Ein hartes, aber gleichzeitig unbestreitbar gut aussehendes Gesicht, und die Narbe auf der linken Wange tat dem nicht den geringsten Abbruch. Ein Gesicht, das die Geheimnisse des Menschen wahrte, dem es gehörte. Liz jedoch verriet es dennoch viel über seinen Charakter.

Sogar aus der Ferne wirkte die Intensität seiner bleichen grauen Augen nahezu hypnotisch, ein äußeres Zeichen tiefer und starker Gefühle. Die Lachfältchen an den Augenwinkeln ließen vermuten, dass er zumindest über sich selbst lachen konnte. Sein Mund war empfindsam und beweglich, wurde aber meisterlich unter Kontrolle gehalten. Seine scharf geschnittene Kinnpartie war kräftig und entschlossen, die hohe Stirn wurde von einem exotisch anmutenden spitzen Ansatz seiner glänzenden schwarzen Haare abgeschlossen. Der geschwungene Bogen seiner Brauen ließ auf einen regen Verstand schließen, und der schwache Knick in seiner aristokratischen Nase auf ebenso rege Fäuste.

Es war, schloss Liz, das Gesicht eines hochintelligenten, stolzen, höchst scharfsinnigen Mannes von beträchtlichem Mut und starkem Mitgefühl. Gleichzeitig war es das Gesicht eines Mannes, der bissig, arrogant, ungeduldig und in der Lage sein konnte, rücksichtslos vorzugehen, wenn er der ehrlichen Überzeugung war, dass die Umstände es erforderten – und ihm das Ergebnis wichtig genug schien.

Seine Freunde, dachte sich Liz, würden seine absolute Loyalität nie infrage stellen, genauso wenig wie seine Bereitschaft, alles in seiner Macht Stehende zu tun, um ihnen in schwierigen Situationen zu helfen. Und seine Feinde würden nie daran zweifeln, dass er jemals aufgeben würde, wenn er einmal auf ihrer Fährte war.

Liz erschauerte etwas, ohne sich dessen richtig bewusst zu sein, und zog ihre Jacke enger um sich. Doch als sich der Agent von Peter verabschiedete und zu ihr herüberkam, gelang es ihr, absolut gelassen zu klingen. »Bin ich jetzt an der Reihe?«

Seine wachsamen Augen musterten sie interessiert. »Sie sind Liz Hallowell?«

»Die bin ich.«

Mit einer automatischen Geste zeigte er ihr seinen Ausweis. »Noah Bishop.«

Liz spürte, wie ihre Augenbrauen in die Höhe wanderten. »Also, das ist überraschend.«

»Was ist überraschend?«

»Ihr Name. Nicht der zweite Teil, Bishop, das sind eindeutig Sie, sondern der erste, Noah. Noah war jemand, der für andere gesorgt hat, jemand, der Trost spendete. Sind Sie das?«

Er lächelte leise. »Ich bin nur ein Cop, Miss Hallowell.« Er schwieg und fügte dann, fast gegen seinen Willen, hinzu: »Wieso passt Bishop eindeutig zu mir?«

»Bishop bedeutet Aufseher.« Sie zögerte kurz. »Ich fürchte, ich kann Ihnen zu Steve Penmans gestrigem Verschwinden nichts sagen. Ich meine, ich weiß, dass er verschwunden ist, aber ich habe nichts gesehen. Nicht gerade überraschend, da der Drugstore am anderen Ende der Stadt liegt.«

»Kennen Sie ihn?«

»Klar, genauso gut wie alle anderen Teenager. Vom Sehen. Ich mochte ihn nicht besonders.«

»Wieso das?«

»Wegen der Art, wie er seine Freundinnen behandelte«, antwortete sie ohne Zögern.

»Wie geht er denn mit ihnen um? Behandelt er sie schlecht?«

Liz zog an ihrer Zigarette und blies den Rauch langsam aus, bevor sie antwortete. »Kommt darauf an, was Sie unter ›schlecht behandeln‹ verstehen. Ich habe nie gehört, dass er eine geschlagen hätte oder auf andere Weise körperlich grob gewesen wäre. Aber er war ein gut aussehender, charmanter Junge, der sich dessen bewusst war und es ausnutzte, um zu bekommen, was er wollte. Ich glaube nicht, dass viele Mädchen ihn abgewiesen haben, obwohl er den Ruf hatte, dass er sich schnell langweilte und sich dann eine andere suchte. Was mir nicht gefiel, war die Art, die Mädchen nur als etwas Praktisches zu betrachten, das man mit sich herumtrug – wie seinen Rucksack.«

Bishop nickte und sagte dann leise: »Sie sprechen dauernd in der Vergangenheitsform über ihn, Miss Hallowell. Wissen Sie etwas, das ich nicht weiß?«

»Ich weiß, dass er verloren ist. Aber das wissen Sie auch.«

»Ich weiß, dass er vermisst wird.«

Sie schüttelte den Kopf. »Sie wissen mehr als das, Agent Bishop.«

»Wirklich?«

»Sicher. Es ist doch Ihr Job, mehr zu wissen, nicht wahr? Man nennt das, was Sie tun, ein Profil erstellen, habe ich gehört. Was im Grunde bedeutet, dass Sie versuchen, in den Kopf des Monsters einzudringen, zu ergründen, wer er ist und was er als Nächstes tun wird. Das stimmt doch?«

»Mehr oder weniger.«

»Das ist bestimmt keine angenehme Arbeit.«

»Dieser Teil gewiss nicht.«

»Aber Sie sind gut darin, nicht? Sie verstehen, wie die Ungeheuer denken.«

Er zuckte die Schultern. »Sogar der Wahnsinn folgt einer Art von Logik. Es sieht zwar aus wie ein Puzzle, doch es sind alle Teile vorhanden, und sie passen in der Regel auch zueinander. Gar nicht so schwierig, wenn man einmal weiß, wie es geht.«

Liz zog wieder an ihrer Zigarette und stieß den Rauch energisch aus. »Vielleicht, aber gefährlich, würde ich meinen. Wenn man zu tief in diese irre Logik eintaucht, könnte es sein, dass man nicht wieder herausfindet.«

Bishop lächelte. »Wer befragt hier wen, Miss Hallowell?«

Liz musste lachen. »Tut mir leid. Ich bin unheilbar neugierig, doch ich meine es nicht böse. Was war es noch, was Sie wissen wollten? Wieso ich glaube, dass Steve Penman nicht mehr zurückkommt? Nun, ich kenne Monster nicht so gut wie Sie, aber ich weiß zumindest, dass sie ihre … Beute … selten unverletzt zurücklassen. Richtig?«

»Richtig.«

»Und dieses Ungeheuer hat keine Puzzlestückchen liegen gelassen, die ihr Jungs zusammenfügen könnt, oder?«

»Nicht viele.«

»Also ist Steve verloren, nicht wahr?« Bishop blickte sie lange unverwandt an, dann lächelte er. »Wie ich hörte, lesen

Sie aus Teeblättern, Miss Hallowell. Haben Sie kürzlich auf dem Grund einer Tasse etwas gesehen, das uns weiterhelfen könnte?«

Liz lauschte auf ein Anzeichen von Hohn oder Unglauben in seiner Stimme, vernahm aber nichts als freundliches Interesse. Das ermutigte sie. »Ich weiß nicht, wie hilfreich es ist, aber durch die Entführung von Steve Penman versucht er, Sie abzulenken. Nicht Sie persönlich, ich meine die Ermittlungen. Da gibt es etwas bei einem der anderen Opfer, von dem er möchte, dass Sie es sich nicht zu genau ansehen. Ich weiß nicht, was es ist, vielleicht ein Fehler, den er gemacht hat, oder etwas, das Sie deutlicher sehen könnten, als er erwartet hat, aber es ist da. Und er hat Angst, dass Sie es entdecken.«

»Deshalb holte er sich Steve Penman?«

Liz zögerte. »Nur zum Teil. Er hatte noch andere Gründe, Steve auszuwählen. Ich glaube, er mochte ihn nicht.« Unbewusst neigte sie den Kopf zur Seite, um zu lauschen, was ihr Zigeunerblut ihr mitzuteilen versuchte. »Er hatte ein bisschen Angst vor Steve … nein, er hatte Angst vor etwas, das Steve wusste.«

»Was war das?«

Sie kramte in ihrem Gehirn, doch die vage Ahnung hatte sich verflüchtigt. »Ich weiß es nicht.« Über sich selbst verwundert, schüttelte sie den Kopf. »Das war jetzt aber seltsam. Normalerweise sehe ich nicht viel, ohne Teeblätter oder die Karten vor mir zu haben.«

Sie wollte noch hinzufügen, dass seine spirituelle Energie sehr stark sein musste, wenn sie Derartiges bei ihr auslösen konnte, als sie bemerkte, dass er an ihr vorbeischaute. Ohne den Kopf zu drehen oder überhaupt nachzudenken, wusste sie, dass er Miranda Knight gesehen hatte – und verstand schlagartig so einiges, das ihr vorher unklar gewesen war.

Bishop richtete seine Aufmerksamkeit wieder auf sie. »Vielen Dank für Ihre Hilfe, Miss Hallowell«, sagte er höflich. »Wenn ich noch weitere Fragen habe, melde ich mich bei Ihnen.«

Liz ließ die Zigarettenkippe auf den Gehsteig fallen und trat sie aus. »Ich bin hier, Agent Bishop. Genau hier, fast immer.«

Ganz ohne es beabsichtigt zu haben, stellte Liz fest, dass sie dem Agenten die Hand schüttelte. Sie wollte noch sagen, er solle gut auf sich aufpassen, doch da sie wusste, dass Einmischung meist nicht gut ankam, schwieg sie. Was kommen musste, würde kommen.

Sie war schon im Begriff, in ihren Laden zurückzugehen, da sagte Bishop: »Das werde ich, Miss Hallowell.«

»Sie werden was?«, fragte sie verständnislos.

Er lächelte. »Ich werde auf mich aufpassen.«

Liz starrte ihm hinterher und murmelte »Wow!« vor sich hin. Dann ging sie nachdenklich zurück an die Arbeit.

»Ziehst du hier eine Show ab?« Miranda wartete ein paar Meter entfernt auf dem Gehsteig neben ihrem Jeep. Offenbar hatte sie die Unterhaltung gehört.

»Ich wollte sie bloß wissen lassen, dass ich für jegliche Informationen offen bin«, erwiderte Bishop. »Wenn ihr jetzt noch etwas auffällt, ist sie vielleicht eher bereit, mit mir Kontakt aufzunehmen.«

Miranda vergrub die Hände in den Taschen ihrer Jacke

und lehnte sich gegen die Tür ihres Jeeps. »Wird sie vielleicht auch. Du konntest also ihre Gedanken lesen?«

»Nur bis zu einem gewissen Grad. Ich kam nicht tiefer als in ihr oberes Bewusstsein. Sie dachte, ich solle vorsichtig sein. Mehr konnte ich nicht lesen.«

»Ein interessanter Platz für einen Schutzschild, nicht? Direkt unter der Oberfläche.«

»Du liest sie auch so?«

Miranda nickte. »Ich glaube, sie ist sich ihres Schildes genauso wenig bewusst wie ihrer angeborenen Fähigkeiten. Liz betrachtet sich nicht als übersinnlich, sondern nur als Enkelin einer Zigeunerin. Sie hat das Zweite Gesicht, und ihre Großmutter hat sie gelehrt, Zeichen zu deuten. Wenn du ihr sagst, sie hätte eine telepathische und präkognitive Veranlagung, würde sie dir wahrscheinlich nicht glauben. Sie arbeitet mit Kristallen und Talismanen, Vorzeichen, Glaskugeln und Tarotkarten – und Teeblättern. Sie wahrsagt nur Freunden, und das nicht sehr häufig. Und soweit ich es beurteilen kann, hat sie mit ihren Voraussagen zu ungefähr fünfundsiebzig Prozent recht. Also solltest du vielleicht tatsächlich vorsichtig sein.«

Ihr Stimme klang vollkommen ruhig und sachlich, ohne die geringste persönliche Anteilnahme, und da sie schon den ganzen Tag auf die gleiche distanzierte Weise mit ihm gesprochen hatte, war Bishop davon auch keineswegs überrascht. Deshalb erstaunte es ihn, als Miranda hinzufügte: »Manchmal mache ich mir Sorgen um Liz.«

»Ach? Wieso?« – »Weil sie ihre Kräfte nicht richtig einschätzen kann. Ich meine, sie begreift nicht, dass es gefährlich sein kann, Dinge zu wissen, die andere Leute lieber geheim halten würden.«

Bishop entschied sich, das nicht persönlich zu nehmen. »Jeder, mit dem ich geredet habe, spricht nur gut über sie. Sie gilt als freundliche, absolut hilfsbereite Frau, die zwar heidnische Vorstellungen hat, die aber keiner wirklich ernst nimmt und wovon sich auch niemand gestört fühlt. Soweit ich gehört habe, hat sie keine Feinde, niemand scheint ihr wirklich zuzuhören, geschweige denn sie als Bedrohung zu sehen.«

»Bis jetzt«, entgegnete Miranda nüchtern. »Doch was passiert, wenn sie das Falsche zur falschen Person sagt? Wir sind alle der Meinung, dass der Mörder wahrscheinlich einer der braven Bürger von Gladstone ist, und ich bezweifle, dass er Hörner oder einen Schwanz trägt, die das Böse in seiner Seele verraten.«

»Stimmt.«

Miranda sah zum Laden von Liz hinüber. »Ich würde sie gerne warnen, aber was sage ich ihr? Lass für eine Weile die Teeblätter in Ruhe?«

»Ich glaube nicht, dass sie auf dich hören würde, bei allem, was hier los ist. Es liegt in der Natur des Menschen, Rätsel lösen zu wollen.«

»Tja, stimmt wohl. Übrigens, hat sie dir etwas erzählt, was wir noch nicht wussten?«

Bishop hatte sich geschworen, genauso kühl und sachlich zu bleiben wie Miranda, und daran hielt er sich auch. Zumindest im Augenblick. »Sie sagte, der Mörder habe Steve Penman entführt, um uns von etwas abzulenken, das wir bei einem der anderen Opfer entdecken könnten, und weil er vor etwas Angst hatte, das Steve wusste.«

»Meinst du, sie könnte recht haben?«

»Vielleicht.«

»Wenn ja, glaubst du, wir haben bereits gesehen, was er uns nicht finden lassen will?«

»Falls wir es gesehen haben, ist es nichts, was uns die Ohren klingen ließ, oder?«, erwiderte Bishop. »Es könnte etwas mit den Knochen des Ramsay-Jungen zu tun haben, doch Sharon konnte uns bisher nichts Definitives sagen. Es könnte die Tatsache sein, dass Lynet Grainger ihn gereizt hat oder auf der ganzen Linie ein Fehlgriff war. Ich weiß es einfach nicht. Noch nicht.«

Miranda blickte wieder zu Liz' Geschäft und runzelte die Stirn. »Etwas, das Steve Penman wusste. Das ist eine Richtung, die wir verfolgen sollten, denke ich. Doch herauszufinden, was jemand über etwas uns Unbekanntes gewusst haben mag, ohne ihn fragen zu können, wonach wir uns erkundigen sollen ...«

»Tja, das ist keine besonders gute Spur. Ich habe vorhin die Hundestaffel gesehen. Hat die etwas gefunden?«

»Nein, ebenso wenig wie gestern Abend. Sie haben die Spur am Drugstore vorbei zu der Gasse dahinter verfolgt. Und dann war die Spur weg. Der perfekte Platz, einen Wagen zu parken, denn niemand hätte beobachten können, was geschah, nachdem man ihn – was wir vermuten – dorthin gelockt hatte.«

»Tony hat dir wahrscheinlich gesagt, dass wir beide an dieser Stelle nicht das Geringste auffangen konnten.«

Miranda nickte. »Und Sharon war vor ungefähr einer Stunde dort und hat ebenfalls nicht den Hauch von irgendwas Neuem gespürt.«

»Hast du es versucht?«, fragte Bishop geradeheraus.

»Nein. Falls du es vergessen hast: So sind meine Fähigkeiten nicht angelegt, Bishop. Ich schnappe Dinge auf, wenn ich jemanden berühre, dessen Gedanken ich lesen kann – was bei nicht mehr als vierzig Prozent der Menschen meiner Umgebung funktioniert. Ich erfahre etwas, wenn ich einen zufälligen Blick in die Zukunft erhasche – etwas, das in letzter Zeit äußerst selten vorkommt und worüber ich absolut keine Kontrolle habe. Und ich erfahre etwas durch meine Variante deines Spinnensinns, allerdings in sehr beschränktem Maße. In der Regel nur, um mich selbst zu schützen – was bedeutet, dass mein Hör- und Sehvermögen manchmal etwas über dem Durchschnitt liegt und ich spüren kann, ob sich jemand hinter mir anschleicht, ob ich beobachtet oder möglicherweise bedroht werde.« Nach einer kurzen Pause fügte sie trocken hinzu: »Ich kann dir zum Beispiel sagen, dass die meisten Leute, die heute in der Stadt sind, uns jetzt gerade beobachten. Doch das wusstest du schon, und somit ist es eine ziemlich überflüssige Information.«

Bishop wusste es, und es war in der Tat überflüssig zu sagen, doch der Grund für die Aufmerksamkeit hätte ihn schon interessiert. Weil er ein Fremder war und ein FBI-Agent? Oder weil er mit Miranda sprach?

»Was bedeutet, dass es überhaupt nichts nützen würde, wenn ich meine paragnostischen Fähigkeiten darauf verwende, etwas an dem Ort aufschnappen zu wollen, wo Steve Penman entführt wurde«, sagte sie. »Ich wünschte, ich könnte etwas tun, glaub mir. Mir gefällt es gar nicht, herumzusitzen und noch einen toten Teenager präsentiert zu bekommen.«

Bishop hätte gerne gesagt, dass sie Penman ja immer noch lebend finden könnten, doch die Worte hätten unglaubwürdig geklungen. Sie hatten keine Beweise, die darauf hindeuteten, wer Penman entführt hatte oder wo er gefangen gehalten wurde. Wenn sich ihr Glück nicht ganz entschieden wendete, dann war der Junge verloren, genau wie Liz Hallowell gesagt hatte.

»Sheriff Knight!«

Bishop sah, wie Miranda zusammenzuckte und sich dann schnell wieder fasste, bevor sie sich umdrehte und den Mann begrüßte, der auf sie zukam.

»Hallo, Justin. Selena.«

Beinahe hätte Bishop die Frau übersehen, die sich buchstäblich im Schatten ihres Mannes bewegte.

»Kennen Sie Agent Bishop schon?«, fragte Miranda.

»Wir wurden uns heute Vormittag vorgestellt«, erwiderte Justin Marsh ungeduldig. »Sheriff, ich möchte mich an den Stadtrat wenden.«

»Die nächste Ratssitzung findet in zwei Wochen statt, glaube ich«, teilte ihm Miranda mit. »Sie kennen den Ablauf, Justin.«

»Den Ablauf zu kennen gibt mir nicht die Garantie, mich dort äußern zu können, Sheriff Knight«, sagte er mir schwelendem Groll in der Stimme. »Das wissen Sie genau. Die letzte Ratssitzung wurde ohne Ankündigung einen Tag vorverlegt – um mich am Reden zu hindern.«

»Soviel ich weiß, wurde der Termin geändert, weil es in der Familie eines der Stadträte einen Krankheitsfall gab, Justin«, gab Miranda ungerührt zurück. »An Ihrer Stelle würde ich das nicht so persönlich nehmen.«

»Mir wurde mein verfassungsmäßiges Recht verweigert, meine Meinung zu äußern, Sheriff, und das nehme ich durchaus persönlich.«

»Niemand will Ihnen das Wort verbieten.«

»Ich erlaube mir, anderer Meinung zu sein. Und ich habe seit gestern dreimal vergeblich versucht, den Bürgermeister zu erreichen.«

»Zurzeit ist sehr viel los«, erwiderte sie trocken.

»So viel, dass John MacBride nicht mal mit jemandem sprechen will, der dazu beigetragen hat, ihn ins Amt einzusetzen?«

»Wir sind nach wie vor mit dieser Mordsache beschäftigt, Justin.« Ihre Stimme klang nicht im Mindesten sarkastisch.

»Das ist es ja gerade, worüber ich mit dem Bürgermeister reden will.«

Miranda schien nichts Ungewöhnliches an dieser Unterhaltung zu finden, was Bishop einiges über Justin Marsh verriet. Neugierig auf die Reaktion des Mannes, mischte er sich ein. »Falls Sie irgendwelche Informationen haben, die für die Ermittlungen nützlich sein könnten, Mr Marsh …«

»Informationen?« Mit funkelnden Augen richtete er sich steif auf. »Ich weiß nur das, was jeder anständige Bürger dieser Stadt weiß, Agent Bishop. Die Gottlosen wurden zum Schweigen gebracht!«

Bishop sah, wie sich Mirandas Gesicht verhärtete, und war nicht überrascht, als ihre Stimme einen gefährlich ruhigen Ton annahm, der Stahl hätte schneiden können.

»Lynet Grainger war fünfzehn, Justin. Kerry Ingram war vierzehn. Wie viel Zeit blieb ihnen da wohl, Gottloses zu tun?«

»Jugend ist keine Entschuldigung für Untugend«, erwiderte er streng und hielt zur Bekräftigung seine Bibel hoch. Oder auch, weil er wusste, wie dramatisch der Effekt war. »Gott sucht die Sünden der Väter an den Kindern heim.«

»Was denn nun?«, fragte Bishop mit gespieltem Interesse. »Waren sie selbst gottlos, oder bezahlten sie für die Sünden ihrer Väter?«

Justin ging nicht auf die direkte Frage ein, was typisch für ihn war. »Der Gerechte hat die Pflicht, den Erdboden heimzusuchen, um seiner Bosheit willen, und die Gottlosen um ihrer Untugend willen.«

»Falls Sie damit auf Jesaja anspielen«, sagte Bishop, »dann glaube ich, dass es Gott war, der die Bestrafung übernahm.«

Justin starrte ihn zornig an. »Der Gottlose flieht, und niemand jagt ihn, aber der Gerechte ist mutig wie ein Tiger!«

»Mutig wie ein Löwe«, korrigierte ihn Bishop höflich. »Sprüche achtundzwanzig, Vers eins.«

»Sie haben Wind gesät«, blaffte Justin, »und werden Ungewitter ernten!«

»Hosea«, erwiderte Bishop. »Kapitel acht, Vers sieben.«

Offenbar wollte sich Justin nicht mit jemandem anlegen, der die Bibel möglicherweise besser kannte als er. Oder vielleicht merkte er, dass er sich darüber hinaus auch auf unsicherem Boden befand – jedenfalls wandte er den Blick mit großspuriger Gleichgültigkeit von Bishop ab und verkündete in schneidendem Ton: »Ich gehe davon aus, dass die nächste Stadtratssitzung nicht wieder ohne entsprechende Benachrichtigung verlegt wird, Sheriff Knight.«

»Da die Sitzungen nicht von mir anberaumt werden, kann

ich das wirklich nicht versprechen, Justin«, erwiderte sie höflich. »Einen schönen Tag noch. Wiedersehen, Selena.«

Justin biss die Zähne zusammen und wurde unter seiner Sonnenbräune rot. Dann machte er auf dem Absatz kehrt und stolzierte davon. Selena wich ihm aus, um nicht umgerannt zu werden, bedachte Miranda und Bishop mit einem schüchternen Lächeln, murmelte etwas Unverständliches und folgte ihrem Gatten.

»Ihm können wir es wohl nicht anhängen?«, fragte Bishop.

Miranda lächelte. »Nichts lieber als das. Nur war er leider nicht mal in diesem Bundesstaat, als Kerry verschwand. Und am Abend von Lynets Entführung war er die ganze Zeit in der Kirche.«

»Außerdem«, fügte Bishop hinzu, »ist er eher der Typ, der andere aufhetzt und selbst überhaupt nichts tut.«

»Das auch.«

»Sagt seine Frau eigentlich jemals was? Ich meine, außer diesem unverständlichen Gemurmel?«

»In der Öffentlichkeit selten, soviel ich weiß.« Miranda zuckte die Schultern. »Ich könnte nicht so leben, aber Selena scheint damit zufrieden zu sein. Andererseits ist sie mit Justin zusammen, seit sie beide fünfzehn waren, wie ich gehört habe. Also kennt sie vielleicht gar kein anderes Leben.«

Bishop fand das alles reichlich deprimierend, doch es brachte ihn auch auf einen anderen Gedanken. »Gibt es noch mehr religiöse Fanatiker in der Stadt?«

»Die sich entschlossen haben könnten, die Bestrafung der Gottlosen selbst in die Hand zu nehmen?«

»Möglich wäre es, Miranda.«

Sie dachte kurz darüber nach. »Ich glaube nicht, obwohl ich wahrscheinlich nicht die geeignete Person bin, um diese Frage zu beantworten. Mein Eindruck war immer, dass es die meisten Leute hier, abgesehen von Justin, mit der Religion ziemlich locker nehmen – zumindest insoweit, es Gott zu überlassen, das Böse in der Welt zu bestrafen.« In ihrem Ton lag kein Spott, sondern nur Toleranz dem Glauben anderer Menschen gegenüber.

»Wir haben im Zusammenhang mit den Verbrechen keinerlei Anzeichen für religiösen Fanatismus gefunden«, sagte Bishop nachdenklich. »Wenn jedoch Justin Marsh fand, diese Kinder seien gottlos, könnte das jemand anderer auch so empfunden haben.«

»Ich würde zwar behaupten, das könnte nur ein Wahnsinniger, doch da dieser Dreckskerl offensichtlich total verrückt ist, passt das ja wohl.« Miranda seufzte. »Aber es bringt uns auch nicht viel weiter, nehme ich an.« Als sich plötzlich die schwache Wintersonne am verhangenen Himmel zeigte, zuckte Miranda zusammen und zog ihre Sonnenbrille aus der Jackentasche.

»Bevor wir hier eintrafen, hast du in einer Vision gesehen, wo Lynet Grainger zu finden sein würde«, sagte Bishop nach kurzem Zögern in möglichst sachlichem Ton.

Miranda setzte die Sonnenbrille auf und trat etwas von ihrem Jeep zurück, um die Fahrertür zu öffnen und einzusteigen. »Falls du andeuten willst, ich könnte etwas Nützliches in Bezug auf Steve Penman sehen, habe ich dir bereits gesagt, dass ich es nicht steuern kann.«

»Das weiß ich. Aber du bist auch nicht offen dafür.«

Sie lachte verhalten. »Einige Dinge haben sich im Lauf der

letzten acht Jahre offenbar gewaltig verändert. Vom spottenden Skeptiker zum dezidierten Anhänger ist für jeden ein ziemlich weiter Weg, selbst wenn ein ganzes Leben dafür Zeit wäre.«

»Ich habe dich nie verspottet.«

»Wegen der Präkognition schon. Kein Mensch kann in die Zukunft schauen, das hast du gesagt. Man könne unmöglich sehen, was noch nicht stattgefunden hat, das sei einfach unmöglich. Davon warst du vollkommen überzeugt. Bis …«

»Bis ich eine Vision hatte«, ergänzte er ruhig. »Deine Vision.«

»War nicht ganz das, was du erwartet hattest, oder, Bishop?« Hinter der Sonnenbrille waren ihre Augen unsichtbar. »Du dachtest, dadurch könntest du die Kontrolle übernehmen, es würde dich zum Herrn über dein Schicksal und über das Schicksal anderer machen. Du dachtest, du hättest alle Antworten, nur weil du in die Zukunft gesehen hast.«

»Und ich hatte mich geirrt. Willst du, dass ich es wiederhole? Ich habe mich geirrt, Miranda.« Er war sich der Menschen bewusst, die an ihnen vorbeigingen, und fragte sich, welchen Eindruck diese offensichtlich heftig und mit gedämpfter Stimme geführte Unterhaltung wohl auf sie machte. Wenn er Glück hatte, nahmen sie an, ihr Sheriff hätte eine berufliche Meinungsverschiedenheit mit dem FBI-Agenten. *Falls* er Glück hatte.

»Und egal, was du denkst, ich beneide dich nicht um diese Fähigkeit.« Die Bestimmtheit seines Tons klang überzeugend, denn er sagte ihr die Wahrheit.

»Dann verlange nicht von mir, mich zu öffnen. Wenn ich diesem Jungen helfen könnte, würde ich es tun, aber ich kann es nicht. Nicht auf diese Art.«

»Woher willst du das wissen? Verdammt, du bist so verschlossen, nichts kommt an dich heran. Sogar deine Intuition ist blockiert, verschüttet ...«

»Das hatten wir alles bereits, Bishop. Wie auch immer ich mich schütze, ist meine Sache, nicht deine. Ich kenne meine Fähigkeiten sehr viel besser als du, und dass du versuchst, mir ein schlechtes Gewissen zu machen, gefällt mir gar nicht ...«

»Mit schlechtem Gewissen hat das nichts zu tun. Ich weiß, dass du ehrlich davon überzeugt bist, deine Visionen nicht steuern zu können, aber ich weiß ebenfalls, dass du darüber kein klares Bild hast, jedenfalls im Moment nicht. Miranda ...«

»Du weißt wohl immer, was das Richtige ist, oder? Musst immer die Entscheidungen anderer treffen. Niemand sonst ist auch nur im Entferntesten eines vernünftigen Gedankens fähig, stimmt's?«

Er atmete tief ein und versuchte die Ruhe zu bewahren, obwohl er wusste, dass sie ihn absichtlich reizte und dass das nur ein weiterer ihrer Abwehrmechanismen war, zumindest ihm gegenüber. »Du hörst mir nicht zu. Ich sage doch nur, dass du dir den schlechtesten Zeitpunkt dafür ausgesucht hast, deine Fähigkeiten abzuschalten. Du kannst dich auch ohne das schützen, ohne dich derart abzuschotten.«

»Das würde dir gefallen, was?«

»Es geht hier *nicht* um mich.«

»Ach ja?« Sie öffnete die Tür des Jeeps und bedachte Bishop mit einem spöttischen Lächeln. »Wirklich nicht, Bishop?«

Er stand da und sah zu, wie sie wegfuhr, und es war ihm völlig egal, dass mindestens zwei Passanten deutlich hören konnten, wie er wütend »Scheiße!« murmelte.

9

Freitag, 14. Januar

Alex trank seine zweite Tasse Kaffee mit Schokoladenaroma und beobachtete gedankenverloren, wie Liz sich hinter dem Tresen zu schaffen machte. Eigentlich hätte er so spät am Tag nichts Koffeinhaltiges mehr trinken sollen, da es ihm bestimmt wieder eine schlaflose Nacht bescheren würde. Und Liz hätte er auch nicht beobachten sollen.

Gelüste schienen einem Mann nie gutzutun.

Seine zumindest.

»Noch eine?«, fragte Liz.

»Lieber nicht. Ich habe Feierabend, also muss ich mich auch nicht mehr künstlich wach halten.«

Liz ließ den Blick durch den Laden schweifen, um sich zu vergewissern, dass keiner der anderen Kunden etwas benötigte, und stützte dann die Ellbogen auf den Tresen. »Anscheinend tut sich nicht viel, oder?«

»Nein, viel nicht. Wir haben herauszufinden versucht, ob Steve Penman etwas wusste, das ihn für jemanden gefährlich machte, aber …«

»Aufgrund dessen, was ich Agent Bishop erzählt habe?« Liz sah ihn erstaunt und zugleich beunruhigt an.

Alex konnte nicht anders, als sie anzulächeln. »Du hast uns darauf gebracht. Und als Amy Fowler uns erzählte, dass Steve etwas über ein paar andere Jungs gesagt hatte, die sich Adam Ramsay vorknöpfen wollten, klang das immer plausibler. Doch weiter sind wir bisher nicht gekommen. Amy behauptet steif und fest, Steve hätte sich nicht genauer ausgedrückt, und auch sonst konnte keiner der von uns Befragten etwas Nützliches beisteuern.«

Liz senkte die Stimme. »Ich habe gehört, wie einige Kunden erzählten, Teresa Grainger sei heute Morgen völlig hysterisch ins Sheriffdepartment gekommen und hätte verlangt, ihr kleines Mädchen beerdigen zu dürfen.«

»Tja, das stimmt«, bestätigte Alex finster. »Noch nie habe ich jemanden so außer sich gesehen. Ihre Augen waren so groß wie Untertassen, und sie sprach so schnell, dass man sie fast nicht verstehen konnte. Zwei Deputys haben versucht, sie zu beruhigen, aber sie wollte sich nicht anfassen und schon gar nicht beruhigen lassen. Ein paar von uns hatten Angst, sie würde sich eine Waffe schnappen und jemanden erschießen.«

»Und wie ging's weiter?«

»Seltsamerweise hat Bishop das in die Hand genommen. Er war schneller als Randy und zögerte keine Sekunde. Ging direkt zu Teresa und legte ihr die Hände auf die Schultern, sagte dann etwas zu ihr, was keiner von uns verstehen konnte, weil wir zu weit entfernt waren. Und dann war es, als ob ein Schalter umgelegt worden wäre. Sie wurde sofort vollkommen ruhig, ließ sich von ihm zu einem Stuhl führen und wartete ohne ein weiteres Wort, bis Doc Shepherd und ihre Schwester kamen, um sie nach Hause zu bringen.«

»Vielleicht passt Noah doch ganz gut«, murmelte Liz. – »Wie?«

»Nicht so wichtig.« Liz runzelte die Stirn. »Wie kommt Randy mit dem Ganzen klar?«

Alex schüttelte den Kopf. »Mag sein, dass ihr der Stress dcr Ermittlungen zusetzt, ich weiß es nicht, aber irgendwas stimmt ganz eindeutig nicht. Sie schluckt Aspirin wie Bonbons, trägt eine Sonnenbrille, was sie früher nie getan hat, und wenn man ihre Augen doch mal zu sehen bekommt, wirken sie ganz seltsam.«

»Wie denn?«

Er dachte kurz nach. »Fast … glasig. Sie haben so ein eigenartiges, stumpfes Leuchten, als ob noch etwas davor wäre. Unheimlich.«

»Hast du sie darauf angesprochen?«

»Ich hab sie gefragt, ob mit ihr alles in Ordnung ist. Sie behauptet, sie hätte nur schlimme Kopfschmerzen und ich bräuchte mir deswegen keine Sorgen zu machen.«

»Vielleicht stimmt das ja auch.«

»Ja. Vielleicht.«

»Wie funktioniert das zwischen Bishop und ihr?«, fragte Liz zögernd. »Ich meine, wie gehen sie miteinander um?«

»Das ist auch so eine seltsame Sache. Zuerst ist alles in Ordnung. Sachlich, höflich, sogar freundliche Momente, soweit ich das mitbekomme. Doch je länger sie sich im selben Raum aufhalten, desto mehr Spannung baut sich zwischen ihnen auf. Beinahe greifbar, ich schwör's bei Gott. Man wird selbst ganz kribbelig. Ich ertappe mich dabei, wie ich mit den Fingern auf den Schreibtisch klopfe oder mit dem Fuß wippe.«

»Haben das auch andere bemerkt?«, fragte Liz immer noch zögernd weiter.

Alex wusste, was sie dachte. »Ich bin nicht eifersüchtig, falls du das meinst. Ich hab dir schon gesagt, dass ich Randy nicht so sehe.«

»Ich wollte nicht...«

Er winkte ab und ignorierte, dass sie rot wurde. »Ja, allen ist es aufgefallen. Ich habe sogar schon einige Deputys drüber reden gehört. Es ist nicht zu übersehen. Wenn man sich umsieht, stellt man fest, dass jeder im Raum die beiden beobachtet wie eine Kristallvase in einem Regal, von dem man weiß, dass es im nächsten Moment zusammenbricht. Ihre Stimmen bekommen diesen schneidenden Ton, und einer von beiden findet dann einen Grund, den Raum zu verlassen. Und sobald sie wieder zusammen sind, fängt alles von vorn an.«

»Wer ist derjenige, der meistens geht?«, fragte Liz etwas verlegen.

»Randy«, antwortete er prompt. »Sie verschanzt sich für eine Weile in ihrem Büro und macht die Tür zu, was ein eindeutiges Zeichen dafür ist, dass sie nicht gestört werden will. Und jedes Mal, wenn das passiert, habe ich den Eindruck, Bishop würde am liebsten gegen irgendwas treten.«

»Dir ist klar, dass ... sie mal was miteinander hatten.«

Alex sah sie fragend an. »Randy hat das zwar mehr oder weniger zugegeben, aber woher weißt du es?«

»Ich habe gesehen, wie Bishop sie angeschaut hat.«

»Und das genügt?«, fragte er ironisch.

»Nun ja ... mir schon.«

Er beließ es dabei. »Ich kenne ihre Geschichte zwar nicht,

aber ich weiß, dass sie noch nicht zu Ende ist. Das Problem ist nur, dass sie die Dinge zwischen sich nicht klären können oder wollen. Daher baut sich diese Spannung auf, wie Dampf in einem Topf. Und früher oder später fliegt der Deckel unweigerlich in die Luft.«

»Beeinträchtigt das eure Arbeit?«

»Bisher nicht.« Er hielt inne. »Um ehrlich zu sein, so wahnsinnig viel gibt es im Moment allerdings nicht zu tun. An konstruktiver Arbeit, meine ich. Es bleibt uns nichts anderes übrig, als immer wieder das Gleiche zu durchforsten und zu versuchen, etwas zu entdecken, das uns vorher entgangen ist. Sogar Bishop und Tony Harte fällt nichts anderes mehr ein, als die Fotos an der Pinnwand neu zu ordnen, um das Puzzle irgendwie anders aussehen zu lassen.«

»Ich dachte, die andere Agentin – die Ärztin – wollte einige Tests durchführen, die weiterhelfen könnten.«

»Tja, also, es hat sich herausgestellt, dass sie eine bessere Laborausrüstung braucht als die, die sie mitgebracht hat. Mit dem, was wir anzubieten haben, kann sie ohnehin nichts anfangen. Sie ist gestern Abend nach Quantico zurückgeflogen. Und sie hat bisher – es sei denn, sie erzählen mir nicht alles – weder Randy noch Bishop verraten, welchen Verdacht sie wegen dieser Knochen hat.«

Liz wurde von einem Kunden gerufen, und als sie zurückkam, machte Alex Anstalten zu gehen. Obwohl sie protestierte, legte er Geld auf den Tresen und griff nach seiner Mütze.

»Heute Abend hat Caroline Dienst, daher kann ich in einer Stunde nach Hause gehen«, sagte sie. »Bevor ich herkam, habe ich ich einen Eintopf gekocht. Falls du nicht schon was vorhast, könntest du mir helfen, ihn aufzuessen.« Obwohl sie die Einladung bewusst beiläufig klingen ließ, stieg ihr eine sanfte Röte in die Wangen.

Alex wusste, dass er ablehnen sollte. Aber die Aussicht, allein einen nicht enden wollenden Abend in seinem Haus zu verbringen, reizte ihn überhaupt nicht. Daher überhörte er die Stimme in seinem Kopf, die ihn leise warnte, dass er es bereuen würde. »Klingt prima, Liz. Vielen Dank.«

»Bis um sieben bin ich bestimmt fertig«, meinte sie. »Aber komm ruhig eher, wenn du magst.«

Sie ist immer so feinfühlig, dachte er bedrückt. So darauf bedacht, ihre Einladungen zwanglos, freundschaftlich und nicht nach mehr klingen zu lassen. Was vielleicht daran lag, dass Liz und Janet Freundinnen gewesen waren. Oder weil ihr die Teeblätter gesagt hatten, dass er seine verstorbene Frau noch immer liebte.

»Ich bringe eine Flasche Wein mit«, erwiderte er, ebenso beiläufig.

Bonnie ließ ihre Fingerspitzen sanft an Mirandas Schläfen kreisen. »Besser?«

»Ja, viel besser. Danke, Schätzchen.«

Bonnie stand hinter dem Stuhl ihrer Schwester und fuhr mit der sanften Massage fort. »Das hilft nur vorübergehend, wie du weißt. Die Kopfschmerzen werden nicht weggehen, bis …«

»Ich weiß, ich weiß.«

»Bist du dir sicher, dass es der richtige Weg ist, Randy?«

»Es ist der einzige Weg.«

»Wenn du Bishop sagen würdest …«

»Nein. Diesmal nicht.« – »Es war nicht deine Schuld. Es war nicht mal seine Schuld. Wie oft hast du mir gesagt, dass manche Dinge eben so geschehen müssen, wie sie geschehen?«

»Manche Dinge. Nicht alle.«

Bonnie ging um sie herum und setzte sich auf die Couch. »Trotzdem, wie kannst du so sicher sein, dass er diesmal genauso reagieren wird?«

Mirandas Kopf ruhte an der Stuhllehne, ihre Augen waren geschlossen. »Weil er ein kaltherziger Dreckskerl ist, der nur einen einzigen moralischen Grundsatz kennt – dass der Zweck die Mittel heiligt«, sagte sie mit nüchterner Stimme.

»Ist er das? Ist das der Mann, der er jetzt ist, Randy, oder nur der Mann, der er einmal war?«

»Bonnie ...«

»Dich hat das, was geschehen ist, verändert. Woher willst du wissen, dass es ihn nicht auch verändert hat?«

»Männer ändern sich nicht. Schlag dir das nur gleich aus dem Kopf.«

»Ich weiß, dass sie es nicht tun, wenn jemand anderes – eine Frau – das möchte«, stimmte Bonnie zu, wobei sie an Steve Penman und die arme Amy dachte. »Doch das Leben kann sie genauso ändern wie uns. Die Erfahrung kann sie ändern, vor allem eine so schreckliche.«

Miranda schwieg.

»Ich meine ja nur, dass du dir bei Bishop über nichts sicher sein kannst, solange du dich so abschottest. Du kennst seine Gedanken nicht, Randy. Nicht mehr. Und es passt so gar nicht zu dir zu urteilen, ohne Bescheid zu wissen, was los ist.«

Miranda hob den Kopf, öffnete die Augen und blickte ihre Schwester stirnrunzelnd an.

Bonnie sprach rasch weiter. »Du hast gesagt, du hättest den Datenbankzugang gar nicht benutzt, den er dir wegen Lewis Harrison gegeben hat.« Ihre Stimme zitterte leicht, als sie den Namen aussprach.

»Das ist überflüssig. Er hätte mir den Zugang nicht gegeben, wenn er nicht die Wahrheit gesagt hätte.« Miranda zuckte die Schultern. »Also wissen wir, dass diese Bedrohung nicht mehr existiert. Was gäbe es sonst noch herauszufinden?«

»Ich weiß es nicht. Und du auch nicht.« Bonnie stand auf. »Ich glaube, ich gehe ins Bett. Hast du was dagegen, wenn Amy morgen tagsüber zu mir kommt? Da es nichts Neues über Steve gibt, ist sie ziemlich nervös und macht ihre Eltern verrückt. Hier bei mir hat sie wenigstens jemanden, mit dem sie reden kann, und vielleicht kann ich sie auch mit irgendwas beschäftigen, das sie ablenkt.«

»Ich habe nichts dagegen. Aber geh nirgends hin, es sei denn, Seth oder Mrs Task sind dabei, okay?«

»Klar. Gute Nacht, Randy.«

»Nacht, meine Süße.«

Allein in ihrem stillen Wohnzimmer, versuchte sich Miranda zu entspannen, was ihr aber nicht gelang. Das dumpfe Pochen in ihrem Kopf war nicht gerade beruhigend, und das Gespräch mit ihrer Schwester hing ihr noch immer nach.

Bonnie hatte natürlich ein sehr weiches Herz. Sie war empfindsamer, als ihr guttat, dachte Miranda oft. Bonnie fütterte streunende Hunde und Katzen, weinte sogar, wenn im Film der Bösewicht starb, und bemitleidete absolut jeden, von dem sie fand, dass er ungerecht behandelt wird.

Offensichtlich sogar Bishop.

»Was gäbe es sonst noch herauszufinden?«

»Ich weiß es nicht. Und du auch nicht.« Miranda merkte erst, dass sie aufgestanden war, als die plötzliche Bewegung eine Woge der Übelkeit in ihr aufsteigen ließ. Sie biss die Zähne zusammen und wartete, bis es vorbei war, dann ging sie in den kleinen Nebenraum am anderen Ende des Flurs, den sie sich als Arbeitszimmer eingerichtet hatte. Ihr Computer war einige Jahre jünger als der im Sheriffdepartment, und das Modem war das beste, das zu haben war.

Sie fluchte und schaltete den Computer ein. Während er hochfuhr, holte sie den Zettel, den Bishop ihr gegeben hatte, aus ihrer Jackentasche.

Er hatte sie mit allen Informationen versorgt, die für den Zugang zur Akte von Lewis Harrison, alias »Schlächter von Rosemont«, nötig waren, doch das bedeutete noch lange nicht, dass der Vorgang schnell vonstattenging. Das FBI hatte offenkundig etwas dagegen, seine Akten Außenstehenden zugänglich zu machen, auch wenn die dazu berechtigt waren, und machte es niemandem leicht, an die Auskünfte heranzukommen.

Aber Miranda hatte einige Erfahrung mit der Verwaltungsbürokratie gesammelt, seit sie das Sheriffamt übernommen hatte, was ihr jetzt zugutekam. Geduldig suchte sie sich den Weg durch das Labyrinth der Sicherheitsvorkehrungen und gelangte schließlich zu den Akten.

Vor sechseinhalb Jahren war Bishop ein Junior Agent gewesen, und der Hauptteil der Berichte, die Miranda las, war von zwei Senior Agents und deren Vorgesetztem in der Außenstelle von Los Angeles geschrieben worden, wie auch von einigen der daran beteiligten Cops des LAPD.

Miranda bezweifelte, dass Bishop diese Berichte je gesehen hatte.

Der einzige Bericht, der tatsächlich von Bishop selbst verfasst worden war, enthielt seine Schilderung der letzten Konfrontation mit Lewis Harrison, die mit dem Tod des Schlächters von Rosemont geendet hatte. Ein Polizist und ein Agent waren Zeugen des Geschehens gewesen, und beide stimmten ohne offensichtlichen Vorbehalt darin überein, dass der Schusswechsel gerechtfertigt gewesen war. Bishop habe in Notwehr gehandelt und keine Alternative gehabt. Eine Einschätzung, der die FBI-interne Untersuchungskommission zugestimmt hatte.

Doch lange bevor Miranda das las, hatte sie einen Bericht nach dem anderen über die gnadenlose, verbissene Jagd eines Mannes nach einem Mörder gelesen. Sowohl die beiden Senior Agents als auch deren Vorgesetzter sparten nicht mit Lob für Bishop, und alle drei, bemerkte Miranda nicht ohne Ironie, drückten sich sehr vorsichtig aus bei der Beschreibung seiner »Ahnungen« und »Instinkte«, die ihn auf Harrisons Spur geführt hatten.

Tatsächlich sah es eher wie Zauberei aus.

Fast achtzehn Monate lang hatte sich Bishop so gründlich in Harrisons Kopf eingenistet, dass es dem Mörder unmöglich wurde, mit den bis ins kleinste Detail geplanten Morden fortzufahren, auf die er so stolz war. Kaum hatte Harrison sein Opfer ausgewählt, kam ihm Bishop zuvor, immer wieder. Er wartete und beschützte die Opfer, während er dem

Schlächter gleichzeitig und mit unendlicher Geduld eine Falle nach der anderen stellte.

Und Bishop hatte nicht etwa heimlich oder im Stillen agiert, sondern kühn und offen. Er hatte sich zu einer Zielscheibe gemacht, die Harrison beim besten Willen nicht übersehen konnte, zu einem Schatten, der ihm ständig auf den Fersen war, ein brillanter Verstand, der ihn stets durchschaute und schneller schaltete als er. Bis dem Mörder nichts anderes mehr übrig geblieben war, als sich wie ein in die Ecke getriebenes Tier auf seinen Verfolger zu stürzen und verzweifelt zu versuchen, ihn brutal zu eliminieren.

Das war ihm nicht gelungen.

In Gedanken versunken schloss Miranda die Datei, schaltete den Computer aus und starrte auf den dunklen Bildschirm. Sie dachte an diese achtzehn Monate, an die hartnäckige Verfolgung, und fragte sich, wie das Leben damals für Bishop gewesen sein mochte. Nicht sehr angenehm.

Für einen Mann mit »normalen« Sinnen und »normaler« Vorstellungskraft wäre es schon traumatisierend gewesen, sich über so lange Zeit in das Gehirn eines brutalen Mörders hineinzudenken. Für einen Paragnosten, der mit einem viel tiefer gehenden Einfühlungsvermögen begabt – oder gestraft – ist, musste es verheerend gewesen sein. Um sich dem willentlich auszusetzen, bedurfte es eines geradezu unvorstellbaren Maßes an Entschlossenheit und Engagement.

»Er hatte seine persönliche Fehde mit ihm auszufechten«, murmelte Miranda in die Stille des Zimmers. »Seine persönliche Rechnung zu begleichen. Deshalb hat er es getan. Nur deshalb.«

Doch zum ersten Mal war sie sich dessen nicht ganz sicher.

Liz hatte sich vorgenommen, ihn nicht zu drängen. Das hatte sie sich immer wieder gesagt, während sie das Abendessen zubereitete und auf Alex wartete. Sie würde ungezwungen und freundlich sein, mehr nicht. Für gutes Essen und nette Gesellschaft sorgen, und hoffen … Und hoffen. »Ich bin so was von erbärmlich«, sagte sie zu ihrer Perserkatze Tetley, die sich am Ende des Küchentresens gemütlich niedergelassen hatte und Liz beim Hin- und Herlaufen in der Küche zusah. »Er liebt Jane noch immer. Und wer könnte ihm das verdenken? Sie war eine wundervolle Frau, stimmt's?«

Tetley blinzelte sie zustimmend an.

Liz seufzte. Sie trank ihren Tee aus, setzte sich dann neben die Katze an den Tresen und musterte die Teeblätter. Innerhalb von Sekunden blitzte vor ihr eine Szene auf, die sie zuvor schon einmal deutlich und ein zweites Mal etwas verschwommener gesehen hatte. Ein dunkler Mann mit einer Narbe im Gesicht – Bishop –, der sich vor jemanden warf, den Liz nicht genau erkennen konnte. Die Kugel traf ihn mitten in die Brust. Ein scharlachroter Fleck breitete sich auf seinem weißen Hemd aus, während er schwer zu Boden fiel und bewegungslos liegen blieb. Liz wusste ohne den geringsten Zweifel, dass er tot war.

Die Tasse klapperte auf den Tresen, und Liz stieß sie erschrocken von sich. »Das war jetzt das dritte Mal. Aber ich sollte das gar nicht sehen«, erklärte sie ihrer Katze. »Es ist meine Teetasse, nicht seine, wieso sehe ich *sein* Schicksal?«

Doch war es wirklich Bishops Schicksal? Oder sah Liz es, weil sie irgendwie damit zu tun hatte, möglicherweise ändern konnte, was sie gesehen hatte?

Opferte er sein Leben, um *sie* zu retten?

»Symbolisch«, murmelte sie und starrte auf die Tasse, wagte aber nicht, die Blätter wieder anzusehen. »Was ich sehe, ist fast immer symbolisch. Zeichen und Omen. Was bedeutet das nun? Wofür ist es ein Omen? Hilf mir, Großmutter, hilf mir, es herauszufinden.«

Das Klingeln der Türglocke ließ sie zusammenschrecken, doch sie war erleichtert, als sie die Tür öffnete und Alex sah. Man kann auch zu lange allein sein, dachte sie, und mit einer toten Großmutter zu reden ist bestimmt ein Zeichen dafür.

»Stimmt was nicht?«, fragte Alex sofort, und sein Lächeln verschwand.

»Nein, ich habe nur gerade ... mit mir selbst gesprochen. Komm doch rein.«

Er folgte ihr in die Küche und öffnete den Wein, während sie das Essen auf den Tisch stellte. Wie immer fühlten sie sich sehr wohl miteinander. Ungezwungen. Sie sprachen über die angespannte, verunsicherte Stimmung in der Stadt, und wie unvorstellbar es war, dass sich unter ihnen ein Mörder befand. Und sie überlegten düster, was wohl mit Steve Penman passiert war.

»Könnte er noch am Leben sein?«, fragte Liz.

»Natürlich. Aber wenn dieses kranke Schwein nach dem gleichen Muster weitermacht, wäre es dem armen Jungen sicher lieber, tot zu sein. Mir ginge es jedenfalls so.«

Liz wiederholte, was sie Bishop erzählt hatte. »Ich glaube, mit Steve wird der Mörder anders verfahren. Nicht, weil er es will – eher weil er sich dazu gezwungen sieht. Vielleicht hat er zuvor einen Fehler gemacht und muss ihn jetzt korrigieren. Oder ihr Polizisten habt mehr entdeckt, als er erwartet hatte, und er will euch nun von seiner Spur abbringen.«

Plötzlich etwas befangen, fügte sie hinzu: »Das ist nur so eine Ahnung.«

»Eine Ahnung.« Alex verzog das Gesicht. »Weißt du, ich scheine hier der Einzige zu sein, der bei diesen Ermittlungen keine Ahnungen hat, und das macht mir allmählich Sorgen.«

»Randy hatte schon immer Ahnungen«, meinte Liz. »Das hat dich früher doch auch nicht gestört.«

»Tja, aber das hier ist anders. Von dem Augenblick an, als die vom FBI eintrafen, schien etwas vor sich zu gehen, über das jeder außer mir Bescheid wusste. Es liegt an der Art, wie sie sich ansehen, der Vorsicht, mit der sie sich ausdrücken, und wie sie plötzlich das Thema wechseln, wenn ich den Raum betrete.«

»Du klingst ein bisschen paranoid, Alex.«

»Meinst du, das wüsste ich nicht? Aber nur weil ich paranoid bin, muss ich noch lange nicht unrecht haben.«

Liz dachte darüber nach. »Vielleicht liegt es bloß daran, was zwischen Bishop und Randy war. Es könnte sein, dass seine Leute davon wissen und …«

»Das ist es nur zum Teil, glaube ich, aber da steckt noch mehr dahinter. Und es handelt sich nicht nur um die beiden, sondern um alle vier – die drei Agenten und Randy. Das ist mir schon in der ersten Minute aufgefallen. Als ob sie ein Geheimnis hüten.«

Plötzlich fiel Liz wieder ein, dass Bishop anscheinend ihre Gedanken hatte lesen können, und plötzlich kam noch ein ganzer Schwall ähnlicher Erinnerungen. »Erinnerst du dich noch an letzten Sommer, als die kleine Tochter von Ed und Jean Gordon ausgerissen ist und als vermisst galt?«

»Klar. Randy hat sie gefunden.«

»Ja. Obwohl die Hunde am Fluss ihre Spur verloren hatten, weil das Mädchen in ein Ruderboot geklettert und zwei Meilen den Fluss hinuntergetrieben war. Sie hatte es geschafft, wieder herauszukommen, ohne zu ertrinken, und sich dann in dem alten Schuppen versteckt, den man nur finden konnte, wenn man wusste, dass er da war. Aber Randy hat ihn gefunden, stimmt's?«

»Ja«, erwiderte Alex gedehnt. »Sie behauptete, es sei so eine … Ahnung gewesen.«

»Und was war letzten April, als sie darauf bestand, dass die Schulbehörde einen Brandinspektor bestellte, um die provisorischen Klassenzimmer zu überprüfen, obwohl es noch nicht an der Zeit dafür war? Der Inspektor sagte, spätestens nach einem Monat wäre wegen der defekten Leitungen ein Brand ausgebrochen.«

»Ich erinnere mich.« Alex runzelte die Stirn.

»Und es gab auch noch anderes, andere … Ahnungen«, sagte Liz nachdenklich. »Gestern sagte Bishop etwas zu mir, was mich auf den Gedanken brachte, er … könnte das Zweite Gesicht haben. Und wenn er es hat? Und wenn Randy es auch hat?«

Sie war sich fast sicher, dass Alex eine abschätzige Bemerkung machen würde, doch er runzelte nur weiterhin die Stirn. Er trank sein Weinglas aus, schenkte sich nach und sah Liz dann schließlich an. »Nachdem die Agenten hier eintrafen, habe ich mir noch mal das Rundschreiben des FBI über diese Spezialeinheit vorgenommen. Es klingt alles äußerst nebulös, aber wenn man es sorgfältig liest, lässt sich daraus entnehmen, dass der Grund für den Erfolg dieser neuen Agentengruppe in dem Einsatz von *unkonventionellen* und *intuitiven* Ermittlungsmethoden und Hilfsmitteln zur Verbrechensaufklärung liegt.«

Liz spürte, wie ihre Augen groß wurden. »Du meinst … die haben alle das Zweite Gesicht? Das FBI hat eine Gruppe von Agenten zusammengestellt, die das Zweite Gesicht haben, und das ist es, was sie so effektiv macht?«

»Kann sein. Ich hätte ja gesagt, das passt überhaupt nicht zum FBI, doch neuerdings scheinen immer mehr Menschen dem Paranormalen gegenüber aufgeschlossen zu sein.«

»Ein neues Jahrtausend«, war Liz' prompte Antwort. »Historisch betrachtet haben Mystizismus und Spiritualismus immer um die Jahrhundertwenden mehr Zuspruch und Beliebtheit erlangt. Ein neues Jahrtausend vervielfacht diesen Effekt.«

»Wenn du das sagst«, meinte Alex und schwieg einen Augenblick lang. »Falls das tatsächlich zutrifft, kann ich ihre Vorsicht verstehen. Keine Polizeitruppe, von der ich je gehört habe, wird freiwillig zugeben, dass sie Übersinnliche bei ihren Ermittlungen einsetzt. Wenn bekannt würde, dass beim FBI eine ganze Einheit solcher Leute auf der Gehaltsliste steht …«

»Aber Randy würde es wissen, wenn sie selbst das Zweite Gesicht hat, vor allem, wenn es bei ihr sehr ausgeprägt ist. Wahrscheinlich lebt sie schon ihr ganzes Leben damit und kennt die Zweifel und das Misstrauen, mit denen sie es zu tun haben. Daher können alle offen mit ihr reden – auch wenn sie im Umgang mit anderen Leuten dennoch vorsichtig sein müssen.«

»Wie bei mir.« Er schüttelte den Kopf. »Ahnungen. Verdammt. Allmählich ergibt das alles einen Sinn. Als Bishop behauptete, es gäbe einen Brunnen in der Nähe des Sees, obwohl er nie zuvor dort war, fragte ich, wie er das denn wissen könnte. Und Randy sagte nur …: ›Er weiß es.‹ Trotz der offenkundig feindseligen Stimmung zwischen den beiden hat sie sofort nach dem Brunnen suchen lassen.«

Liz beobachtete ihn eine Weile, während er vor sich hin brütete. »Wirst du mit Randy darüber reden? Sie fragen, ob es stimmt?«

»Ich weiß nicht.«

»Dass sie dir nichts davon erzählt hat, war wahrscheinlich mehr aus Gewohnheit als aus Misstrauen, das ist dir doch klar, oder?«

Er nickte geistesabwesend. »Trotzdem, wenn sie nicht will, dass ich es weiß, sollte ich vielleicht den Mund halten.«

Liz zögerte und sagte dann: »Kurz bevor du gekommen bist, habe ich es wieder gesehen. Ich habe Bishop sterben gesehen. Schon zum dritten Mal, Alex.«

»Was genau hast du gesehen?«, fragte Alex ernsthafter, als er je zuvor über dieses Thema gesprochen hatte.

Liz schloss die Augen und versuchte sich auf die Details zu konzentrieren. »Es war draußen im Wald, glaube ich, aber ich kenne den Ort nicht. An manchen Stellen lag Schnee. Ich habe eine Waffe gesehen, eine Pistole, in einer ausgestreckten Hand mit schwarzem Handschuh. Aber ich konnte nicht sehen, wer sie gehalten hat. Dann kippte die Szene zur Seite, als ob eine Kamera zu Boden fällt, und ich habe gesehen, wie Bishop einen Sprung vorwärts machte und sich zwischen die Waffe und denjenigen stürzte, den er zu schützen versuchte. Ich konnte nicht sehen, wer das war. Doch ich habe die Kugel gesehen, die ihn mitten in die

Brust traf, das Blut, habe ihn fallen gesehen.« Sie öffnete die Augen. »Er war tot.«

»Da bist du dir sicher?«

»Ja. Ich verstehe aber nicht, warum ich das sehe, wenn ich meine eigenen Teeblätter lese. So funktioniert das eigentlich nicht, Alex, es sei denn … es sei denn, ich bin entweder die mit der Waffe oder diejenige, deretwegen Bishop stirbt.«

»Die mit der Waffe bist du jedenfalls nicht«, verkündete Alex kategorisch.

»Danke für dein Vertrauen.«

Er lächelte. »Vielleicht bist du nicht aktiv am Geschehen beteiligt. Du siehst es möglicherweise, weil du es beeinflussen kannst.«

»Könnte sein.« Sie runzelte die Stirn. »In der Vergangenheit habe ich bei einigen Gelegenheiten etwas gesehen, was dann nicht ganz so ablief, wie ich geglaubt hatte. Ich dachte, ich hätte die Zeichen falsch gedeutet, aber vielleicht war das, was ich gesehen hatte, eher als … Warnung gedacht. Was geschehen könnte und geschehen würde, wenn ich nicht etwas ändere.«

»Doch die Teeblätter haben dir keinen Hinweis gegeben, was das sein könnte, richtig?«, fragte Alex.

»Keinen, den ich erkannt hätte.«

Er stand auf, um ihr beim Abräumen des Tisches zu helfen. »Was nützen übersinnliche Fähigkeiten, wenn alles in Symbolik gehüllt ist und die wichtigen Teile fehlen?«, fragte er mit leisem Bedauern in der Stimme.

»Großmutter sagte, das liegt daran, dass es eine uralte Fähigkeit ist und wir vergessen haben, richtig damit umzugehen. Unsere modernen Gehirne versuchen, die Information zu verarbeiten und sie uns so gut wie möglich zu übermitteln, wobei sie Zeichen und Symbole benutzen, die nur von unseren ursprünglichen Instinkten richtig interpretiert werden können.«

Alex dachte darüber nach, während sie die Teller wegräumten. »Also, wenn man dir … anbietet, das zu ändern, was du gesehen hast, muss da doch auch ein Hinweis versteckt sein. Ein Zeichen, ein Symbol. Richtig?«

»Das nehme ich an.« Liz war begeistert, dass er bereit war, so gelassen über dieses Thema zu sprechen, da er sich in der Vergangenheit immer etwas abschätzig geäußert hatte.

Das prasselnde Feuer in dem alten, gemauerten Kamin machte das Wohnzimmer warm und gemütlich. Sie nahmen ihren Wein mit und setzten sich auf die Couch.

Liz versuchte etwas Positives daran zu sehen, dass sie nur etwa eine halbe Kissenlänge voneinander entfernt saßen, doch da Alex offenkundig in Gedanken mit Zeichen und Omen beschäftigt war, versprach sie sich nicht allzu viel davon.

»Zeichen«, murmelte er. »Zeichen sind etwas Sichtbares, sie fallen auf. Was war auffällig an dem, was du gesehen hast? Gab es etwas, das dir … ungewöhnlich erschien?«

»Sein Hemd«, kam es prompt von Liz.

»Sein Hemd?«

»Ja. Es lag Schnee, es war kalt – und Bishop hatte keine Jacke an. Nicht einmal ein langärmeliges Hemd. Nur ein T-Shirt, so weiß, das mir fast die Augen wehtaten.«

»Ein T-Shirt. Ein sehr weißes T-Shirt.« Alex leerte die Hälfte seines Glases. »Ein Zeichen wofür … dass er seine Wäsche gründlich wäscht?«

Liz verübelte ihm nicht, dass er entmutigt war. »Man braucht viel Übung, um Zeichen zu lesen, Alex«, erklärte sie sanft, »und selbst dann ist es oft noch ein Ratespiel.«

»Und was rätst du? Was könnte das weiße T-Shirt bedeuten?«

Sie trank von ihrem Wein und dachte nach. »Wenn es um die Farbe geht, bedeutet Weiß Reinheit.«

»Ich glaube nicht, dass Bishop so besonders rein ist.«

Sie unterdrückte ein Lächeln. »Es müsste sich nicht auf ihn selbst beziehen. Das Zeichen ist doch da, damit ich es sehe, erinnerst du dich? Weiß kann also Reinheit oder Unschuld bedeuten. Es wird auch als Farbe der Trauer verwendet. Andererseits wäre es möglich, dass es gar nicht um die Farbe geht, sondern um die ins Auge stechende Sauberkeit des Hemdes oder um die Tatsache, dass es kurze Ärmel hat. Vielleicht ist es nicht einmal das Hemd, das wichtig ist, sondern dass die Jacke fehlt.«

»Das wird ja immer besser«, brummte Alex.

»Ich fürchte, es wird etwas dauern, das zu deuten, falls es uns überhaupt gelingt. Alex… meinst du, ich sollte Randy davon erzählen?«

»Könnte sie etwas daran ändern?«

»Wahrscheinlich nicht.«

»Ich glaube, Randy hat sowieso schon alle Hände voll zu tun«, sagte er nach kurzem Zögern. »Egal, wie es mit ihren Gefühle für ihn steht… ihr zu erzählen, dass es Bishop bestimmt ist, erschossen zu werden, würde den Stress nur noch verstärken.«

»Ich habe Bishop nicht gewarnt«, gestand Liz. »Doch als wir uns die Hand gaben, dachte ich mir, er sollte vorsichtig sein – und er wusste, dass ich das dachte. Er sagte, er würde sich daran halten.«

»Dann wollen wir hoffen, dass er das auch tut. Wenn du mich fragst, ich kann mir nicht vorstellen, dass unser Fall auf eine solche Schießerei hinausläuft.«

»Falls es überhaupt etwas mit dem Fall zu tun hat«, gab Liz zu bedenken. »Das muss nicht unbedingt sein.«

»Super. Dann haben wir überhaupt keinen Anhaltspunkt.« Er leerte sein Glas und stellte es auf den Couchtisch. »Ich sollte besser gehen und dich ausruhen lassen. Danke für das Abendessen, Liz.«

»Gern geschehen.« Und unwillkürlich fügte sie in einem beiläufigen Ton, der sie jedoch beide nicht täuschen konnte, hinzu: »Aber du kannst auch gerne bleiben, das weißt du.«

Sein Gesichtsausdruck veränderte sich, und sie erkannte auch ohne das Zweite Gesicht Ablehnung, Bedauern – und eine Spur Unbehagen.

»Liz …«

»Ist schon in Ordnung.« Jetzt wollte sie ihn unbedingt loswerden, bevor er etwas sagte, was sie keinesfalls hören wollte. »Ich dachte, du würdest vielleicht noch gerne reden wollen oder so, aber …«

»Liz, was an Weihnachten passiert ist, war ein Fehler, das weißt du. Ich war einsam und hatte zu viel getrunken.« Seine Stimme war sanft. »Zum Teufel, ich bin noch immer einsam … und ich hasse es, allein zu schlafen. Aber du verdienst mehr als nur Dankbarkeit.«

»Hör auf, dich zu entschuldigen, Alex«, zwang sie sich zu sagen. »Ich war dabei, erinnerst du dich? Und ich bin ein großes Mädchen, schon richtig erwachsen. Geh nach Hause. Wir sehen uns morgen.«

Er hob die Hand, als wollte er sie berühren, fluchte dann fast unhörbar und ging.

Als das Feuer niedergebrannt war, hatte Liz die Flasche Wein ausgetrunken. Doch das half ihr auch nicht beim Einschlafen.

Es half überhaupt nicht.

10

Samstag, 15. Januar

Als Miranda am späten Vormittag in den Konferenzraum kam, war Tony Harte dabei, eine Liste von Namen an die Tafel zu schreiben. Bishop hockte an seinem üblichen Platz auf der Kante des großen Tisches und las in einer Akte.

»Vermisste Jugendliche?«, fragte Miranda. Bishop sah auf, runzelte leicht die Stirn und nickte. »Deine Deputys wühlen sich durch die Akten und überprüfen jede Vermisstenanzeige, um die Kinder auszusortieren, die später irgendwo wieder aufgetaucht sind, tot oder lebendig. Bis jetzt haben wir drei vermisste Teenager im Jahr 1998, fünf 1997 und zwei 1996.«

Unwillkürlich setzte sich Miranda auf einen Stuhl in Bishops Nähe. »Zehn Kinder? Zehn Kinder in drei Jahren?«

»Alle, die im Umkreis von fünfzig Meilen von Gladstone verschwunden sind«, bestätigte Bishop. »Die Jüngste war vierzehn, als sie 1996 ausriss – in Begleitung ihres neunzehnjährigen Freundes, der nach Nashville wollte, um Sänger zu werden. Niemand hat ihn als vermisst gemeldet, doch bisher konnten wir keinen der beiden über dieses Gebiet hinaus aufspüren, daher stehen sie auch auf unserer Liste.«

Tony wandte sich ihnen zu. »Wir haben natürlich keine Beweise dafür, dass diese Kinder tatsächlich in der Gegend rund um Gladstone verschwunden sind. Durch die Maschen des Systems zu schlüpfen ist sehr leicht, vor allem, wenn sie mit dem Auto oder zu Fuß unterwegs sind. Sie könnten bis nach Nashville gekommen sein – oder wo auch immer sie sonst hinwollten. Sie könnten unterwegs irgendwo mitgenommen worden und sechs Bundesstaaten von hier entfernt gelandet sein.«

»Wir wissen nur, dass keiner dieser Jugendlichen jemals wieder unter diesen Namen im System aufgetaucht ist«, schloss Bishop. »Wir haben die Akten und die Zentraldatenbank des FBI und jede andere vorhandene Datenbank überprüft. Keine Spur von ihnen.«

»Bevor die neue Umgehungsstraße gebaut wurde, kamen jede Woche viele Fremde durch Gladstone«, sagte Miranda zögernd. »Außer der Bluebird Lodge an der Main Street gab es am Stadtrand noch zwei Motels, die für gewöhnlich mindestens zur Hälfte belegt waren.«

Tony trat an den Konferenztisch und überprüfte etwas auf einem Notizblock. »Also, was haben wir da … die Starlight Motor Lodge und das Red Oak Inn, richtig?«

Miranda nickte. »Das Starlight brannte vor sechs Monaten bis auf die Grundmauern ab, lange nachdem der Betrieb aufgegeben worden war. Das Red Oak schloss seine Pforten am gleichen Tag, an dem die Umgehungsstraße eröffnet wurde. Die Stadt hat das Anwesen gekauft, und die Feuerwehr nutzt es für Übungen.«

»Ein paar der Jugendlichen könnten das Geld für ein Zimmer gehabt haben«, stellte Tony fest. »Könnten wir vielleicht die Gästebücher einsehen?«

»Oje, ich weiß nicht mal, ob es die noch gibt.« Miranda

dachte nach. »Die von der Bluebird Lodge zu bekommen ist kein Problem, da sie ja noch in Betrieb ist, aber die Besitzer der beiden anderen Motels sind weggezogen, nachdem sie zugemacht hatten. Ich nehme an, sie haben ihre Gästebücher und den Papierkram mitgenommen.«

Tony machte sich Notizen auf dem Block. »Also, wir können wenigstens die Bluebird Lodge überprüfen. Falls es uns tatsächlich gelingt, eines der Kinder hier nach Gladstone zurückzuverfolgen, können wir zumindest weitere Fragen stellen. Vielleicht erinnert sich jemand an irgendwas.«

»Ich habe mir heute Morgen die Extraausgabe des *Sentinel* angesehen«, sagte Bishop zu Miranda gewandt. »Einige Leserbriefe sind reichlich …«

»Blutrünstig?« Sie verzog das Gesicht. »Tja, wir mussten ein paar Bürger entwaffnen, vor allem, seit der Penman-Junge verschwunden ist. Ich habe die normalen Streifen verdoppelt, um die Sache im Auge zu behalten, doch sobald der Verdacht auf eine bestimmte Person fällt, bekomme ich es mit einem Lynchmob zu tun.«

»Justin Marsh ist in dieser Hinsicht auch keine große Hilfe«, bemerkte Bishop.

»Mit seinen Brandreden an jeder Ecke? Ich weiß. Ich habe ihn schon zweimal verwarnt und ihm gesagt, dass er die Grenze zur Panikmache überschreitet. Falls ich ihn noch einmal dabei erwische, dass er die Leute aufhetzt, das Böse in Gladstone mit eigener Hand auszumerzen, werde ich mir ernsthaft überlegen, ihn für eine Nacht ins Gefängnis zu sperren, damit er zur Vernunft kommt.«

»Leute von seinem Schlag kann man nicht zur Vernunft bringen«, verkündete Tony. »Niemals.«

»Hast wohl mit ihm gesprochen, was?«, murmelte sie.

Tony grinste sie an. »Allerdings. Ich kam in den Genuss eines zehnminütigen Vortrags über die Korruption in staatlichen Behörden.«

Miranda seufzte. »Normalerweise hört ihm kaum einer zu, daher ist er harmlos. Doch so, wie die Dinge jetzt liegen ... fürchte ich, er könnte tatsächlich einige der Hitzköpfe anstacheln, etwas Unüberlegtes zu tun.«

»Wir brauchen uns wahrscheinlich nicht allzu viele Sorgen zu machen, solange sie kein direktes Ziel haben, an dem sie ihre Wut auslassen können«, meinte Bishop. »Wir haben jedenfalls keinen Verdächtigen zu präsentieren. Und soweit ich weiß, gibt es noch nicht einmal Gerüchte, wer der Mörder sein könnte.«

»Das ist richtig – für den Moment zumindest«, stimmte Miranda zu. Sie blickte über den Tisch und sah, wie Tony mit den Fingern auf den Notizblock trommelte. »Bedrückt dich irgendwas, Tony?«

Er blickte auf seine Hand hinunter, runzelte die Stirn und hörte auf zu trommeln. Seine hellen Augen wanderten von Bishops ruhigem Gesicht zu Miranda. »Ich fühle mich angespannt«, erwiderte er trocken. »Ich kann mir nicht erklären, wieso.«

Miranda richtete den Blick auf Bishop und beschloss, sich nicht aufs Glatteis zu begeben. »Es ist auch eine angespannte Lage«, sagte sie daher nur zu Tony.

»Ja, ja.« – Bishop überging Tonys Bemerkung ebenfalls. »Sharon hat angerufen. Sie fliegt heute Nachmittag hierher zurück. Sie sagt, sie hätte etwas Interessantes für uns. Vielleicht gelingt uns damit endlich der Durchbruch.«

»Das wäre zur Abwechslung mal wirklich nett«, erwiderte Miranda. »Der Stadtrat hat übrigens für heute Nachmittag eine außerordentliche Sitzung anberaumt, und ich muss da hin.«

»Weiß Justin Marsh davon?«, fragte Bishop.

»Wenn wir Glück haben, nicht«, erwiderte Miranda auf dem Weg zur Tür. »Und da ich gedroht habe, jeden einzusperren, der ihm davon erzählt, habe ich das Gefühl, dass ich heute Glück habe.«

Tony lachte leise in sich hinein, als sich die Tür hinter ihr schloss. »Ich habe das Gefühl, dass sie ganz schön rücksichtslos sein kann, falls es nötig ist.«

»Daran hab ich nie gezweifelt«, knurrte Bishop.

Tony musterte ihn. »Weißt du, trotz meiner Empfänglichkeit für Emotionen war mir nie klar, wie man Spannungen so stark empfinden kann, dass man sie tatsächlich beinahe greifen könnte – bis jetzt.«

»Man lernt jeden Tag etwas dazu.«

»Boss, ich bin nicht der Einzige, dem das aufgefallen ist. Sieh dich mal im Großraumbüro um, wenn du nächstes Mal da durchgehst – vor allem, wenn Miranda im Raum ist. Jeder Deputy dort beobachtet euch beide, als wärt ihr eine tickende Bombe.«

Bishop holte sich neuen Kaffee. »Ja, ich weiß.«

»Und?«

»Und was?«

»Und was unternimmst du dagegen?« – »Dagegen lässt sich nichts unternehmen, Tony. Sie würde überhaupt nicht mit mir reden, wenn sie es nicht aus beruflichen Gründen müsste.«

Tony sah ihn einen Augenblick lang an. »Wahrscheinlich hast du recht«, sagte er dann. »Du kannst es nicht ändern. Sicherlich würde es keiner von euch beiden ertragen, alte Wunden aufzureißen, jedenfalls jetzt nicht mehr. Besser, wir ziehen das hier durch und verschwinden dann aus ihrem Leben. Viel besser für alle Betroffenen.«

Bishop warf ihm einen Blick zu, doch Tony betrachtete stirnrunzelnd seinen Notizblock und schien das energischer als beabsichtigt ausgestoßene »Genau!« nicht zu hören.

»Sag ja, Bonnie.« Amys Stimme bebte, und ihre Augen bettelten. »Es sind schon fast vier Tage, und niemand hat ihn gesehen. Ich muss etwas tun, ich muss einfach!«

Bonnies Stimme blieb ganz ruhig. »Aber nicht das, Amy. Das nützt doch gar nichts.«

»Ich weiß, dass er noch lebt, ich weiß es, und wir haben schon einmal Lynet erreicht, vielleicht weiß sie …«

»Ihr beide habt das schon mal gemacht?«, fragte Seth.

»Ich habe es ein Dutzend Mal allein versucht«, sagte Amy zu ihm. »Die ganze Woche habe ich es versucht, doch bei mir klappt es nicht. Aber Bonnie hat es geschafft, sie …«

»Ich habe nichts *geschafft,* Amy.«

»Dann funktioniert es irgendwie durch dich. Ich weiß nur, dass Lynet sich an uns gewandt hat, und dann wolltest du nicht mehr weitermachen. Sie weiß, wer sie umgebracht hat, und vielleicht weiß sie auch, wo Steve ist.«

»Du solltest dich mal reden hören«, sagte Seth unbehaglich.

»Ich sag dir doch, bei Bonnie hat es geklappt.« Amy klopfte auf das Ouija-Brett, das sie auf den Tisch neben dem

Bett gestellt hatte. »Manche Menschen sind empfindsamer als andere. Das hab ich letzte Nacht gelesen, als ich im Internet danach gesucht habe. Die wirklich Sensiblen können mit Geistern sprechen. Man nennt sie Medien. Ich glaube, Bonnie ist ein Medium.«

Bonnie setzte sich neben sie aufs Bett. »Hör auf, über mich zu reden, als sei ich nicht da. Ich bin kein Medium, Amy.«

»Weiß Miranda davon?«, wollte Seth wissen.

Amy lachte schrill. »Glaubst du, es würde sie interessieren, wenn wir ihr sagen könnten, wo sie Steve findet? Glaubst du, es interessiert irgendjemanden?«

»Amy, so einfach ist das nicht, und das weißt du«, entgegnete Bonnie. »Randy würde das gar nicht gefallen, und mir gefällt es auch nicht. Es ist gefährlich, damit herumzuspielen.«

Seth runzelte die Stirn. »Das ist nur ein Spiel, richtig? Du glaubst doch nicht, dass die Toten durch dieses Brett mit uns Kontakt aufnehmen, oder, Bonnie?«

Sie erwiderte seinen Blick unverwandt. »Ich glaube, die Toten sprechen, wenn sie merken, dass man ihnen zuhört. Und ich sage euch beiden: Es ist nicht immer klug, derjenige zu sein, der zuhört.«

Seth wollte schon eine abschätzige Bemerkung machen, doch etwas in ihren ernsten blauen Augen hielt ihn davon ab. Da er sich nicht sicher war, dass er mehr darüber erfahren wollte, sagte er zu Amy: »Schau, ich weiß ja, dass du Steve finden möchtest. Das will ich doch auch. Aber das ist nicht der richtige Weg.«

»Wieso? Weil du weißt, dass es nicht funktioniert? Oder weil Bonnie glaubt, dass es klappt?« Amys Heftigkeit forderte sie beide heraus. »Bonnie, du bist meine beste Freundin. Und du weißt… du weißt, warum ich Steve finden muss, nicht?«

Seth blickte von einer zur anderen, und ihm wurde ganz flau in der Magengrube. »Amy, bist du…«

»Ich muss Steve finden. Ich *muss.*« Ihre zitternden Finger lagen auf der Planchette. »Hilf mir, bitte.«

Mit einem Seufzen gab Bonnie nach. »Also gut. In Ordnung, aber denk daran, was ich vorhin gesagt habe. Richte deine Gedanken genau auf das, was du wissen möchtest. Seth?«

»Ich würde lieber nur zuschauen, wenn's dir recht ist.« Er setzte sich auf den Hocker vor der Frisierkommode und verschränkte in einer skeptischen Geste die Arme vor dem Körper.

Bonnie hätte gern gewusst, ob er damit zurechtkam. Die Befürchtung, dass er vielleicht ein Problem damit hatte, machte ihr mehr Angst als die sehr reale Möglichkeit, dass das ganze Unterfangen höchstwahrscheinlich ein schrecklicher Fehler war. Doch Amy war ihre beste Freundin, und deshalb musste sie versuchen, ihr zu helfen.

Sie atmete tief ein, streckte die Hand aus und legte ihre Fingerspitzen neben die von Amy auf die Planchette.

Sofort bewegte sich der Zeiger über das Brett und hielt bei NEIN an.

Noch ehe Bonnie fragen konnte, ob das als Warnung gedacht sei, fragte Amy schnell: »Wo ist Steve?«

M…Ü…H…L…E.

Während Amy laut buchstabierte, lehnte sich Seth ganz unbewusst in Richtung des Brettes. »Mühle? Die Papiermühle?«

NEIN.

»Wow«, murmelte er bei dieser prompten Antwort und sah dann gebannt den schnellen Bewegungen der Planchette zu.

M ... Ü ... H ... L ... E ... N ... H ... A ... U ... S.

Einen Moment lang blickten sich die Teenager verständnislos an, dann verkündete Seth: »Das kenne ich. Dieses baufällige Gebäude unten am Fluss, wo früher Korn gemahlen wurde. Ich hätte nicht gedacht, dass es noch steht, aber ...«

»Ist es das?«, fragte Amy. »Ist Steve in der alten Mühle am Fluss?«

JA.

»Wir können ihn retten.« Amy stotterte fast vor Aufregung. »Wir können es Randy sagen, und ...«

Der Zeiger bewegte sich hektisch.

Z ... U ... S ... P ... Ä ... T.

Amy schnappte nach Luft, aus ihrem Gesicht war jegliche Farbe verschwunden. Bonnie wollte ihre Finger von der Planchette wegziehen, doch es gelang ihr irgendwie nicht. Hypnotisiert sah sie zu, wie der rasende Zeiger die Worte mit beinahe manischer Eindringlichkeit wiederholte.

ZU SPÄT ... ZU SPÄT ... ZU SPÄT.

Seth streckte die Hand aus und stieß den Zeiger auf den Boden.

Amy schluchzte, während Seth und Bonnie sich ansahen, beide weiß im Gesicht. Dann erregte eine Bewegung ihre Aufmerksamkeit, und beide wandten sich dem Fenster zu. Es war geschlossen, aber dennoch blähten sich die zarten Vorhänge nach innen, als hätte sich eine Windbö Eintritt verschafft.

Oder etwas anderes.

»Oh, Mist«, murmelte Bonnie.

Statt zu Mittag zu essen, ging Bishop joggen. Er hoffte, die körperliche Betätigung würde die Knoten in seinen Schultern lösen, doch auch nach einem dreiviertelstündigen Lauf und einer heißen Dusche war die Verspannung immer noch da. Und da er im Begriff war, ins Sheriffdepartment zurückzukehren, erwartete er nicht, dass sich etwas bessern würde.

Gerade hatte er das Gebäude erreicht, als sich die Eingangstür öffnete. Sein Blick fiel auf einen großen blonden Jungen mit einem intelligenten Gesicht und ruhigen Augen, der die Tür für seine Begleitung offen hielt. Und dann erschien sie.

Bishop hatte nicht erwartet, dass es ihn derart treffen würde, aber es verschlug ihm einen Moment lang den Atem.

Sie sah aus wie Miranda – oder wie Miranda früher ausgesehen hatte. Lebhafte blaue Augen in einem lieblichen Gesicht, nicht mehr voller Unschuld, doch noch nicht zynisch, und ganz und gar nicht abwesend. Ein empfindsamer Mund, der immer noch verletzlich wirkte.

Sie erkannte ihn sofort und blieb überrascht stehen.

Ohne sich darüber Gedanken zu machen, streckte er die Hand aus und umschloss ihr rechtes Handgelenk. »Bonnie.«

»He«, sagte der Junge hinter ihr, mehr verwundert als aggressiv.

Bonnie sah zu Bishop auf und schüttelte fast unbewusst den Kopf. »Alles in Ordnung, Seth. Hallo, Bishop.«

All die Dinge, die er dem am Boden zerstörten kleinen Mädchen vor acht Jahren hatte sagen wollen, stürmten auf ihn ein, doch das Einzige, was er herausbrachte, war ein gestammeltes »Es tut mir so leid, Bonnie ...«

Dann wurden die Worte in seinem Kopf von gewalttätigen Bildern verscheucht, und ihm blieb vor Schreck die Luft weg. Sein Blick sank auf ihren Arm, und er wusste, dass der Ärmel ihres Pullovers eine eigentümliche Narbe verbarg, wusste auch, woher die stammte, was Bonnie sich angetan hatte und warum, und die Woge des Schmerzes, die ihn überrollte, war so heftig, dass seine Knie fast nachgaben. »Himmel ...«

Sacht befreite Bonnie ihren Arm aus seinem Griff. Sie war ein bisschen blass, aber gefasst, und lächelte sogar. »Es war nicht deine Schuld«, sagte sie leise. »Sogar Randy weiß, dass es nicht deine Schuld war. Lass es gut sein, Bishop.«

Er brachte kein Wort heraus, doch sie schien auch keine Antwort zu erwarten. Sie ging an ihm vorbei, dicht gefolgt von dem Jungen, der Bishop mit einem misstrauischen, verwirrten Blick anschaute.

Bishop sah ihnen zu, wie sie in einen am Randstein geparkten Wagen stiegen. Ihm fiel die fürsorgliche Körpersprache des Jungen auf, die Art, wie er sie ansah und berührte, wie er ihr behutsam auf den Beifahrersitz half und die Tür schloss.

Er fragte sich, ob Miranda davon wusste.

Während er seine Gedanken beiseiteschob, sah er dem Wagen nach, solange er zu sehen war, und versuchte dann, sich so weit wieder in den Griff zu bekommen, dass er hineingehen konnte. Er meinte, dass es ihm ganz gut gelungen sei, doch die Blicke, die sich beim Gang durch das Großraumbüro auf ihn richteten, verrieten das Gegenteil.

Fast hätte er vergessen, an Mirandas geschlossene Bürotür zu klopfen und auf die gemurmelte Antwort zu warten, bevor er eintrat.

Sie stand hinter ihrem Schreibtisch über eine Landkarte gebeugt, die auf ihrer Schreibunterlage ausgebreitet war. Und sie trug ein Schulterholster, in dem ihre 45er Automatik steckte.

»Diesmal hast du wenigstens nicht vergessen anzuklopfen«, sagte sie knapp, während sie zu ihm hochsah. Dann verengten sich ihre Augen, und sie richtete sich langsam auf. »Du hast Bonnie getroffen«, sagte sie in einem völlig anderen Tonfall.

Er schloss die Tür und setzte sich auf einen Besucherstuhl. »Stimmt.«

Ihr Mund wurde schmal. »Und hast in ihr gelesen wie in einem offenen Buch, nehme ich an«, sagte sie verkniffen.

»Nein. Nicht wie in einem Buch. Aber ich habe ihren Albtraum gesehen.«

Er hielt inne. »Davon stand nichts im Polizeibericht, Miranda. Ich hatte keine Ahnung.«

»Das war meine Entscheidung. Sie hatte genug durchgemacht. Und es hätte nichts geändert, es hätte dir nicht geholfen, ihn zu fassen.«

»Sie hat mir versichert, es sei nicht meine Schuld«, hörte er sich sagen.

»Tja, klingt ganz nach ihr.«

»Und du wärst derselben Ansicht.«

Miranda sah ihn einen Moment lang unverwandt mit undurchdringlicher Miene an, dann faltete sie die Karte zusammen. »Ich muss einem Hinweis nachgehen.«

Er akzeptierte den Themenwechsel, doch nur, weil er zu aufgewühlt war, um hartnäckig zu sein. »Einem Hinweis … oder einer Vision?«

Sie zögerte und seufzte dann. »Bonnies beste Freundin Amy wollte unbedingt Steve Penman finden. Also haben sie es versucht. Mit einem Ouija-Brett.«

Bishop stand auf. »Und?«

»Und falls es die Wahrheit ist, kommen wir zu spät. Aber sie haben erfahren, wo er möglicherweise zu finden ist. In einer alten Mühle am Fluss. Längst außer Betrieb, weitab von allem.« Sie zuckte die Schulten. »Vernünftige Gründe oder Beweise, dort nachzusehen, gibt es nicht, und ich werde keinen weiteren anonymen Hinweis erfinden, ohne das vorher überprüft zu haben.«

»Dann begleite ich dich«, erklärte Bishop, und zu seinem Erstaunen widersprach Miranda nicht.

»Gehen wir.«

Kurz vor zwei brachte Alex weitere Akten über vermisste Teenager aus dem Archiv in den Konferenzraum.

Tony Harte saß an seinem Laptop. »Ihr Countyarchivar behauptet, im Computer wären so wenige Berichte, weil die Stadtväter den Etat dazu verwendet haben, um die vorhandenen Systeme millenniumstauglich zu machen.«

»Das war ihre Ausrede«, gab Alex zu. »Ich persönlich glaube ja, dass sie das Geld für Weltuntergangsvorräte ausgegeben haben, die wahrscheinlich im Keller des Gerichtsgebäudes lagern, doch das ist nur meine Meinung.«

Tony grinste. »Wenn ja, dann sind sie nicht die Einzigen, die das getan haben. Aber das macht es verdammt schwierig, schnell an irgendwelche Informationen zu kommen. Sogar eure Zeitung speichert ihre alten Ausgaben noch auf Mikrofilm.«

»Wonach suchen Sie?«

»Ich wollte mir die Zeitungsberichte der beiden Wochen anschauen, bevor und nachdem diese Jugendlichen zuletzt hier in der Gegend gesehen wurden. Wahrscheinlich finde ich nichts, aber nachzusehen kann nicht schaden. Manchmal antworten Ausreißer auf Kleinanzeigen. Sie wissen schon, Aushilfsjobs und so was.«

»Gute Idee.« Alex hielt ihm die Akten hin. »Und hier habe ich noch zwei für Sie, von 1995.«

»Zwei für das ganze Jahr?«

»Wir sind mit dem Jahr noch nicht durch.«

Tony verzog das Gesicht. »Na toll. Okay, ich setze ihre Namen mit auf die Liste.«

Alex legte die Akten auf den Tisch. »Sheriff Knight ist nicht in ihrem Büro, und Ihren Boss sehe ich auch nirgends.«

»Sie sind fort, um einem Hinweis nachzugehen.«

»Zusammen?«

»Hat mich auch überrascht«, murmelte Tony. »Bishop streckte nur kurz den Kopf herein, um zu sagen, sie würden zu einer alten Mühle fahren und anrufen, falls sie etwas finden. Das ist etwa zehn Minuten her.«

»Eine alte Mühle?« Alex runzelte die Stirn.

»Ja. Am Fluss, hat er gesagt, glaube ich.« Tony musterte den Deputy. »Alles in Ordnung? Sie sehen etwas mitgenommen aus, wenn ich das sagen darf.«

»Schlecht geschlafen«, erwiderte Alex kurz.

»Aha. Das kenne ich.«

»Dann wissen Sie ja, wie sich mein Kopf anfühlt. Ich

denke, ich gehe lieber Mikrofilme in der Bibliothek anschauen, als im Keller Akten zu durchwühlen. Wenn Sie mir die entsprechenden Daten geben, sehe ich im *Sentinel* nach, ob ich was Nützliches finde.«

»Das brauchen Sie mir nicht zweimal anzubieten«, erwiderte Tony.

»Du schirmst Bonnie nicht mehr ab«, stellte Bishop fest. »Daher konnte ich ihre Gedanken lesen.«

Miranda, die den Jeep steuerte, runzelte die Stirn, sah Bishop aber nicht an. »Da Harrison keine Bedrohung mehr darstellt, ist das nicht nötig. Bonnie kann sich selbst schützen, solange sie nicht …«

»Solange sie nicht von einem gestörten Paragnosten verfolgt wird?«

»Ja.«

Er drehte sich auf dem Beifahrersitz zu ihr um. »Es gibt keinen Hinweis darauf, dass der Mörder von Gladstone paragnostische Fähigkeiten besitzt.«

»Nein«, stimmte sie zu. – »Und dennoch schirmst du dich ab. Mehr sogar noch als vor einer Woche.«

»Ich habe meine Gründe.«

Erneut hatte sie ihn damit überrascht, dass sie überhaupt zu einer Antwort bereit war, daher bohrte er vorsichtig weiter. »Du hast gesagt, es sei nicht wegen … uns. Meinem Team. Hat es etwas mit den Ermittlungen zu tun?«

»Wir spielen hier nicht *Twenty Questions,* Bishop. Ich habe meine Gründe. Das ist alles.«

»Gründe, die wichtig genug sind, dafür dein Leben zu riskieren?«

»Sieh mal auf der Karte nach, ja? Ich glaube, an der nächsten Kreuzung müssen wir links abbiegen.«

»Himmel, bist du eine dickköpfige Frau.« Er nahm die Karte vom Armaturenbrett, bestätigte, dass sie tatsächlich links abbiegen mussten, und schwieg dann einige Meilen lang, bevor er fragte: »Wie lief denn die Stadtratssitzung?«

»Schlecht.«

»Fordern sie schon deinen Rücktritt?«

»Noch nicht. Keiner will meinen Job.«

Er sah den Fluss aufblitzen und wusste, dass sie fast am Ziel waren. »Ein Ouija-Brett«, sagte er gedankenverloren. »Ich hätte gedacht, Bonnie wäre vernünftiger.«

»Ist sie auch. Aber sie wollte ihrer Freundin helfen.«

»Wo sind sie jetzt?«

»Seth' Vater, Colin Daniels, ist Arzt. Er leitet eine Kinderklinik. Bonnie und Seth hatten Amy dorthin gebracht, bevor sie zu mir kamen, um mir alles zu erzählen. Danach sind sie wieder zu ihr zurückgefahren. Colin ist Amys Arzt und hat ihr ein Beruhigungsmittel gegeben.«

»Dann ist sie also davon überzeugt, dass der Penman-Junge tot ist?«

»Das Ganze war wohl ziemlich überzeugend.«

»Wen haben sie erreicht? Penman?«

»Das weiß ich nicht. Sie wissen es auch nicht.«

Bishop zögerte. »Wenn Bonnie derart empfänglich ist, vielleicht könnte …«

»Niemals, Bishop. *Du* solltest das doch eigentlich wissen. Hinter der Tür, die Bonnie aufgestoßen hat, liegt höchstwahrscheinlich etwas sehr Wirres und Gefährliches, und ich werde nicht zulassen, dass sich meine sechzehnjährige

Schwester dieser negativen paragnostischen Energie aussetzt. Das könnte sie vernichten.«

»Du hast recht«, erwiderte er. Er dachte, sie würde mittlerweile vielleicht etwas anders über ihn denken, aber daran erinnert zu werden, für wie skrupellos sie ihn hielt, war unerwartet schmerzlich. »Ich würde nie etwas tun, das Bonnie schaden könnte, Miranda. Wenn du mir auch sonst nichts glaubst, dann glaub mir wenigstens das.«

Sie sah ihn an. »Die Straße zur Mühle müsste gleich da vorn sein«, sagte sie nur. »Leise kann man sich ihr nur zu Fuß nähern ... und auch dann sind wir schon von Weitem zu sehen.«

Er begriff, was sie meinte, als sie von der kurvigen zweispurigen Teerstraße auf einen ausgefahrenen Kiesweg abbogen. Sie hielt den Wagen an, ließ den Motor laufen, und sie betrachteten beide das Gelände, das vor ihnen lag. Etwa eine halbe Meile vor ihnen war das Mühlhaus zu sehen. Ein Teil des Daches war eingestürzt, und in den wenigen Fenstern, die nicht mit Brettern vernagelt waren, befanden sich nur noch Glasreste. Das Mühlrad war schon vor Langem zu einem klapprigen Skelett verfallen, und hochgewachsene, kahle Büsche reichten bis zu den Dachtraufen.

Miranda nahm ein Fernglas aus der Mittelkonsole und betrachtete das Gelände genauer, dann reichte sie es Bishop. »Ich sehe niemanden. Was sagt der Spinnensinn?«

Er kurbelte sein Fenster herunter und lehnte sich mit dem Fernglas hinaus, senkte es dann und konzentrierte sich mit allen Sinnen. »Ich sehe auch niemanden.« Nach einer Weile blickte er Miranda an und fügte leise hinzu: »Aber ich rieche Blut.«

Sie legte den Gang ein und fuhr ohne ein weiteres Wort fast bis vor die Mühle. »Der Boden in der Nähe des Hauses könnte weicher sein«, sagte sie. »Vielleicht gibt es dort Reifenspuren oder Fußabdrücke. Etwas, das wir brauchen könnten.«

»Wäre möglich«, stimmte er zu.

Während sie ausstiegen, zogen sie beide ganz automatisch ihre Waffe und überprüften sie. Miranda holte Taschenlampen und Einweghandschuhe aus der Ausrüstungstasche hinten im Jeep, und sie machten sich vorsichtig auf den Weg zum Mühlhaus.

So hatten sie noch nie zusammengearbeitet. Erst später wurde Bishop bewusst, wie reibungslos und harmonisch sie als Team funktioniert hatten. Es hatte keiner Worte bedurft, und keiner von beiden machte eine überflüssige Bewegung oder verschwendete auch nur eine Sekunde. Sie trennten sich, um sich dem Haus von zwei Seiten zu nähern, und bewegten sich vorsichtig vorwärts, um nicht mögliche Spuren zu vernichten. Vergeblich versuchten sie, durch verschiedene Fenster ins Haus zu schauen, während sie sich zur Tür vorarbeiteten.

Der Geruch von Blut wurde stärker.

Miranda gelangte als Erste zu einem Fenster, das einen Blick ins Innere ermöglichte, und Bishop spürte sofort, dass der Anblick sie erschütterte. Einen Moment lang blieb sie stehen, das Gesicht unbeweglich und bleich, ging dann an dem Fenster vorbei und kam zu ihm an die geschlossene Türe.

»Was ich da gesehen habe, hatte keine Möglichkeit zu fliehen«, flüsterte sie.

Bishop streckte die Hand nach dem verrosteten Türknauf aus, der sich so leicht drehen ließ, als wäre er erst vor Kurzem geölt worden. Nachdem er sich vergewissert hatte, dass sie beide seitlich der Tür standen, stieß er sie vorsichtig auf.

Der schwere, kupferhaltige Gestank wälzte sich wie eine Woge zu ihnen nach draußen, klebrig und widerlich süß.

Ihm war bereits klar, dass es dort drinnen nichts Lebendiges mehr gab, aber sie hielten sich trotzdem an die Vorschrift, die Waffen im Anschlag, auf jede Art von Bedrohung gefasst und sich gegenseitig sichernd, wie es Partner tun.

Alles, was sich an Maschinen in diesem einzigen, riesigen Raum befunden haben mochte, war schon lange weg. Ein Teil des Bodens war mit vermodernden Balken und zerbrochenen Dachziegeln bedeckt. Was durch den noch verbliebenen Teil des Daches geschützt war, war dämmrig und muffig, und zwischen den wenigen noch vorhandenen Dielenbrettern wuchs Unkraut.

Im Boden unter dem Querbalken war eine Grube ausgehoben worden. Sie war etwa einen Meter lang, dreißig Zentimeter breit und nicht tiefer als fünfundzwanzig Zentimeter.

Die weiche Erde hatte den größten Teil des Blutes aufgesaugt.

Über der Grube hing vom Querbalken herab an einem Seil, das um beide Knöchel geknotet war, die nackte Leiche von Steve Penman.

Aus seiner durchtrennten Kehle tropfte noch immer Blut.

11

Deputy Sandy Lynch wurde diesmal zwar nicht übel, doch sie war ganz und gar nicht glücklich darüber, dass der Anruf während ihrer Schicht gekommen war. Wenn sie auch nicht mehr zu tun hatte, als Dr. Edwards zur Hand zu gehen, die gerade rechtzeitig angekommen war, um Steve Penmans grausig zugerichtete Leiche zu untersuchen, bedeutete es doch, dass sich Sandy in dieser Mühle aufhalten musste, bei dieser Leiche und all dem Blut, und sie hasste den Geruch von Blut, sie hasste ihn einfach …

»Deputy?«, bat Agent Edwards freundlich. »Könnten Sie die Lampe bitte etwas höher halten?«

»Ja, Ma'am.« Sie kam der Aufforderung nach und bemühte sich, das, was sie da beleuchtete, nicht anzuschauen. Sie atmete auch möglichst nur durch den Mund und versuchte, nicht zu verzweifelt zu wirken, als Alex hereinschaute und ihren Blick auffing. Alex zog den Kopf zurück und ging zu Miranda und Tony Harte, der gerade einen Gipsabdruck von Reifenspuren machte.

»Sandy sieht aus, als müsste sie sich gleich übergeben«, sagte Alex.

Miranda nickte. »Sagen Sie Carl, dass er sie ablösen soll. Wir brauchen jemanden oben an der Straße, falls ein Spaziergänger zu neugierig wird.«

»Wird gemacht.« Alex verschwand.

»Ich weiß, wie sie sich fühlt«, sagte Tony und ging in die Hocke, während er darauf wartete, dass der Gips trocknete. »Sie ist … wie alt? … zwanzig?«

»Ungefähr.«

Mirandas Blick wanderte zu Bishop, der einige Meter entfernt bei dem zerfallenen Mühlrad stand. »Und mit so etwas hatte sie nicht gerechnet.«

Tony registrierte die Richtung ihres Blicks. »Wohl nicht. Manchmal macht sich das Schicksal einen Spaß daraus, einen mit der rauen Wirklichkeit zu konfrontieren.«

Miranda sah ihn mit leicht hochgezogener Augenbraue an.

»Übrigens, vielen Dank, dass du uns nicht mehr abblockst«, fuhr er mit unschuldigem Ton fort. »Damit hatte ich ganz schöne Probleme.«

»Und was fängst du von der Gegend hier auf?«, fragte sie und vermied es geschickt, eine Erklärung dafür zu geben, wieso sie ihren Schutzschild so weit gesenkt hatte, dass er nur noch ihren Geist abschirmte.

Tony seufzte. »Da drinnen konnte ich nur das Entsetzen des Jungen auffangen – was mir ein völlig neues Verständnis des menschlichen Gehirns vermittelt, da er die ganze Zeit über bewusstlos war und nach allen wissenschaftlichen Erkenntnissen, auf die wir uns immer verlassen haben, nicht gewusst oder gespürt haben konnte, was mit ihm geschah.«

»Aber er wusste es? Er spürte es?«

»Er wusste es«, bestätigte Tony nüchtern. »Wusste, dass er

sterben würde und es absolut nichts gab, was er dagegen tun konnte. Und er spürte ihn. Den Schmerz.«

Miranda versuchte, nicht genauer darüber nachzudenken. »Wusste er, wer …«

»Wenn ja, hatte er solche Angst vor dem Sterben, dass es ihm egal war, wer ihn umbrachte. Ich habe nur die Gefühle aufgefangen, nicht die Gedanken.«

»Verstehe. Sonst noch etwas?«

»Nichts Außergewöhnliches. Da war so etwas wie … ungezügelte Wut, die des Mörders, nehme ich an. Er war noch nicht fertig, und er wollte wohl nicht, dass wir die Leiche hier finden. Sollten wir also irgendwelche Beweisstücke finden, könnte das verdammt viel wert sein. Das war's von meiner Seite aus. Sharon bekommt vielleicht mehr heraus, denn das hier ist eindeutig der Tatort und nicht nur der Ort, an dem er die Leiche abgeladen hat.«

»Ja, diesmal hatten wir … Glück.«

»Diese anonymen Hinweise sind Gold wert«, sagte Tony.

Nun war es Miranda, die seufzte. »Es wäre gut, wenn wir von jetzt an handfeste Beweise hätten. Noch mehr anonyme Hinweise, die ich nicht erklären kann, und wir geraten in Teufels Küche.«

Bishop trat zu ihnen. »Das war eine einmalige Sache«, erklärte er. »Die anderen Opfer wurden nicht hier umgebracht.«

»Was die Frage aufwirft, wieso er dieses Opfer an einen anderen Ort brachte?« Unbewusst rieb sich Miranda den Nacken. »Um uns von seiner Spur abzulenken? Er kann sie doch wohl kaum alle an verschiedenen Orten getötet haben, oder?«

»Wenn man bedenkt, was er mit den anderen Opfer gemacht hat, würde ich das auch nicht annehmen«, erwiderte Bishop. »Es musste an einem Ort geschehen, an dem er sich sicher fühlen konnte, und er brauchte sowohl Zeit als auch Abgeschiedenheit. Wie viele von uns haben mehr als einen Ort, an dem sie sich wirklich sicher fühlen? Nein, ich glaube, du hast recht. Ich denke, er hat den Jungen hier umgebracht, weil er befürchtete, wir kämen dem Ort zu nahe, an dem er die anderen getötet hat.«

»Kann das heißen, er hatte vor, zukünftige Opfer auch hierher zu bringen?«, fragte Tony. »Offensichtlich hat er nicht damit gerechnet, dass wir diesen Ort finden, oder zumindest nicht so schnell. Hätte es nicht diesen … anonymen Hinweis … gegeben, hätten wir dann die Leiche des Jungen irgendwo im Wald vergraben gefunden – wenn überhaupt?«

Gerade als Miranda Tony gereizt fragen wollte, wieso er immer auf dem »anonymen Hinweis« herumritt, obwohl er genau wusste, dass er von ihrer Schwester stammte, entdeckte sie Alex aus dem Augenwinkel, und ihr wurde bewusst, wie nahe er bei ihnen stand. Nahe genug, um zuhören zu können. Und ihr wurde klar, dass Tony nur dafür gesorgt hatte, ihr kleines Geheimnis weiterhin zu wahren.

Ihr wurde auch noch etwas anderes klar, das ihr ziemlich zusetzte. Da sie ihren Schutzschild vermindert hatte, konzentrierten sich nun die Energie und die Kraft, die sie aufgewandt hatte, um sich *und* ihre Schwester zu schützen, auf ein wesentlich kleineres Ziel: auf ihren Geist allein. Der Schild war äußerst stabil und trennte sie jetzt von den Menschen um sie herum. Sie verlor sogar die intensive Wahrnehmung ihrer Umgebung, die für sie sonst normal war. Ihre Variante von Bishops Spinnensinn. Sie schien zwar immer zu wissen, wo *er* war, fühlte seine Nähe, lange bevor sie ihn tatsächlich sah oder hörte, aber das war etwas anderes.

Sie hoffte, er würde nie entdecken, wie anders es war.

Da sie seinen Blick auf sich spürte, zwang sie sich, dem zuzuhören, was Alex sagte, und es beunruhigte sie, dass seine Stimme in ihren Ohren seltsam hohl klang.

»... und so, wie ich Ihr Profil des Mörders verstehe, Bishop, könnte es ihm nicht sogar wichtig sein, dass wir dieses Opfer finden? Ich meine, wenn er es darauf abgesehen hat, sich – und vielleicht auch uns – zu beweisen, dass er allmächtig ist und alles unter Kontrolle hat, würde er dann nicht wollen, dass wir sein Werk eher früher als später entdecken?«

Bishop nickte bedächtig. »Kein schlechter Gedanke. Es war kein Geheimnis, dass er einen sehr männlichen, körperlich kräftigen Jugendlichen entführt hat, doch wir würden nicht wissen, was er mit dem Jungen gemacht hat, bevor wir die Leiche finden. Ohne den Beweis des Gegenteils könnten wir vermuten, seine Bedürfnisse und Sehnsüchte seien sexueller Natur, und das will er auf gar keinen Fall.«

Miranda unterdrückte den Drang, ihre Schläfen zu massieren, um das Pochen dort zu lindern. »Aber wieso ist er so bestrebt, seinen Opfern gegenüber kein sexuelles Verlangen zu zeigen – oder sogar zu fühlen? Sind nicht die meisten Morde dieser ... bizarren Art im Grunde sexueller Natur?«

»Nahezu immer«, antwortete Bishop. »Und nur wenige Mörder versuchen, das zu verbergen oder zu verschleiern.

Tony, du meintest, der Mörder sei innerlich zerrissen. Ich denke, du hast recht. Ich glaube, der Mörder hat sein Leben in zwei Teile getrennt. In Hell und Dunkel. Auf der hellen Seite führt er ein normales Leben, mit Freunden, möglicherweise auch Familie – und einer Frau, oder Frauen, die er sexuell attraktiv findet. Er mag sogar mindestens eine funktionierende feste Beziehung haben, die in jeder Hinsicht normal wirkt. Auf der dunklen Seite sind die gewalttätigen Zwänge und Bedürfnisse angesiedelt, die er befriedigen muss.«

»Okay«, sagte Miranda. »Aber meine Frage lautet noch immer: Warum darf er nicht einmal selbst seine Morde für sexuell bedingt halten? Wieso ist ihm das so wichtig?«

»Ich vermute, er will die helle Seite seines Lebens schützen – und die Frau oder die Frauen darin. Es davon getrennt halten. Wenn er sich eingesteht, dass seine Taten einen sexuellen Hintergrund haben, könnte er sich versucht fühlen, es auch mit Frauen zu machen, zu denen er sich auf der hellen, gesunden Seite seines Lebens hingezogen fühlt. Dann schwappt die Dunkelheit über, entzieht sich seiner Kontrolle.«

»Falls er sich bei dem hier unter Kontrolle hatte«, entgegnete Tony, »möchte ich wirklich nicht dabei sein, wenn er sie verliert.«

Einen Moment lang schwiegen alle, dann sagte Alex: »Da wir gerade davon reden: Es wird gleich dunkel. Entweder packen wir für heute zusammen oder stellen die großen Scheinwerfer auf.«

Bishop sah Miranda an. »Ich frage Sharon, wie viel Zeit sie noch braucht.«

Sie nickte leicht und sah ihm nach, als er zurück zur Mühle ging.

»Heute Nacht soll es schneien.«

Überrascht stellte Miranda fest, dass Alex sie musterte. *Sie hatte es nicht gespürt.* »Ich habe keinen Wetterbericht gesehen«, erwiderte sie.

»Na ja, die Meteorologen drücken sich ziemlich vorsichtig aus, doch in der letzten Ansage hieß es, wir könnten im besten Fall mit zehn bis fünfzehn Zentimetern Schnee rechnen. Schlimmstenfalls mit einem Blizzard.«

»Toll. Das ist ja prima.« Sie dachte, dass die Leute dann wenigstens etwas anderes hätten, worüber sie sich den Kopf zerbrechen konnten. Doch bei schlechtem Wetter könnte es auch Probleme mit der elektrischen Versorgung geben, was bedeuten würde, dass fast alle Deputys unterwegs wären, um der Bevölkerung zu helfen, statt im Büro zu sein und Informationen zu sammeln, die für die Ermittlungen von Nutzen sein konnten.

Sie kamen zwar nicht gerade schnell voran, aber ein Unwetter könnte sie vollends lahmlegen.

»Wird uns der Abdruck weiterhelfen?«, fragte Alex, als Tony den Gips überprüfte.

»Das will ich hoffen nach all der Mühe. Aber wir werden es ja sehen. Es wird dauern, die Reifenmarke herauszufinden, und noch länger, um abzugleichen, welche hier in der Gegend zugelassenen Autos mit diesen Reifen fahren … Na ja, es dauert eben. Aber vielleicht haben wir am Ende etwas in der Hand.«

Miranda bemerkte die aufziehenden schweren Wolken und hoffte, dass ihnen genug Zeit blieb.

»Warten Sie, ich helfe Ihnen.« Alex bückte sich und packte mit an.

»Danke.«

Miranda sah ihnen zu, wie sie den Gipsabdruck zu den etwas weiter entfernt geparkten Fahrzeugen trugen. Sie spürte das Kribbeln im Nacken und brauchte sich nicht umzudrehen, um zu wissen, dass Bishop sich ihr näherte.

»Ist sie bald fertig da drinnen?« Sie empfand eine gewisse Befriedigung dabei, dass sich Bishop ärgerte, wenn sie das tat, vor allem, da sich herausgestellt hatte, dass sie sich ihm unbemerkt nähern konnte – trotz seines Spinnensinns. Sie freute sich darüber, ihn wenigstens ein bisschen aus der Fassung bringen zu können. Darüber hinaus war es ihr lieber, dass er sich ärgerte, statt sich Gedanken zu machen, wie sie das zustande brachte.

»Eine halbe Stunde noch«, erwiderte Bishop geistesabwesend. »Sie meinte, wir bräuchten die großen Scheinwerfer nicht aufzustellen, und sie hätte in ein paar Minuten einen vorläufigen Bericht für uns.«

»Bis dahin sollten wir uns noch einmal hier umsehen«, schlug Miranda vor. »Alex sagt, es ist Schnee angekündigt. Jeder Anhaltspunkt und jedes Beweisstück, das wir hier zurücklassen, wird begraben werden, zumindest für eine Weile.«

Sie spürte eine leichte Berührung am Arm, war sich aber ihres Schildes so sicher, dass sie Bishop gelassen ansehen konnte, ohne sich ruckartig aus seinem Griff zu befreien.

»Ist alles in Ordnung mit dir?«, fragte er.

»Ja, alles bestens. Ich gewöhne mich allmählich daran, tote Kinder zu finden.« Sie schaffte es, ihren Ton trocken und sachlich zu halten, doch es erforderte mehr Anstrengung, als sie gedacht hatte. Und sie war erschüttert von der Erkenntnis, dass sie am liebsten zugegeben hätte, wie ungeheuer erschöpft sie war, und dass es ihr in der Seele wehtat, professionell und sachlich über die unaussprechlichen Gräueltaten in ihrer Stadt reden zu müssen. Wie gerne hätte sie zugegeben, dass sie Albträume hatte, wenn sie überhaupt Schlaf fand, sich schreckliche Sorgen um ihre Schwester und darüber machte, was noch kommen würde.

Sorgen darüber, dass sie das, was sie gesehen hatte, falsch gedeutet oder missverstanden haben könnte, und was sie tun sollte. Sorgen, dass ihr die Kraft fehlen würde, wenn es so weit war.

Das alles hätte sie gerne zugegeben. Und ihm anvertraut.

Bishop runzelte leicht die Stirn. Er ließ ihren Arm nicht los.

»Es geht mir gut, Bishop.« Das war natürlich das Einzige, was sie sagen konnte, die einzige Antwort, die sie ihm geben konnte. Sie entzog sich ihm nach wie vor nicht. Obwohl ihr Schild unverrückbar stand – oder vielleicht deswegen –, wusste sie, dass er sein Wort hielt und ihre Gedanken nicht las.

»Es geht dir nicht gut«, widersprach er mit leiser Stimme. »Du bist zu blass, und deine Pupillen sind erweitert. Und meinst du, ich wüsste nicht, dass du deinen Schutzschild deaktiviert hast? Himmel, Miranda, ich bin der Einzige, der sich *nicht* anschleichen und dich überrumpeln konnte.«

Einen Moment lang war sie versucht, ihm an den Kopf zu werfen, dass ihre Schutzmechanismen noch voll funktionsfähig wären, da schließlich nur er eine Bedrohung für sie darstellte. Stattdessen sagte sie ruhig: »Da niemand hinter mir her ist, spielt das ja auch kaum eine Rolle, oder?«

»Das ist naiv, und das wissen wir beide. Du bist der Sheriff, der in einer Serie brutaler Morde ermittelt, und das macht dich zu einer verdammten Bedrohung für den Mörder.«

»Ich kann auf mich aufpassen.«

»Das frage ich mich gerade.«

»Du kannst aufhören, dich zu fragen.«

Er schwieg einen Augenblick, dann sagte er: »Dein Puls rast.«

Nur mit Mühe gelang es Miranda, ihren Arm nicht wegzureißen. »Das bildest du dir ein. Also, wenn es dir nichts ausmacht, würde ich gerne einen letzten Gang über den Tatort machen, bevor es zu dunkel wird, um noch etwas sehen zu können.«

Bishop blickte grimmig, als hätte er noch längst nicht alles gesagt, was er zu sagen hatte. Doch schließlich ließ er Miranda los. »Ich will mir das Mühlrad noch mal anschauen. Irgendwas daran gefällt mir nicht.«

Sie sah ihm nach und bemerkte erst, als sie sich umdrehte, dass Alex nicht weit entfernt stand und sie beobachtete. Allein seine Anwesenheit überraschte sie, doch sein Gesichtsausdruck machte sie erst recht argwöhnisch, und das nicht nur, weil ihre Abwehrmechanismen sie im Stich ließen. Da er zu den sechzig Prozent der Menschen gehörte, die ihr verschlossen blieben, hatte sie nie mehr von seinen Gedanken mitbekommen, als er zuließ, doch sie kannte ihn gut genug, um zu merken, dass ihn etwas bedrückte.

»Alex?«

Er trat zu ihr und begann zu sprechen, noch bevor sie die im Geiste bereits halb formulierte Frage stellen konnte.

»Greg hat gerade aus dem Büro angerufen. Es hat sich schon herumgesprochen, Randy.«

»Wie zum Teufel konnte das passieren? Ich hatte zumindest gehofft, den Eltern die Nachricht selbst überbringen zu können, ehe sie es von jemand anderem hören.«

Alex seufzte. »Ich weiß es nicht, aber das ist vielleicht noch nicht das Schlimmste. Anscheinend war Amy Fowler ziemlich hysterisch, als ihre Eltern sie abholen wollten, und hat, bevor Dr. Daniels ihr ein weiteres Beruhigungsmittel verabreichen konnte, etwas von Ouija-Brettern und Geistern gebrabbelt, die ihr verraten hätten, wo Steves Leiche zu finden sei. Sie hat außerdem behauptet, Bonnie sei ein Medium. Zwei Krankenschwestern haben das mitbekommen. Den Rest können Sie sich denken.«

»Oh, verdammt«, sagte Miranda.

Panik gehörte nicht zu den Gefühlen, die ihm vertraut waren. Er hatte sein Leben immer vollkommen unter Kontrolle gehabt. Darauf richteten sich seine Bestrebungen und seine Planung. Er hasste Überraschungen.

Erfahren zu müssen, dass die Polizei überall in der alten Mühle herumstöberte, war ein gewaltiger und unerfreulicher Schock.

Er zermarterte sich das Gehirn, um sich zu erinnern, ob er etwas Verdächtiges liegen gelassen hatte. Ihm fiel nichts ein. Er war immer sehr vorsichtig. Immer.

Doch sie hatten den armen Steve früher gefunden, als sie sollten, und das war nicht gut. Das war überhaupt nicht gut.

Die Frage war: Wie war es ihnen gelungen, den Jungen zu finden?

»Der Todeszeitpunkt liegt länger zurück, als es scheint«, sagte Sharon Edwards forsch. »Später werde ich es genauer eingrenzen können, doch im Moment würde ich sagen, der Tod trat letzte Nacht zwischen Mitternacht und sechs Uhr morgens ein.«

»Vor zwölf oder mehr Stunden? Das Blut tropft noch immer«, entgegnete Miranda.

»Ich nehme an, er gab dem Jungen oral oder mithilfe einer Spritze ein Blutverdünnungsmittel, um die Gerinnung zu verzögern.«

Miranda runzelte die Stirn, den Blick auf zwei ihrer Deputys gerichtet, die den in einen schwarzen Sack verpackten Toten vorsichtig zum Leichenwagen trugen. »Das hat er mit den anderen nicht gemacht, oder?«

»Nein.«

»Warum diesmal? Weil er … nicht daheim war und seine Ausrüstung nicht zur Hand hatte? Weil die Verabreichung eines Medikaments der schnellste und einfachste Weg war, dem Körper das Blut zu entziehen?«

»Möglich.«

»Woher kann er das Mittel haben?«, fragte Alex.

Sharon seufzte. »Bei dem, was man heute alles über das Internet bekommt? Wenn er wusste, was er bestellen musste – und nahezu jedes medizinische oder pharmakologische Nachschlagewerk hätte ihm das sagen können –, hätte er das Zeug bei jedem x-beliebigen Lieferanten bestellen können. Wenn wir den Täter finden, können wir die Spur vielleicht auf seinem Computer zurückverfolgen, aber sonst …«

»Das würde ein gewisses Maß an Vorausdenken und Planung bedingen«, meinte Tony. »So was hat man nicht zu Hause, es sei denn, man braucht es selbst. Doch meiner Ansicht nach ist der Kerl viel zu gerissen, um irgendwas zu verwenden, das sich zu ihm zurückverfolgen ließe.«

»Also muss er damit gerechnet haben, dass er es braucht«, überlegte Miranda laut. »Bei den anderen? Hat er angenommen, ein Hilfsmittel zu brauchen, um die Körper ausbluten zu lassen, und dann festgestellt, dass es auch ohne Medikament ging? Und hat er dann das Medikament bei Steve verwendet, weil ihm keine andere Wahl blieb?«

»Also, da wäre noch etwas«, sagte Sharon. »Er hat zumindest einen Teil des Blutes mitgenommen. In der Grube ist ein Abdruck eines Eimers oder Kübels, den er unter die Leiche gestellt hatte. Schwer zu sagen, wie viel fehlt, doch ich schätze, nicht mehr als ein halber Liter oder ein Liter.«

»Was fehlt sonst noch an der Leiche?«, fragte Miranda. Sie war sich bewusst, dass Bishop sie durchdringend ansah, hielt den Blick jedoch auf die Ärztin gerichtet.

Sharon zog die Augenbrauen hoch. »Ich bin überrascht, dass Ihnen das aufgefallen ist, Sheriff Knight. Ich habe es erst entdeckt, als ich die Leiche untersuchte. Seine Zunge fehlt, säuberlich herausgeschnitten mit einem scharfen Messer oder einer Rasierklinge.«

»Oh Gott«, murmelte Alex.

»Lynet Grainger könnte gesehen haben, dass er in Versuchung geriet, daher entfernte er ihre Augen«, sagte Bishop langsam. »Er nahm Steve Penmans Zunge, weil der Junge hätte reden können … jemandem etwas erzählen können, das für ihn gefährlich war.«

»Ich würde meinen, den Jungen umzubringen hat diese Gefahr beseitigt«, wandte Tony ein.

»Vielleicht dachte er eben nicht so«, gab Miranda zu bedenken. »Möglicherweise haben wir es mit einem … abergläubischen Mörder zu tun. Vielleicht glaubt er an Geister.«

»Wenn das stimmt, hätte er es dann mit den anderen nicht genauso gemacht?«, sagte Alex. »Ich meine, sie hatten ihn alle irgendwann gesehen, und sei's auch nur, als er sie sich geschnappt hat. Sie wussten wahrscheinlich alle, wer er war. Wenn er also an Geister glaubt, dann musste er auch glauben, dass sie ihn als ihren Mörder benennen konnten.«

»Da ist was dran«, stimmte Miranda zu.

»Der einfachste Grund ist wahrscheinlich der richtige«, sagte Bishop. »Bestrafung. Er entfernte Lynets Augen als Bestrafung dafür, dass sie seine Versuchung gesehen hatte. Er nahm Steves Zunge als Bestrafung dafür, dass er geredet hätte.«

»Und das Blut, das er von allen genommen hat?«, fragte Alex.

»Das hat er gebraucht.«

Alex seufzte. »Na toll. Früher oder später wird auch dieses kleine Detail durchsickern. Möchte jemand mit mir wetten, wie lange es dauern wird, bis sie den Kerl den Mördervampir nennen?«

Bishop war in Gedanken versunken und antwortete nicht. Tony schüttelte ernst den Kopf. »Wie wurde Steve überwältigt?«, fragte Miranda die Ärztin.

»Ein Schlag auf den Kopf, vermutlich mit einem Baseballschläger oder einem anderen hölzernen Gegenstand. Ein kräftiger Schlag. Der Schädel ist gebrochen, und ich bezweifle ernsthaft, dass der Junge je wieder zu Bewusstsein gekommen ist.«

»Bewusstsein ist nicht immer gleich Bewusstsein«, murmelte Tony.

Miranda sah, dass Alex zu einer Frage ansetzte, und warf schnell ein: »Was war die eigentliche Todesursache?«

»Blutverlust.«

»Irgendwelche Anzeichen für Folter?«

»Nein, keine. Am Körper ist nicht mal ein blauer Fleck oder eine Schnittwunde zu finden, abgesehen von der Kehle und der Zunge. Sogar die Stricke an den Knöcheln waren nicht fester angezogen als nötig. Es scheint, als wäre der Mörder darauf bedacht gewesen, den Jungen nicht stärker zu verletzen, als es unbedingt sein musste.«

»Oder darauf bedacht, kein zu großes Interesse an Steve erkennen zu lassen«, entgegnete Miranda und sah Bishop an. »Damit wir nicht auf die Idee eines sexuellen Hintergrundes kommen?«

Bishop nickte. »Es wundert mich, dass er den Jungen ausgezogen hat. Ihn nackt zurückzulassen bedeutet, das Risiko einzugehen, dass wir es doch so verstehen könnten.«

Miranda runzelte die Stirn. »Es sei denn, es hätte ein noch größeres Risiko bedeutet, ihn angezogen zu lassen. Hinweise, die die Spurensicherung vielleicht finden könnte?«

»Wäre möglich. Er musste den Jungen hierherschaffen, und in Anbetracht dessen, wo Steve entführt wurde, ließ es sich nicht verhindern, dass irgendwelche Fasern aus dem benutzten Fahrzeug mit hierhergekommen sind.«

Miranda sah wieder zu Sharon. »Er wurde gewaschen?«

»Genau wie das Grainger-Mädchen«, bestätigte Sharon. »Ich fand Spuren der gleichen milden Flüssigseife.«

Bishop schaute zur Mühle. »Drinnen gibt es kein fließendes Wasser, aber …«

»Das Mühlrad«, ergänzte Miranda. »Irgendwas hat dir daran nicht gefallen.«

»Der Trog«, sagte er langsam, als es ihm dämmerte. »Der war noch feucht. Er hat den Jungen in den Trog gelegt, um ihn zu waschen. Das Rad dreht sich nicht mehr, doch er könnte mit einem Eimer Wasser aus dem Fluss geholt und den Trog als Wanne benutzt haben.«

»Steve Penman war kein Fliegengewicht«, stellte Miranda fest. »Und es gibt keine Anzeichen dafür, dass der Mörder etwas anderes als einen Wagen benutzt hat, um sein Opfer zu transportieren. Ihn zum Mühlrad hin- und wieder zurückzutragen erfordert eine Menge Muskelkraft.«

»Oder schiere Willenskraft«, erwiderte Bishop.

Miranda seufzte und ließ den Blick in die einsetzende Dämmerung schweifen. »Bisher hatten wir keine Zeit, darüber zu reden, aber Sie sagten, Sie hätten etwas Interessantes über die Knochen des ersten Opfers herausgefunden?«, fragte sie die Ärztin.

»Allerdings. Dem Jungen wurde im lebenden Zustand ein chemisches Mittel injiziert, das seinem Körper alle Nährstoffe entzog und die Knochen viel schneller altern ließ als normal.«

Miranda starrte sie einen Moment lang an. »Warum?«

»Bei dem wenigen, was wir über diesen Mörder wissen, müsste ich raten und würde sagen, er tat es nur, um zu sehen, was passiert. Ich bin überzeugt, dass es eine Qual für das Opfer war, und wenn es den Mörder erregt, Schmerzen zuzufügen …«

»Ein Experiment«, sagte Alex ungläubig. »Ein verdammter Laborversuch.«

Miranda war zu angeekelt, um sprechen zu können. Es war Bishop, der fragte: »Gibt es noch einen anderen Grund, aus dem er es getan haben könnte? Irgendeinen Nutzen, den er daraus hätte ziehen können?«

Sharon spitzte die Lippen. »Tja, einen vielleicht, obwohl ich nicht die geringste Ahnung habe, wieso. Durch diesen chemischen Prozess wäre das Blut angereichert worden. Alle Nährstoffe, die den Knochen und den Organen entzogen wurden, wären in den Blutkreislauf gelangt. Wenn er also den Körper ausbluten ließ, und ich denke, das hat er, hätte sich in dem Blut eine wesentlich höhere Konzentration an Mineralien und Nährstoffen befunden als sonst.«

»Bin ich der Einzige, der allmählich an Vampire glaubt?«, sagte Alex nach einer lagen Pause.

»Nein«, erwiderte Miranda. »Machen wir, dass wir hier schleunigst wegkommen.«

Liz hatte gar nicht an das Wetter gedacht, doch als am späten Nachmittag immer mehr Kunden in das Café und die Buchhandlung kamen, war ihr klar, dass etwas im Anzug war.

Die Leute neigten dazu, in letzter Minute ins Lebensmittelgeschäft oder in die Buchhandlung oder die Videothek zu rennen, wenn schlechtes Wetter angekündigt wurde. Niemand wollte zu Hause ohne Vorräte oder Unterhaltung festsitzen.

Und diesmal wollten sie auch, wie Liz schnell klar wurde, die letzte Chance ergreifen, sich in der relativen Sicherheit eines öffentlichen Gebäudes aufzuhalten und den neuesten Klatsch zu hören. Es hatte sich herumgesprochen, dass Steve Penmans Leiche gefunden worden war, und die allgemeine Stimmung schien zwischen Verängstigung und Wut zu schwanken.

Die Leute wollten, dass die Morde aufhörten, dass man den Wahnsinnigen fasste und bestrafte, und sie wollten es sofort.

Als Alex kurz nach sechs hereinkam, stürzten sich daher sofort drei von Liz' Kunden auf ihn und wollten aufgebracht wissen, was das Sheriffdepartment zu tun gedachte, um die Straßen von Gladstone wieder sicher zu machen.

»Alles, was in unserer Macht steht«, antwortete Alex geduldig.

»Was denn zum Beispiel? Allmählich wird es ziemlich unheimlich da draußen, Alex«, verkündete Scott Sherman und fuchtelte ihm in unfreiwilliger Ironie mit einem Exemplar des neuesten Krimis vor der Nase herum.

»Dann halt dich nicht da draußen auf, Scott. Geh nach Hause. Ein Schneesturm zieht auf, hast du das noch nicht gehört?«

»Natürlich habe ich es gehört. Warum, glaubst du, dass ich hier nach ein paar guten Büchern schaue? Alex, ich habe für Sheriff Knight gestimmt, und ich hoffe wirklich, dass ich es nicht bereuen werde.«

»Dann lasst sie in Ruhe ihren Job machen und haltet euch von den Straßen fern, damit wir uns voll auf das konzentrieren können, was wir tun müssen.«

»Aber Alex«, sagte Linda Bolton besorgt, »wenn Steve Penman am helllichten Tag auf der Main Street entführt werden konnte, wie können wir dann erwarten, dass unsere Kinder zu Hause in Sicherheit sind?«

»Sorgt dafür, dass sie drinnen bleiben, und sperrt die Türen zu.«

Alex seufzte. »Ich weiß ja, dass es nervenaufreibend ist, aber es hat auch keinen Sinn, hinter jeder Ecke den schwarzen Mann zu vermuten. Der Mörder wird verfolgt, und er weiß es. Und vielleicht bleibt er bei schlechtem Wetter genauso zu Hause wie der Rest von uns. Also kauft ein paar Bücher und ein Puzzle oder zwei und wartet ab, bis sich das Unwetter gelegt hat, okay?«

»Aber wenn …«

Liz kam ihm zu Hilfe.

Sie scheuchte die Leute zu den Bücherregalen oder ihrem Kaffee zurück und nahm Alex mit an den Tresen, damit er sich setzen und selbst eine Tasse Kaffee trinken konnte. Sie machte ihm seinen Lieblingskaffee und stellte ihm die Tasse hin. »Ich brauche dich wohl nicht zu fragen, ob es ein schlimmer Tag war. Wir haben schon gehört, dass ihr Steve gefunden habt.«

»Ja.«

Entschlossen, keine Erinnerung an ihr letztes Gespräch aufkommen zu lassen, sprach Liz in sachlichem Ton. »Gab es da draußen irgendwas, das auf den Mörder hinweisen könnte?«

»Verdammt, ich weiß es nicht.« Alex trank von seinem Kaffee.

Liz zögerte. »Ich habe läuten gehört, Steve sei von den

Toten zurückgekehrt, um seiner Freundin zu sagen, wo seine Leiche zu finden sei.«

Alex machte ein finsteres Gesicht. »Ist das jetzt die neueste der schwachsinnigen Versionen? Mist. Abgesehen davon ist es vielleicht sogar das Beste, dass die Geschichte immer haarsträubender wird. Wenn wir Glück haben, glaubt keiner mehr das Zeug, das er hört.«

»Woher wusstet ihr, dass die Leiche dort draußen ist?«, fragte Liz ernst.

»Woher wohl?«, erwiderte Alex genervt. »Randy bekam einen anonymen Hinweis.«

12

Ihre Eltern wollten sie nach Hause holen, vor allem wegen des aufziehenden Unwetters«, erklärte Bonnie am Telefon, »doch Dr. Daniels hat ihnen davon abgeraten. Sie ist in ziemlich schlechter Verfassung, Randy.«

»Wissen ihre Eltern es schon?«

Bonnie senkte die Stimme, obwohl sie allein am Empfang stand und wahrscheinlich niemand zuhörte. »Von dem Baby? Ich fürchte, ja. Ich glaube, ihre Mom hat einen Schock, und ihr Vater sah … na ja, er sah einfach schrecklich aus. Als hätte ihm jemand mit der Faust ins Gesicht geschlagen.«

»Das ist ja auch ein Schlag«, meinte Miranda.

»Ja. Also, Dr. Daniels hat gesagt, Amy braucht dringend Schlaf, und er möchte sie hierbehalten, wo sie ständig unter Beobachtung steht. Ich glaube, er fürchtet, sie … sie könnte sich oder dem Baby was antun.«

»Meinst du, das brächte sie fertig?«

»Sie ist wirklich völlig verzweifelt, Randy. Ich meine, noch vor ein paar Tagen hatte sie nicht den leisesten Verdacht, dass sie schwanger sein könnte, und dann verschwand Steve, und sie fing an nachzudenken … und jetzt ist er tot, und sie erwartet ein Baby. Ich weiß nicht, wozu sie fähig ist, ich weiß es wirklich nicht. Aber ich möchte hier bei ihr bleiben.«

»Es könnte passieren, dass du dort festsitzt, wenn der Schneesturm richtig losgeht.«

»Ich weiß. Und Seth auch. Sein Vater und seine Mutter bleiben beide hier, weil ein paar Kinder nicht transportfähig sind, ohne dass sich ihr Zustand verschlechtert, und wir können mithelfen. Ein Teil des Küchenpersonals bleibt ebenfalls, und auch zwei Schwestern. Wir haben jede Menge Vorräte und einen Generator, falls der Strom ausfällt. Wir werden gut zurechtkommen, selbst wenn wir eingeschneit werden sollten.«

Miranda seufzte, sie klang völlig erschöpft. »Na gut, es ist mir im Moment fast lieber, du bist in der Klinik mit Seth und seinen Eltern als zu Hause allein mit Mrs Task.«

Bonnie zögerte. »Randy, ich glaube nicht, dass jemand Amys Gebrabbel ernst nehmen wird. Sie war offensichtlich hysterisch und hat nur Unsinn geredet.«

»Ich hoffe, du hast recht. Aber es eröffnet den Leuten … Möglichkeiten … über die sie reden können, Süße. Und im Moment ist das alles, was sie haben. Solange ich ihnen keinen handfesten Verdächtigen mit glaubhaften Beweisen liefern kann, werden sie weiter Mutmaßungen anstellen.«

»Ich weiß. Es tut mir leid, Randy.«

»Muss es nicht. Dass wir Steve früher gefunden haben, als dem Mörder lieb ist, könnte ein großer Schritt vorwärts sein.«

»Das hoffe ich. Bleibst du über Nacht auf dem Revier?«

»Das habe ich vor. Ich fahre nach Hause, bevor das Unwetter losgeht, und sorge dafür, dass Mrs Task sicher heimkommt. Dann mache ich das Haus dicht und komme wieder hierher.«

Bonnie hatte ein ungutes Gefühl, ohne es sich erklären zu können. »Pass auf dich auf, okay? Ich meine … die Straßen könnten ziemlich schlecht sein.«

»Es schneit doch noch nicht mal. Aber mach dir keine Sorgen, ich werde vorsichtig sein. Und du meldest dich auf jeden Fall morgen früh, ob wir eingeschneit werden oder nicht. Verlass die Klinik nicht, auch nicht mit Seth, ohne es mir vorher zu sagen.«

»Nein, mach ich nicht.«

»Wir sprechen uns morgen wieder. Mach's gut, Süße.«

»Du auch.« Bonnie legte auf und ging den Gang hinunter, um nach Amy zu sehen, die so fest schlief, wie es Beruhigungsmittel oder Erschöpfung – oder beides – nur bewirken können. Seth stand am Fenster und blickte nach draußen. Als Bonnie hereinschaute, kam er zu ihr an die Tür.

»Sie wird erst in ein paar Stunden wieder aufwachen«, sagte er mit leiser Stimme, schob Bonnie auf den Gang hinaus und lehnte die Tür an.

»Wenn ich deinen Eltern irgendwie bei den anderen Patienten helfen kann …«, sagte Bonnie nervös.

»Dad sagte, sie würden uns vielleicht später brauchen, aber jetzt noch nicht. Wir haben etwas Zeit für uns. Ich finde, wir sollten uns unterhalten, meinst du nicht?«

Bonnie hätte gerne abgelehnt, war sich jedoch reumütig bewusst, dass Seth wirklich sehr geduldig gewesen war und eine Erklärung verdiente. Oder auch zwei. Also folgte sie ihm zu einem kleinen Wartezimmer am Ende des Ganges. Nicht gerade das, was man als idealen Ort für ein ernstes

Gespräch bezeichnet hätte, da die Wände in knalligen Farben gestrichen und mit Abziehbildern von Comicfiguren beklebt waren – ein Dekor, das auf die meist jungen Patienten der Klinik abzielte –, doch es gab zwei bequeme Sofas und gedimmte Lampen, sodass man sich nicht ganz wie auf einer Disneyparade vorkam.

»Wer ist Bishop?«, fragte Seth, sobald sie sich gesetzt hatten.

Es erstaunte sie, dass er sie nach allem, was an diesem Tag geschehen war, danach als Erstes fragte. Aber dann fiel ihr das überraschende und spannungsgeladene Zusammentreffen mit Bishop auf der Treppe des Sheriffdepartments ein. Aus der Sicht von jemandem, der die Geschichte nicht kannte, war es höchstwahrscheinlich eine sehr rätselhafte Begegnung gewesen.

»Du weißt, dass er FBI-Agent ist«, begann sie behutsam.

»Ja, das weiß ich. Aber was bedeutet er für dich und deine Schwester? Woran hat er keine Schuld? Was ist da passiert? Es hat etwas mit der Narbe auf deinem Arm zu tun, nicht?«

Bonnie blickte auf ihren rechten Unterarm hinunter und schob ganz in Gedanken den Ärmel ihres Pullovers zurück, sodass die weiße, halbmondförmige Narbe mit den gezackten Rändern sichtbar wurde. Sie überlegte, wie viel sie sagen sollte, da sie fürchtete, Seth damit zu überfordern. So sensibel und mitfühlend, wie er war, wollte sie ihm lieber so wenig wie möglich erzählen, auch wenn es nicht die ganze Geschichte war.

»Bonnie?«

Sie wählte ihre Worte mit Bedacht. »Als ich noch klein war, bevor wir nach Gladstone kamen, lebte ich mit meinen

Eltern und meiner Schwester Kara in einem Vorort von Los Angeles.«

»Ich wusste nicht, dass du noch eine Schwester hast.«

Bonnie nickte ruckartig.

»Hatte … hatte ich. Randy lebte nicht bei uns, sie hatte eine eigene Wohnung. Sie war gerade mit dem Jurastudium fertig. Im Frühjahr jenes Jahres begann ein Mann, den die Zeitungen später den Schlächter von Rosemont nannten, Menschen umzubringen. Er suchte sich immer Familien aus und gelangte so problemlos in deren Häuser, dass es an Zauberei grenzte. Alarmanlagen, Wachhunde, sogar bewaffnete Wachmänner – nichts konnte die Familien schützen, nachdem er sie ausgewählt hatte. Die Polizei brauchte Hilfe und wandte sich daher an das FBI. Und den ganzen Sommer über versuchten Agenten und Cops, eine Möglichkeit zu finden, den Mörder zu fassen. Doch er mordete weiter.«

Seth nahm ihre Hand in die seine. »Was ist passiert?«

»Meine Schwester Kara war … paranormal veranlagt. Und die Fähigkeit, die sie besaß, war eine sehr ungewöhnliche. Eine gefährliche. Manchmal hatte sie Visionen, und während dieser Visionen konnte sie … durch die Augen einer anderen Person sehen. Manchmal konnte sie das sogar herbeiführen, konnte durch die Augen einer bestimmten Person sehen, wenn sie etwas in der Hand hielt, das diese Person berührt hatte.«

Bonnie hielt inne und wartete besorgt auf eine Bemerkung von Seth, doch er sagte nur: »Weiter.«

Sie holte tief Luft. »Bishop gehörte zu dem Ermittlerteam des FBI. Er und Randy hatten sich kennengelernt – ich weiß nicht, wie – und waren sich in diesem Sommer nahegekommen. Ziemlich ernsthaft nahe. Er erfuhr, wozu Kara in der Lage war, und glaubte, er könnte mithilfe ihrer Fähigkeiten den Schlächter von Rosemont zur Strecke bringen.«

»Hat es funktioniert?«, fragte Seth bedächtig.

»Nein. Vielleicht hätte es funktioniert, nur wusste weder Bishop noch sonst jemand, dass der Mörder ebenfalls paranormale Fähigkeiten besaß. Als Kara versuchte, durch seine Augen zu sehen, sah er sie. Und danach hatte er es auf unsere Familie abgesehen.« Sie blickte auf ihren Arm hinunter, auf die Narbe. »Ich habe als Einzige überlebt.«

Mit bleichem Gesicht griff Seth nach ihrer anderen Hand. »Oh Gott, Bonnie, es tut mir so leid.«

Bonnie hatte nicht vorgehabt, mehr zu erzählen, doch sie hörte, wie ihre Stimme fortfuhr, dünn und unsicher. »Das Schlimmste … das Schlimmste war, dass Kara seine Anwesenheit im Haus zu spät bemerkte. Sie hatte keine Zeit mehr, etwas zu unternehmen, außer … außer mich zu verstecken. Und das tat sie. Und ich sah … alles, was er ihr antat.«

»Bonnie …«

Sie hob schließlich den Kopf, blickte in seine entsetzten Augen und flüsterte: »Als sie mich versteckte, musste ich ihr versprechen, keinen Laut von mir zu geben, ganz egal, was passiert. Ich sah, wie er sie umbrachte, und habe keinen Laut von mir gegeben.«

Seth schaute auf die Narbe und begriff plötzlich, dass er das sah, was ihre eigenen Zähne angerichtet hatten. Bei dem verzweifelten Versuch, keinen Laut von sich zu geben, musste sie ihren Arm fast bis auf den Knochen durchgebissen haben.

»Oh du lieber Gott«, rief er aus und zog sie an sich.

Miranda mochte keine Unwetter. Vermutlich würde sie anders empfinden, wenn sie sich vor einem prasselnden Feuer zusammenkuscheln und heißen Tee trinken könnte, während sie dem fallenden Schnee zuschaute, doch diesen Luxus hatte sie nie erlebt. Seitdem sie mit Bonnie in einen Teil des Landes gezogen war, in dem es tatsächlich vier unterschiedliche Jahreszeiten gab, hatte sie sich mehr mit den Unannehmlichkeiten und möglichen Gefahren des schlechten Wetters beschäftigt als mit dessen Annehmlichkeiten.

Es war nicht ihre Aufgabe, Gladstone auf ein Unwetter vorzubereiten. Darum kümmerten sich andere Behörden. Doch sie musste ihre Leute und das Sheriffdepartment in Bereitschaft bringen, und das kostete Zeit. Als sie den Konferenzraum betrat, um sich nach den Fortschritten bei den Ermittlungen zu erkundigen, war es schon nach halb acht.

Noch bevor sie die Tür öffnete, wusste sie, dass Bishop nicht im Raum war und auch nicht im Gebäude. Aber trotzdem fragte sie Tony Harte ganz beiläufig nach ihm.

»Er ist bei Sharon im Krankenhaus«, erwiderte Tony. »Hat gesagt, er wolle bei der Obduktion dabei sein. Einen Grund hat er nicht genannt. Ich weiß nicht, vielleicht hat er ja eine Vermutung. Oder hofft, dass irgendwas eine auslöst.«

Miranda setzte sich auf die Tischkante und nahm damit unbewusst Bishops angestammten Platz ein, während Tony weiter an seinem Laptop arbeitete. »Und du versuchst, etwas über die Reifenspur herauszufinden?«

»Die Betonung liegt auf ›versuchen‹. Die gute Nachricht ist, dass wir einen sehr genauen Abdruck des Profils haben.«

»Und die schlechte Nachricht?«

»Es handelt sich um eine der meistverkauften Reifenmarken des Landes. Ich habe jemanden in Quantico beauftragt, die Möglichkeiten einzugrenzen, doch die Hälfte der Händler ist noch nicht im Computer. Es wird Tage dauern, eine verlässliche Liste von Einzelhändlern im Umkreis von hundert Meilen zu bekommen, die diese verfluchten Dinger verkaufen – abgesehen davon, von diesen Händlern eine Liste mit ihren Kunden zu bekommen.«

»Haben wir sonst noch etwas vom Tatort an der Mühle? Irgendwas?«

»Nicht viel. Dem Mistkerl mag es zwar nicht gepasst haben, dass wir sein Opfer so rasch gefunden haben, aber er betreibt sein Geschäft äußerst umsichtig. Wir haben das Seil von Penmans Knöcheln, erhältlich in jeder Eisenwarenhandlung, und auch an dem Knoten war nichts Ungewöhnliches. Wir haben einige – sehr wenige – rechtsmedizinisch verwertbare Spuren, mit denen wir vielleicht vor Gericht gehen könnten, doch nichts, was uns im Moment weiterhilft. Ein paar Teppichfasern, die aus seinem Auto oder seinem Haus stammen könnten, ein paar Haare, die am Türrahmen hingen und eventuell auch vom Opfer stammen könnten, den Teil eines Schuhabdrucks, doch ohne erkennbares Profil. Was wir hier nicht klären konnten, haben wir zur Analyse nach Quantico geschickt. Falls was dran ist.«

Miranda schwieg ein paar Minuten und starrte auf die Pinnwand, an der bereits die grausigen Fotos vom Tatort des Nachmittags hingen. »Zwei Dinge gehen mir nicht aus dem Kopf.«

»Nur zwei?«, fragte Tony ironisch.

»Na ja, zwei im Moment.« Sie wandte sich dem Agenten zu. »Was zum Teufel macht er mit dem Blut? Und was passiert, wenn wir ihn richtig sauer gemacht haben, weil wir Steve Penman so früh gefunden haben?«

»Was das Blut betrifft, habe ich keine Ahnung. Und was deine zweite Frage angeht: Ich denke, das könnte gefährlich sein. Wie ich schon am Tatort gesagt habe, ich möchte dem Kerl nicht begegnen, wenn er wirklich sauer ist.«

»Ich auch nicht. Doch ich fürchte, das werden wir.«

Tony spitzte die Lippen. »Glaubst du, er könnte herausfinden, wie du diesen Tipp bekommen hast?«

»Wenn er auf Klatsch hört, dann schon.«

»Aber wird er es auch glauben?«

»Falls Bishops Täterprofil zutrifft«, erwiderte Miranda gedehnt, »könnte es das Einzige sein, was der Mörder glauben *kann.* Er meint, er sei allmächtig, hätte alles unter Kontrolle und würde selten, wenn überhaupt, einen Fehler machen. Die Tatsache, dass wir sein letztes Opfer früher gefunden haben, als er es wollte, wird ihn aus dem Gleichgewicht bringen. Der Gedanke, dass wir dazu … paranormale Mittel eingesetzt haben, wird ihm höchst plausibel erscheinen.«

»Wäre nachvollziehbar«, musste Tony zugeben. »Aber wenn er glaubt, Bonnie hätte uns dahin geschickt …«

»Dann stellt sie eine Gefahr für ihn dar.« Mirandas Stimme war ernst. »Und deshalb darf sie zu keiner Zeit allein sein, bis das hier vorbei ist.«

»Ich weiß, dass du gewohnt bist, Vorsichtsmaßnahmen zu ergreifen, aber diese Sache muss dich doch sehr beunruhigen.«

»Das kannst du laut sagen.« Fast gedankenverloren überlegte Miranda, wie es wohl wäre, *nicht* beunruhigt zu sein. Nach so vielen Jahren war es für sie ein gewohnter, ein normaler Zustand.

»Wir werden ihn fassen, Miranda.«

»Ja, das weiß ich.« Aber würden sie es auch rechtzeitig schaffen?

»Du tust, was du kannst«, erinnerte Tony sie.

»Wirklich?«

»Die Ermittlungen hier laufen auf Hochtouren. Schritt für Schritt und nach Schema F. Ansonsten ... nutzen wir alle Hilfsmittel, die uns zur Verfügung stehen. Und du doch auch, nicht? Irgendwelche tieferen Einblicke?«

»Einblicke?«

»Sagen wir, Schwingungen.«

»Ich nehme keine Schwingungen auf, schon vergessen?«

»Ja, aber du kannst hellsehen. Und falls diese Fähigkeit ausgebrannt ist, besteht doch die Möglichkeit, dass noch Reste davon aufflackern.«

Miranda zögerte und zuckte dann die Schultern. »Keine nennenswerten.«

Tony sah sie unverwandt an. »Weil du es abblockst?«

»Schon möglich.«

»Wenn ja, dann wäre jetzt vielleicht der Moment, es wieder zuzulassen«, schlug er leichthin vor. »Wir brauchen jede Hilfe, die wir kriegen können.«

»Ich werd's mir merken«, erwiderte sie ebenso beiläufig.

Da ihm offensichtlich klar geworden war, dass es nichts bringen würde, das Thema weiterzuverfolgen, versuchte er es anders. »Es geht mich zwar wahrscheinlich nichts an«, begann er.

Miranda musste beinahe lachen. »Sobald jemand das sagt, ist *klar,* dass dem so ist.«

Er grinste. »Eins zu null für dich. Aber ich bin unverbesserlich neugierig, deshalb muss ich einfach fragen.«

»Wonach?«

»Bishop.«

Miranda sagte sich, dass es eigentlich ausgleichende Gerechtigkeit wäre, mit seinen Mitarbeitern über ihn zu sprechen, da er offensichtlich auch mit ihnen über sie gesprochen hatte, doch sie war ehrlich genug, sich einzugestehen, dass es nicht der Grund für ihre bereitwillige Antwort war. »Was soll mit ihm sein?«

»Na ja, er wird allmählich zu einer Art Legende – im Stillen – innerhalb des FBI, wegen seiner Erfolgsbilanz, vor allem während der letzten paar Jahre. Und er ist mit Abstand der beste und verlässlichste Telepath der Einheit. Daher begreifen die meisten von uns nicht, wie er vor acht Jahren so … wie er es so vermasseln konnte.«

Miranda rutschte vom Konferenztisch herunter und holte sich einen Kaffee.

»Ich habe ja gesagt, es geht mich wahrscheinlich nichts an«, murmelte Tony.

»Das ist es also, was allgemein angenommen wird«, hörte Miranda sich überrascht sagen, »dass er es vermasselt hat?«

»Wir wissen alle, dass der Einsatz völlig in die Hose ging. Dass Menschen gestorben sind – der größte Teil deiner Familie. Und einige von uns wissen auch, dass Bishop sich dafür die Schuld gibt. Ehrlich gesagt, es klingt gar nicht nach ihm, etwas so zu vermasseln. Sicher, er macht Fehler – aber keine solchen. Er bemüht sich wie besessen, dafür zu sorgen, dass jeder, der ein Risiko eingeht, den größtmöglichen Schutz erhält.«

Miranda setzte sich wieder auf die Tischkante. »Fehler passieren schneller, wenn man glaubt, alles bedacht zu haben.

Wenn man ein Bild der Zukunft gesehen hat, von dem man überzeugt ist, dass es zutrifft.«

Tony überlegte. »Er sah ein positives Ergebnis und ging daher dieses Risiko ein? Aber wieso? Er ist ein Berührungstelepath, keiner, der in die Zukunft sieht …«

»Konnte er aber damals«, erwiderte sie. »Nur eine gewisse Zeit … konnte er es.«

»Er besaß zeitweilige präkognitive Fähigkeiten?«

»Ja.«

Tony blinzelte. »Das verstehe ich nicht. Er wurde getestet, er hat keine präkognitiven Fähigkeiten, nicht im Geringsten. Derartige Begabungen sind angeboren, wir können sie uns nicht aneignen. Allerdings könnte eine Kopfverletzung der Auslöser für eine latent vorhandene Fähigkeit sein … Eine Kopfverletzung. Seine Narbe?«

Miranda schüttelte den Kopf. »Nein, die Narbe hat er erst später bekommen.«

»Also war es keine Kopfverletzung? Kein außergewöhnliches Trauma, das zeitweise eine neue Fähigkeit entstehen ließ?«

»Trauma.« Miranda lachte verhalten. »So könnte man es wohl nennen. Ein ungewöhnliches Trauma.«

»Was für eines?« – »Ich.« Miranda hob ihre Tasse und prostete ihm ironisch zu. »Ich habe es ausgelöst.«

»Wie?«, wollte Tony wissen.

Miranda war sich etwas unschlüssig, doch schließlich lachte sie, nahm ihre Tasse und ging Richtung Tür. »Ich fürchte, das geht dich nun wirklich nichts an«, sagte sie. »Tut mir leid, Tony.«

»Das ist wirklich grausam«, erwiderte Tony entrüstet.

»Das Leben ist unfair«, pflichtete sie ihm bei. »Bist du noch länger hier?«

Er seufzte. »Ja, zumindest bis es richtig zu schneien anfängt. In der Lodge kann man nichts machen außer fernzusehen, da kann ich genauso gut hierbleiben und arbeiten. Unsere beiden Mietwagen sind geländegängig, und wir sind darin geübt, bei schlechtem Wetter zu fahren, also werden wir schon zurechtkommen, solange es sich nicht zu einem richtigen Blizzard auswächst.«

»Dann sehen wir uns wahrscheinlich später noch.«

Sie ging in ihr Büro und setzte sich an ihren Schreibtisch. Sie war so in Gedanken, dass sie sogar die Tür offen gelassen hatte. Was in aller Welt war nur in sie gefahren? Darüber zu reden, überhaupt daran zu *denken,* war etwas, das sie sich schon lange Zeit nicht mehr erlaubt hatte. Es war dämlich, schlicht und einfach dämlich, sich in die Vergangenheit zurücklocken zu lassen.

Miranda starrte auf ihre Kaffeetasse, die mitten auf ihrer Schreibunterlage stand, und erinnerte sich an mehr, als ihr lieb war. Sie erinnerte sich an sein verwandeltes Gesicht, Begehren und Zärtlichkeit unverhohlen in seinen Augen, in dem bittersüßen Schwung seiner Lippen. Sie erinnerte sich daran, wie er ihr Haar berührt, wie er sie an sich gedrückt hatte, die ganze Nacht, auch im Schlaf.

Am deutlichsten erinnerte sie sich an die überraschende Gewalt seiner Leidenschaft, die Heftigkeit seiner Begierde, die sie beinahe erschreckt hatte. Ihm war es ernst gewesen, von Anfang an.

Sie hätte sich nicht einmal vorstellen können, was passieren würde. Beinahe unbewusst presste sie ihre kühlen Handflächen an die glühenden Wangen. Selbst Bishop, überlegte sie, hatte nicht erkannt, was die Leidenschaft zwischen ihnen entfachen würde.

Lieber Gott im Himmel, er hatte es doch nicht gewusst, nicht einmal geahnt, war nicht *so* kaltblütig gewesen …

»Randy?«

Überrascht fuhr sie zusammen, ließ die Hände sinken, öffnete die Augen und sah Alex in der Tür stehen.

»Entschuldigung«, sagte er. »Aber die Tür war offen. Ich kann auch später wiederkommen.«

Miranda fasste sich. Oder versuchte es wenigstens. Die Hand, mit der sie die Tasse hob, zitterte, wie sie feststellen musste. »Nein, ist schon gut«, log sie entschlossen. »Was gibt's?«

Alex trat ein, machte die Tür hinter sich zu und setzte sich auf einen Besucherstuhl. »Einiges. Es schneit noch nicht, aber wir sind darauf vorbereitet. Die dienstfreien Deputys sind nach Hause gegangen, um ein paar Stunden zu schlafen, falls wir sie später brauchen, doch von jetzt an haben alle Bereitschaft. Wir haben ein paar Feldbetten in dem leeren Büro aufgeschlagen, und wir haben genug Vorräte, um einige Tage zu überstehen.«

»Gut.« – »Morgen ist Sonntag, also brauchen wir uns keine Sorgen um allzu viel Verkehr zu machen, vor allem, da die Kirchen den Gottesdienst ausfallen lassen, falls das Wetter zu schlecht ist. Wir haben die Ausgangssperre von achtzehn auf einundzwanzig Jahre erhöht und darum gebeten, dass Jugendliche auch vor Einbruch der Dämmerung nirgendwo allein hingehen. Zu mehreren ist man sicherer, zumindest hoffen wir das.«

Miranda nickte. »Dann haben wir für den Moment alles getan, was wir konnten.«

»Ja.«

Sie wartete.

»Ich weiß nicht recht, wie ich es ausdrücken soll, Randy, also sag ich es einfach geradeheraus. Die Gerüchteküche brodelt, und ich habe Ihr Gesicht gesehen, als ich Ihnen erzählte, was Amy Fowler behauptet hat. Ich weiß, dass Sie keinen anonymen Anruf erhalten haben, bevor Sie mit Bishop zu der alten Mühle gefahren sind, und ich weiß, dass Ihre einzigen Besucher Bonnie und Seth Daniels waren.« Er hielt inne. »Ich denke mir, der sogenannte anonyme Hinweis kam von den beiden, und ich muss wohl annehmen, dass etwas Wahres an dem ist, was Amy behauptet hat – so verrückt es klingt. Aber Sie müssen es mir erklären. Das mit den … seltsamen Ahnungen. Mit den FBI-Agenten, die Dinge zu wissen scheinen, die sie eigentlich gar nicht wissen können. Ich muss wissen, was da vor sich geht, Randy. Und ich bitte Sie, mir die Wahrheit zu sagen.«

»Das wird Ihr Leben auch nicht einfacher machen«, warnte sie ihn rundheraus.

»Kann ich mir denken.« Er lächelte schwach.

»Also gut.« Miranda atmete tief durch und erzählte ihm die Wahrheit.

Fast die ganze.

Liz hatte beschlossen, den Laden länger als gewöhnlich geöffnet zu lassen – bis elf oder bis es zu schneien begann, je nachdem, was früher eintrat. Der Betrieb war ziemlich rege, sowohl bei den Büchern als auch im Café, ganz zu schweigen vom Klatsch, und sie verspürte keinerlei Bedürfnis, nach Hause zu gehen und stundenlang ihre Katze zu streicheln, während sie von Dingen träumte, die sie nicht haben konnte.

Aber sie wollte auch nicht den hitzköpfigeren Bewohnern der Stadt ein Forum bieten, um irgendwelche Dummheiten zu planen. Als dann Justin Marsh hereinkam – angeblich auf eine Tasse Kaffee, in Wirklichkeit aber, um seine Mitbürger über ihre Angst und Wut auszuhorchen –, tat sie ihr Bestes, ihn abzulenken, bevor er ernsthaften Schaden anrichten konnte.

»Wo ist denn Selena, Justin?«

»Zu Hause«, erwiderte er.

»Hier, trinken Sie eine Tasse Kaffee.«

»Danke, Elizabeth, aber …«

»Wie ich hörte, wird es draußen richtig kalt, also können Sie bestimmt etwas Warmes vertragen, nicht wahr?« Aus dem Augenwinkel sah sie belustigt, dass einige ihrer Stammkunden sich davonschlichen, eindeutig bestrebt, Justins Tiraden zu entgehen.

Justin packte sie am Handgelenk, obwohl sie keinerlei Anstalten gemacht hatte, sich zu entfernen. »Hören Sie mir zu, Elizabeth. Es muss etwas geschehen … Das Böse befindet sich in unserer Mitte!«

»Ich glaube, da wird Ihnen niemand widersprechen, Justin. Aber es ist eigentlich nicht unsere Aufgabe, das Böse zu jagen, da sich Sheriff Knight und die FBI-Agenten ausgiebig damit beschäftigen.«

Seine Finger spannten sich fester um ihr Handgelenk, und seine blässlichen Augen bekamen einen noch fanatischeren Glanz.

»Sie sind nur verlorene Seelen, die planlos herumirren«, erklärte er und senkte die Stimme, als wolle er sie ins Vertrauen ziehen. »Sie können das Böse, nach dem sie suchen, nicht erkennen. Doch ich kann es. Ich kenne das Gesicht des Bösen.«

Am liebsten hätte Liz ihn gebeten, dieses Gesicht für sie aufzumalen, widerstand aber dem Impuls. »Jeder hat so seine Theorie, da bin ich mir ganz sicher. Doch jemanden grundlos zu verdächtigen führt zu nichts Gutem, das wissen Sie. Also, wir wissen alle, dass ein Unwetter aufzieht, und im Moment sind alle *damit* beschäftigt. Trinken Sie doch einfach Ihren Kaffee und gehen Sie dann heim zu Selena, ja, Justin?«

Er ließ ihr Handgelenk los, schüttelte aber missmutig den Kopf. »Wie die Lämmer zur Schlachtbank. Sie wissen es nicht. Sie wissen es nicht …«

Liz kehrte hinter den Tresen zurück und hoffte, dass Justin nur wieder eine seiner trüben Stimmungen hatte und nicht länger bestrebt war, den anderen seine Vorstellungen und Weisheiten mitzuteilen – zumindest im Moment nicht.

John MacBride schob seine Tasse über den Tresen, um sich nachschenken zu lassen. »Glauben Sie, er sieht mich nicht, wenn ich mich ganz ruhig verhalte?«

Sie bedachte den Bürgermeister mit einem verhaltenen Lächeln. »Den Versuch wär's wert.«

Er seufzte. »Ich sollte eigentlich gehen. Wir sind zwar bestens gerüstet für den Schneesturm, doch die Wähler sehen ihren Bürgermeister mitten in einer Krise wahrscheinlich nicht gerne herumsitzen und Kaffee trinken.«

»Die Hälfte des Stadtrats ist auch hier«, sagte sie. »Einige wollen Bücher kaufen, aber ein paar trinken nur Kaffee wie Sie. Und Deputys sind in den letzten Stunden hier auch ein und aus gegangen.«

»Haben Sie Sheriff Knight gesehen?«

»Heute nicht. Ich könnte mir vorstellen, dass sie wegen des Unwetters und des neuesten Leichenfunds viel zu tun hat.«

MacBride starrte stirnrunzelnd in seine Tasse. »Tja. Ich habe in den letzten Tagen ein paarmal bei ihr vorbeigeschaut, aber sie hat immer zu tun. Und überall wimmeln diese FBI-Agenten herum.«

Liz wusste, dass der Bürgermeister die Ankunft des FBI rückhaltlos begrüßt hatte, und sie wusste auch, wieso. Doch man brauchte nicht das Zweite Gesicht zu haben, um zu erkennen, dass er etwas verstimmt war, zumindest über die Anwesenheit eines der Agenten und darüber, dass Randy sich nur noch um die Ermittlungen kümmerte.

Dafür brachte sie ein gewisses Maß an Verständnis auf, da sie selbst mit aller ihr zur Verfügung stehenden Geduld darauf wartete, dass der Mann, den sie liebte, endlich begriff, dass er nicht neben seiner toten Frau beerdigt worden war. Doch sie sagte nur: »Ich schätze, je verbissener sie jetzt arbeiten, desto eher schnappen sie den Mörder. Das wünschen wir uns alle.«

»Natürlich.« MacBride musste aufgefallen sein, wie verdrießlich er geklungen hatte, denn er wurde rot und fügte schnell und mit mehr positivem Nachdruck hinzu: »Natürlich wollen wir das. Es ist Randys Aufgabe, die Straßen für unsere Bürger sicher zu machen, und sie macht ihre Sache sehr gut. Geht in ihrer Arbeit völlig auf. Natürlich.«

»Bürgermeister MacBride, auf ein Wort«, war Justin entschlossen hinter MacBrides linker Schulter zu vernehmen.

Das komisch verzweifelte Gesicht des Bürgermeisters brachte Liz beinahe aus der Fassung, doch sie riss sich zusammen und lachte nicht. Sie überließ es ihm, mit Justin fertigzuwerden – was er, das musste man ihm lassen, im Allgemeinen sehr gut konnte –, und bediente ihre Kundschaft weiter. Um neun Uhr sanken die ersten Schneeflocken gemächlich vom Himmel.

Bishop schaute im Vorbeigehen auf Mirandas Bürotür, doch aus dem Stimmengemurmel dahinter schloss er, dass sie nicht allein war, und setzte deshalb seinen Weg zum Konferenzraum fort. Dort fand er Tony an einem der Schreibtische vor, wie er missmutig auf den Bildschirm seines Laptops starrte. »Es gibt verdammt viele Reifenhandlungen in dieser Gegend«, sagte er zur Begrüßung.

»Irgendwelche Anhaltspunkte?«

»Keine brauchbaren. Ich versuche noch immer, die Liste auf eine halbwegs vernünftige Anzahl zu reduzieren. Irgendwas Neues von der Autopsie?«

»Sharon hatte recht damit, dass dem Jungen ein Blutverdünnungsmittel injiziert worden war – dummerweise ein sehr gebräuchliches. Man benötigt dafür zwar ein Rezept, aber wir wissen beide, wie leicht sich so was fälschen lässt.«

»Viel zu leicht. Es gibt Apotheken, die nicht mal den Briefkopf einer gefaxten Bestellung überprüfen und Telefonanrufen nicht nachgehen, also wird jedes einigermaßen glaubwürdig aussehende Rezept bedenkenlos akzeptiert.« Tony zuckte die Schultern. »Ich habe schon in Quantico bei der Abteilung für Internetvergehen nachgefragt, und die meinen, es sei so gut wie unmöglich, den Kauf nachzuvollziehen, wenn der Mörder die Substanz auf diesem Weg bestellt hat. Ihn zurückzuverfolgen, sobald wir wissen, wer der Täter ist, wäre möglich, doch wir werden nichts finden, wenn wir es andersherum versuchen. Wir können natürlich bei den hiesigen Ärzten und Apotheken nachfragen. Vielleicht haben wir ja Glück. Sonst noch was?«

»Fotos sind unterwegs«, erwiderte Bishop. »Alle in leuchtenden Farben.«

Tony schnitt ein Gesicht und spürte die Emotionen eher, als sie in Bishops ruhiger Stimme zu vernehmen. »Macht nicht viel Spaß, oder? Ich hasse Obduktionen. Hast du erwartet, irgendwas zu erfahren?«

»Du meinst, etwas zu entdecken, das Sharon übersehen hat? Kaum.« Bishop schenkte sich Kaffee ein. »Ich weiß nicht, was ich mir erhofft hatte. Falls überhaupt.«

»Vielleicht wolltest du ja nur bloßer Wissenschaft zusehen und allem weniger Handfesten eine Weile lang… aus dem Weg gehen.«

»Falls ich das wollte, hat es mir nichts gebracht.«

»Keine völlig neuen Erkenntnisse über die Leiche?« – »Nichts, was wir nicht schon gewusst hätten.«

Tony schwieg einen Moment. »Etwas würde mich interessieren. Da du ja Berührungstelepath bist – was geschieht, wenn du einen toten Körper berührst?«

»Im Allgemeinen nichts.« Bishop setzte sich an seinen Laptop. »Ein paarmal zogen blitzartig Bilder an mir vorbei.«

»Ein strahlendes Licht?«, fragte Tony hoffnungsvoll. »Etwas, das möglicherweise dem Antlitz Gottes geähnelt haben könnte?«

»Das wäre zu simpel, oder nicht? Die ultimative Antwort.« Bishop lächelte schwach. »Tut mir leid, Tony.«

»Ja nun, wäre ja immerhin eine Möglichkeit gewesen. Ist mir nur hin und wieder durch den Kopf gegangen. Man sollte doch meinen, dass man mit solchen paranormalen Fähigkeiten wie den unseren der Menschheit ab und zu einen Schritt voraus ist. Aber nein. Wir tappen im Dunkeln wie alle anderen auch.«

»Was du nicht sagst.«

Tony lehnte sich zurück und strich sich kurz mit beiden Händen übers Gesicht. »Ist Sharon mit der Autopsie fertig?«

»Bis auf ein paar Labortests.«

»Sie ist noch im Krankenhaus?«

»Als ich ging, war Dr. Shepherd bei ihr. Sie sagte, sie würde zur Lodge zurückfahren, bevor es zu schneien anfängt, aber ich glaube, er wollte sie zu einem späten Abendessen einladen, also ist sie vielleicht noch da.«

»Die beiden verstehen sich prima, wie?«

»Sieht so aus.«

Tony grinste. »Ich schätze, ihr laufen nicht viele Männer über den Weg, die auch über einen Obduktionstisch hinweg in der Lage sind, so etwas wie Appetit zu entwickeln.«

»Wie viele kennst du?«, war Bishops Gegenfrage.

»Keinen, um ehrlich zu sein. Ich empfand es immer als eine grausige Arbeit.«

»Und Serienmördern und Vergewaltigern nachzujagen ist keine?«

»Na ja, die muss ich nur selten berühren«, antwortete Tony.

Bishop lächelte. »Ich bin ganz und gar nicht scharf darauf,

den hier zu berühren, aber wir müssen ihn unbedingt finden. Und da wir nicht wissen, welche Verzögerungen uns das Wetter bereiten wird, würde ich sagen, wir arbeiten, solange wir können. Machst du mit?«

»Immer«, erwiderte Tony.

13

Also können Sie meine Gedanken lesen?«, wollte Alex wissen.

Miranda schüttelte den Kopf. »Nein. Das kann ich im Allgemeinen bei weniger als der Hälfte der Menschen, denen ich begegne. Stellen Sie es sich als Radiowellen vor, die das Gehirn aussendet, Informationen, die durch elektromagnetische Energie übermittelt werden. Ich habe einen Empfänger, aber ich kann nur die Sender der Mittelwelle empfangen, keine auf UKW.«

»Umschalten kann man nicht?«

»Falls man das kann, weiß ich nicht, wie es geht.« Miranda zuckte die Schultern. »Für mich ist das etwas völlig Normales, Alex. Es gibt eine Theorie, die besagt, dass bei Menschen mit paranormalen Fähigkeiten eine Begabung aus der Urzeit der Menschheit durchschlägt, als diese Sinne extrem empfindsam sein mussten, um zu überleben.«

»So was Ähnliches hat Liz auch gesagt.«

»Und das könnte stimmen. Andererseits gibt es die Theorie, dass sich die Menschen auf paragnostische Fähigkeiten hin entwickeln und dass diejenigen von uns, die sie schon haben, bloß ... dem Rest von euch voraus sind. Theorien gibt es viele. Ein normalerweise schlummerndes Gen, das aus irgendeinem Grund aktiviert wird. Ein Unfall oder eine Erkrankung in der Kindheit, was zu einer Veränderung des elektromagnetischen Feldes im Gehirn geführt hat. Ich habe auch schon gehört, dass man bei einem umfassenden Gentest feststellen würde, dass wir alle einen gemeinsamen Vorfahren haben. Wer weiß das wirklich?«

»Und wen interessiert es?«

»Mich nicht, um ehrlich zu sein. Mir war nie daran gelegen, die Sache wissenschaftlich zu ergründen. Was hätte das auch für einen Sinn? Die heutige Wissenschaft weiß bedauerlich wenig über das Gehirn, noch nicht einmal über dessen ›normale‹ Funktionen. Wenn Sie darüber hinausgehen, kommt die Wissenschaft sehr schnell an ihre Grenze.«

Alex musterte sie neugierig. »Ich nehme an, als Paragnost aufzuwachsen war nicht sehr angenehm.«

»Nicht besonders, nein.« Miranda unterdrückte das Bedürfnis, ihre Schläfen zu massieren. Alex ins Vertrauen zu ziehen mochte ja gut für die Seele sein, ihrem schmerzenden Kopf half es jedoch nicht. »Überlegen Sie mal. Mit sieben stellt man fest, dass die Erwachsenen sehr nervös werden, wenn man ihnen von den Bildern erzählt, die man im Kopf hat. Vor allem, wenn man ihnen von etwas erzählt, das noch nicht geschehen ist, das aber dann geschieht. Also hört man auf, ihnen davon zu erzählen. Den meisten wenigstens. Meine Eltern waren sehr verständnisvoll, denn sonst wäre es unerträglich gewesen.«

»Ihre Eltern waren nicht ...«

»Paragnostisch? Nein, aber beide waren ungeheuer intuitiv

und stammten aus Familien, in denen sehr viel über paranormale Dinge gesprochen wurde. Sie glaubten nicht automatisch, dass etwas unwahr ist, nur weil sie nicht begriffen, wie es zustande kam.«

Plötzlich ging Alex ein Licht auf. »Bonnie … und das Ouija-Brett. Himmel, Sie glauben, sie bekam die Information tatsächlich von einem Geist?«

»Als Bonnie vier war«, erklärte Miranda, »hatte sie eine imaginäre Freundin – so dachten wir jedenfalls. Ein kleines Mädchen namens Sarah. Sie erzählte uns alles über Sarah, unterhielt uns am Esstisch mit Geschichten über Sarah, deren Eltern, über den älteren Bruder und den Hund. Dann erzählte sie uns eines Tages ganz nebenbei, dass Sarah gestorben sei, als ihr Haus einstürzte. Wir waren alle verblüfft, und Dad wurde neugierig. Also zog er einige Erkundigungen ein.«

»Und fand Sarah?«

»Es stellte sich heraus, dass unser Haus an einer Stelle gebaut worden war, an der vorher ein Haus von einem Erdbeben zerstört wurde. Und in diesem Haus lebte ein Ehepaar mit einem Sohn – und einer Tochter namens Sarah. Sie war die Einzige, die bei dem Erdbeben starb.«

»Und wie lange ging das mit ihr?«

»Bonnie hat sie nie wieder erwähnt. Nach allem, was ich heute über den plötzlichen Tod weiß, glaube ich, dass die kleine Sarah nur aufarbeiten wollte, was ihr zugestoßen war. Und Bonnie war die Einzige, die zuhörte. Nachdem die Geschichte erzählt war, konnte Sarah den ihr bestimmten Weg fortsetzen.«

Alex scheute sich, Miranda zu diesem letzten Punkt zu befragen. »Was wissen Sie über den plötzlichen Tod?«

»Die meisten Menschen, die überraschend sterben, sind nicht darauf vorbereitet zu gehen – vor allem, wenn ihr Tod gewaltsam herbeigeführt wurde. Einige von ihnen sind fuchsteufelswild darüber, dass ihr Leben vorzeitig beendet wurde, und sie alle wollen mehr Zeit. Manchmal gelingt es ihnen sogar, sich mehr Zeit zu verschaffen, zumindest in gewisser Hinsicht.«

»Durch Heimsuchung der Lebenden?«

»Nur solche, die es verstehen, sie zu sehen und zu hören.«

»Leute wie Bonnie.«

Miranda nickte.

Alex dachte darüber nach. »Gab es noch andere Geister?«

»Oh, sicher, einige Jahre lang. Dann gelang es Kara und mir, Bonnie beizubringen, ihr Gehirn besser zu schützen, sodass sie die Geister nur noch dann sah, wenn sie nach ihnen Ausschau hielt.«

»Und das soll besser gewesen sein?«, fragte Alex ironisch.

»Es ist immer besser, diese Dinge nach Möglichkeit kontrollieren zu können. Vor allem für jemanden, der wie Bonnie veranlagt ist. Wie ich schon sagte, Alex, Menschen, die plötzlich sterben, können wütend sein. Und negative Emotionen können eine sehr destruktive Wirkung haben.«

»Ich nehme an, das ist auch der Grund, warum wir Bonnie nicht bitten, den Kontakt mit den toten Teenagern aufzunehmen«, stellte Alex fest und war verblüfft, dass er so etwas aussprach.

»Wenn Teenager Opfer eines gewaltsamen Todes geworden sind«, erklärte Miranda sachlich, »haben wir es nicht nur mit dem Zorn über ein verkürztes Leben zu tun, sondern auch noch mit dem Hexenkessel der Emotionen, dem wir alle in diesem Alter ausgesetzt waren. Wenn Bonnie älter ist, könnte sie in der Lage sein, damit umzugehen, doch jetzt, wo ihre Gefühle noch so chaotisch sind und ihr Mitgefühl so stark ist, wäre sie in echter Gefahr.«

»Welche Art von Gefahr? Ein Geist kann einem nichts antun. Oder doch?«

Miranda zögerte. Sie war sich nicht sicher, wie viel er zu akzeptieren in der Lage war. »Sie wollen leben, Alex. Sie wollen das Leben, um das man sie betrogen hat. Wenn sie also eine offene Tür sehen … oder einen offenen Verstand … dringen einige von ihnen ein, ohne die Absicht, je wieder gehen zu wollen.«

Tony heftete die Autopsiefotos von Steve Penman an die Pinnwand und hörte mit halbem Ohr zu, wie Bishop per Handy mit dem Agenten telefonierte, der ein zweites Team der Spezialeinheit leitete, das momentan mit einer Ermittlung in Texas beschäftigt war.

»Du weißt, dass du sie nicht hypnotisieren kannst, Quentin«, sagte Bishop. »Du musst einen anderen Weg finden, an ihre Erinnerungen zu gelangen. Es gibt eine Möglichkeit, sie das noch mal bewusst durchleben zu lassen, damit kannst du es versuchen, falls du jemanden findest, der dafür qualifiziert ist. Das führt nicht immer zum Erfolg, doch in diesem Fall könnte es funktionieren. Lass Kendra die Dateien durchgehen. Nein, wir sind hier noch keiner Lösung nahe, soweit ich sehe.« Er runzelte leicht die Stirn. »Ja, die hiesigen Behörden sind sehr kooperativ. Wieso?«

Tony sah über die Schulter nach hinten. Als er Bishops Blick begegnete, befürchtete er, schuldbewusst zu wirken.

»Ich wäre dir dankbar, wenn du mich über deine Fortschritte auf dem Laufenden hieltest, Quentin«, fuhr Bishop am Handy fort. »Genau. Wir werden noch eine Weile hier sein. In ein oder zwei Tagen sprechen wir uns wieder.« Er beendete das Gespräch und steckte das Handy gedankenverloren in seine Jackentasche. »Tony?«

»Ja, Boss?«

»Gibt es da etwas, das du mir sagen möchtest?«

»Eigentlich nicht, nein.« Eine Weile war es ganz still in dem Raum, dann blickte Tony erneut über seine Schulter und stellte fest, dass Bishop mit einer Geduld wartete, die Tony nur allzu gut kannte. »Es ist schon so, wie du sagtest, Boss. Manchmal ist es das Allerletzte, mit Leuten zusammenzuarbeiten, die Gedanken lesen können. Alle waren im Büro, als die Anfrage von Miranda hereinkam.«

»Ich war mir nicht mal sicher, dass sie es war«, wehrte Bishop ab.

»Oh doch, das warst du. Ich weiß zwar nicht, wieso, da sie ihren Namen geändert hatte, aber du wusstest es. Wieso wusstest du es überhaupt?«

»Ich wurde vor ein paar Monaten ... darauf hingewiesen. Dass ich nach Tennessee zurückkehren würde und ... Himmel, Tony, jeder weiß Bescheid?«

»Na ja, du hast nicht gerade ein Geheimnis daraus gemacht, wenn du es genau wissen willst.« Tony ging zum Konferenztisch und setzte sich. »Ich bilde mir ein, du hattest sogar gefragt, wie schnell der Jet aufgetankt werden kann.«

Bishop zuckte zusammen. »Daran kann ich mich nicht erinnern.«

»Das überrascht mich nicht. Abgesehen davon war mir

nicht ganz klar, was da ablief, denn ich fing nichts als Emotionen auf.« Er kritzelte auf einem Notizblock herum und vermied bewusst jeden Blickkontakt mit Bishop. »Aber ein paar von den anderen haben es wohl laut und deutlich mitbekommen. Und es ist ja nicht so, dass die Geschichte ein Geheimnis wäre, du weißt schon, zumindest in Quantico. Daher wette ich, dass die anderen inzwischen fast vor Neugier platzen. Sich fragen, wie du und Miranda miteinander auskommen. Ich denke, Quentin konnte es sich auch nicht verkneifen zu fragen – so beiläufig wie möglich natürlich.«

Ein längeres Schweigen entstand, dann sagte Bishop sehr bedächtig: »Also kann ich … vor dem Team keinerlei Geheimnisse haben, ist es das, was du mir sagen willst?«

»Es ist schon wirklich beschissen, mit Paragnosten zusammenarbeiten zu müssen«, murmelte Tony. »Ich hab's ja schon mal gesagt, Boss. Da du ein so hervorragender Empfänger bist, macht dich das anscheinend auch zu einem genauso guten Sender. Falls du dich mit Miranda jemals wieder versöhnen solltest, wäre es gut, sie zu bitten, dir beizubringen, wie man einen so stabilen Schutzschild errichtet. Ihrer funktioniert absolut hervorragend.«

»Ich brauche einen Drink«, verkündete Bishop.

Tony bemühte sich, nicht zu lachen. »Zu deinem Trost, wir alle sind füreinander ein offenes Buch. Ich meine, Mann, wenn einer von uns auch nur einen Niednagel kriegt, wissen die anderen das garantiert sofort.«

»Das tröstet mich überhaupt nicht. Und wenn du sagst, das hättest du gewusst, dann erschieß ich dich, Tony, das schwör ich bei Gott.«

»Das käme mir nie in den Sinn. Oder auf meinen Radarschirm, sozusagen.«

»Halt einfach den Mund«, befahl ihm Bishop.

Alex starrte Miranda an. »Moment mal. Wollen Sie mir weismachen, ein Geist kann von einer lebenden Person Besitz … Besitz ergreifen?«

»Wenn die elektromagnetische Energie des Geistes stärker ist als die der lebenden Person, wenn sein Wille zu leben größer ist, kann er die Oberhand gewinnen, die Kontrolle übernehmen. Ich denke, ›Besitz ergreifen‹ ist der richtige Begriff.«

»Ist das nur eine Theorie, oder …«

»Oh, es ist schon vorgekommen. Das Problem ist nur, die Medizin ist nicht in der Lage, es als das zu erkennen, was es ist. Also, wenn ein Medium zusammenbricht, tja … derjenige war ja schon immer verrückt, oder etwa nicht? Vielleicht psychotisch oder schizophren. Oder einfach nur übergeschnappt.«

»Aber wie können Sie denn so sicher sein, dass das nicht die Wahrheit ist?«

»Weil ich ein Berührungstelepath bin.« Sie atmete tief ein. »Als ich einundzwanzig war, hatte ich eine Beziehung mit einem Psychologiestudenten. Er wusste, dass ich paranormale Fähigkeiten besitze, und sah darin nur einen zusätzlichen Sinn, ein Werkzeug, das ich benutzen konnte. Und *er* auch. Er arbeitete in einer psychiatrischen Anstalt und war von drei der Patienten dort fasziniert. Zwei waren schon lange in der Anstalt, einer erst kürzlich eingewiesen worden, doch alle galten als gefährliche Schizophrene – so gefährlich, dass auch Medikamente nichts ausrichten konnten. Und von allen war bekannt, dass sie hellseherische Fähigkeiten und Erfahrungen als Medium hatten. Das war das Einzige, was sie sonst noch gemein hatten. Er ging davon aus, dass diese Erlebnisse im Zusammenhang mit der Schizophrenie standen, und träumte sogar davon, die Ursache für diesen Zustand entdeckt zu haben.«

»Und was geschah dann?«, wollte Alex wissen.

»Nun, es gab ja keine wissenschaftlich anerkannte Möglichkeit, seine Theorie zu testen, doch er wollte unbedingt wissen, ob er recht hatte. Und ich muss zugeben, ich war selbst neugierig. Also schleuste er mich eines Nachts heimlich dort ein. Ich sollte die Patienten berühren – die natürlich fixiert waren – und ihm erzählen, was ich von ihnen auffing.«

»Was haben Sie aufgefangen?«

Miranda massierte sich den Nacken. »So etwas möchte ich nie wieder durchmachen. Es war eines der verstörendsten Erlebnisse meines Lebens. Ich berührte diese armen Menschen – zwei Frauen und ein Mann –, und ich spürte tatsächlich die anderen Wesen in ihnen.«

»Vielleicht hatten sie eine gespaltene Persönlichkeit oder ...«

»Nein, ich kann es nur nicht so erklären, dass Sie es verstehen könnten, aber ich wusste, ich weiß jetzt ohne den leisesten Zweifel, dass jede dieser Personen eindeutig eine zweite Seele in sich trug.« Sie schüttelte den Kopf. »Die bloße Energie zweier Geister, die darum kämpften, den gleichen Körper zu besitzen, war ... unglaublich. Kein Wunder, dass in ihren Gehirnen Fehlzündungen auftraten.«

Alex starrte sie mit großen Augen an. »Sie sind sich klar, wie unwahrscheinlich das klingt, oder?«

»Natürlich. Das ist einer der Gründe, weshalb ich es all die Jahre für mich behalten habe.«

»Aber weil ich Sie danach gefragt habe …?«

Sie lächelte. »Ja. Weil Sie gefragt haben.«

Er grübelte eine Weile und versuchte sich klar zu werden, wie viel davon er wirklich glaubte. »Wie ist das mit den Agenten? Wenn Sie alle paragnostische Fähigkeiten haben, können Sie gegenseitig Ihre Gedanken lesen?«

Sie wählte die einfachste Antwort. »Ich weiß es nicht. Als sie herkamen, habe ich meinen Schutzschild aktiviert.«

»Wegen Bishop?«

»Mehr oder weniger.«

»Nachdem ich jetzt weiß, was vor acht Jahren geschah, kann ich Ihnen das nicht verdenken«, sagte Alex.

Miranda zögerte und hörte sich dann sagen: »Ich möchte nicht, dass Sie einen falschen Eindruck bekommen, Alex. Aber … auch wenn ich mich persönlich verraten gefühlt haben mochte, trifft es doch zu, dass Bishop alles in seiner Macht Stehende unternommen hat, um einen der brutalsten Mörder der jüngsten Vergangenheit zu fassen.«

»Und dazu gehörte, Ihre Familie zu opfern?«

»Er glaubte, sie beschützen zu können. Er hatte sich geirrt. Niemand hätte sie schützen können.«

»Wollen Sie damit sagen, Sie vergeben ihm?«

Erneut wählte Miranda ihre Worte mit Bedacht, obwohl sie sich nicht ganz sicher war, ob sie es wegen Bishop tat – oder ihretwegen. »Ich will damit sagen, dass ich inzwischen etwas besser verstehe, womit er es zu tun hatte und warum er so handelte. Ich bin natürlich nicht einverstanden mit dem, was er getan hat. Aber wie heißt es doch: Im Nachhinein sieht man alles klarer. Wäre ich damals an seiner Stelle gewesen … hätte ich vielleicht auch so gehandelt.«

»Und einen Geliebten verraten?« Alex schüttelte den Kopf. »Das glaube ich nicht.«

Darauf fiel Miranda so schnell keine Antwort ein, doch glücklicherweise läutete in diesem Moment ihr Telefon. Sie nahm ab, hörte eine Minute lang zu, bedankte sich und legte auf.

»Es hat zu schneien angefangen?«, mutmaßte Alex.

»Ja. Also, bevor es schlimmer wird, werde ich kurz nach Hause fahren. Ich möchte mich vergewissern, dass Mrs Task sich rechtzeitig auf den Weg gemacht hat, dann vielleicht duschen und mich umziehen, bevor ich zurückkomme.«

»Sie brauchen heute Abend nicht zurückzukommen. Ihr Jeep schafft es locker, auch wenn die Straßen morgen schlecht befahrbar sein sollten.«

»Ich weiß, aber ich bin lieber hier. Außerdem bleibt Bonnie bei Seth und seinen Eltern in der Klinik, also gibt es keinen Grund für mich, zu Hause zu bleiben.«

»Eine kleine Verschnaufpause?«, schlug Alex vor.

»Es geht mir gut. Machen Sie sich keine Gedanken, Alex.«

Er drängte sie nicht weiter, begleitete sie bis zum Großraumbüro und setzte sich dann an seinen Schreibtisch, während sie dem diensthabenden Deputy am Empfang noch einige Anweisungen gab.

Alex hatte genug zu tun. Nach seiner Unterhaltung mit Tony Harte hatte er sich in der Bibliothek Kopien von Dutzenden Seiten mit Kleinanzeigen machen lassen. Nun musste er die Annoncen auf der Suche nach solchen durchlesen, auf die sich ein weggelaufener Teenager gemeldet haben könnte.

»Halten Sie die Stellung, Alex«, rief ihm Miranda auf dem Weg nach draußen zu.

»Mach ich. Und passen Sie auf sich auf.«

»Jaja.« Sie winkte ihm flüchtig zu und verließ das Gebäude.

Die Fahrt nach Hause dauerte normalerweise zehn Minuten, doch an diesem Abend brauchte Miranda beinahe zwanzig, allerdings eher, weil sie ihre Umgebung beobachtete als wegen der dünnen Schneedecke auf den Straßen. Zu ihrer Erleichterung stellte sie fest, dass nur wenige Menschen unterwegs waren. Liz' Café war zwar noch geöffnet, aber davor parkten nur drei Autos, und Miranda war überzeugt, dass heute niemand länger bleiben würde.

Die anderen Geschäfte in der Stadt hatten schon geschlossen, mit Ausnahme der Videothek und einer durchgehend geöffneten Tankstelle. Beide waren gut besucht.

Vier Streifenwagen der Polizei waren auf Patrouille, und Miranda hörte im Funk der Unterhaltung ihrer Deputys zu, ohne sie zu unterbrechen. Nach ihrem Ton zu urteilen, waren sie etwas überreizt, aber nicht übermäßig. Was sie daran erinnerte, wie lang und ereignisreich der Tag gewesen war, und als sie in ihre Einfahrt bog, spürte sie eine Woge der Erschöpfung über sich hereinbrechen. Sie lief auf Reserve und hatte keine Ahnung, wie lange ihre Energie noch reichen würde. Lang genug. Es musste einfach reichen.

Sie glaubte nicht, dass es noch lange dauern würde. Es würde noch ein Opfer geben, das wusste sie. Insgesamt fünf vor ihren Augen Ermordete, und der letzte gewissermaßen unerwartet.

Dieser Tod würde das Ende einläuten.

Sie schloss die Eingangstür auf und betrat das Haus. Eine fröhliche Nachricht von Mrs Task auf dem Anrufbeantworter ließ sie wissen, dass sie sicher nach Hause gekommen war und eine große Schüssel Nudelsalat und Hühnchen im Kühlschrank sowie frisch gebackenes Brot im Brotkasten zu finden seien.

Das klingt hervorragend, dachte Miranda, während sie ins Wohnzimmer ging und aus ihrem Jackett schlüpfte. Soweit sie sich erinnerte, hatte sie seit Mittag nichts mehr gegessen. Sie legte ihr Schulterholster ab und hängte es über eine Stuhllehne. Einige Lampen brannten, doch erst als sie eine weitere einschaltete, entdeckte sie das Ouija-Brett auf dem Couchtisch.

Hatte Bonnie nicht gesagt, sie wären in ihrem Zimmer gewesen, als sie das verdammte Ding benutzten? Eigentlich war sie sich dessen sicher und konnte sich nur vorstellen, dass Mrs Task das Brett aus irgendeinem Grund mit nach unten gebracht hatte. Das passte zwar so gar nicht zu ihrer Haushälterin, die wahrscheinlich nicht die leiseste Ahnung hatte, wie man so ein »Spiel« spielte, doch Miranda fiel keine bessere Erklärung ein.

Eigentlich, gestand sie sich insgeheim, fiel ihr das Denken überhaupt schwer. Geistesabwesend bückte sie sich, rückte den Zeiger von dem NEIN-Feld in die Mitte des Brettes und ging dann nach oben, um zu duschen und so vielleicht ihren Kopf wieder klar zu bekommen.

Hinter ihr bewegte sich die Planchette langsam über das Brett und blieb über dem NEIN wieder stehen.

»Boss?«

»Ja?«

»Merkst du eigentlich, dass du dauernd auf und ab tigerst?«

Bishop blieb schlagartig stehen und sah seinen Kollegen stirnrunzelnd an. »Falls ich dir das noch nicht gesagt haben sollte, du kannst einem wirklich auf die Nerven gehen, Tony.«

»He, ich bin doch nicht derjenige, der hier den Fußboden abnutzt«, protestierte Tony. Er beobachtete, wie sich Bishop demonstrativ vor seinem Laptop niederließ. »Machst du dir Sorgen über etwas?«

»Ich hasse Schneestürme.«

»Es stürmt doch noch gar nicht. Ich hab nachgeschaut, als ich die Kaffeemaschine aufgefüllt habe. Bisher schneit es nur ganz leise da draußen. Der Boden ist noch kaum bedeckt. Verdammt, hier klingeln ja noch nicht mal die Telefone mit besorgten Bürgern am anderen Ende, die ihre Polizei nerven. Alles ruhig und friedlich, die Deputys arbeiten fleißig an ihren Schreibtischen oder spielen im Aufenthaltsraum Poker.«

Bishop wartete ab, doch als es offensichtlich war, dass Tony nichts mehr sagen würde, gab er sich geschlagen. »Wo ist Miranda?«

»Alex sagte, sie sei vor einer halben Stunde nach Hause gefahren. Will angeblich aber wieder herkommen. Ich nehme an, sie wird die Nacht über hierbleiben.«

Ohne daran zu denken, dass er nicht mehr auf und ab laufen wollte, erhob sich Bishop und trat ans Fenster. Es ging auf den beleuchteten Parkplatz hinaus, wo ein paar Streifenwagen und zahlreiche andere Fahrzeuge zu sehen waren, alle von Schnee überpudert. Die Schneeflocken wurden größer und fielen nicht mehr senkrecht herab, da der Wind aufgefrischt hatte.

»Der Sturm ist im Anzug«, stellte er fest.

»Und das beunruhigt dich?«

»Ich hab doch gesagt, dass ich Schneestürme hasse.« Er schwieg einen Augenblick. »Mir ist vollkommen unbegreiflich, wieso sie nicht zu Hause bleibt.«

»Denkt, dass sie hier gebraucht wird, nehme ich an.«

»Du hast selbst gesagt, hier sei nichts los.«

»Bis jetzt.«

»Trotzdem.«

Wieder herrschte Stille, die diesmal erst unterbrochen wurde, als Bishop zu seinem Schreibtisch zurückging und den Telefonhörer in die Hand nahm.

»Ich nehme an, du kennst ihre Nummer«, sagte Tony.

»Ja, Tony, die kenne ich.«

Ohne sich von dem scharfen Ton beirren zu lassen, beobachtete Tony ihn interessiert. Was er von seinem Boss auffing, war keine Besorgnis wegen des bevorstehenden Schneesturms oder bloße Ruhelosigkeit, sondern etwas viel Stärkeres und viel schwieriger zu Definierendes. Und ansteckend schien es auch zu sein, stellte Tony fest, als er seine Finger daran hindern musste, weiter auf den Tisch zu trommeln.

Mann, wer redete hier von Nervosität?

Bishop legte den Hörer auf. »Der Anrufbeantworter war dran.«

»Vielleicht steht sie unter der Dusche.«

»Kann sein.« Bishop ging wieder zurück ans Fenster.

»Das glaubst du aber nicht«, mutmaßte Tony.

Eine Minute lang sah es so aus, als würde Bishop nicht antworten, doch schließlich sagte er: »Irgendwas *fühlt* sich verkehrt an.«

»Fühlt sich wie verkehrt an?«

»Ich weiß es nicht.«

»Fühlt es sich in Bezug auf Miranda verkehrt an?«

Bishop zögerte erneut, dann nickte er. »Ich konnte immer … Früher habe ich immer gespürt, was mit ihr los war. Ich wusste, ob sie glücklich oder ärgerlich war.«

»Das spürst du jetzt auch?«

»Nein, das hier ist anders. Es ist, als ob ich etwas sehe oder höre, dessen ich mir nicht wirklich bewusst bin, etwas, das mir keine Ruhe lässt. Etwas, von dem ich weiß, dass es gerade außerhalb meiner Reichweite ist.«

»Etwas, das mit Miranda zu tun hat?«

Bishop sah wieder zum Telefon, seine Ruhelosigkeit war so deutlich wie sein Wunsch, sich nicht zum Narren zu machen. »Ich werde zehn Minuten warten und dann wieder anrufen. Falls sie unter der Dusche ist.«

Tony erwischte sich dabei, schon wieder mit den Fingern zu trommeln, und hörte damit auf. »Ja«, sagte er. »Das klingt vernünftig.«

Nach der warmen Dusche fühlte sich Miranda besser, und bis sie ihr Haar getrocknet und Jeans und einen dicken Pulli angezogen hatte, war auch ihr Appetit wiedergekehrt. Sie streifte sich ein Gummiband übers Handgelenk, um damit später ihre Haare zurückzubinden.

Im Wohnzimmer schaltete sie als Geräuschkulisse und wegen des Wetterberichts den Fernseher ein. Erst da bemerkte sie, dass das Ouija-Brett auf dem Boden lag. Sie fragte sich, wieso das Spiel das Einzige im Raum war, das verändert war. Sofort griff sie nach ihrer Waffe. Ein Eindringling hätte garantiert ihre Pistole genommen. Sie war nicht zu übersehen gewesen. Warum also ein Spielbrett umstoßen?

Da ihre Schutzschilde aktiv und ihre Abwehrmechanismen ausgeschaltet waren, konnte Miranda nichts Ungewöhnliches im Haus erfühlen. Was bedeutete, sie würde sich äußerst vorsichtig bewegen müssen, von Zimmer zu Zimmer, die Lichter anschalten, die Fenster und auch alle Türen nach draußen sowie Schränke und uneinsehbare Winkel kontrollieren.

Dafür gibt es auch einen schnelleren und einfacheren Weg, sagte sie sich. Die Schilde für einen kurzen Moment zu senken würde nichts ausmachen. Nur lange genug, um das Haus spüren zu können, sicherzugehen, dass sie allein war. Erst als sie die Schilde senkte, wurde sich Miranda bewusst, welchen Kraftaufwand es darstellte, sie ständig über so lange Zeit aufrechtzuerhalten. Einen Augenblick lang wurde der Schmerz in ihrem Kopf noch stärker – dann zerplatzte er wie eine Seifenblase. Ihre Ohren knackten, als käme sie aus großer Höhe herab, und ihr Blick verschwamm, bevor er so scharf wurde, dass sie vor Überraschung blinzelte.

Dieser Moment des Wohlgefühls war herrlich. Was dann kam, war eine Qual.

Sie ließ die Waffe fallen und riss beide Hände an den Kopf, als der glutheiße, schmerzende Stich sie ins Schwanken brachte. Sogar dermaßen betäubt, erkannte sie instinktiv einen Angriff, wusste, dass etwas, eine Energie, sich Zugang zu ihrem Gehirn erzwingen wollte. Und genauso instinktiv setzte sie sich zur Wehr.

Ihre Schutzschilde schossen wieder hoch, aus reiner Kraft

der Verzweiflung, und gleichzeitig unternahm sie eine gewaltige geistige Anstrengung, diese Klinge aus Energie abzulenken, die in sie eindringen wollte. Sie konnte sie fast sehen, weiß und leuchtend und so gierig, dass sie sich ihren Weg in sie hineinfräsen würde. Beinahe.

Und dann wurde alles schwarz wie Pech und still wie ein Grab.

Das Läuten des Telefons hörte sie nicht mehr.

Liz' letzter Kunde ging gegen neun Uhr dreißig. Das ließ ihr genug Zeit, mit dem Aufräumen fertig zu werden, bevor der Schnee zu hoch lag. Sie schloss die Vordertür nicht ab, falls jemand kam, der telefonieren musste. In dem Fernseher über dem Tresen lief der örtliche Wetterbericht.

Die Vorhersage war nicht sehr rosig, es sei denn, man mochte viel Schnee.

Liz dachte an nichts Besonderes, ließ einfach ihre Gedanken treiben und begriff plötzlich, was das weiße Hemd bedeutete.

Natürlich. Natürlich, es war völlig einleuchtend.

Ihr erster Gedanke war, Alex anzurufen, doch dann überlegte sie kurz und entschloss sich, beim Sheriffdepartment vorbeizufahren. Sie räumte schnell auf, schloss die Vordertür ab, löschte die Lichter, verließ ihr Geschäft durch die Hintertür und sperrte sie zu.

Sie parkte immer auf der Rückseite des Geschäfts in einer Gasse, nur wenige Schritte von der Tür entfernt, obwohl Alex ihr geraten hatte, vor dem Laden zu parken, wenn sie abends arbeitete. Liz machte sich darüber nie Gedanken. Schließlich waren es nur ein paar Schritte, und sie hatte noch nie Angst gehabt, ganz gleich, wie spät es war.

Es war kalt, viel kälter als noch vor ein paar Stunden. Und der Schnee wurde allmählich dichter und wirbelte im heulenden Sturm herum.

Liz ließ den Wagen an und stieg dann wieder aus, um den Schnee von der Windschutzscheibe zu kehren, während der Innenraum des Autos warm wurde. Die Wischerblätter waren nicht die besten, und der Defroster funktionierte auch nicht so richtig, daher dachte sie, es könnte nicht schaden, selbst etwas Hand anzulegen.

»Sie machen sich aber recht spät auf den Heimweg.«

Erschrocken schnappte sie nach Luft und drehte sich um, brachte aber dann ein zittriges Lachen zustande. »Und ich muss zuerst auch noch beim Sheriffdepartment vorbei. Aber was machen Sie denn hier draußen …« Dann sah sie die schimmernde Klinge.

»Es tut mir leid, Liz. Es tut mir wirklich leid.«

Ihr blieb gerade noch Zeit zu erkennen, dass sie mit dem Hemd doch nicht recht gehabt hatte, bevor sie spürte, wie der kalte Stahl des Messers mit erschreckender Leichtigkeit in ihren Körper eindrang.

14

Zuerst beachtete Miranda die Stimme nicht. Sie klang so fern und war kaum wahrzunehmen. Außerdem war Miranda viel zu müde, um sich darum kümmern zu können, was die Stimme ihr sagen wollte. Miranda wusste nicht, wo sie sich befand, aber alles war ruhig und friedlich. Sie hatte keinen Grund mehr, sich Sorgen zu machen, und wollte einfach in Ruhe gelassen werden.

Miranda. Ganz vage war ihr bewusst, dass etwas sie berührte. Sie spürte es nicht, doch irgendwie wusste sie, dass sie berührt wurde. Und ohne darüber nachzudenken wurde ihr klar, dass sie … ihn … ohne den Kontakt überhaupt nicht hören könnte. Sie hörte ihn ja auch eigentlich nicht wirklich. Sie verstand, was er sagte, obwohl sie seine Worte nicht durch ihre Ohren wahrnahm.

Das war seltsam. Geistesabwesend dachte sie darüber nach, jedoch nur so, als wäre sie nur am Rande an diesem Rätsel interessiert. All ihre Sinne waren abgeschaltet, stellte sie schließlich fest. Völlig abgeschaltet. Sie hatten sich ausgeschaltet. Und aus diesem Grund schaltete sich auch ihr Körper aus. Sie hatte den dumpfen Eindruck, dass sich ihr Herzschlag verlangsamte, ihre Lunge keine Luft mehr einatmete und ihre anderen Organe die Funktion einstellten.

Miranda, hör mir zu. Hör zu. Sie wollte ihm nicht zuhören. Er würde ihr wieder wehtun. Das wusste sie. Er würde ihr wehtun, und sie wollte nie wieder so verletzt werden.

Du musst mich reinlassen, Miranda. Oh nein. Sie konnte ihn nicht reinlassen. Es war gefährlich, ihn reinzulassen. Weil er sie erneut verletzen würde, und weil … weil es noch nicht an der Zeit war. Wieso war es noch nicht an der Zeit? Weil … zuerst noch etwas anderes geschehen musste. Das war es. Jemand anderer musste sterben. Es mussten fünf sein, das war es, deshalb musste sie warten.

Es mussten fünf sein.

Bitte, Miranda. Bitte lass mich rein. Etwas stimmt nicht, du musst mich reinlassen. Nein. Sie konnte nicht. Sie wandte sich von ihm ab und und ließ sich in die friedliche Finsternis zurücksinken. Doch tief in sich spürte sie ein Ziehen, mit dem sie nicht gerechnet hatte. Es schmerzte. Sie hätte ihn so gerne reingelassen, gefühlt, was sie noch nie bei jemandem außer ihm gefühlt hatte. Aber sie hatte auch Angst davor, hatte Angst vor ihrem eigenen Verlangen, diesem Bedürfnis, das alle Kontrolle zunichtemacht.

Sie scheute davor zurück, wollte sich dem entziehen, was ihre Gefühle einforderten. Sie wollte diese Gefühle nicht. Sie versuchte, den Spinnenfaden zu zerreißen, der sie an etwas … draußen … etwas … jemanden …

Miranda … du stirbst. Spürst du das denn nicht? Das wollte sie alles nicht hören, dann natürlich starb sie nicht. Sie konnte nicht sterben, noch nicht. Da gab es etwas, das sie tun musste, etwas … Wichtiges.

Doch ihr schien nichts so besonders wichtig. Jetzt nicht. Die Dunkelheit war warm und friedlich, und sie wusste, da draußen war nur Angst und Sorge und Kummer. Und er. Er, der ihr das Leben schwer machte und für Komplikationen sorgte, die sie nicht brauchte. Er, der Forderungen stellte. Sie war so müde.

Lass mich rein … Verdammt noch mal, lass mich rein … Fast hätte sie es geschafft und wäre frei gewesen, die schwache Verbindung war so zart und zerfasert, dass sie kaum mehr Bestand hatte. Aber dann gaben Abwehrmechanismen nach, deren sie sich kaum bewusst war, und etwas griff nach ihr, packte sie. Andere dünne Bande umschwirrten sie, und jedes Mal, wenn eines davon sie berührte, spürte sie einen Stich, der sowohl Schmerz als auch Freude und Sicherheit bedeutete und dem sie sich nicht entziehen konnte. Sosehr sie auch dagegen ankämpfte, sie wurde langsam, aber unaufhaltsam der friedlichen Dunkelheit entrissen.

Als Erstes spürte sie die Kälte, eine bis ins Mark dringende Kälte, und sie wusste, dass es der Anfang des Todes gewesen war. Dann den langsamen, dumpfen Schlag ihres Herzens, unregelmäßig zuerst, doch allmählich gleichmäßiger und kräftiger. Ihre Lunge füllte sich in einem plötzlichen Atemzug mit Luft.

Und sie war zurück.

Miranda glaubte, ihr Kopf würde zerspringen. Jeder Nerv ihres Körpers pulsierte. Ihr war kalt, und sie hatte Schmerzen, aber sie konnte wieder hören, wie der Sturm draußen unter dem Dachvorsprung heulte und Graupelschauer gegen das Fenster prasselten. Sie fühlte etwas wohlig Weiches unter sich und erkannte, dass sie in ihrem Bett lag, obwohl sie sich nicht erinnern konnte, wie sie dorthin gelangt war. Sie wusste, wenn sie die Augen öffnete, würde sie ihr Schlafzimmer sehen. Und ihn.

»Verdammt«, hörte sie sich murmeln.

»Du kannst mich verfluchen, so viel du willst, Hauptsache, du lässt mich rein.«

Sie fühlte seine Hände, die ihr Gesicht umfingen, spürte, wie sich sein Mund auf ihrem bewegte, und merkte trotz allem innerlichen Sträuben, wie sehr sie es genoss. Ihr Körper wurde wieder warm, der kalte Schmerz verschwand, und sie spürte, wie sie sich ihm öffnete, ihn nun bereitwillig in sich aufnahm, nachdem sie vorher nur seiner Hartnäckigkeit nachgegeben hatte.

In ihr war ein Verlangen, das stärker war als ihr Wille, ihm zu widerstehen. Ein Verlangen nach ihm. Seine Hände linderten den Schmerz in ihrem Kopf, und sein Mund ergriff Besitz von ihrem in langen, tiefen, betäubenden Küssen, die süchtiger machten als jede Droge.

»Das ist unfair«, gelang es ihr zu flüstern.

»Himmel, was glaubst du, wie egal mir das ist!« Bishops Stimme war heiser.

Miranda zwang sich, ihre Augen zu öffnen. Sie dachte, sie würde jeden Ausdruck kennen, den sein Gesicht annehmen konnte, doch das hier war ein Mann, den sie noch nie gesehen hatte.

»Ich habe dich nicht reingelassen.« Sie musste es einfach sagen.

»Ich weiß.«

»Du hast versprochen, du würdest nicht …«

Er küsste sie erneut. »Glaubst du wirklich, es gäbe irgendwas, das ich nicht tun würde, um dich am Leben zu halten?«, sagte er rau. »Auch wenn das nur ein weiterer Grund für dich ist, mich zu hassen.«

Wie Miranda wusste, würde er sowieso bald herausfinden, dass sie ihn nicht hasste, aber sie wollte über diese Sterbesache mit ihm reden, die für sie keinen Sinn ergab. Doch sein Mund bewegte sich auf ihrem, und seine Hände glitten unter die Decke, um sie zu streicheln, und ihr ganzes Bewusstsein konzentrierte sich auf das Bedürfnis, das er in ihr entfachte. Nichts anderes war von Bedeutung.

Die acht Jahre ihrer Trennung waren wie weggeblasen, die Zeit war zurückgedreht auf einen Sommer, in dem zwei frisch Verliebte das größte Maß an Vertrautheit erlebten, das sie je gekannt hatten.

Ihre Körper erinnerten sich zuerst, getrieben von einem wilden Verlangen, das befriedigt werden musste. Die Decken wurden beiseitegeschoben, die Kleidung abgeworfen, und sie konnten nicht aufhören, sich zu berühren, sich zu schmecken, konnten sich einfach nicht nahe genug sein.

Es war ein vertrautes, aber gleichzeitig auch ein neues Gefühl. Ihre Körper hatten sich durch die Jahre verändert, sie waren nun reifer, sich ihrer Sterblichkeit mehr bewusst und weniger sorglos den Freuden und Leiden des Lebens gegenüber.

Sie erforschten das Vertraute und das Andersartige mit der Hingabe zweier Menschen, die nur zu gut wussten, dass jeder Augenblick ein Geschenk war und sie diese Gelegenheit möglicherweise nie wieder bekämen. Sie nahmen, was Leben und Schicksal ihnen boten.

Während draußen der heulende Schneesturm immer heftiger wurde, herrschten drinnen Wärme und eine andere Heftigkeit, die sich ganz im Stillen entfaltete.

Nun geschah das Gleiche wie in diesem lange zurückliegenden Sommer, und Miranda war erneut überrascht und erschüttert von dem ungeheuren Ausmaß. Zusammen mit der leidenschaftlichen körperlichen Begegnung fand eine geistige Vereinigung statt, so tief und vollkommen, als würden ihre beiden Seelen verschmelzen und zu einer einzigen werden. Miranda sah sein Leben in den Jahren der Trennung vor sich aufblitzen, sah die Freuden und Schmerzen, die erfolgreich gelösten Fälle und die, bei denen das nicht geglückt war. Sie sah die Gesichter seiner Freunde, seiner Mitarbeiter und seiner Feinde, sah die Orte, an denen er gewesen war, und was er getan hatte, und fühlte, was er gefühlt hatte. Sie wusste, dass er zur gleichen Zeit auch ihr Leben und ihre Erfahrungen durchlebte.

Diese wild beglückende Achterbahnfahrt der Emotionen und die überwältigenden körperlichen Empfindungen brachten sie zu einem so unglaublichen Höhepunkt weit jenseits dessen, was den meisten Menschen vergönnt war, sodass es keine Worte gab, dieses Erlebnis zu beschreiben.

Außer schieres Glück.

Deputy Greg Wilkie konzentrierte sich hauptsächlich auf die schwierige Aufgabe, seinen Streifenwagen auf der Straße zu halten, und hätte wahrscheinlich keinen Blick in die Gasse geworfen, wenn er nicht wachsam nach herumfliegenden Trümmern Ausschau gehalten hätte. Ein herabfallender Ast hatte ihn schon beinahe einen Seitenspiegel gekostet. Als er jemanden am Wagen sah, war sein einziger Gedanke, dass

Liz reichlich spät nach Hause fuhr, aber zum Glück ein Auto mit Vorderradantrieb hatte.

Er machte sich keine ernsthaften Sorgen, doch er war ein verantwortungsbewusster junger Mann und ein aufopferungsvoller, fleißiger Cop. Auf seiner nächsten Runde durch die Stadt überprüfte er die Gasse erneut. Er änderte auch absichtlich seine Route, um ein paar Minuten später an Liz' Haus vorbeizufahren. Ihr Wagen stand in der Einfahrt, im Haus brannte Licht. Beruhigt setzte er seinen Weg fort.

Eine der Pizzerien der Stadt hatte großzügigerweise den letzten Schwung Pizzas des Tages ins Sheriffdepartment geliefert, bevor der Schneesturm sie zum Schließen zwang. Und da die Deputys damit rechneten, den größten Teil, wenn nicht sogar die ganze Nacht auf den Beinen zu sein, zögerte keiner von ihnen, auch noch um halb elf abends Pepperoni und Zwiebeln zu verputzen.

»Manchmal liebe ich meinen Job«, gestand Tony. Zurückgelehnt, die Füße auf dem Konferenztisch, teilte er sich mit Alex eine Pizza und blickte fasziniert auf den kleinen Fernseher, den der Deputy mit dem Satellitenanschluss des Hauses verbunden hatte. »Wer hätte gedacht, dass ein Cheerleaderwettbewerb so … mitreißend sein kann?«

»Genau darum geht es«, stellte Alex fest.

»Ah ja. Ich sollte wohl öfter mal rauskommen.«

»Eigentlich sollten wir auf den Wetterkanal umschalten, statt uns dieses Zeug hier anzusehen«, sagte Alex in einem Anflug von schlechtem Gewissen.

»Wieso? Wir wissen, dass es stürmt. Und wir wissen, dass der Schneesturm früher oder später vorbei sein wird. Die Patrouillen berichten regelmäßig von draußen und alarmieren uns, falls es tatsächlich Probleme gibt. Und … wow. Schauen Sie sich an, wie hoch die sich gegenseitig werfen können!«

Alex sah auf die Uhr. »Wie lange ist Bishop schon weg?«

»Eine Stunde, mehr oder weniger. Er sagte, er würde anrufen, falls es Schwierigkeiten gibt.«

»Vielleicht hat der Sturm …«

»Unsere Handys funktionieren vermutlich auch noch nach einem Atomschlag.« Er sah hinüber zu Alex, der ihn anstarrte. »War ein Scherz. Aber sie sind recht zuverlässig. Wurden nicht über die üblichen Regierungskanäle bestellt.«

»Für einen Agenten der Bundesbehörde haben Sie eine seltsame Art von Humor«, stellte Alex fest.

»Ich sehe mich als Cop, nicht als Regierungsbeamten.«

»Als paranormalen Cop?«

Tony grinste. »Ich habe mich schon gefragt, wann Sie wohl die Sprache darauf bringen würden. Miranda hat es Ihnen erzählt, ja?«

»Nachdem ich endlich dazu kam, sie zu fragen. Doch sie hat nichts Genaueres über euch gesagt. Ich meine, außer über Bishop.«

»Aha. Sie wollen also wissen, ob ich hier sitze und Ihre Gedanken lese?«

»So in etwa.«

»Nein. Ist nicht mein Ding. Ich fange nur … Emotionen aus der unmittelbaren Umgebung auf.«

»Was Ihre *Vermutung* über unseren innerlich zwiegespaltenen Mörder erklärt?«

»So ungefähr. Ich bin auch sehr gut darin, Datenmaterial auf herkömmliche Weise auszuwerten.«

Alex schnaubte und starrte einige Minuten lang in den Fernseher. Dann sagte er plötzlich: »Randy behauptete, sie könne meine Gedanken nicht lesen, aber …«

»Sie fühlen sich wie auf dem Präsentierteller?«

»Ja.«

Tony zuckte die Schultern. »Sollten Sie aber nicht. Wenn sie sagt, sie könne Ihre Gedanken nicht lesen, dann kann sie es auch nicht. Ich könnte jederzeit erahnen, was Sie fühlen, doch das verraten die Leute meist sowieso durch ihren Gesichtsausdruck. Sharon könnte erkennen, dass die Schlüssel, die sie auf dem Boden fand, Ihnen gehören, aber das war's auch schon.«

»Und Bishop?«

»Ich dachte, Miranda hätte Ihnen von ihm erzählt.«

»Man braucht kein Hellseher zu sein, um zu wissen, dass sie mir nicht alles erzählt hat.«

»Interessant.« Tony nickte. »Okay. Bishop ist ein Berührungstelepath, ein ausgezeichneter. Besser noch als Miranda. Aber er entwickelte diese Fähigkeit erst, als er schon etwas älter war. Einige Adepten lernen erst so um die zwanzig, ihre Fähigkeiten zu nutzen, sei es, weil sie sich vorher dagegen sträubten, oder aus mangelnder Übung, wie auch immer. Und obwohl seine Begabung stärker ist, kann sie ihre Kräfte besser lenken. Sie war in der Lage, uns alle abzublocken, sogar Bishop. Eine äußert seltene Begabung, glauben Sie mir.« Tony hielt inne und lächelte dann. »Und falls Sie sich Sorgen machen, Bishop kann Ihre Gedanken auch nicht lesen.«

»Randy sagte, das gelingt ihr für gewöhnlich nur bei weniger als der Hälfte der Menschen, mit denen sie zu tun hat.

Für mich klang das Ganze immer wie Zauberei. Doch auch da gibt es Grenzen wie überall, nicht wahr?«

»Allerdings. Es handelt sich nur um einen zusätzlichen Sinn. Zum Beispiel: Sie können Dinge, die zu weit entfernt oder durch etwas verborgen sind, nicht sehen, und wenn Ihre Augen genetisch bedingt schlecht sind, ist das, was Sie sehen, unscharf. Sie können nur Geräusche innerhalb eines gewissen eng begrenzten Frequenzbereiches hören, und auch dann kann das, was Sie hören, verzerrt sein. Unser Tastsinn wird von der Temperatur beeinflusst und davon, ob man männlich oder weiblich ist, und noch von einem Dutzend anderer Dinge. Und unser Geruchssinn ist, verglichen mit den meisten Tierarten, nicht nur äußerst beschränkt, sondern auch so subjektiv, dass das eigene Gehirn einem sogar vormachen kann, etwas zu riechen. Jede einzelne paragnostische Fähigkeit unterliegt ebensolchen Einschränkungen.«

»Also keine Zauberei.«

»Nein.«

Nachdem Alex einige Zeit darüber gegrübelt hatte, sah er wieder auf die Uhr. »Eine halbe Stunde warte ich noch, dann rufe ich bei Randy zu Hause an.«

»Wie Sie wollen.« Tony schwieg etwa zehn Minuten und meinte dann nachdenklich: »Wissen Sie, in den letzten Jahren ist auf dem Gebiet hellseherischer Fähigkeiten sehr viel geforscht worden. Als unsere Einheit zusammengestellt wurde, hat man jede Menge Tests und Messungen durchgeführt. Wir haben aktenweise Diagramme und Tabellen. Seitenweise Berichte von Ärzten, Psychologen und Wissenschaftlern. Und haufenweise Unterlagen von Fällen, bei denen paragnostische Fähigkeiten über Erfolg oder Misserfolg entschieden. Doch zu jedem Fakt gibt es auch einen Mythos oder eine Legende, oder eben etwas, das wir einfach nicht verstehen. Wie bei Telepathen zum Beispiel. Seit Jahren gibt es das Gerücht, dass es eine ziemlich erstaunliche Erfahrung sein soll, wenn zwei Telepathen miteinander schlafen. So wie der Unterschied zwischen gehen und fliegen – man kommt auf beide Arten ans Ziel, doch wenn man einmal geflogen ist, lässt sich das mit nichts mehr vergleichen.«

Alex starrte ihn an. »Gibt es einen bestimmten Grund, wieso Sie das plötzlich ansprechen?«

Tony griff nach dem letzten Stück Pizza und prüfte mit dem Finger, ob es in der Mikrowelle aufgewärmt werden musste. »Nein, nein. Gar keinen.«

Miranda schlief nicht richtig, als das Telefon läutete, schwebte nur genüsslich in einem Gespinst aus Wärme und Zufriedenheit, während sie dem Sturm lauschte. Da sie auf der Seite lag, dem Nachttisch zugewandt, konnte sie nach dem Hörer greifen, ohne die Augen zu öffnen.

»Hallo?«

»Randy, Alex hier. Sind Sie … Ist alles in Ordnung? Als Bishop nicht zurückkam, haben wir uns ein bisschen Sorgen gemacht.«

Sie öffnete die Augen und sah auf die Uhr am Nachttisch, nicht sonderlich überrascht, dass es beinahe Mitternacht war. »Alles bestens, Alex.« Sie spürte, wie sich Bishops Arm enger um sie legte, und musste über die Worte lächeln, die nicht annähernd die Wahrheit beschrieben. »Wir warten nur den Höhepunkt des Sturmes hier ab und werden erst irgendwann morgen früh versuchen, zu euch zurückzukommen.«

»Dem Wetterbericht zufolge könnte es noch fast den ganzen morgigen Tag so weitergehen«, warnte sie Alex. »Doch bisher gibt es keine größeren Stromausfälle und keine nennenswerten Probleme.«

»Rufen Sie mich an, wenn sich etwas ändert.«

»Ja, mach ich.«

»Und falls Bonnie morgen anruft, bevor ich da bin, sagen Sie ihr bitte, ich sei zu Hause, ja?«

»Okay.«

Miranda legte auf und lag einen Augenblick lang nur da, genoss den friedlichen Moment. Bishops Wärme hinter ihr und sein fester Körper, der gegen sie gedrückt war, erinnerten sie eindringlich an das, was sie miteinander erlebt hatten, und an die unleugbare Gewissheit, dass sie gemeinsam stärker waren als getrennt.

Sie fragte sich, sogar jetzt, ob sie in der Lage war, das zu akzeptieren.

Sie war sich der mühelosen Verbindung mit Bishop bewusst, des vielschichtigen Gespinsts hauchdünner Fäden, die ihren Geist miteinander verbanden, und sie wusste auch, dass das, was vor mehr als acht Jahren geschehen war, als sie zum ersten Mal ein Liebespaar wurden, wieder geschehen war. Ihr Geist hatte sich ebenso berührt wie ihre Körper, doch es fand keine geistige Kommunikation statt, kein Austausch von Gedanken oder Emotionen. Eine Art psychische Überlastung hatte all ihre »zusätzlichen« Sinne betäubt.

Beim ersten Mal war es am stärksten gewesen. Noch Tage danach hatten sie ihre paragnostischen Fähigkeiten nicht einsetzen können – und waren verständlicherweise besorgt, was es sie kosten würde, ein Liebespaar zu sein. Abgehalten hatte sie das nicht. Und dann hatten sie entdeckt, dass diese Wirkung nur von kurzer Dauer war und stets nach ein paar Stunden wieder verblasste.

Das sei ihr ganz spezielles Nachglühen, hatte Bishop gesagt.

Miranda fragte sich, wie lange der Effekt diesmal anhalten würde. Würde es Tage oder Stunden dauern, bevor sie ihre Fähigkeiten wieder benutzen konnten? Und wenn sie es dann konnten, würden sie feststellen, dass ihre Vereinigung wie damals etwas Außergewöhnliches geschaffen hatte?

Bishop bewegte sich hinter ihr, und sie drehte sich auf den Rücken, um zu ihm aufzuschauen, während er sich auf den Ellbogen stützte.

»Wow«, sagte er.

»Ich glaube, das hast du beim ersten Mal auch gesagt.«

»Das würde mich nicht wundern.« Sanft berührte er ihr Gesicht. »Ich hatte wohl erwartet, dass sich durch die Jahre der Trennung alles verändert hat.«

»Manche Dinge«, sagte Miranda mit leichter Ironie, »scheinen unveränderlich zu sein.«

Bishop lächelte. »In diesem Fall erwartest du hoffentlich nicht von mir, darüber traurig zu sein.«

»Dann macht es dir nichts aus, so … entblößt zu sein?«, fragte sie ehrlich interessiert und ein bisschen überrascht.

»Vor dir? Nein«, antwortete er ohne zu zögern.

»Hat es aber damals.«

»Damals war ich ein Trottel. Ich glaube, das habe ich schon erwähnt.«

»Ja, das hast du.«

»Ich weiß nicht, wie viel diesmal zu dir durchgedrungen

ist«, sagte er nach kurzem Zögern, »wie viel Zeit du hattest, darüber nachzudenken, aber dir musste klar sein, dass ich nie vorhatte, dich zu hintergehen, Miranda.«

»Das weiß ich.« Sie hatte sein Bedauern gespürt, das auch nach all den Jahren noch so stark war, dass es geschmerzt hatte. »Ich weiß, dass Kara erst dann zugestimmt hat, dir zu helfen, nachdem du versprochen hattest, es mir nicht zu erzählen.« Sie hielt inne. »Aber du bist zu ihr gegangen, ohne es mir zu sagen, weil du wusstest, dass ich Nein sagen würde.«

Bishop leugnete es nicht. »Ich hatte mir eingeredet, sie sei alt genug, selbst zu entscheiden, und dass du nur die übervorsichtige ältere Schwester bist, die zugeben würde, dass es so am Besten gewesen war, nachdem wir den Dreckskerl gefasst hatten. Doch ich wusste, dass es nicht richtig war. Zu ihr zu gehen, ohne es dir vorher zu sagen, war … Verrat an dir, ein Verrat an allem, was wir für uns schaffen wollten. Aber …«

»Aber du dachtest, du könntest diesen Verrat rechtfertigen«, beendete sie den Satz trocken.

»Ja.« Jetzt verteidigte er sich nicht, führte nicht wie damals ins Feld, dass nahezu jedes Mittel recht sei, um einen brutalen Mörder zu fassen. »Ich hatte unrecht«, sagte er nur. »Es war unverzeihlich, dich so zu verletzen, dein Vertrauen in mich zu zerstören. Selbst wenn … selbst wenn es anders ausgegangen wäre, wäre es das Ende zwischen uns beiden gewesen. Ich habe lange gebraucht, das zu erkennen. Und zu verstehen, wieso.«

Sie musterte ihn schweigend.

»Und es war auch noch ein beruflicher Fehler. Ich habe meinen Geist vor sämtlichen Fakten verschlossen, die ich hätte berücksichtigen sollen. Du kanntest Kara viel besser als ich, hast ihre Fähigkeiten in einer Weise verstanden, wie es mir nie möglich gewesen wäre. Du hast erkannt, wie verletzlich sie durch einen stärkeren Geist war, vor allem einen paragnostischen.«

»Du konntest nicht wissen, dass Harrison Paragnost war«, erinnerte ihn Miranda. »Keiner von uns wusste es.«

Er nickte. »Der Unterschied ist nur, dass du diese Möglichkeit in Betracht gezogen hättest ... wenn ich dir die Gelegenheit dazu gegeben hätte.«

»Vielleicht.«

Mit leicht gerunzelter Stirn blickte er zu ihr hinunter. »Miranda, du hast doch nicht all die Jahre gedacht, du könntest auch nur im Geringsten mit daran schuld sein, oder?«

»Wenn wir uns an diesem letzten Tag nicht darüber gestritten hätten, wenn ich dich nur hätte gehen und deine Arbeit tun lassen, dann wäre vielleicht ...«

»Miranda.« Seine Hand lag warm an ihrem Gesicht, sein Daumen streichelte sanft über ihre Wangenknochen. »Es hätte nichts geändert, das weißt du. Das musst du wissen. Zwei Agententeams und ein halbes Dutzend Beamte in Zivil waren rund ums Haus verteilt. Ich wäre draußen bei ihnen gewesen. Selbst wenn ich da gewesen wäre, hätte ich nicht gewusst, was im Haus geschah, bevor es zu spät war.«

»Dein Spinnensinn hätte vielleicht ...«

»Du vergisst etwas.« Sein Mund verzerrte sich vor Selbsthass. »Ich wollte es dir ja beichten, aber ich hatte die schwachsinnige Idee, du würdest mir eher vergeben, wenn ich es dir sagte, nachdem wir am Morgen miteinander geschlafen hatten.«

Das hatte sie vergessen, was hätte erstaunlich sein können, wäre darauf an jenem endlosen Tag und all den Tagen danach nicht das ganze Chaos der Gefühle gefolgt.

»Typisch Mann, diese Vorstellung«, konnte sie sich nicht verkneifen zu murmeln.

»Offensichtlich. Und reichlich dämlich.« Er verzog das Gesicht. »Weißt du, das ist eines der Dinge, wofür ich mich am meisten schäme ... diese Vermessenheit zu glauben, ehrlich zu glauben, dass du mir nicht lange böse sein könntest, wenn du ...«

»... wenn ich befriedigt und schwach bin?«

Er schloss kurz die Augen. »Ich glaube nicht, dass ich jemals sonst etwas *derart* falsch eingeschätzt habe.«

Rückblickend konnte Miranda nicht umhin, auch den komischen Aspekt des Ganzen zu sehen, doch sie sagte nur: »Lass es uns unter ›etwas dazugelernt‹ verbuchen und zum nächsten Punkt übergehen.«

»Danke.« Das kam aus vollem Herzen. »Nächster Punkt: Nachdem wir uns an jenem Morgen geliebt hatten, war mein Spinnensinn vorübergehend außer Kraft gesetzt. Paragnostisch war ich blind wie ein Maulwurf. Daher hatte ich nicht die leiseste Ahnung, dass im Haus etwas Schlimmes passiert. Verdammt, ich spürte nicht mal, dass ich selbst in Gefahr war.« Er berührte kurz seine linke Wange. »So bin ich zu der hier gekommen.«

»Ich hatte mich das schon gefragt. Ich wusste, dass du die Narbe an dem Tag bekamst, als Harrison ... als er an all den Cops vorbeischlüpfte, aber ich habe nie darüber nachgedacht, wie es ihm möglich war, so nahe an dich heranzukommen.«

»Ganz einfach. Ich habe ihn nicht kommen gesehen. Mit keinem meiner Sinne.« Bishop hielt inne. »Er hat sich auch meine Waffe geschnappt und vier weitere Personen damit erschossen.«

Davon hatte Miranda nichts gewusst. »Das tut mir leid.«

Bishop nickte. »Abgesehen davon wollte ich darauf hinaus, dass du nicht das Geringste für das kannst, was geschehen ist. Es war meine Schuld. Von Anfang bis Ende meine Schuld.«

»Letztendlich war es Harrisons Schuld. Er hat meine Familie umgebracht, Bishop, nicht du.«

»Ja, aber ich habe sie zur Zielscheibe gemacht. Wenn ich zuerst mit dir gesprochen hätte, wäre alles anders gekommen. Ich weiß nicht, ob ich dich hätte überzeugen können, doch ich weiß, wenn du dabei gewesen wärst, hättest du Kara schützen und vielleicht sogar Harrison daran hindern können, diese paragnostische Verbindung zu ihr zurückzuverfolgen.«

»Ich glaube, du überschätzt meine Fähigkeiten«, erwiderte sie gewollt beiläufig.

»Meinst du?« Er küsste sie lange, dann sagte er: »Du wusstest, dass das hier geschehen würde. Mit uns.«

Sie stritt es nicht ab und war sich bewusst, dass er in dem wirren Kaleidoskop ihrer geistigen Verbindung auf dieses Körnchen Wahrheit gestoßen war. »Ich wusste es. Und ich war nicht glücklich darüber, damals nicht.« – »Und jetzt? Bereust du es?«

»Nein.« Sie strich gedankenverloren über seine Narbe. »Ich weiß nicht, wie ich mich fühle, außer dass ich froh bin, dich hierzuhaben. Darüber hinaus denke ich nicht.«

»Das genügt mir. Im Moment.« Er küsste sie erneut, und

seine Brauen zogen sich zusammen, während er sich durch die Bilder und Gefühle kämpfte, die in seinem Gehirn gespeichert waren. Der Austausch, der zwischen ihnen stattgefunden hatte, glich einem Videofilm, der vorgespult wurde, und erst jetzt gelang es ihnen, die Informationen zu sichten und zu verstehen.

»Du wusstest, dass wir wieder ein Liebespaar werden«, stellte er bedächtig fest. »Aber da war noch etwas, oder? Etwas anderes, das du gesehen hattest, bevor das alles begann.«

Miranda zögerte auch jetzt noch, was nichts mit mangelndem Vertrauen zu tun hatte, sondern mit dem seltsamen Gefühl, die Zukunft, die sie gesehen hatte, vielleicht schon verändert zu haben. Alles andere war in der erwarteten Reihenfolge abgelaufen, bis auf das hier. Fünf. Fünf Opfer, und *dann* würden sie wieder Liebende werden. Das war es, was sie gesehen hatte.

Hatte sie die Zukunft verändert? Hatte sie dadurch, dass sie einen so stabilen Schutzschild aufgebaut hatte, um Bishop auszuschließen und jede Nähe zwischen ihnen zu verhindern, unabsichtlich die geeignete Situation geschaffen, die es ihm ermöglichte, ihre Beziehung wiederaufleben zu lassen – und ihre Bindung? Und wenn dem so war … welche Auswirkungen würde das haben?

»Miranda?«

Sie lächelte. »Ich weiß nicht, wie es mit dir ist, aber ich habe einen Mordshunger.«

»Miranda …«

»Ich weiche nicht aus. Nur ein bisschen.«

Ob sie nun die Zukunft verändert hatte oder nicht, früher

oder später würde sie ihm erzählen müssen, was sie vorhergesehen hatte. Oder er würde diese Information in seinem Gehirn abgespeichert finden. Und da sie sich ziemlich sicher war, was dann geschehen würde, schien ihr jede Verzögerung angebracht. »Da keiner von uns beiden müde ist und der Schneesturm jeden Moment einen Stromausfall verursachen könnte, sollten wir uns die Annehmlichkeiten der Neuzeit zunutze machen, solange es noch geht.«

Er starrte sie an. »Du wirst es mir nicht sagen?«

»Ich bin wirklich am Verhungern, Bishop.«

»Hab ich dir schon gesagt, was für eine dickköpfige Frau du bist?«

»Hin und wieder.« Sie schlug die Decke zurück und setzte sich auf.

»Darüber unterhalten wir uns später«, fuhr sie fort. »Im Moment bin ich hungrig und würde gerne im Wetterkanal sehen, was uns bevorsteht. Und solltest du duschen wollen, solange das Wasser noch heiß ist, würde ich dir raten, es jetzt ist tun, falls der Strom doch ausfällt.«

Er sah ihr zu, wie sie ihre verstreuten Kleidungsstücke einsammelte, auf das Fußende des Bettes legte und sich dann einen dicken Frotteebademantel überzog.

»Ich hatte vergessen, wie schön du bist«, sagte er. »Ich dachte, ich hätte es nicht vergessen, aber ... Himmel. Das ist wie ein Schlag in die Magengrube.«

»Schmeichler.« Sie schlüpfte in ein Paar flauschige Katzenpantoffeln, die Bonnie ihr zu Weihnachten geschenkt hatte. Die Dinger sahen lächerlich aus, waren aber bequem und warm.

Er grinste sie an. »Es ist dir noch immer egal, nicht? Du

bist auf dein Aussehen ebenso wenig stolz wie auf deine paragnostischen Fähigkeiten.«

»Weil ich für beides nichts kann. Die genetischen Würfel sind eben so gefallen. Nur wenn du mich auf meinen schwarzen Gürtel oder meine Medaillen im Scharfschießen ansprichst oder auf meine Fähigkeit, ein Kreuzworträtsel in Rekordzeit zu lösen, würde ich vielleicht ein bisschen angeben.«

»Das wage ich zu bezweifeln«, meinte er.

»Wir sehen uns unten, Bishop.« Auf halbem Weg merkte Miranda, dass sie lächelte. Sie hatte ihm die Wahrheit gesagt: Sie dachte wirklich nicht weiter, als dass sie sich freute, ihn bei sich zu haben. Sie wollte über nichts sonst nachdenken.

Sie ging ins Wohnzimmer, um den Fernseher einzuschalten, und verspürte ein seltsames Déjà-vu-Gefühl. Einen Moment lang blieb sie stehen und blickte stirnrunzelnd um sich.

Da hing ihr Schulterholster über dem Stuhl, die Waffe steckte in der Halterung. Mehrere Lampen brannten. Das Ouija-Brett lag auf dem Couchtisch.

Sie trat näher, beugte sich hinunter und schob den Zeiger in die Mitte des Brettes. Sie hatte das dumpfe Gefühl, dass an dem Ganzen hier etwas nicht stimmte, kam aber nicht dahinter, was es war. Sie konnte sich auch nicht so recht daran erinnern, wann sie zuletzt in diesem Zimmer gewesen war.

Sie erinnerte sich nur daran … nach Hause gekommen zu sein.

Und dann lag sie mit Bishop im Bett.

»Ich hoffe, er kann mich über das, was dazwischen passiert

ist, aufklären«, murmelte sie vor sich hin und ging weiter in Richtung Küche.

Hinter ihr bewegte sich die Planchette langsam zurück, bis sie über dem Wort NEIN stand.

15

Wenn Sie vernünftig wären«, sagte Alex zu Tony, »würden Sie zurück in die Lodge fahren und ein bisschen schlafen.«

»Ich bin eben Masochist«, stimmte Tony zu. »Außerdem lohnt es sich nicht mehr. Die Straßen sind in einem so schlechten Zustand, dass ich für die Fahrt mindestens eine Stunde brauchen würde, und es ist schon fast zwei Uhr morgens. Und Schneestürme machen erst recht keinen Spaß, wenn man allein ist, da bin ich mir sicher.«

»Hm. Von wo, sagten Sie, hat Dr. Edwards angerufen?«

»Aus Dr. Shepherds Haus. Nicht, dass ich dieses ›wir kamen nur so weit, bevor das Unwetter uns aufhielt‹ geglaubt hätte. Wenn Sie mich fragen, wären die beiden auf jeden Fall in seinem Haus gelandet, Unwetter oder nicht.«

Alex brummte. »Ihr Übersinnlichen scheint bei allem ziemlich schnell zu sein.«

Tony grinste ihn an. »Finden Sie? Tut mir leid, Kumpel, aber die Antwort ist nicht so leicht. Meiner Erfahrung nach neigen Paragnosten eher dazu, in romantischen Dingen langsamer zu sein als der Durchschnitt. Da wir sensibler sind als die meisten, hüten wir uns davor, verletzt zu werden.«

Alex beschloss, das Thema nicht weiter zu vertiefen. »Da die Pizza aufgegessen ist und keine Cheerleaderwettbewerbe mehr laufen«, meinte er, »und da Sie noch nicht Schluss machen wollen, was halten Sie davon, wenn wir versuchen, noch einiges aufzuarbeiten?«

Tony seufzte und legte die Füße wieder auf den Konferenztisch. Er schaute jedoch nicht mehr zu dem leise gestellten Fernseher, in dem der Wetterbericht lief, sondern richtete seine Aufmerksamkeit auf die Pinnwand. »Hab nichts dagegen. Falls wir etwas tun können, was ich bezweifle. Vor Montag wird uns Quantico keine brauchbare Liste der Reifenhändler in dieser Gegend liefern können. Und draußen durchforsten drei Deputys die Kopien der Kleinanzeigen, auf die unsere vermissten Teenager eventuell geantwortet haben. Ich weiß ja nicht, wie Sie das sehen, aber ich für meinen Teil habe keine Lust, in den Keller zu gehen und heute Nacht noch mehr von den Vermisstenanzeigen durchzustöbern.«

»Nein, ich auch nicht. Der Keller ist nicht gerade der erheiterndste Ort der Welt, auch ohne Schneesturm.«

»Also bleibt uns nur das Denken übrig. Erneut zu versuchen, das Puzzle zusammenzusetzen.« Stirnrunzelnd blickte Tony auf die Pinnwand. »Ich frage mich, was der Mörder von Adam Ramsay haben wollte.«

»Sie glauben, dass Bishop recht hat?«

»Ich denke, er ist ein verdammt guter Profiler, auch ohne das Paragnostische, und ich habe gelernt, nicht gegen ihn zu wetten.«

Alex blickte auf die Pinnwand. »Wie sollen wir herausfinden, was für den Mörder von Wert gewesen sein könnte, wenn uns außer den Knochen des Jungen keine Indizien vorliegen?«

Tony drehte sich um, wühlte in einem Stapel Akten und zog schließlich eine heraus, die diverse Gesprächsaufzeichnungen und den Autopsiebericht von Adam Ramsay enthielt.

»Wie oft haben Sie sich die nun schon angesehen?«, fragte Alex.

»Das weiß der Himmel. Aber vielleicht entdecke ich jetzt etwas, das ich vorher übersehen habe.«

Alex zuckte die Schultern und zog eine andere Akte zu sich heran. Bevor er sie öffnete, fragte er bedächtig: »Was sagt das über eine Stadt aus, dass sie möglicherweise jahrelang ein Monster beherbergt hat? Was sagt es über uns?«

Tony sah ihn mit ernstem Blick an. »Es sagt, dass dieses spezielle Monster keine Hörner trägt und auch keinen Schwanz, an dem man es leicht erkennen könnte. Das tun sie übrigens meistens nicht. Sie verstecken sich vor aller Augen, unterscheiden sich kaum von ihren Mitmenschen, fordern uns heraus, sie zu sehen, sie als das zu erkennen, was sie sind. Das Problem ist, dass sogar diejenigen von uns, die über Zusatzsinne verfügen, Schwierigkeiten haben, die Monster zu entdecken, also machen Sie sich deswegen nicht verrückt. Aber eines kann ich Ihnen versichern: Wenn wir ihn finden, wird sein letztes Opfer diese Stadt sein, denn keiner von Ihnen wird je wieder so sein wie zuvor.«

»In welchem Zustand hast du mich vorgefunden, als du hierherkamst?«, fragte Miranda. Sie saßen nach dem Essen bei Kaffee am Küchentisch und lauschten dem Heulen des Sturmes.

»Bewusstlos und kalt«, erwiderte Bishop lapidar. »Wirklich kalt. Deine Körpertemperatur sank rapide.« Er beobachtete sie und war sich bewusst, dass sie wegen irgendetwas nervös war. Er wusste auch, dass diese ersten gemeinsamen Stunden, in denen sie sich wieder aneinander herantasteten, für ihre Zukunft ausschlaggebend sein konnten. Das war der Hauptgrund dafür, dass er sie nicht gedrängt hatte, ihm von ihrer Vision zu erzählen. »Erinnerst du dich nicht daran?«

Sie runzelte die Stirn. »Ich erinnere mich, dass ich heimgekommen bin und aufgeschlossen habe. Dass ich den Anrufbeantworter im Flur abgehört habe. Und dann … an deine Stimme in meinem Kopf, die mir sagte, ich würde sterben.«

Bishop war besorgt, sie könnte glauben, er hätte die Situation ausgenutzt, um in ihren Geist einzudringen. »Ich fand dich im Wohnzimmer auf dem Boden, als wärst du gerade gestürzt. Kein äußeres Anzeichen einer Verletzung. Ich bin zwar kein Arzt, aber ich habe schon viele Tote und Sterbende gesehen, Miranda. Du warst im Begriff zu sterben. Nicht nur deine Körpertemperatur ist abgesunken, auch dein Puls wurde schwächer, die Atmung verlangsamte sich. Es schien, als würde dein Körper … einfach aufhören zu funktionieren. Dein Geist hatte aufgeben oder war irgendwie schachmatt gesetzt und verschwand, und ohne ihn schalteten sich deine sämtlichen Körperfunktionen ab.«

Sie widersprach ihm nur nicht, weil sie keine andere Erklärung dafür hatte. »Aber was war der Auslöser? Das ist es, was ich nicht verstehe.«

Mit solchen Gedanken hatte sich Bishop nicht aufgehalten, als Miranda reglos und scheinbar leblos dalag. Er hatte nur daran gedacht, sie zurückzuholen, und hatte schnell und instinktiv gehandelt.

Doch nun wurde auch ihm klar, dass ihr unvermittelter Zusammenbruch mehr als seltsam war. »Ich nahm an, es läge an deinem Schild. Dass sich all die Energie, die du dafür aufbringen musstest, plötzlich verselbstständigt hätte. Schon bei der ersten Berührung spürte ich, dass dein Schutzschild nicht mehr vorhanden war, daher konnte ich auch zu dir durchdringen.«

Immer noch mit gerunzelter Stirn stand Miranda auf, um sich Kaffee nachzuschenken. Statt zum Tisch zurückzukehren, lehnte sie sich an die Arbeitsplatte neben der Spüle und sah Bishop unverwandt an. »Nein, so war es nicht. Ich weiß, dass du dir deshalb Sorgen gemacht hast, aber ich war in der Lage, diese Energie zu kontrollieren, ohne dass sie mir schaden konnte. Jahrelange Übung. Es gab Nebenwirkungen, klar. Die Kopfschmerzen zum Beispiel. Doch nichts, was diese Art von totalem Zusammenbruch hätte verursachen können, und schon gar nicht ohne Vorwarnung.«

»Was hat ihn dann ausgelöst?«

Miranda stellte ihre Tasse auf die Arbeitsplatte. »Ich lag im Wohnzimmer?«

»Ja.«

»Dann muss dort auch der Auslöser gewesen sein.« Sie ging ins Wohnzimmer, und Bishop folgte ihr. Sie sahen sich in dem vollkommen ruhig und friedlich wirkenden Zimmer um.

Miranda setzte sich auf die Couch und musterte das Ouija-Brett auf dem Couchtisch. »Wieso ist das hier? Ich könnte schwören, dass Bonnie sagte, sie seien oben in ihrem Zimmer gewesen, als sie es benutzten.«

»Könnten sie es nicht aus irgendeinem Grund nach unten gebracht haben?«

»Ich kann mir nicht vorstellen, warum sie das hätten tun sollen. Oder warum es meine Haushälterin hätte tun sollen.«

Bishop setzte sich neben sie und schob die Planchette in die Mitte des Brettes. »Wenn es das ist, womit sie den Kontakt hergestellt haben – mit wem auch immer sie in Kontakt getreten sind –, dann ist es buchstäblich eine Türöffnung.«

Sie sah ihn an. »Und vielleicht hat Bonnie vergessen, diese Tür zu schließen.«

»Oder sie hat sie zu spät geschlossen«, gab er zu bedenken. »Ich kenne mich mit diesen Dingen nicht besonders gut aus. Ich habe dir ja schon gesagt, wir haben Probleme, brauchbare Tests oder Messungen zu entwickeln, und die Forschungsergebnisse auf diesem Gebiet stehen auf ziemlich wackeligen Beinen. Doch ich meine mich zu erinnern, dass du mir einmal erzählt hast, ein Medium habe keine Möglichkeit zu kontrollieren, was durch eine offene Tür hereingekommen ist.«

»Soviel ich weiß, stimmt das. Manchmal kann ein Medium den Eingang teilweise blockieren, um die Öffnung zu verringern, mehr aber nicht. Und das Gefährliche daran ist, dass meistens der aggressivste und negativste Geist durch die erste offene Tür eindringt, die er entdeckt.«

»Der erst vor Kurzem und am brutalsten Ermordete.«

Miranda nickte. »Meistens.« – »Was in diesem Fall Steve Penman sein dürfte, oder auch Lynet Grainger. Beide wurden schneller getötet als die anderen zwei, hatten weniger Zeit, sich auf das gefasst zu machen, was ihnen angetan wurde.«

»Richtig.« Miranda überlegte einen Moment. »Bonnie hat

zugegeben, dass Amy und sie vorher schon einmal versucht hatten, jemanden zu kontaktieren, der uns bei der Suche nach Steve Penman helfen sollte. Der Versuch war nur kurz, und sie haben ihn schnell abgebrochen, doch der Name, der als ihr Kontakt buchstabiert wurde, war der von Lynet.«

»Sie schien mir nicht zu der aggressiven Sorte zu gehören«, erklärte Bishop.

»Nein, sie war ein … sehr stilles, liebes Mädchen.« Miranda atmete tief ein.

»Aber sie starb als Heranwachsende«, fuhr sie fort, »und die bloße emotionale Energie von Teenagern könnte durchaus zerstörerisch sein. Möglicherweise hing sie so verzweifelt am Leben, dass sie sich nicht mit der Überlegung aufgehalten hat, was das andere kosten könnte.«

Bishop klopfte mit einem Finger auf das Brett. »Wenn das die Tür ist, die Bonnie benutzte, worauf sie ihre Energien konzentrierte, dann war sie selbst einigermaßen geschützt. Richtig?«

»Ja, vor allem, wenn sie ihren eigenen Schutzschild sofort aktivierte, nachdem der Kontakt hergestellt war. Kara und ich haben ihr schon früh beigebracht, sich so gut wie möglich zu schützen, und inzwischen ist es ein automatischer Abwehrmechanismus.«

»Was würde also passieren, wenn die Tür gerade lange genug offen war, um den Geist hereinzulassen, aber nicht lang genug, ihm den Zugang zu Bonnie zu ermöglichen?«

»Dann wäre der Geist … hier.« Miranda blickte sich um. »Im Haus.«

»Hier eingesperrt?«

»Wahrscheinlich, zumindest für eine Weile. Einige können über Verbindungen zu Menschen, die sie zu ihren Lebzeiten kannten, an andere Orte gelangen, doch wenn er hier hereinkam, dann sitzt er fest, bis er sich neu orientiert, Kraft getankt und gebündelt hat.«

»In dem Fall kann ich nur hoffen, dass das Mädchen kein Voyeur ist«, sagte Bishop.

Miranda lächelte. »Laut Bonnie und anderen Medien, mit denen ich gesprochen habe, sind in unserer Welt gestrandete Geister nicht vollständig *hier*. Sie können nur die Menschen sehen, die auch sie sehen. Alle anderen sind für sie bloß ein … schemenhaftes Flimmern im Augenwinkel.«

Bishop verzog das Gesicht. »So wie die meisten von uns sie wahrnehmen.«

»Genau. Sie schweben nicht herum und beobachten die Lebenden, weil sie uns eben nicht wirklich sehen können. Wir halten uns nur in demselben Raum auf, wahrscheinlich in verschiedenen räumlichen Sphären.«

Bishop dachte darüber nach. »Okay, das beruhigt mich, zumindest was diesen Punkt betrifft. Also … Bonnie und ihre Freunde stellen einen Kontakt her und verlassen sofort darauf das Haus. Als einzige Person bleibt noch deine Haushälterin hier, die vermutlich nicht übersinnlich ist.«

»Garantiert nicht übersinnlich.«

»Dann geht auch sie. Und die nächste Person, die das Haus betritt, bist du.«

»Ja, aber mein Schutzschild war …« Miranda hielt inne, und das Räderwerk ihres Gedächtnisses schien beinahe hörbar zu rattern. »Warte. Jetzt fällt mir etwas ein. Ich kam hier ins Zimmer, nachdem ich geduscht hatte, und etwas brachte mich auf den Gedanken, dass ein Eindringling im Haus ist.«

»Was brachte dich darauf?«

»Das Brett. Das Ouija-Brett lag auf dem Boden. Als ich nach Hause kam, lag es auf dem Couchtisch. Mir war klar, dass ich im Haus nachsehen sollte, doch ich … entschied mich stattdessen, den Schutzschild zu senken. Nur einen Moment lang, um schneller und gründlicher nachsehen zu können.«

»Und hast eine Tür geöffnet«, stellte Bishop fest.

Da die Klinik nahezu leer war, hätten sie genug Zimmer zur Auswahl gehabt, doch Seth' Vater hatte seinen Sohn und Bonnie ganz beiläufig gebeten, auf der Viererbetten-Station bei den jüngsten Patienten zu schlafen, zwei kleinen Mädchen, und ihnen »Gesellschaft zu leisten«.

Ob sie es der Schicklichkeit willen taten oder für den Fall, dass die Mädchen sie tatsächlich brauchten, jedenfalls widersprachen ihm weder Seth noch Bonnie. Seth hatte sowieso nicht vor, sich schlafen zu legen, nicht heute Nacht. Nachdem Bonnie und die Mädchen längst eingeschlafen waren, saß er im Flur nahe der Tür des abgedunkelten, stillen Raumes und lauschte dem Sturm, der draußen wütete.

Während die Zeit verging, musste er mehrmals gegen die Müdigkeit ankämpfen. Jedes Mal schreckte er jedoch wieder hoch, blickte sich um und horchte wie jemand, den ein Albtraum aus dem Schlaf reißt, auf die leisen Schritten eines Eindringlings.

Hätte man ihn danach gefragt, er hätte seine Gefühle nicht beschreiben können. Besorgnis wegen Bonnie, selbstverständlich, denn er glaubte, dass diese Geistersache sie mehr angriff, als sie zugab. Und nach wie vor anhaltender

Schock über die Tragödie, die fast ihre ganze Familie ausgelöscht hatte, und großes Erstaunen, dass man Steves Leiche dort gefunden hatte, wo das verdammte Ouija-Brett sie hingeführt hatte.

Ausgerechnet ein Ouija-Brett.

Er glaubte überhaupt nicht an den ganzen Käse. Hm … er hatte bisher nicht daran geblaubt. Doch etwas an Bonnies Verhalten hatte ihm deutlich zu verstehen gegeben, dass er seine Ansichten würde überdenken müssen, wenn sie künftig in seinem Leben eine Rolle spielen sollte – was ganz gewiss der Fall war. Und das verdammte Ding hatte auch noch *recht* gehabt, das ließ sich nicht leugnen.

In Gedanken versunken rutschte Seth ruhelos auf seinem Stuhl herum, bis ihm auffiel, dass etwas nicht stimmte. Zuerst wusste er nicht, was es war, doch als der Sturm für ein paar Minuten abflaute, hörte er es. Das Geräusch war so leise, dass er es nur unterbewusst wahrgenommen hatte, aber jetzt sträubten sich ihm die Nackenhaare, und er spürte einen Schauder des Unbehagens, der ihn hochfahren ließ.

Er stand auf, um die Station zu kontrollieren. Er ging langsam und blieb oft stehen, um zu lauschen und wortlos den Sturm zu verfluchen, der wieder aufgefrischt hatte. Trotz des Sturms etwas zu hören war nicht leicht, doch als er nach seiner Runde wieder an Bonnies Bett kam, hörte er es.

Ein schwaches, raschelndes Geräusch, fast wie … Flüstern. Es war leise und gedämpft, schwoll aber an und flaute ab und narrte seine Sinne, als er sich bemühte, es zu lokalisieren und zu verstehen, wodurch es verursacht war. Ein Insekt? Eine Maus in der Wand? Eine Stimme?

Seth beugte sich über Bonnie und lauschte, doch die gedämpften raschelnden Laute kamen nicht von ihr. Sie schlief anscheinend friedlich, und er musste sich beherrschen, sie nicht aufzuwecken, um sich zu vergewissern, dass alles in Ordnung war.

Widerwillig entfernte er sich von ihr, machte nochmals eine Runde durchs Zimmer und blieb dann wieder vor ihrem Bett stehen. Dieses Flüstern … Es war kein Insekt, und eine Maus war es auch nicht, da war er sich ganz sicher.

Seth war sich aber auch noch einer anderen Sache sicher. Was auch immer das Geräusch verursachte, es kam von hier. Rings um Bonnie. Es kam nicht von ihr und dennoch … war es hier. Als ob die Luft über ihrem entspannt schlafenden Körper irgendetwas enthielt …

Ein noch heftigerer Schauder durchlief ihn, und er streckte die Hand aus, um Bonnie zu wecken, plötzlich wider alle Vernunft davon überzeugt, dass sie in höchster, in tödlicher Gefahr schwebte.

Doch bevor er sie berühren konnte, ließ der Sturm erneut nach, und in dem Raum herrschte Stille. Er hörte Bonnies sanften Atem. Hörte, wie sich eines der kleinen Mädchen im Bett bewegte und etwas Unverständliches murmelte. Sonst nichts.

Seth zog die Hand zurück und lauschte einige Minuten lang angespannt, aber da war nichts als die friedliche Stille im Zimmer und draußen der Sturm.

»Daniels, du schnappst über«, murmelte er vor sich hin.

Doch er zog seinen unbequemen Stuhl näher an Bonnies Bett.

Und für lange Zeit spürte er keinerlei Müdigkeit mehr.

»Ich bin kein Medium«, verwehrte sich Miranda.

»Nein, deshalb konnte der Geist ja auch nicht in deinen Kopf eindringen«, stellte Bishop fest. »Aber er hat es versucht. Hat versucht, gewaltsam Zutritt zu erlangen, deinen Verstand und Geist von deinem Körper zu trennen, um sich eine Hülle zu verschaffen, die ihm gehört. Und als deine Abwehrmechanismen wieder ansprangen, ihre normale Intensität durch all die Kraft verstärkt, die du in dir angestaut hattest …«

»War es zu viel«, vervollständigte sie. »Mein Körper hat es nicht verkraftet, physisch oder mental. Mein Geist wurde beinahe herausgelöst, verschwand. Und ohne ihn begann mein Körper …«

»Zu sterben. Das klingt plausibel. Jedenfalls nicht weniger als der Rest.«

Miranda lächelte leise. »Du hast mir also das Leben gerettet. Danke.«

Bishop erinnerte sich dunkel daran, ihr zugeraunt zu haben, er würde bedenkenlos alles tun, um sie am Leben zu erhalten, und hoffte insgeheim, sie hätte das vergessen. Er war sich nur allzu bewusst, dass sie die skrupellose Seite seiner Natur misstrauisch machte, und in Anbetracht seiner früheren Aktionen war er sich nicht sicher, ob sie ihm zutraute, diese Bedenkenlosigkeit klug einzusetzen.

»Gern geschehen«, erwiderte er.

Miranda lachte verhalten, wurde dann aber wieder ernst, als ihr Blick auf das Ouija-Brett fiel. »Also befindet sich der Geist, den sie kontaktiert haben, noch hier im Haus.« Sie gab ihrer Stimme einen beiläufigen Ton, obwohl sie eine Gänsehaut bekam bei dem Gedanken an einen Geist, der so wütend und verzweifelt entkommen wollte, dass er sie ohne Skrupel angegriffen hatte.

»Bist du dir dessen sicher?«

»Nein. Aber ich denke, wir sollten im Moment davon ausgehen.«

»Und wir sind im paragnostischen Sinn so blind wie zwei Fledermäuse. Selbst wenn wir medial veranlagt wären, könnte ihm keiner von uns eine Tür öffnen – weder in uns hinein noch nach draußen. Also sind wir vor ihm sicher, zumindest im Moment. Doch sobald wir unsere Fähigkeiten wiedererlangen, müssen wir uns vorsehen. Wenn er dich nur angegriffen hat, weil dein Schutzschild deaktiviert war, befände sich jeder mit irgendeiner Art übersinnlicher Begabung in Gefahr.«

»Bonnie darf nicht hierher zurück«, sagte Miranda.

»Zumindest nicht, bis wir wieder im Besitz unserer Fähigkeiten sind und herausbekommen, was wir unternehmen können«, pflichtete er ihr bei. »Sie ist noch so jung und kann sich möglicherweise nicht genug schützen – vor allem, falls es der Geist von Steve Penman ist, der offenbar als aggressiv galt.«

Bei der Erinnerung an die Gewalt des Angriffs gegen sie überlief Miranda ein Schauder. Bonnie besaß einen guten Schutzschild, einen starken, doch er konnte durch körperliche Erschöpfung geschwächt oder aufgrund von Unvorsichtigkeit oder Sorglosigkeit durchlässig werden. Nur eine winzige Öffnung, eine Schwachstelle im Abwehrmechanismus, und ein wütender Geist erzwingt sich den Zugang – vor allem in den Kopf eines medial veranlagten Paragnosten, der von Natur aus für solche Kontakte empfänglich ist.

»Ihr wird nichts geschehen, Miranda.«

Allmählich wurde er einfach zu gut darin, ihre Gedanken zu lesen, fand sie, und das auch noch ohne seine Zusatzsinne. »Ich weiß.«

»Du sagtest, es würde dauern, bis der Geist genug Energie, genug Kraft gesammelt hat, von hier zu verschwinden. Stimmt doch?«

»Stimmt.« *Soweit ich weiß. Aber weiß ich überhaupt genug, um sicher sein zu können?*

»Dann haben wir etwas Luft. Und da gibt es noch eine vordringlichere Bedrohung, über die wir uns Gedanken machen müssen.«

Er hatte recht. Miranda schob ihre grüblerischen Gedanken beiseite. »Das Gerede darüber, wie wir Steves Leiche finden konnten, breitet sich rasend schnell aus. Früher oder später bekommt der Mörder heraus, dass Bonnie eine Gefahr für ihn darstellt.«

»Ja. Vorausgesetzt, er glaubt überhaupt an das, wozu sie fähig ist.«

»Du hast es selbst gesagt, Bishop, dieser Mörder will sich als Herr des Geschehens und als allmächtig sehen. Es wird sein Ego nur stärken, wenn er denkt, wir könnten seine Pläne bloß mit paranormalen Mitteln durchkreuzen. Das stimmt doch, oder? Er wird den Gedanken, dass der Geist eines seiner Opfer uns auf Steve Penmans Spur gebracht hat, begierig aufgreifen.«

»Und er wird genauso begierig sein, dafür zu sorgen, dass uns dieses Mittel nicht mehr zur Verfügung steht. Vor allem, wenn er sich durch die Annahme beunruhigt fühlt, seine Opfer könnten durch Bonnie sprechen und ihn seiner

Verbrechen beschuldigen. Daher würde ich sagen, wir haben weit mehr von den Lebenden zu befürchten als von den Toten, jedenfalls im Moment.«

Miranda stand auf und trat an das großen Vorderfenster. Die Straßenlaternen waren durch den herumwirbelnden Schnee kaum noch zu erkennen, und der Wind heulte beständig.

»Ich hasse das«, schimpfte sie vor sich hin. »Wir sind isoliert, von allem abgeschnitten, und können nichts tun, als zu warten. Während irgendwo da draußen dieser Wahnsinnige hockt, höchstwahrscheinlich stocksauer, und über sein nächstes Opfer nachdenkt. Ich bete zu Gott, dass er genauso wie alle anderen gezwungen ist, im Haus zu bleiben.«

Bishop legte von hinten die Arme um sie. »Weißt du, für eine Atheistin unterhältst du eine interessante Beziehung zu Gott.«

Einen Moment lang wurde sie starr, lehnte sich dann aber entspannt an ihn. »Ach, das ist dir aufgefallen?«

»Ist es, ja.«

Sie lachte in sich hinein und war dankbar für diese kurze Ablenkung von ihren Sorgen. »Nur eine Angewohnheit, nehme ich an, das Wort zu benutzen. Den Namen. Soll keine Respektlosigkeit sein und auch keine Beleidigung. Heißt aber auch nicht, dass ich an eine Gottheit glaube. An ein boshaftes Schicksal vielleicht, aber nicht an eine wohlwollende Intelligenz, die über uns wacht.«

»Und dennoch weißt du, dass etwas von uns den Tod überdauert.«

»Für mich hat das nichts mit Religion zu tun, es ist keine Frage des Glaubens oder des Gedankens, dass eine Existenz über den Tod hinaus eine Art Belohnung für ein rechtschaffenes Leben ist. Es ist eine Gewissheit. So wie die Gewissheit, dass ein Baum Jahr für Jahr seine Blätter verliert und in seinem Lebenskreislauf jedes Frühjahr neue hervorbringt. Der Baum wächst, verwurzelt sich immer tiefer und trägt jeden Frühling ein neues Blätterkleid, bis er die Endstufe seines Wachstums erreicht hat, das Ende seines Lebens, und stirbt.«

»Unsere Körper sind ... die Blätter unserer Seele?«

»Warum nicht?« Sie zuckte die Schultern. »Wir neigen zu der Annahme, dass nur das Sichtbare wirklich und dauerhaft ist, doch das heißt nicht, dass wir damit recht haben. Vielleicht sind unsere Haut und die Knochen und die Gesichter, die wir im Spiegel sehen, das Vergänglichste an uns. Vielleicht tragen wir unseren Körper nur wie der Baum seine Blätter, vielleicht wird unser physisches Selbst geboren und reift und stirbt immer wieder, während unser Geist in uns wächst und lernt.«

»Die Theorie hat einen gewissen Reiz«, räumte Bishop ein. »Und möglicherweise erklärt sie ...«

»Erklärt sie was?«

Er zögerte, und als er antwortete, war er darauf bedacht, es beiläufig klingen zu lassen. »Erklärt, was ich empfunden habe, als ich dich zum ersten Mal sah. Glaubst du, eine Seele kann die andere erkennen, auch wenn sie ein anderes Blätterkleid trägt?«

»Ich glaube, das käme auf die Seele an«, erwiderte sie nach einer kurzen Weile ebenso beiläufig. »Eine alte Seele hätte wahrscheinlich mehr Übung darin, vor allem, wenn man der karmischen Theorie folgt, nach der wir durch unsere Existenz reisen, umgeben von vielen gleichen Seelen im Leben danach. Vielleicht sind wir paragnostisch, weil wir alte Seelen sind und unsere Fähigkeiten einfach das Ergebnis einer … spirituellen Entwicklung sind.«

Bishop kam der Gedanke, dass wohl keiner von ihnen tiefer gehen und seine eigenen Gefühle hinterfragen wollte, aus Angst vor den Antworten, die zum Vorschein kommen könnten. Daher gab er sich mit dieser stillschweigenden Übereinkunft zufrieden und schloss aus seiner Erleichterung darüber, dass er wohl nicht bereit war, das Risiko einzugehen, Miranda in diese Richtung zu drängen.

»Noch eine Theorie, die nicht eines gewissen Reizes entbehrt«, stellte er besonnen fest. »Nett, sich als hoch entwickelte Seele zu sehen. Meinst du, eines meiner früheren Blätterkleider hätte Karl dem Großen gehören können?«

Miranda wandte sich ihm lächelnd zu. »Eher Rasputin«, erwiderte sie. »Obwohl ich glaube, du hättest beides sein können.«

»Der irre Mönch? Herzlichen Dank.«

Sie schlang ihm die Arme um den Hals. »Da ist etwas in deinen Augen. Total hypnotisierend.«

»Verzeih mir die Retourkutsche – das musst gerade *du* sagen.« Er küsste sie. »Wir werden nicht zulassen, dass jemand Bonnie etwas antut, Miranda. Weder ein Lebender noch ein toter Geist.«

»Versprochen?« Sie schüttelte den Kopf. »Nein, das wäre zu viel verlangt. Und unrealistisch.«

Bishop strich ihr eine seidige Haarsträhne aus dem Gesicht. Er wusste, dass sie recht hatte, wusste, dass es unvernünftig und irrational war, ein solches Versprechen zu geben, jetzt, bei allem, was sich um sie herum abspielte. Und dennoch war er nicht überrascht, sich ruhig sagen zu hören: »Ich verspreche es, Miranda.«

Sonntag, 16. Januar

Deputy Sandy Lynch schenkte sich Kaffee nach und ging nach einem kurzen Blick aus dem Fenster zu ihrem Schreibtisch zurück. Der Wind hatte sich gelegt, zumindest vorübergehend, und aus dem Schneesturm waren sanft herabfallende Flocken geworden. Wäre sie ein Fan verschneiter Winterlandschaften gewesen, hätte es ihr gefallen. Doch bei einer Schneedecke von etwa dreißig Zentimetern und den gemeldeten Stromausfällen sah es für das Sheriffdepartment nach einem schwierigen und arbeitsreichen Tag aus.

Vor allem, falls das vom Wetterbericht vorhergesagte dicke Ende des Sturms erst später am Tag durchziehen würde.

Sandy trank von ihrem Kaffee und rieb sich müde die Augen. Den größten Teil der Nacht Kleinanzeigen zu lesen hatte keinen besonderen Spaß gemacht, doch sie war wenigstens beschäftigt gewesen. Wonach sie eigentlich suchte, hatte sie allerdings nicht so recht gewusst. Wie ihr aufgetragen, hatte sie eine Liste von Annoncen aus der Zeit zusammengestellt, als im Umkreis von Gladstone mehr als ein Dutzend vermisste Teenager gemeldet worden waren. Dabei war ihr aufgefallen, dass verschiedene Unternehmen fast ständig Anzeigen schalteten, wie zum Beispiel die Papiermühle, die anscheinend dauernd auf der Suche nach Arbeitskräften war.

Die Autohändler und Reparaturwerkstätten schienen auch

eine starke Fluktuation zu haben, die Schulbehörde schien immer wieder Busfahrer und Hausmeister zu suchen, und sogar die Stadt Gladstone bot zahlreiche Gelegenheitsjobs bei der Straßenreinigung und Abfallbeseitigung, der Parkanlagenpflege und verschiedenen Maler- und Instandhaltungsarbeiten.

In den frühen Morgenstunden hatte Sandy einige der alten Kleinanzeigen mit denen der Zeitung der letzten Woche verglichen, doch ihr war nichts sonderlich Interessantes aufgefallen. Die Annoncen des vorigen Jahres und die neueren schienen sich in ihrer Einfallslosigkeit zu gleichen.

»Leichen den einen Tag und am nächsten Tag Zeitungsausschnitte«, brummelte sie sarkastisch vor sich hin. »Soll mir noch einer was von Extremen erzählen. Ich liebe meinen Job!«

Die Eingangstür öffnete sich, und es kam ein Schwall sehr kalter Luft und ein FBI-Agent herein.

Da Sandys Schreibtisch dem Eingang am nächsten stand, musste sie davonflatternden Papieren hinterherhechten.

»Tut mir leid, Deputy«, entschuldigte sich Bishop.

Sandy erhob sich von den Knien, setzte sich wieder auf ihren Stuhl und wünschte, der Agent würde sie nicht so nervös machen. »Ist schon in Ordnung, Agent Bishop. Agent Harte ist schon im Konferenzraum.«

»Vielen Dank.« Bishop nickte freundlich lächelnd und ging an ihrem Schreibtisch vorbei.

Deputy Brady Shaw wartete, bis der FBI-Agent den Gang hinuntergegangen war, und stellte dann verwundert fest: »War das tatsächlich ein Lächeln? Und ich hatte keine Kamera dabei!«

»Er ist immer höflich«, protestierte Sandy und kam sich ein wenig lächerlich vor, einen Mann zu verteidigen, der das zweifellos selbst konnte.

»Schon, aber er ist sehr knausrig mit seinem Lächeln – auch bei dir, Sandy. Zumindest bis vor wenigen Minuten.« Brady nickte wissend. »Wir werden es sehen, wenn Sheriff Knight hereinkommt.«

»Was sehen?«

»Ob sie ebenfalls lächelt«, erwiderte Brady grinsend.

Sandy verdrehte die Augen und seufzte. »Wirklich, ihr Männer. Nur weil er gute Laune hat, denkst du, er hatte letzte Nacht Glück.«

»Nenn mir einen anderen Grund, warum er gute Laune haben sollte«, entgegnete Brady. »Wir haben einen Mörder, der frei herumläuft, und Leichen, die sich klafterweise stapeln, wir stecken in der Mitte eines Schneesturms, in der ganzen Stadt fällt der Strom aus – und die Bluebird Lodge ist ein Scheißplatz zum Übernachten.«

»Ich mache mich wieder an die Arbeit«, verkündete Sandy.

»Ich wette zwanzig Dollar, dass Sheriff Knight auch gute Laune hat, wenn sie reinkommt.«

»Ich hör dir gar nicht zu.«

Brady lachte in sich hinein. »Wart's nur ab, und du wirst sehen, dass ich recht habe.«

Als Bishop den Konferenzraum betrat und Tony zurückgelehnt auf seinem Stuhl vorfand, die Füße auf dem Tisch, sagte er: »Hast du dich seit gestern Abend überhaupt nicht von der Stelle bewegt?«

»Doch, natürlich.« Tonys Augen funkelten fragend.

»Fang gar nicht erst an«, riet ihm Bishop.

»Ich wollte nur bemerken, wie bekömmlich es offensichtlich ist, sich mal richtig auszuschlafen«, erwiderte Tony mit unschuldigem Ton. »Letzte Nacht hast du noch den Bodenbelag malträtiert, und heute Morgen wirkst du … nicht annähernd so angespannt.«

»Tony, du bist ungefähr so dezent wie Neonbeleuchtung«, erwiderte Bishop trocken.

Tony lachte. »Okay, okay. Wo ist Miranda?«

»Sie ist in Dr. Daniels' Klinik gefahren, um mit Bonnie zu sprechen und ihr ein paar Sachen vorbeizubringen.«

»Also bleibt die Kleine noch länger dort?«

»Sie ist dort sicherer.« Bishop erklärte kurz, was seiner Vermutung nach passiert sein musste, als Bonnie tags zuvor das Ouija-Brett benutzt hatte.

»Das arme Kind«, sagte Tony ernst. »Ich war schon immer der Meinung, eine mediale Veranlagung muss zu den unerfreulichsten Begabungen gehören, auch wenn sie bestätigt, dass es eine Art Weiterleben nach dem Tod gibt.«

»Es ist eine der beiden Fähigkeiten, die für einen Paragnosten die größte Gefahr darstellen, soviel weiß ich.«

»Und die andere? Das Gehirn eines Mörders anzapfen zu können?«

Bishop nickte. »Ich kannte nur zwei Paragnostinnen mit dieser Begabung. Eine von ihnen wurde umgebracht, und die andere beinahe auch.«

»Mirandas Schwester. Und die andere … War das die Paragnostin, von der du uns letztes Jahr erzählt hast, die in North Carolina?«

»Cassie Neill. Nach Abschluss des Falls war sie paragnostisch nahezu völlig ausgebrannt. Es wird Jahre dauern, bis sie ihre früheren Fähigkeiten wiedererlangt, wenn überhaupt.«

»Du hast uns erzählt, dass es gut für sie war.«

»Ja. Sie hatte ihre Fähigkeiten während ihres ganzen Erwachsenenlebens in den Dienst der Polizei gestellt und war einem totalen Zusammenbruch so nahe, wie ich es noch nie erlebt habe. Zumindest kann sie nun versuchen, ein normales Leben zu führen.«

»Seltsam, dass einige von uns kaum Probleme damit zu haben scheinen und andere mit ihren paragnostischen Fähigkeiten … fast gestraft sind«, überlegte Tony laut.

»Was meinst du, warum wir Jahre gebraucht haben, ein erfolgreiches Team von Paragnosten zusammenzustellen? Echte Paragnosten zu finden war nicht das Problem. Die Schwierigkeit war, solche zu finden, die diese Arbeit dauerhaft machen können.«

»Hm. Was bedeutet, dass wir tatsächlich jemanden wie Miranda im Team brauchen könnten.«

Bishop nahm ein Bündel Nachrichten vom Tisch. »Erst muss sie ihre Amtszeit als Sheriff beenden.«

»Und dann?«

»Darüber haben wir noch nicht gesprochen.«

Tony verzichtete darauf weiterzubohren. »Wahrscheinlich ist es momentan am vernünftigsten, immer nur einen Tag nach dem anderen anzugehen.« Er sah, dass Bishop stirnrunzelnd auf die Nachrichten blickte, und fügte hinzu: »Du hast gestern Abend die Deputys gebeten, sich bei jedem Anrufer die Bemerkungen oder Fragen aufzuschreiben, wie wir es geschafft haben, Steve Penmans Leiche zu finden. Gestern

Abend gab es nur wenige Anrufe, aber heute Morgen war es eine Menge.«

»Hast du sie dir angesehen?«

»Nein, einer der Deputys hat sie gerade erst gebracht. Warum?«

»Weil die vorherrschende Meinung zu sein scheint, wir hätten Penmans Leiche gefunden, weil Liz Hallowell es aus den Teeblättern gelesen hat«, meinte Bishop düster.

»Oh«, sagte Tony. Und dann, ganz langsam: »Oh, Mist!«

16

Weder bei ihr zu Hause noch im Geschäft nimmt jemand ab.« Miranda legte den Hörer auf. »Sie ist Frühaufsteherin, müsste also schon auf sein.«

Bishop sah auf die Uhr. »Gleich zehn. Wenn der Wetterbericht stimmt, bekommen wir die nächste Welle des Schneesturms etwa ab Mittag oder kurz danach zu spüren.«

Miranda nahm ein Klemmbrett vom Tisch auf und musterte es stirnrunzelnd. »Ihr Haus liegt in keinem der Viertel, aus denen Stromausfälle gemeldet wurden, doch selbst dann würde das Telefon funktionieren. Verdammt.«

»Wenn er nicht so dumm ist, jetzt draußen im Schnee Spuren zu hinterlassen«, sagte Tony, »oder noch dümmer, mitten während des Unwetters draußen zu sein, muss er gestern Abend schon ziemlich früh etwas unternommen haben, oder? Nur ein paar Stunden nachdem wir Penmans Leiche gefunden haben. Könnte er sich dermaßen bedroht gefühlt haben, dass er so schnell handelt?«

»Weil er glaubt, sie könnte einen direkten Draht zu seinen Opfern haben?« Bishop zögerte nur den Bruchteil einer Sekunde. »Ich würde sagen, ja.«

Miranda nickte. »Dann müssen wir uns jetzt auf den Weg machen, bevor der Sturm wieder auffrischt. Wo ist Alex?«

»Im Aufenthaltsraum«, erwiderte Tony. »Da vor einigen Stunden alles so ruhig war, wollte er ein bisschen schlafen. Soll ich ihn wecken?«

»Nein. Wenn wir großes Glück haben, gibt es keinen Grund, ihn zu stören.« Sie holte tief Luft. »Eigentlich möchte ich keinem der Deputys etwas sagen, solange es nicht unbedingt sein muss. Liz ist … sehr beliebt. Es bleibt vorläufig unter uns. Tony, falls irgendwas passiert ist, wären erste Eindrücke für uns sehr wertvoll.«

»Ja, sicher, aber darin bin ich nicht besonders gut«, erinnerte er sie.

Sie warf Bishop einen ironischen Blick zu, und er sagte: »Im Augenblick schlägst du uns beide.«

Tony blinzelte ungläubig. »Oh. Ich hab mich schon gefragt, wieso der Sender so ruhig war, dass ich versuchen musste, in deinem versteinerten Gesichtsausdruck zu lesen.«

»Vorübergehend außer Betrieb.«

»Wie vorübergehend?«

»Ein paar Stunden, wenn wir Glück haben. Ein paar Tage, falls nicht.«

»Der Empfänger hat auch den Geist aufgegeben?«

»Ich fürchte, ja.«

Tony blickte von einem zum andern und tat sich schwer, in den beiden sehr ruhigen Gesichtern zu lesen. »Verstehe. Tu ich zwar nicht, aber nachdem ich offensichtlich keine Erklärung bekomme, auch egal. Das Timing könnte besser sein, Freunde.«

»Im Ernst?« Miranda legte das Klemmbrett wieder hin.

»In einem der Schränke im Lagerraum sind Wintersachen. Ihr braucht beide wenigstens Stiefel.«

»Ich hole sie«, erbot sich Tony. – »Und kein Wort zu den anderen«, erinnerte ihn Miranda.

»Klar doch.«

Als sie allein im Konferenzraum waren, sagte Bishop: »Falls unsere Annahme zutrifft, hätte keiner von uns voraussehen können, dass er so schnell handelt.«

»Ich weiß, ich weiß.« Doch sie hatte die Stirn in Falten gelegt.

Bishop sah etwas in ihrem Gesicht, das ihm gar nicht gefiel, eine nervliche Anspannung, die vor ein paar Minuten noch nicht da gewesen war. »Nichts davon ist deine Schuld.«

Sie sah ihm in die Augen. »Aber mit dem miserablen Timing hat Tony recht. Wir hätten uns keinen schlechteren Zeitpunkt aussuchen können, unsere Fähigkeiten auszuschalten.«

»Den Zeitpunkt haben nicht wir ausgesucht, er hat uns ausgesucht«, erwiderte Bishop nachdrücklich. »Und es tut mir nicht leid, dass es so gekommen ist. So langsam, wie alles vor sich ging, wären wir ohne einen kleinen Schubs nie ans Ziel gekommen.«

»Das war schon eher ein Stoß.«

Da es eigentlich nicht ihre Art war, in solchen Momenten schnoddrig zu klingen, erfuhr Bishop mehr über ihre innere Verfassung, als ihr vielleicht lieb war. Er trat zu ihr und berührte ihr Gesicht. »Ist alles in Ordnung mit dir?«

»Es ist auch möglich, dass man jemanden zu gut kennt«, sagte sie leicht grimmig.

»Was ist denn falsch, Miranda?«

»Ich. *Ich* liege falsch.«

»In welcher Hinsicht?«

Miranda holte Luft und atmete langsam wieder aus. »Ich dachte, ich könnte den Lauf der Dinge ändern. Ich dachte, ich könnte … dem Schicksal ins Handwerk pfuschen, nur ein ganz kleines bisschen. Und ich dachte, dass es mir gelungen ist. Aber wenn Liz tot ist … wenn sie letzte Nacht gestorben ist, bevor du zu mir kamst … dann läuft alles so ab, wie ich es vorausgesehen habe, ungeachtet dessen, was ich zu ändern versuchte. Ich kann es nicht beeinflussen. Anscheinend gibt es nicht das Geringste, was ich tun kann, um es zu ändern.«

Bishop überlief instinktiv ein leichter Schauder. »Was ist es? Was hast du gesehen?«

Doch in dem Moment betrat Tony mit den Winterstiefeln den Konferenzraum. Miranda wandte sich von Bishop ab und wurde wieder zum forschen, tatkräftigen Sheriff.

Der Augenblick für ein vertrauliches Gespräch war vorbei. Und Miranda schien auch keine Möglichkeit dafür mehr herbeiführen zu wollen, denn sie entschied, dass sie in zwei Fahrzeugen ausrückten – für den Fall, dass eines davon im Schnee stecken blieb. Eine vernünftige Vorsichtsmaßnahme, aber auch der offenkundige Wunsch, eine Weile allein zu sein, da sie darauf bestand, dass Bishop und Tony ihren gemieteten Geländewagen nahmen.

Obwohl Bishop sich darauf konzentrieren musste, im tiefen Schnee zu fahren, versuchte er auf der Fahrt zu Liz' Haus, die Bilder in seinem Kopf einzuordnen, die ganzen Gefühle und Ereignisse in Mirandas Leben während der vergangenen acht Jahre. Er war frustriert, da er wusste, dass die Antwort in Reichweite lag, wenn er sie nur ausmachen könnte. Doch es war, als suchte man nach einem einzelnen Schnappschuss in einer Schachtel voller Fotos, ohne zu wissen, wie das Bild eigentlich aussieht.

»Boss?«

Bishop bremste vorsichtig und folgte Mirandas Jeep um eine Straßenecke. »Ja?«

»Falls Liz Hallowell tatsächlich tot ist ... Werden wir den Mörder in dem Glauben lassen, er hätte unser Medium zum Schweigen gebracht?«

»Wenn wir damit Bonnie schützen können, würde ich sagen, dass wir es auf jeden Fall versuchen. Und dir wird aufgefallen sein, dass Miranda keinen ihrer Deputys in die Klinik geschickt hat. Aufmerksamkeit auf Bonnie zu lenken, bevor wir genau wissen, was geschehen ist, könnte ein schlimmer Fehler sein.«

»Zu warten ebenfalls«, gab Tony nüchtern zu bedenken.

»Ich weiß. Und Miranda weiß das auch.«

Tony schwieg eine Weile, dann zog er seine Waffe und überprüfte sie gedankenverloren. »Entweder fängt der Sender an, sich zu erholen, oder du bist verdammt beunruhigt, denn das kann ich fühlen.«

Bishop bemühte sich, versuchsweise seinen Spinnensinn zu fokussieren. »Nein, im Augenblick bin ich noch ziemlich blind.«

»Und beunruhigt?«

»Sagen wir mal, es gefällt mir gar nicht, wie sich die Dinge entwickeln.«

»Das ist dir auch nicht zu verübeln.«

Mehr sprachen sie nicht, denn einige Minuten später erreichten sie Liz Hallowells Haus. Bishop parkte seinen Jeep hinter Mirandas Wagen.

Sie betrachtete die unberührte Schneedecke auf dem Gehweg, auf Liz' geparktem Wagen und vor dem kleinen Haus. »Hier ist seit Stunden niemand mehr rein- oder rausgegangen«, verkündete sie.

»Ich sehe auf der Rückseite nach.« Tony ging los und schlug einen weiten Bogen ums Haus. Einige Minuten später kam er zurück. »Nein, keinerlei Anzeichen dafür, dass jemand gekommen oder gegangen ist, seitdem das Unwetter letzte Nacht richtig heftig wurde.«

»Spürst du irgendwas?«, fragte Bishop.

»Ich spüre keinen lebenden Menschen dort drinnen«, erwiderte Tony zögerlich.

Miranda seufzte, ihr Atem stand sichtbar in der Luft. »Scheiße.« Der Fluch klang trostlos. »Sonst noch was?«

Tony schwieg eine Minute lang, während er seine Aufmerksamkeit und seine Sinne auf das Haus gerichtet hielt. Dann sah er die beiden anderen stirnrunzelnd an. »Also, für einen mörderischen Irren hat der Kerl seltsame Gefühle. Was ich am meisten spüre, ist tiefstes Bedauern. Ich meine, fast so etwas wie tatsächlichen Kummer. Er wollte es nicht tun … was auch immer er tat.«

»Gehen wir nachsehen«, sagte Miranda finster.

Sie vertrauten zwar Tonys Gespür für den Ort, zogen aber trotzdem ganz automatisch ihre Waffen, als sie sich dem Haus näherten. Die Haustür war nicht verschlossen, und sie traten schnell und leise ein, während sie sich gegenseitig sicherten.

Bishop war auch ohne Spinnensinn klar, dass hier keine

Gefahr mehr drohte, doch auch er verhielt sich so vorsichtig wie die anderen, als sie das Haus zu durchsuchen begannen. Der große offene Raum, der Küche, Ess- und Wohnzimmer in einem war, war leicht zu überblicken. Alles, was sie sahen, war eine cremefarbene Katze mit schokoladebraunen Tupfen, die friedlich auf der Sofalehne saß. Sie war eifrig damit beschäftigt, ihre braune Vorderpfote zu putzen, und schien sich von den Fremden nicht im Mindesten gestört zu fühlen.

Sie teilten sich auf, um die anderen Räume zu durchsuchen. Bishop und Tony fanden nichts Verdächtiges und kamen gerade durch den Flur zurück, als Miranda aus dem Schlafzimmer trat. Sie lehnte sich an den Türpfosten und verstaute ihre Pistole langsam in ihrem Hüftholster.

Bishop spürte ein seltsames Beben in ihrer Verbindung, ein Aufwallen von Emotionen, was zeigte, dass seine Fähigkeiten allmählich zurückkehrten. Es verriet ihm noch viel deutlicher als Mirandas völlig abwesender Gesichtsausdruck, dass sie zutiefst erschüttert war. Und es sagte ihm auch, wieso.

»Tony«, sagte sie mit bewusst sachlicher Stimme, »könntest du mir einen Gefallen tun?«

Sie sah nicht zu ihnen hin, sondern in Richtung des großen Wohnzimmers.

»Klar«, antwortete er sofort, und an seiner angespannten Aufmerksamkeit war zu erkennen, dass Bishop nicht der Einzige war, dessen Zusatzsinne in Alarmbereitschaft waren.

»Hier muss irgendwo eine Tragetasche oder eine Box für die Katze sein. Kannst du sie bitte suchen? Und die Katze hineinsetzen, wenn du die Box gefunden hast?«

Tony sah zu der Katze hin, die noch immer geschäftig ihre

Vorderpfoten putzte, und wandte den Blick dann kurz in Richtung Schlafzimmer. Sein Gesicht wurde blass. »Ja«, erwiderte er etwas stockend. »Ja, mach ich.«

Als er weg war, trat Bishop zu Miranda an die Türöffnung. Er streckte die Hand aus und packte sie am Arm, musste sie berühren.

»Ich habe schon davon gelesen«, sagte sie. »Hab auch in irgendeinem Handbuch ein paar Bilder gesehen. Doch das ist das erste Mal …«

»Der Überlebensinstinkt«, erwiderte Bishop. »Dafür kannst du die Katze nicht verantwortlich machen.«

»Ich weiß. Aber ich tue es trotzdem irgendwie.« Leise, ohne ihn anzuschauen, fügte sie hinzu: »Alex darf das nicht zu Gesicht bekommen.«

Bishop widersprach ihr nicht. Er drückte sacht ihren Arm und ging dann an ihr vorbei ins Schlafzimmer. Darauf bedacht, kein Beweismaterial zu zerstören, trat er nur weit genug hinein, um sich ein Bild machen zu können.

Durch Mirandas Warnung gefasst, war das, was er zu sehen bekam, kein Schock mehr für ihn. Doch es gab einige Dinge, die ihn überraschten.

Liz Hallowell lag in der Mitte ihres Doppelbettes, als wäre sie ganz normal zu Bett gegangen. Hatte der Mörder diese Sorgfalt um Liz' willen walten lassen, oder wollte er ihnen etwas mitteilen?

Schuldgefühle? Reue? Vielleicht wollte er sie diesmal, bewusst oder unbewusst, wissen lassen, dass er zumindest diesen letzten Mord, diesen Tod bedauerte.

Sie sah so friedlich aus. Die Bettdecke war bis ans Kinn hochgezogen, Leintuch und Wolldecke ordentlich umgeschlagen, das Bett glatt gestrichen und makellos – bis auf einen kleinen runden Blutfleck über ihrem Bauch, der von der tödlichen Wunde stammte.

Das musste es gewesen sein, was die Katze anlockte.

Nur wenige Blutspritzer waren auf dem Kissen neben ihrem Kopf, auf der Seite, wo ein Teil der Haut von ihrem Gesicht geschält worden war. Die Katze war sehr ordentlich gewesen.

Und anscheinend nicht sehr hungrig.

Bonnie kam aus Amys Zimmer und schloss die Tür. Da man ihrer Freundin erneut Beruhigungsmittel gegeben hatte, würde sie wieder ein paar Stunden schlafen. Bisher hatte es sich nicht als sinnvoll erwiesen, sie länger wach sein zu lassen, denn sie weinte nur ununterbrochen. Bonnie kam sich so hilflos vor, und das war ein Gefühl, das sie gar nicht mochte. Sie war auch schreckhaft und fuhr zusammen, als Seth ihr die Hand auf die Schulter legte.

»He … was ist los?«

»Du hast mich nur erschreckt.«

»Das Gefühl kenne ich«, sagte Seth bedauernd und griff nach ihrer Hand, als sie den stillen Flur entlanggingen. »Es muss am Schneesturm liegen, jedenfalls zucke ich auch bei jedem Schatten zusammen.«

»Schatten«, wiederholte Bonnie.

»Ja, du weißt schon, was ich meine. Man wird nervös, und das Gehirn spielt einem Streiche, lässt einen denken, jemand steht hinter einem, obwohl da niemand ist.« Von seinen Hirngespinsten der letzten Nacht erzählte er ihr nichts.

Bonnie runzelte kurz die Stirn. »Ich habe deinem Vater

versprochen, Christy und Jordan Geschichten vorzulesen, um sie etwas zu beruhigen. Sie sind auch nervös.«

»Der Sturm«, erwiderte Seth. »Laut Wetterbericht wird es heute Nachmittag sogar noch schlimmer als letzte Nacht.« Er sah sie prüfend an. »Du bist sehr still, seit Miranda da war. Bonnie, falls du lieber nach Hause möchtest …«

»Nein«, entgegnete sie, »ich bin lieber hier bei dir.«

»Bestimmt? Ich kann dich nämlich auch nach Hause bringen und bei dir bleiben.«

Bonnie zögerte einen Moment. »Hier ist es sicherer, Seth«, sagte sie ruhig.

»Sicherer?«

»Ich weiß, dass dein Vater dachte, Amy sei nur hysterisch, als sie davon faselte, ich sei ein Medium, doch jemand muss das ernst genommen haben. Randy sagt, die Leute rätseln darüber, wie es den Cops gelungen ist, Steves Leiche zu finden.«

Seth brauchte nur den Bruchteil einer Sekunde, um zu verstehen. Er blieb stehen und drehte Bonnie zu sich um. »Du meinst, der Mörder könnte dich für eine Bedrohung halten?«

»Das ist möglich. Der Sturm wird die Leute zwar für eine Weile mehr beschäftigen als das Gerede über Steves Leiche, aber Randy möchte, dass ich hierbleibe und nicht allein bin, falls sich das Ganze bereits bis zu dem Mörder herumgesprochen hat.« Davon, dass Miranda ihr auch noch geraten hatte, ihren Schutzschild zu aktivieren, um sich vor einer anderen möglichen, jedoch weniger greifbaren Gefahr zu schützen, sagte sie nichts.

»Wieso ist denn dann kein Deputy hier?« Aus Sorge um sie klang seine Stimme verärgert.

»Das würde nur Aufmerksamkeit auf mich lenken, Seth. Du weißt ja, wie wirr so ein Gerede oft ist. Möglicherweise wird der Mörder, auch wenn er etwas hört, sich nicht sicher sein, was davon wahr ist.« Sie lächelte ihn an. »Wenn jemand mit einer fadenscheinigen Geschichte an die Tür der Klinik klopft, sollten wir ihn besser nicht hereinlassen. Aber ansonsten brauchen wir uns eigentlich keine Sorgen zu machen.«

»Im Augenblick vielleicht«, erwiderte er grimmig.

Bonnie zögerte erneut und sagte dann: »Randy meint, es sei bald vorbei. Wenn sie den Mörder fassen, bevor er eine Möglichkeit hat ...«

»Dich zu suchen?«

»Bevor er die Möglichkeit hat, sich irgendjemanden zu suchen.« Sie sah ihn mit ernster Miene an. »Wir sind alle in Gefahr, das weißt du. Waren es die ganze Zeit schon. Aber Randy und Bishop werden ihm das Handwerk legen.«

»Wirklich?«

»Ja. Da bin ich mir sicher.« Doch weniger sicher war sie sich, zu welchem Preis. Und einen Preis kostete es. Immer.

»Okay, hör zu«, sagte Seth energisch. »Von jetzt an möchte ich dich ständig in Sichtweite haben. Versprich mir das, Bonnie.«

»Ich verspreche es ... solange du mir im Bad etwas Privatsphäre lässt.«

Er war noch jung genug, um bei einigen Dingen nach wie vor zu erröten, erwiderte aber dennoch unbeirrt: »Ich werde vor der Tür warten.«

Sie stellte sich auf die Zehenspitzen und küsste ihn aufs Kinn. »Abgemacht. Und jetzt sollten wir versuchen, zwei kleine, kranke Mädchen zu beruhigen, okay?«

Seth nickte und hielt ihre Hand noch etwas fester, während sie den Flur hinuntergingen. Als sie um die Ecke bogen, überkam ihn erneut dieses seltsame Gefühl, und fast hätte er Bonnie gesagt, er könnte schwören, aus dem Augenwinkel eine schemenhafte Bewegung gesehen zu haben, als hätte ein flüchtiger Schatten versucht, nach ihnen zu greifen. Doch er beschloss auch diesmal, sich nicht von seiner Fantasie an der Nase herumführen zu lassen.

Bishop trat auf die Veranda hinaus und zog den Reißverschluss seiner Jacke zu. Der graue Himmel wirkte von Minute zu Minute schwerer und bedrohlicher. Mittag war gerade erst vorbei. Falls der Sturm noch eine Stunde entfernt war, hatten sie Glück.

Er nahm die Aktivitäten in seinem Rücken, die Anwesenheit Shepherds und Edwards, den gedämpften Klang der Stimmen und das Klicken von Brady Shaws Kamera durchaus wahr, doch er wusste bereits alles, was er über den Tatort in Erfahrung zu bringen gehofft hatte. Es war allerdings nicht allzu viel.

Er blickte auf die Beweismitteltüte hinunter und musterte die Bibel, die darin steckte. Alt, mit Eselsohren und unverwechselbar, hatte er sie sofort erkannt, als er sie auf Liz Hallowells Nachttisch liegen sah.

»Für wie dämlich hältst du mich eigentlich?«, brummte er gereizt vor sich hin. Dann schüttelte er den Kopf und steckte die Tüte in seine Jackentasche.

Hinter ihm wurde die Tür weiter aufgestoßen, und Sandy Lynch stürzte an ihm vorbei. Bishop brauchte die Blässe oder Panik in ihrem Gesicht nicht zu sehen, um zu wissen, dass sie sich übergeben würde. Sie stolperte durch den Schnee bis zum nächsten geparkten Fahrzeug, das zufällig der Leichenwagen war, und verschwand dahinter.

Armes Ding. Ein Wunder, wenn sie tatsächlich noch Polizistin bleiben wollte, nachdem das alles vorbei war.

Einige Minuten später kam sie auf die Veranda zurück und errötete leicht unter Bishops mitleidvollem Blick. »Sie haben sie umgedreht, und ich habe ihr Gesicht gesehen«, sagte sie etwas zittrig. »Zuerst dachte ich mir nichts dabei ... doch die Ärzte sprachen darüber ... und ... Himmel!«

Bishop wollte ihr Zeit geben, sich wieder zu fassen, und erklärte: »Sie wissen doch, dass Kätzchen, wenn sie ausgewachsen sind, ihrer Mutter nicht mehr bedeuten als jede andere Katze auch. Sie hat ihre Aufgabe erledigt, ihre Jungen sind erwachsen und nicht mehr ihre Jungen. Das ist eine sehr praktische Einrichtung der Natur.«

Sandy runzelte die Stirn. »Aber ... sie hat etwas von ihr gefressen! Ich habe Dr. Shepherd sagen hören, Liz hätte die Katze schon jahrelang gehabt, wie konnte sie nur so etwas tun? War sie denn so ausgehungert, dass ...«

Bishop schüttelte den Kopf. »Das hat nichts mit ausgehungert zu tun, sondern damit, dass sie eine Katze ist. Erfahrene Pathologen und Polizisten werden Ihnen bestätigen, dass es häufiger vorkommt, als man denkt. Stirbt man allein zu Hause mit seinem Hund bei sich, wird er warten, bis er fast völlig am Verhungern ist, bevor er einen für eine Mahlzeit hält. Eine Katze wird nicht einmal warten, bis man kalt ist. Sobald der Tod eintritt, ist man kein Mensch mehr, sondern nur noch ... Fleisch. Es liegt in ihrer Natur, jede Gelegenheit zu nutzen. Wenn da Futter ist, wird sie es probieren.

Sogar wenn das Futter die Hand ist, die sie jahrelang gefüttert hat.«

Sandys Gesicht war anzusehen, dass sie einen Augenblick lang überlegte. Dann murmelte sie: »Oh, Mist. Und ich habe eine Katze.«

»Ich selbst mag Katzen gerne. Obwohl ich ihr Wesen kenne«, erwiderte Bishop leise lächelnd.

»Ich glaube, ich werde von jetzt an nachts meine Schlafzimmertür zumachen«, sagte Sandy. »Misty kann auch auf der Couch schlafen.«

Bishop verzichtete darauf, sie darauf hinzuweisen, dass es in ihrem Alter sehr unwahrscheinlich sei, friedlich im Bett zu sterben. Stattdessen nickte er nur. »Wahrscheinlich keine schlechte Idee, wenn auch nur, damit Sie ein besseres Gefühl haben. Meiner Meinung nach brauchen Sie sich nicht zu sorgen, dass Ihre Katze Sie beobachtet und für das Abendessen hält, Deputy Lynch. Solange Sie ein lebendiges Wesen sind, wird sie Sie nicht für eine Mahlzeit halten.«

»Also einfach nicht zu atmen aufhören?«

»So in der Richtung.«

Sandy blickte an ihm vorbei zur Tür und holte tief Luft. »Genau. Und jetzt wieder an die Arbeit. Sie brauchen es mir nicht zu sagen.«

»Ich finde, Sie machen das in dieser äußerst schwierigen Situation ziemlich gut. Seien Sie nicht so streng mit sich.«

Offensichtlich von seinen Worten überrascht, wurde sie erneut rot und nickte zustimmend, während sie zurückging.

In der Tür kam Tony an ihr vorbei, auf dem Weg zu Bishop auf der Veranda. »Gerade kam der Anruf, dass der Abschleppwagen problemlos ins Sheriffdepartment zurückgelangt ist«, berichtete er. »Ihr Wagen wird dort in der Garage sichergestellt, damit wir uns die Zeit nehmen können, ihn gründlich zu überprüfen.«

Bishop nickte. »Hat er den direkten Weg über die Main Street genommen?«

»Wie angeordnet. Für einige ihrer Freunde die harte Tour zu erfahren, was mit Miss Hallowell geschehen ist. Die ersten Telefonanrufe sind bereits eingegangen.«

»Mag sein. Aber ich möchte den Dreckskerl wissen lassen, dass wir sein neuestes Opfer gefunden haben.«

Tony sah ihn neugierig an. »Und möchtest du, dass er denkt, er hätte uns reingelegt, zumindest im Moment?«

»Wenn uns das ein bisschen Zeit verschafft, warum nicht? Falls er glaubt, es bestünde auch nur die geringste Chance, seine Verbrechen einem anderen anzuhängen, würde ich darauf wetten, dass er sich still verhält und abwartet, was passiert.«

»Reichlich plump, diese Bibel zu hinterlassen«, meinte Tony.

»Viel Talent für Raffinesse hat er weiß Gott nicht gezeigt. Ich weiß nicht, vielleicht will er auch nur alles so wirr wie nur möglich aussehen lassen. Jemanden zu ermorden, der nicht zu dem bisherigen Opferschema passt, und ein Beweisstück zu hinterlassen, das auf Marsh deutet, könnte seine Art sein, uns auszubremsen oder abzulenken.«

»Glaubst du das wirklich?«

»Ich glaube, er hat seinen ersten echten Fehler gemacht«, erwiderte Bishop bedächtig. »Ich denke, er hat Liz umgebracht, weil er vor ihr Angst hatte, weil er eine verzerrte Version der gestrigen Geschehnisse gehört und impulsiv gehandelt hat, um das aus dem Weg zu räumen, was er für eine Bedrohung hielt. Und erst nachdem er sie getötet hatte, erkannte er, dass er den Grund dafür verschleiern muss.«

»Wieso?«

»Damit wir nicht merken, dass er Angst hat. Es muss ihm klar gewesen sein, dass der einzige Grund für *ihn,* Liz zu töten, ein sehr offensichtlicher war. Angst. Als er das begriffen hatte, musste er versuchen, uns jemand anderen als Mörder zu präsentieren. Selbst wenn wir annehmen würden, Marsh hätte nur dieses eine Verbrechen begangen, würden wir wenigstens nicht glauben, dass der echte Mörder Angst hat.«

»Er wollte nicht, dass wir denken, er hätte ein sexuelles Interesse an seinen Opfern, und er will nicht, dass wir glauben, er hätte vor irgendwas Angst.« Tony schüttelte den Kopf. »Wahnsinnige Mörder ticken zwar schon von Haus aus nicht richtig, aber dieser Kerl schießt den Vogel ab.«

»Das kannst du laut sagen.« Beinahe unbewusst drehte sich Bishop um und schaute zur Straße.

»Kommt Miranda?«, mutmaßte Tony.

»Ja.«

»Ich dachte mir schon, dass der Sender wieder funktioniert«, murmelte Tony. »Also seid ihr beide in gewisser Weise … verbunden?«

»So könnte man es nennen.« Bishop sah ihn an. Er bemerkte, dass Tony ihn neugierig anschaute, und seufzte. »Das ist so ähnlich wie bei einem Gang mit einer Türe an jedem Ende. Sind die Türen offen, können wir telepathisch fast genauso problemlos kommunizieren, wie du und ich uns unterhalten.«

»Und wenn die Türen geschlossen sind?«

»Dann ist da nur … eine Wahrnehmung. Ein Gespür für Stimmungen, andere Empfindungen. Nähe.«

»Aha.« Tony nickte. »Nimmst du es mir übel, wenn ich frage, ob die Türen im Moment offen oder geschlossen sind?«

Bishop zögerte und zuckte dann die Schultern. »Meine Seite ist offen. Ihre ist zu.«

»Könntest du ihre Tür öffnen?«, wollte Tony wissen.

»Wahrscheinlich. Doch das wäre … ein gewaltsamer Übergriff. Ein Eindringen in die Privatsphäre. Und wir alle müssen ab und zu ganz für uns sein.«

»Himmel«, sagte Tony ernst, »kein Wunder, dass die Verständigung zwischen Männern und Frauen so kompliziert ist, wenn sogar Telepathen mit einem direkten Draht zueinander Probleme haben, sich zu unterhalten.«

Bishop musste lächeln, auch wenn er nicht gerade fröhlich gestimmt war. »Wie in allen anderen Bereichen auch macht es die Dinge komplizierter – nicht einfacher.«

»Scheint mir auch so.« Tony sah Mirandas Jeep in die Einfahrt biegen. »Jedenfalls beneide ich sie nicht darum, dass sie Alex von dem hier erzählen musste.«

»Nein. Das war nicht angenehm.«

Als Miranda auf die Veranda kam, war ihr Gesicht abgespannt und verschlossen. Tony murmelte, dass er bei der Spurensicherung helfen wolle, und zog sich ins Haus zurück.

»Wie geht es Alex?«, fragte Bishop.

Miranda machte keine Anstalten hineinzugehen. »Miserabel«, erwiderte sie. »Er ist noch auf dem Revier, mit Carl und einer Flasche Scotch. Dieser Spruch, dass man nicht weiß, was man an jemandem hat, bis derjenige fort ist, will mir nicht mehr aus dem Kopf. Alex war die Überzeugung, seine verstorbene Frau immer noch zu lieben, so zur Gewohnheit geworden, dass er erst heute begriff, sich in Liz verliebt zu haben.« Miranda seufzte. »Gibt es vorläufige Berichte?«

Bishop teilte ihr mit, was sie bis jetzt wussten, einschließlich seiner Vermutungen bezüglich der Motive des Mörders.

»Wir haben nie öffentlich den Verdacht auf eine bestimmte Person gelenkt«, sagte Miranda nachdenklich, »also kann der Mörder auch nicht wissen, dass Justin Marsh für die anderen Morde ziemlich wasserdichte Alibis hat. Aber ich bin deiner Meinung. Ich denke, es ist ihm weniger wichtig, uns einen Verdächtigen für alle Morde zu liefern, als uns glauben zu lassen, er habe mit diesem hier nichts zu tun.«

»Also schnappen wir uns Marsh. Tun wir so, als hätten wir den Köder geschluckt.«

Miranda rieb sich stirnrunzelnd den Nacken. »Die Frage ist nur, tun wir es gleich, bevor der Sturm losbricht, und ertragen Justins zweifellos stocksauere Gesellschaft für Gott weiß wie viele Stunden, oder nehmen wir uns Zeit, kehren ins Büro zurück und lassen den Sturm alles ein bisschen verzögern?«

»Falls du abstimmen willst, ich bin für die zweite Möglichkeit.«

Sie lächelte schwach. »Ja, ich auch. Sind sie da drinnen bald fertig?«

»Ich denke schon. Sharon und Peter bringen die Leiche ins Krankenhaus und beginnen mit der Autopsie. Wir müssen Liz' Wagen untersuchen und ein paar Fasern und Fingerabdrücke identifizieren, aber das machen wir auf dem Revier. Tony hat sich übrigens um die Katze gekümmert und sie vorläufig zu einem Tierarzt gebracht.«

»Gut.«

»Miranda …«

Hinter ihnen öffnete sich die Tür, und Sharon Edwards trat zu ihnen auf die Veranda hinaus. »Die Leiche kann abtransportiert werden«, sagte sie forsch. »Die vorläufige Untersuchung hat ergeben, dass sie an Blutverlust starb, verursacht durch eine Stichwunde im Unterleib. Soweit ich sehen konnte, hat Liz das meiste Blut auf dem Rücksitz ihres Wagens verloren, also wissen wir, wie er die Leiche hierhergeschafft hat.«

»Er hat nichts von dem Blut mitgenommen?«

»Ich glaube nicht. Falls doch, war es nicht viel. Keine Anzeichen für Folterung, Verstümmelung – natürlich außer dem, was die Katze angerichtet hat.«

»Natürlich«, wiederholte Miranda tonlos. »Haben Sie irgendwas aus der direkten Umgebung auffangen können?«

»Nichts Verwertbares. Die Bibel muss Justin Marsh jahrelang herumgeschleppt haben, denn sie schreit seinen Namen geradezu heraus. Die Mordwaffe haben wir nicht gefunden, das hilft uns also auch nicht weiter. Und falls der Mörder etwas hiergelassen hat, war es nichts, was wir sehen oder spüren konnten.«

»Der Todeszeitpunkt … war letzte Nacht?«

In Bishop stieg der nahezu überwältigende Wunsch auf, die Antwort auf diese Frage zu verhindern. Doch das war nicht möglich.

Sharon nickte. »Ich würde sagen, zwischen neun Uhr abends und Mitternacht.«

»Zwischen neun und Mitternacht. Verstehe.«

… wenn Liz tot ist … wenn sie letzte Nacht gestorben ist, be-

vor du zu mir kamst … dann läuft alles so ab, wie ich es vorausgesehen habe, ungeachtet dessen, was ich zu ändern versuchte. Es begann wieder zu schneien.

Miranda holte Luft. »Wir sollten wohl lieber aufbrechen. Sharon, es könnte sein, dass wir ein paar Tage eingeschneit sind, aber Sie oder Peter geben uns doch die Ergebnisse der Autopsie telefonisch durch, ja?«

»Sobald wir fertig sind.«

»Vielen Dank. Bishop, kümmerst du dich bitte darum, dass das Haus verschlossen wird?«

»Natürlich.«

»Wir sehen uns dann im Büro.«

»In Ordnung.« Während er ihr nachsah, wie sie zu ihrem Jeep zurückging, musste er an Alex und an die Gefühle denken, die er sich so lange nicht hatte eingestehen wollen. War es blanke Verbohrtheit, dass Menschen sich so oft blind für die Wahrheit zeigten, bis es dann zu spät war?

War es zu spät?

»Seltsam«, sagte Sharon nachdenklich. »Ich meine, dass sie dich immer noch Bishop nennt.«

Er sah dem davonfahrenden Jeep nach und erwiderte gedehnt: »Sie hat mich nie anders genannt.«

17

Die nächste Welle des Schneesturms erreichte Gladstone kurz vor zwei Uhr nachmittags und erwies sich, wie angekündigt, sogar als noch heftiger als am Vortag. Der Wind heulte wie ein gequältes Tier, und Schnee und Graupel peitschten wütend gegen die Fenster und wirbelten so wild herum, dass draußen fast nur noch Weiß zu sehen war. Weiß, so weit das Auge reichte.

Miranda stand am Fenster ihres Büros, blickte hinaus auf all das Weiß und versuchte, sich keine Gedanken über die Dinge zu machen, die sie nicht beeinflussen konnte, als jemand kurz nach vier an ihre Tür klopfte. »Komm rein«, sagte sie und hätte fast seinen Namen hinzugefügt.

Bishop trat ein und schloss die Tür. »Hab dir Kaffee mitgebracht«, sagte er, während er um den Schreibtisch herumging und ihr die Tasse reichte. Sie nahm ihm die Tasse ab.

»Danke. Also, ich habe ja schon von weißen Hurrikans gehört, aber bisher noch nie einen erlebt.«

Statt zurück zum Besucherstuhl zu gehen, setzte er sich auf die Schreibtischkante. »Laut Wetterbericht wird es noch eine Stunde dauern, bis wir das Schlimmste hinter uns haben. Das heißt, die Aufräumarbeiten können erst morgen beginnen.«

»Der Großteil. Sobald der Schneefall nachlässt, schicke ich die Streifenwagen raus, und die Trupps der Elektrizitätswerke und die Schneepflüge können mit dem Aufräumen anfangen. Da der größte Teil der Stadt ohne Strom ist, wird das Priorität haben.«

»Wie lange werden die Generatoren durchhalten?«

»Wir haben genug Treibstoff für mehrere Tage, das sollte also kein Problem sein. Das Gleiche gilt für das Krankenhaus und die Kinderklinik. Die Schule fällt morgen aus, die Papiermühle hat auch dichtgemacht, und vermutlich werden die meisten Geschäfte erst gar nicht öffnen.«

Bishop betrachtete ihr Profil und spürte ihre Verbindung, aber noch deutlicher die geschlossene Tür, die ihn von ihren Gedanken ausschloss. Oder auch von ihren Gefühlen. Ob absichtlich oder nicht, von ihr ging eine solches Schweigen aus, dass er über ihre Gefühle noch nicht einmal Vermutungen anstellen konnte. »Ich habe vorhin mit Alex gesprochen. Weißt du, dass er die Flasche Scotch überhaupt nicht angerührt hat?«

»Ich weiß. Er ist nicht der Typ, der seine Sorgen ertränkt. Er marschiert einfach blindlings weiter, bis er an eine Wand stößt.«

»Er ist unten im Keller und stöbert in alten Akten. Sagte, er würde sich lieber beschäftigen.« Bishop hielt inne. »Doch er steht völlig neben sich. Bis zu der Wand ist es nicht mehr weit, würde ich sagen.«

»Ja. Ich weiß. So hat er auch schon reagiert, als seine Frau starb. Krebs. Sie war monatelang krank, doch obwohl er sich dadurch auf ihren Tod vorbereiten konnte, war er nicht bereit, sie loszulassen.«

Beinahe hätte es sich Bishop anders überlegt und wollte sich einreden, dass Geduld wohl am besten sei. Aber der Gedanke an Alex' fahles Gesicht und seinen benommenen Gesichtsausdruck ließ ihn weiterreden. »Es scheint mein Schicksal zu sein, anderen Männern immer zu raten, die Frau, die sie lieben, gehen zu lassen.«

»Hast du das Alex geraten? Loszulassen?«

»Nein. Aber es gab andere Gelegenheiten. Es war ... leicht, diesen Rat zu geben. Vernünftig, logisch.«

»Kam aber nicht gut an.«

»Nein. Kam nie gut an. Manchmal glaube ich, dass ich es nur sagte, um mich selbst daran zu erinnern. Wie unmöglich es ist loszulassen. Ganz gleich, wie vernünftig und logisch es erscheint. Egal, wie viel Zeit vergangen ist und wie leer und hohl man sich fühlt, wie weh es tut, nachts allein zu sein. Egal, wie oft man sich vorhält, was für ein Idiot man ist.«

»Darum geht es also«, sagte sie.

»Ich denke, wir sollten darüber reden, meinst du nicht?

Miranda wandte sich schließlich vom Fenster ab und sah ihn leise lächelnd an. »Diesmal hast du ein aufmerksames Publikum.«

»Ja.«

»Ich kann meine Schwester nicht einfach einpacken und mit ihr weglaufen. Diesmal.«

Bishop spürte kaum, dass sich die Kante des Schreibtisches in seine Hände schnitt. »Nein«, stimmte er zu. »Möchtest du denn?«

»Weglaufen?«

Sie hob ihre Tasse und prostete ihm zu. »Es hat auch damals nichts genutzt, oder? Nichts wurde dadurch geklärt, es hörte nur … einfach auf.«

»Das ist keine Antwort.«

»Eine andere habe ich nicht.«

»Miranda, du wusstest, dass ich dich liebte.«

»Ja. Und du wusstest, dass das nicht das Problem war.«

»Vertrauen.«

Sie nickte. »Du wolltest das, was wir zusammen hatten, diese Euphorie, dieses unglaubliche Hochgefühl, aber hinterher störte dich die Nähe. Die Intimität. Derart … mit einer anderen Person verbunden zu sein. Du wolltest nicht, dass dich jemand so gut kennt. Niemand sollte so tief in dich hineinsehen, dich so tief berühren. Nicht einmal ich. Deshalb hast du die Tür geschlossen.«

»Sie war nicht immer verschlossen«, widersprach er rau.

»Sei ehrlich, Bishop. Sie wäre geschlossen geblieben, auch während wir zusammen im Bett waren, wenn es dir gelungen wäre, das zu bewerkstelligen. Aber das konntest du nicht. Deine Deckung aufzugeben war der Preis für dieses erregende Gefühl. Und was meinst du, wie das bei mir ankam? Was sollte ich von einem Vertrauen halten, das bloß widerstrebend gewährt wurde und nur, wenn die Leidenschaft die Schranken eingerissen hatte? Ein Vertrauen, das du so schnell wie möglich wieder zurückgenommen hast.«

Er atmete tief ein und langsam wieder aus. »Verurteile mich nicht für das, was ich einmal war, Miranda. Ich habe Fehler gemacht und falsche Entscheidungen getroffen. Doch ich werde nicht so dumm sein, eine zweite Chance zu vermasseln. Die Tür ist jetzt nicht geschlossen, nicht auf meiner Seite.«

»Nein«, sagte sie leise. »Jetzt ist sie auf meiner geschlossen. Wie gefällt dir das, Bishop? Unbedingt hineinzuwollen und zu wissen, dass du nicht willkommen bist. Alles anzubieten, was du bist, und es wird dir ins Gesicht geworfen? Wie ist es, sich ausgeschlossen zu fühlen, als wärst du nicht wichtig? Wie fühlt sich das an?«

Seth ließ Bonnie während des ganzen Tages so gut wie nie aus den Augen, genau wie er versprochen hatte.

Er half ihr, die beiden kleinen Patientinnen zu unterhalten, die sie unter ihre Fittiche genommen hatte, und als die beiden ihren Nachmittagsschlaf machten, begleitete er Bonnie in einen der Lagerräume, um neue Spiele zu suchen, die sie später am Nachmittag mit den Mädchen spielen konnten.

»Das wird ein langer Tag werden«, warnte er sie.

»Ja. Aber wir haben wenigstens etwas zu tun. Wir müssen Christy und Jordan beschäftigen.« Sie lächelte ihn kurz an. »Das heißt, falls dir das nicht zu viel ist.«

»Ist schon in Ordnung. Ich mag Mädchen.«

»Ich weiß, und wahrscheinlich sollte ich mir deshalb Gedanken machen.«

»Doch nicht so, Bonnie. Nicht so wie …« Er sah sie wieder lächeln und fügte beschämt hinzu: »Du hast mich auf den Arm genommen, oder?«

»Das geht bei dir ganz leicht«, gab sie zu.

Er musste lachen, wurde aber schnell wieder ernst, als er auf einem der oberen Regalbretter ein Ouija-Brett entdeckte.

»He, hier ist ja noch eins von diesen Dingern. Ich hätte nicht gedacht, dass sie so beliebt sind.«

Bonnie sah die Schachtel an, dann Seth. Ihr Gesicht war ernst. »Es ist ja nur ein Spiel, zumindest für die meisten.« – »Aber nicht für dich.«

»Nein. Eigentlich haben wir nie so richtig darüber gesprochen.« Mit leicht gerunzelter Stirn betrachtete sie das Damespiel in ihrer Hand.

»Wir haben Zeit«, erinnerte Seth sie. »Ich meine, zu wissen, dass sich meine Freundin mit toten Menschen in Verbindung setzen kann … na ja, das ist eine Menge zu … zu verdauen.«

»Du meinst, zu glauben.«

Seth zögerte, dann zuckte er die Schultern. »Ich weiß nicht, Bonnie. Ich denke, es würde mir leichter fallen zu glauben, dass du die Gedanken des Mörders lesen konntest, um zu erfahren, wo sich Steves Leiche befand. Aber diese anderen Dinge … Mit den Toten sprechen? Geister? Ich weiß nicht, was ich davon halten soll.«

Bonnie lächelte. »Tja, wie du schon gesagt hast, wir haben Zeit.«

Da er spürte, dass er sie verärgert hatte, legte Seth das Ouija-Brett ins Regal zurück und griff nach Bonnies Hand. »Falls du dir darüber Gedanken machst … Um mich loszuwerden, braucht es mehr, als festzustellen, dass du Gedanken lesen oder mit Geistern reden kannst. Schon als wir Kinder waren, hab ich dir gesagt, dass es von meiner Seite her für immer ist.«

»Ja – aber das ist ein Versprechen, das du nicht halten musst.« Ihre Stimme war fest. »Da gibt es viel mehr … Komplikationen … als dir bewusst ist, Seth. Es wird nicht leicht sein, dein Schicksal an meines zu binden.«

»Wer erwartet schon, dass es leicht ist?« Er hob ihre Hand und küsste sie auf eine ungewöhnlich zärtliche Art. »Ich will nur dich. Mit uns wird alles gut gehen, Bonnie, glaub mir. Mehr noch als gut. Es wird wunderbar sein, wenn wir zusammen sind.«

Ihr zögerliches Lächeln nahm ihm den Atem und ging ihm zu Herzen, wie immer. »Ich weiß. Ich weiß, dass es so wird.«

»Gut. Dann lass uns diese Spiele ins Zimmer der Mädchen bringen, damit wir sie haben, wenn wir sie brauchen.«

Sie nickte, und gleich darauf standen sie draußen im Flur. Doch kaum hatte Seth die Tür des Lagerraums hinter sich geschlossen, hörten sie von drinnen einen gedämpften Plumps. Vorsichtig öffnete Seth die Tür, spähte hinein und lachte dann erleichtert. »Eines der Spiele ist runtergefallen. Wahrscheinlich habe ich es nicht richtig auf das Regal zurückgelegt. Oder die verdammten Dinger sind doch verhext.«

Sein Ton war scherzhaft, aber Bonnie runzelte die Stirn. »Das Ouija-Brett?«

»Ja.« Er ging in den Raum zurück, um das Spiel wieder aufs Regal zu legen.

Bonnie hätte beinahe gesagt, dass solche Vorkommnisse selten so harmlos sind, wie sie scheinen, entschied sich aber schließlich dagegen. Seth hatte schon genug, womit er klarkommen musste. Doch sie war beunruhigt und lenkte sicherheitshalber noch etwas mehr Energie darauf, ihren Schutzschild aufrechtzuerhalten.

* * *

Früher hätte Bishop nur das Verletzende in Mirandas Worten gehört, und sie hätten ihn bis ins Mark getroffen. Er hätte geglaubt, was sie ihn glauben lassen wollte, zornig reagiert und sich wie sie hinter eine geschlossene Tür zurückgezogen, damit keinerlei Verständigung zwischen ihnen möglich wäre.

Früher.

Ihre Worte verletzten ihn zwar, doch er spürte noch etwas anderes, das in ihr vorging. Schmerz oder Bedauern, sogar Kummer. Hinter der Schweigsamkeit ihres Geistes fast verborgen, aber da und sehr echt. Wohl kaum die Gefühle einer gekränkten Frau, die Rache um jeden Preis will. Und er war nicht mehr der arrogante junge Mann, der sorglos mit etwas umgegangen war, das er erst viel zu spät als wertvoll erkannt hatte. All das – die seit damals mühsam gelernten Lektionen, die langen einsamen Jahre ohne sie, sein unbedingter Wille, Training und Erfahrung – vereinte sich nun in seinem Geist, um sich auf die Lösung eines Puzzles zu konzentrieren.

»Rache, Miranda?« Er sprach langsam und nachdenklich.

»Nenn es, wie du willst.«

»Du bist nicht rachsüchtig.«

»Sei dir da mal nicht so sicher.«

»Ich bin mir aber sicher. Absolut.«

»Analysier mich nicht, Bishop.«

Er lächelte. »Warum nicht? Das ist meine Arbeit. Also lass mich dir erzählen, was ich mir über jemanden zusammenreime, der als Miranda Elaine Daultry geboren wurde. Ich glaube, du bist meistens eine sehr offene Frau, Miranda. Du sagst, was du denkst, und wenn du die Wahl hast, entscheidest du dich immer für die direkteste und geradlinigste Art, ein Problem anzupacken – ganz gleich, ob es die einfachste ist oder nicht. Normalerweise schiebst du unangenehme Dinge nicht auf die lange Bank, du ziehst es vor zu tun, was getan werden muss, und bringst es hinter dich.«

»Wie kommst du darauf, dass es mir unangenehm sein könnte?«, forderte sie ihn heraus. »Man sagt doch, Rache sei süß.«

»Nur für einen rachsüchtigen Menschen. Aber in dir steckt nichts Grausames oder Verletzendes. Wenn du also vorgehabt *hättest,* dich zu rächen, mir heimzuzahlen, wie ich dich vor acht Jahren behandelt habe, hätten wir das längst hinter uns. Du hättest es in den ersten zehn Minuten erledigt.«

»Vielleicht wollte ich, dass die Strafe dem Verbrechen gleichkommt.«

Bedächtig und sich noch immer durch diesen rein intuitiven Prozess tastend, eine einzigartige Persönlichkeit zu verstehen, erwiderte er: »Nein, das bist nicht du. Du grübelst nicht lange über die Dinge nach, lässt dich nicht von ihnen vereinnahmen. Ich würde meinen, nachdem du aus meinem Leben verschwunden bist, hast du alles beiseitegeschoben, was du für mich empfunden hast und was geschehen war, und dich der notwendigen Aufgabe gewidmet, dir und Bonnie ein neues Leben aufzubauen.«

Sie schwieg, doch ein Flackern in ihren Augen zeigte ihm, dass er ins Schwarze getroffen hatte.

»Du neigst dazu, Schmerz als eine Erfahrung abzuhaken – und zur Tagesordnung überzugehen«, fuhr er fort. »Mit voller Absicht jemanden zu verletzen ist dir absolut fremd. Nein, Miranda, du kannst mir nicht einreden, dass Rache je auf deinem Plan stand. Damals nicht und heute auch nicht.«

»Hatte eben nicht gedacht, dass ich jemals die Gelegenheit dazu bekommen würde«, erwiderte sie. »Doch als du hier aufgekreuzt bist, wie hätte ich da widerstehen können? Ich bin in der Lage, mich anzupassen, Bishop. Wenn nötig, ändere ich meine Pläne.«

Er schüttelte den Kopf. »Auch wenn ich ein großer Idiot war, das, was wir miteinander hatten, war wertvoll für dich. Du wusstest, wie selten und wie zerbrechlich so etwas ist. Und um deine eigene Definition zu gebrauchen: wie intim. Dem hättest du dich niemals wieder ausgesetzt, nur um mich zu bestrafen.«

Miranda schwieg.

»Und noch etwas«, fuhr er fort. »Etwas, das ich absolut sicher von dir weiß. Du hörst nicht auf, jemanden zu lieben, bloß weil er dich verletzt oder enttäuscht hat, nicht du, Miranda. Das liegt nicht in deiner Natur. Du liebst mich noch immer.«

Tony sah dem hereinkommenden Fax zu und sagte ins Telefon: »Ihr seid schnell, Leute.«

»Eine Autopsie ist auch nichts, womit man gerne mehr Zeit als nötig verbringt«, erwiderte Sharon Edwards trocken.

»Wahrscheinlich nicht. Und wahrscheinlich sitzt ihr im Krankenhaus fest, bis sich der Schneesturm ausgetobt hat.«

»Es gibt schlimmere Orte, um eingeschneit zu werden.«

»Wie du meinst. Nur fürs Protokoll, die Feldbetten hier sind so unbequem, dass ich tatsächlich mein Bett in der Bluebird Lodge vermisse. Und du weißt, was ich davon gehalten habe.«

»Die Lage könnte noch viel schlimmer sein.«

»Ach, tatsächlich? Wie denn?«

»Der Generator könnte den Geist aufgeben. Dann würdest du in der Kälte und im Dunkeln sitzen. Alles nur eine Frage der Perspektive, Tony.«

»Tja, wird wohl so sein.« Grinsend warf er einen Blick auf den kleinen Fernseher, der gerade einen südamerikanischen Schönheitswettbewerb zeigte, wann immer das Satellitensignal durch das Schneegestöber dringen konnte.

»Ich hatte Miranda versprochen, dass wir uns melden, sobald wir fertig sind, also sorge dafür, dass sie die Ergebnisse schnellstmöglich bekommt«, sagte Sharon.

»Irgendwas, das wir noch nicht wussten?«, fragte Tony mit bemüht professionellem Ton, während er mit einem Auge bei den Badenixen blieb.

»Eigentlich nicht.«

»Dann werde ich sie jetzt nicht stören.«

»Wieso? Tut sich was?«

»Also, ich will es mal so ausdrücken. Bishop ist in ihrem Büro, die Tür ist geschlossen … und sein Sender läuft auf Hochtouren.«

»Spannungen?«

»Junge, Junge. Er ist über eine Stunde hier herumgetigert, bis klar war, dass Miranda ihr Büro nicht verlassen würde. Ich weiß nicht, was sich da tut, was an Liz Hallowells Ermordung Miranda veranlasst hat, sich wieder abzuschotten, doch er ist wild entschlossen, das Problem zu lösen.«

»Manche Probleme kann man nicht lösen«, sagte Sharon.

»Sag das bloß nicht zu Bishop. Ich habe mir erlaubt, eine leise Warnung anzubringen, und er hat mir beinahe den Kopf abgerissen.« Tony seufzte und überflog den Autopsiebericht. »Wahrscheinlich ist es ganz gut, dass wir alle hier drinnen festsitzen, bis der Sturm vorbei ist. Da sonst nicht viel zu tun ist, können die beiden wenigstens die Dinge zwischen sich klären.«

»Du meinst, sie können es versuchen.«

»Ja. Versuchen können sie es.«

»Du Mistkerl.« Mirandas Stimme blieb ganz ruhig.

»Mag sein. Aber ich habe recht, zumindest damit.« In seiner Stimme lag kein Triumph, nur Gewissheit. »Himmel, Miranda, meinst du, ich wüsste nicht, dass du mich nie wieder so nahe an dich herangelassen hättest, wenn es nicht wahr wäre?«

Sie betrachtete die Tasse in ihrer Hand, als handelte es sich um etwas, das ihr Begriffsvermögen überstieg, runzelte dann die Stirn und stellte die Tasse aufs Fensterbrett. »Ich habe ja schon immer gesagt, dass du ein kluger Junge bist.«

Obwohl es Bishop mit aller Macht zu ihr zog, bewegte er sich nicht von der Stelle. »Du weißt, dass etwas passieren wird, stimmt's? Einem von uns beiden. Das ist es, was du am Anfang gesehen hast, die Vision, die du vor mir versteckt hast. Deshalb hast du die Verbindung gekappt.« Er zwang sich, die Schreibtischkante loszulassen, und lockerte geistesabwesend seine steifen Finger. »Aber wen von uns beiden versuchst du zu schützen, Miranda?«

»Ein sehr kluger Junge«, murmelte sie. Ihr Gesicht war reglos, ihre blauen Augen unverwandt auf ihn gerichtet.

»Was hast du gesehen? Erzähl es mir.«

»Erzähl du mir etwas, Bishop. Als du Lewis Harrison schließlich erwischt hattest, war es wie in der Vision, die wir beide hatten?«

Er nickte. »Ein paar Kleinigkeiten waren anders, aber sonst, ja.«

»Tja, das dachte ich mir. Egal, was wir tun oder zu tun versuchen, egal, wie sehr wir versuchen, das Ergebnis zu ändern, es funktioniert fast nie.«

»Wie meinst du das?«

»Wir gestalten die Zukunft durch das, was wir tun, auch wenn uns ein kurzer Ausblick darauf gestattet wird. Du hast dich gesehen, wie du Harrison erwischst, und du hast dafür gesorgt, dass es geschah. Ich habe gesehen, dass wir wieder ein Liebespaar werden, und habe durch den Versuch, dich abzublocken, um das zu verhindern, genau die Situation geschaffen, die ich vermeiden wollte.«

»Und hast dabei dein Leben aufs Spiel gesetzt.« Er musste es einfach sagen.

»Nein. Ich hab dir doch gesagt, dass ich mit dem Energiestau umgehen kann.«

»Wir wissen beide, dass es so einfach nicht war. Du hättest dich selbst vernichten können, Miranda. Wenn dieser verzweifelte Geist dir durch seinen Angriff nicht die Entscheidung aus der Hand genommen hätte, wie lange hättest du so weitergemacht? Die Schmerzen, deine Zusatzsinne auszuschalten, all deine Schutzmechanismen zu verlieren. Früher oder später hätte es dich umgebracht – oder dafür gesorgt, dass du umgebracht wirst.« Miranda schüttelte leicht den Kopf, mehr abwehrend als protestierend, doch sie widersprach nicht laut.

»War es dir das wert?« Es gab noch etwas, das er sagen musste, fragen musste. »Wärst du lieber gestorben, als mich wieder in deine Nähe zu lassen?«

»Am Anfang … dachte ich das.«

Bishop meinte, diesen schmerzlichen Stich wahrscheinlich verdient zu haben, doch dadurch war er auch nicht leichter zu verkraften. »Verstehe.«

Sie lächelte reumütig. »Ich war wütend, Bishop, sogar nach all den Jahren noch. Nicht wegen dem, was meiner Familie angetan wurde. Bonnie hatte recht, daran habe ich dir eigentlich nie die Schuld gegeben. Du hast deine Arbeit getan, hast alles unternommen, was in deiner Macht stand, um einen brutalen Mörder dingfest zu machen. Aber ich habe dir übel genommen, dass … du mich alleingelassen hast und ich sehen musste, wie ich mit den Folgen klarkam.«

»Miranda …«

»Oh, ich weiß. Ich war diejenige, die sich dir körperlich entzogen hat. Doch das hätte ich nicht getan, wenn du dich nicht zuvor schon zurückgezogen hättest.«

»Ich fühlte mich unendlich schuldig. Erstens, weil ich mich hinter deinem Rücken an Kara gewandt hatte, und dann wegen dem, was ihr und deinen Eltern zustieß.«

»Und du wolltest nicht zusätzlich zu den deinen auch noch meine Schmerzen und meine Schuldgefühle spüren. Das wusste ich. Doch das hat nichts genutzt. Du hast dich von mir abgekapselt, als ich dich am meisten gebraucht habe.«

Bishop hätte ihr gerne gesagt, dass es ihm leidtat. Doch welche Worte der Entschuldigung gab es dafür, dass er sich von der Frau, die er liebte, abgewandt hatte, sie allein leiden und sie sich ein neues Leben ohne seine Hilfe oder seinen Trost aufbauen ließ? Welche Worte sollte er jetzt noch finden?

Miranda schien keine zu erwarten und fuhr in sachlichem

Ton fort. »Nun ja, ich hätte nichts unversucht gelassen, um dich auszuschließen, als du wieder in mein Leben getreten bist. Und das, obwohl ich wusste, dass wir zwangsläufig wieder ein Liebespaar werden würden.«

Sie atmete ein und langsam wieder aus. »Ich habe eine Reihe von Ereignissen gesehen, die in noch etwas anderem gipfelten, das ich vermeiden wollte, doch alles läuft genau so ab. Alles, was ich tue, jede Entscheidung, die ich treffe, bringt mich der Zukunft näher, die ich gesehen habe. Sie ist unausweichlich.«

»Welche Zukunft, Miranda? Was hast du gesehen?«

»Was nutzt es, das zu wissen? Du kannst es nicht ändern.«

»Verdammt noch mal, sag es mir.«

Endlich verließ sie das Fenster, ging zu ihm und blieb fast zwischen seinen Knien stehen. Sie hob die Hände und berührte ihn, und durch diesen Kontakt öffnete sich die Tür, die ihn ausgesperrt hatte. »Ich werde sterben«, sagte sie gefasst. »Ich werde das letzte Opfer des Mörders sein.«

Wie sich herausstellte, machte das Heulen des Sturms die beiden kleinen Mädchen so nervös, dass sie sich nicht für die Spiele interessierten, deshalb gingen Bonnie und Seth kurz in die Videobibliothek der Klinik und holten ein paar Kinderfilme. Im Nu saßen die Mädchen mit Knabberzeug vor dem Film, den sie sich ausgesucht hatten.

»Wir müssen doch nicht hier sitzen und zuschauen, oder?«, murmelte Seth leise. »Ich kann es nicht ertragen, wenn Bambis Mutter …« Mit einer hastigen Bewegung brachte Bonnie ihn zum Schweigen und zog ihn dann von den beiden in ihren Film versunkenen Mädchen zu der kleinen Sitzgruppe neben der Tür. »Ich möchte sie nicht gerne allein lassen, solange der Sturm tobt«, erklärte sie, »doch den Film müssen wir uns nicht anschauen.«

»Dann ist es ja gut, dass wir die Spiele haben. Worauf hättest du Lust?« Er beugte sich vor, um die Schachteln auf dem Couchtisch zu durchforsten. »Trivial Pursuit? Cluedo? Candyland wohl auch nicht, aber wie wär's mit Mahjong? Oder hier ist noch Schach und Dame und … he, das muss ich versehentlich mitgenommen haben, als ich zurückgegangen bin, um es ins Regal zu legen.«

Bonnie starrte auf das Ouija-Brett in seiner Hand. »Tatsächlich?«

»Ich nehme es an.«

»Seth … würdest du es bitte in den Lagerraum zurückbringen?«

Er sah sie mit ernster Miene an. »Ich hatte nicht die Absicht vorzuschlagen …«

»Ich weiß. Ich würde mich aber … wohler fühlen, wenn das Brett nicht hier wäre.«

»Aber …«

»Es ist eine Tür, Seth. Ich möchte nicht mal unbewusst in Versuchung gebracht werden, sie nochmals zu öffnen.«

»Würdest du denn? In Versuchung geraten, meine ich.«

»Ja. Denn wenn es Lynet war, die wir zuvor erreicht haben, könnte sie uns vielleicht verraten, wer sie ermordet hat. Diese Antwort wäre es wert, die Tür zu öffnen – wenn ich sicher sein könnte, auch danach noch alles im Griff zu haben. Das bin ich aber nicht. Dafür habe ich nicht genug Erfahrung.«

»Du hast sie schon einmal geöffnet«, sagte Seth gedehnt, um sein Zweifeln deutlich zu machen.

»Ja. Aber Randy hat mir noch mal eingeschärft, wie gefährlich das ist, und ich habe ihr versprochen, es nicht wieder zu versuchen.«

Seth öffnete den Mund, schloss ihn wieder, zögerte und zuckte dann die Schultern. »Klar. Ich bringe es zurück.«

»Danke.«

»Aber rühr dich nicht von der Stelle, während ich weg bin.«

Bonnie lächelte. »Nein, tu ich nicht. Ich baue schon mal eines der anderen Spiele auf, damit wir dann anfangen können.«

»Gute Idee.« Seth beeilte sich nicht besonders, nachdem er den Raum verlassen hatte, trödelte aber auch nicht. Er ging den Flur zum Lagerraum hinunter, legte das Ouija-Brett sorgsam auf das oberste Regal und schob es so weit zurück, dass nichts mehr davon über den Rand hervorstand.

Er verließ den Raum, schloss die Tür und rüttelte am Türknauf, um sicherzugehen, dass sie wirklich zu war. Erst als er sich einen Schritt entfernt hatte, hörte er es wieder.

Das Flüstern.

Seth schlich zur Tür zurück und legte lauschend sein Ohr daran. Er konnte es deutlich vernehmen, das gedämpfte raschelnde Geräusch, das einer Stimme oder Stimmen glich, die hastig, fast rhythmisch flüsterten.

Ihm sträubten sich die Nackenhaare.

Zögernd griff Seth nach dem Knauf und drehte ihn langsam. Das Flüstern hielt an. Er riss die Tür auf.

Stille.

Und ein ganz normaler Lagerraum, mit dem Ouija-Brett hoch oben im Regal, so wie Seth ihn verlassen hatte.

Er wartete einen Augenblick, hörte nichts außer dem gedämpften Heulen des Sturms und schloss die Tür wieder. Noch immer nichts. Was auch immer das flüsternde Geräusch verursacht hatte, war nun verstummt.

»Daniels, jetzt schnappst du wirklich über«, sagte er laut zu sich selbst. Doch auf dem Weg zurück zu Bonnie hatte er es sehr eilig.

18

»Nein«, sagte Bishop.

Doch er sah sie jetzt, die Vision, die Miranda vor Monaten gehabt hatte, ein Kaleidoskop von sich überstürzenden Bildern und Gefühlen und Gewissheiten. Er sah, wie die Leichen nacheinander entdeckt wurden, konnte zwar nicht erkennen, wer sie waren, wusste aber, was bei jeder von ihnen fehlte: das Blut, die Organe. Er wusste, wie Miranda es gewusst hatte, dass es fünf Opfer sein würden, dass sich das fünfte von den anderen unterscheiden würde – und dass *nach* dem fünften Mord, und nicht davor, Miranda und er ein Liebespaar werden sollten und ihre intensive paragnostische Verbindung, die sie früher schon hatten, wiederaufleben würde.

Und danach, schon bald danach, käme, fast ohne Vorwarnung, das Ende. Die Bilder zeigten ihm, was Miranda aus ihrer Perspektive gesehen hatte: Bonnie vor einem verschwommenen Hintergrund, eindeutig in Gefahr, eine Hand, die eine Waffe auf Miranda gerichtet hält. Und der hohle Knall eines Schusses, als sie nach ihrer eigenen Waffe greift, ein ungeheurer Schmerz … und die absolute Gewissheit des Todes. Dann nichts mehr.

Der ganze Ablauf dieser Vision wurde von einer anderen absoluten Gewissheit durchzogen, einer Überzeugung, die so gewaltig war, dass sie für nichts anderes mehr Raum ließ. Bishop würde Bonnie retten. Ohne ihn würde auch sie sterben. Miranda wusste das, hatte es die ganze Zeit über gewusst. Deshalb hatte sie auch das FBI um Hilfe gebeten, da sie wusste, dass er kommen würde.

»Nein«, sagte Bishop erneut. Er merkte, dass seine Augen geschlossen waren, und als er sie öffnete, sah er, dass Miranda ihn mit ernster Miene betrachtete. Zum ersten Mal wünschte er sich verzweifelt, dass ihm ihre Verbindung nicht erlauben würde, all das zu sehen, was sie gesehen hatte.

»Du hast mal gesagt, du würdest dich um Bonnie kümmern, falls mir etwas zustößt. Ich verlasse mich auf dich.«

Er konnte sich nicht erinnern, die Arme um sie gelegt zu haben, doch jetzt hielten sie Miranda noch fester umschlungen. »Dir wird nichts passieren. Du wirst nicht sterben, Miranda. Hier nicht und jetzt nicht. Noch lange, lange nicht.«

Als hätte sie ihn nicht gehört, sagte sie: »Bonnie ist noch zu jung, um allein zurechtzukommen. Sie wird jemanden brauchen. Du wirst doch für sie da sein, nicht wahr, Bishop?«

Diese flehentliche Bitte konnte er nicht unbeantwortet lassen. »Um Bonnie brauchst du dir keine Sorgen zu machen. Ich schwöre dir, ich werde für sie da sein. Doch dieser Dreckskerl wird dich nicht töten, Miranda.«

Sie antwortete nicht darauf, sondern küsste ihn stattdessen, und trotz all der Emotionen, die sich in ihm aufstauten, empfand Bishop ein ungemein heftiges Verlangen, das alles andere zu verdrängen drohte. So war es immer zwischen ihnen gewesen. Die Begierde traf sie unmittelbar und mit ganzer Wucht, und nur seine Angst um Miranda ließ ihn zögern.

Du versuchst mich abzulenken.

Würde ich so etwas tun? Er stöhnte und lehnte sich so weit zurück, dass sie ihn anschauen konnte. »Ich will dich nicht wieder verlieren. Hast du verstanden? Und wenn ich dich in deinem eigenen Gefängnis einsperren muss, dann werde ich das tun.«

Miranda lächelte schwach. »Nein, das wirst du nicht. Denn du glaubst dasselbe wie ich. Die beste Methode, mit einer Vision umzugehen, besteht darin, logische und richtige Entscheidungen zu treffen, nicht davonzulaufen, sondern sein Leben weiterzuleben und die Augen für warnende Hinweise offen zu halten. Tut man etwas Drastisches, um das Schicksal zu ändern, führt das stets zu einem schlimmeren Ende als dem vorhergesehenen.«

»Schlimmer als dein Tod? Das Risiko gehe ich ein.«

»Aber ich nicht.« Mit einer erstaunlich sanften Berührung strich sie über seine Wange.

»Hör mir zu, und sei nicht so verdammt fatalistisch. Du hast mir vor Jahren erzählt, dass nicht alle deine Visionen eintreffen und auch nicht immer so verlaufen, wie du es gesehen hast.«

»Ja. Doch bei dieser hat bisher alles zugetroffen. Es gibt keinen Grund anzunehmen, dass sie ein anderes Ende nehmen würde.«

»Dafür gibt es einen sehr guten Grund. Mich. Wo zum Teufel war ich in der Geschichte? Denn falls du glaubst, ich würde dich auch nur für eine Sekunde aus den Augen lassen, bis das hier vorbei ist, hast du dich getäuscht.«

»Was anderes hatte ich auch nicht erwartet«, erwiderte sie mit einem zaghaften Kichern. »Aber dir ist hoffentlich klar, dass wir bis dahin nicht wieder miteinander schlafen können?«

Verspätet wurde auch ihm das klar. »Wir können das Risiko nicht eingehen, ohne unsere Fähigkeiten dazustehen, wenn sie am meisten gebraucht werden.«

»Das wäre wahrscheinlich unklug. Letzte Nacht hatten wir eine Entschuldigung, aber jetzt nicht mehr. Unsere paragnostischen Fähigkeiten könnten unser einziger Vorteil sein.«

Bishop sah in den weißen Hurrikan hinaus, der noch immer vor dem Fenster tobte, und war überhaupt nicht überrascht, dass ihm das Unwetter für eine Weile völlig aus dem Bewusstsein entschwunden war. »Solange es so stürmt, wird wahrscheinlich nichts passieren«, stellte er fest.

»Vermutlich, doch nicht unmöglich.« Sie verschränkte ihre Finger in seinem Nacken. »Vorsicht ist besser als Nachsicht, vor allem, wenn ein Mörder frei herumläuft.«

Sosehr Bishop sie auch begehrte, er würde nichts tun, was Miranda einem noch größeren Risiko aussetzte. Ob sie nun in dieser bedrückenden Vision tatsächlich die Zukunft vorhergesehen hatte oder nicht, es stand von vornherein fest, dass Bonnie und sie in Gefahr waren, und er wollte all seine Sinne voll einsatzbereit haben. Ganz gleich, was es ihn kostete.

Er küsste sie, zwang sich aber, es kurz zu halten. »Damit werden wir auch in Zukunft zurechtkommen müssen. Vielleicht sollten wir jetzt darüber sprechen und beschließen, wie wir das handhaben wollen. Ich meine, ich habe nicht vor, unser Liebesleben für unbestimmte Zeit auf Eis zu legen, nur weil wir beide wahrscheinlich die meiste Zeit auf Mörderjagd sein werden. Man kann auch zu viele Opfer bringen für König und Vaterland, sozusagen.«

Ihr Lächeln geriet nur kurz ins Wanken. »Warum reden wir darüber nicht später?«, erwiderte sie mit ruhiger Stimme.

»Es *wird* ein Später geben, Miranda.«

Sie nickte. »Ich werde versuchen, nicht so fatalistisch zu sein und positiv zu denken, okay?«

»Mehr verlange ich ja gar nicht. Oder … noch eines. Hör auf, mich Bishop zu nennen.«

»Ich hab dich immer Bishop genannt.«

»Ich weiß.«

»Als wir uns kennenlernten, sagtest du, jeder würde es tun. Außer deinem besten Freund vom College würde dich niemand Noah nennen. Zumindest nicht mehr als einmal.«

Er verzog das Gesicht. »Ziemlich großkotzig, was?«

»Ich hab dich schon verstanden. Möchtest du, dass ich jetzt ein Profil von dir erstelle? Erläutere, dass es nur einer deiner Tricks war, dich beim Nachnamen nennen zu lassen, um die Leute auf Abstand zu halten? Sogar Geliebte?«

»Okay, okay. Aber mir geht es darum, dass ich mich geändert habe und dich nicht auf Abstand halten will. Weder in emotionaler Hinsicht noch in telepathischer.«

»Du erinnerst dich, dass diese Art von Nähe ihren Preis hat? Sollte ich wieder eine Vision haben …«

»Habe ich sie auch. Ja, ich weiß. Es tat weh, soweit ich mich erinnere.«

»Das ist nach wie vor so, fürchte ich, wie eine furchtbare Migräne, doch es dauert zum Glück nur minutenlang.« – »Nachdem du mich jetzt nicht mehr mit aller Kraft abblockst, ist eine weitere Vision denn wahrscheinlich? Kurz nach unserer Ankunft hast du Tony erzählt, dass es mit deiner Präkognition mehr oder weniger vorbei ist.«

»Ich habe gelogen.«

Bishop zuckte zusammen. »Dabei hast du mir schon vor Jahren gesagt, sobald wir verbunden sind, wären die Visionen … intensiver.«

»Ja. Und deine telepathischen Fähigkeiten sind inzwischen viel stärker als damals. Also werden wir, wenn wir deine und meine Energien vereinen, die Skala sprengen, die ihr in Quantico zum Messen dieser Dinge entwickelt habt.«

Ihm war klar, dass das durchaus der Fall sein könnte. In dem Sommer, als sie sich kennenlernten, war so viel geschehen – sowohl in ihrer Umgebung als auch zwischen ihnen –, dass sie sich kaum darum gekümmert hatten, die Grenzen dessen auszuloten, was dank ihrer Verbindung paragnostisch möglich sein könnte. Allerdings hatten sie damals entdeckt, dass sie die Fähigkeiten des anderen teilten, auch wenn sie getrennt waren, und dass ihre jeweilige Energie die Fähigkeiten und die Energie des anderen verstärkte, sobald sie in körperlichem Kontakt standen.

Durch Zufall hatten sie festgestellt, dass sie, wenn sie sich an der Hand hielten oder sonst in Körperkontakt standen und einer von ihnen jemanden berührte, dessen Gedanken er allein nicht hatte lesen können, dazu des Öfteren gemeinsam fähig waren. Nicht immer – aber oft genug, um ihre Reichweite bis in die Ultrakurzwelle hinein ausdehnen zu können, wie Miranda es ausdrückte.

Einfacher gesagt: Es machte sie mehr als doppelt so stark, wie es einer allein war.

Da Miranda seinen Gedanken mühelos folgen konnte, sagte sie: »Wir sind schon ein seltsames Paar, da besteht kein Zweifel.«

»Ich ziehe es vor, uns für einzigartig zu halten, nicht für seltsam.« Lächelnd zog er sie ein bisschen näher. »Und du hast noch immer nicht zugestimmt, mich nicht mehr Bishop zu nennen.«

»Wirklich nicht?«

»Miranda.«

Sie schmunzelte. »Na ja, es wird dauern, mich daran zu gewöhnen. Für mich warst du immer Bishop.« *Auch in meinen Gedanken.* Ihr Mund streifte seinen und verharrte auf seinen Lippen. »Aber ich werde mir Mühe geben … Noah.«

Für eine Weile vergaß Bishop alles bis auf das schmerzliche Vergnügen, ihr körperlich nahe zu sein. Sie zu umarmen, sie zu berühren, sich mit hungrigen Mündern und Körpern so nahe wie möglich zu kommen, trotz der Kleidung und der Notwendigkeit, die sie trennten.

»Wow«, murmelte Miranda schließlich, die Augen dunkel, von schweren Lidern verhangen und sinnlich.

Bishops Arme schlossen sich für einen Moment noch fester um sie, dann schob er sie sacht von sich. »Es fehlt nicht mehr viel«, sagte er mit heiserer Stimme, »und von meinem Verstand ist nichts mehr übrig, was sich auf die Jagd nach unserem Mörder konzentrieren kann. Himmel, Miranda.«

»Es heißt doch, Entsagung sei gut für die Seele.«

»Ja, und ich wette, diejenigen, die das behaupten, haben gar nichts besessen, was sie unbedingt behalten wollten.«

Miranda lächelte. »Vielleicht sollten wir uns ein bisschen auf unsere Arbeit konzentrieren. Sturm hin oder her.«

»Sollten wir vielleicht«, stimmte er zu. »Wir können ja noch einmal versuchen, die Puzzlestücke zusammenzusetzen.«

Montag, 17. Januar

Amy Fowler öffnete die Augen und starrte trübe an die Decke. Die immer gleiche Decke. Die dumme, langweilige Decke, graue Industrieplatten, gesprenkelt mit winzigen schwarzen Flecken. Sie hatte es wirklich satt, an diese Decke zu starren. Wenigstens heulte der Wind nicht mehr wie ein eingesperrtes Tier, und auch die Graupelschauer peitschten nicht mehr mit diesem unablässigen Geratter an die Fenster. Der Schneesturm war endlich vorbei.

Die Beruhigungsmittel hatten Amys Zeitgefühl etwas durcheinandergebracht, doch sie nahm an, dass es Montagmorgen war.

Durch das einzige Fenster im Zimmer fiel strahlend helles Licht, da der Sonnenschein von Unmengen Schnee reflektiert wurde.

Zwei Tage. Steves Leiche war vor zwei Tagen gefunden worden.

Ihre Hände schoben sich unter der Bettdecke hinunter und legten sich auf ihren Unterleib. Tränen stiegen ihr in die Augen. Steve war nicht mehr da, und sie würde ein Baby bekommen. Amy hatte fürchterliche Angst. Am liebsten wäre sie wieder eingeschlafen, damit sie nicht mehr denken musste, aber Dr. Daniels hatte ihr letzte Nacht mit ernster

Miene erklärt, es gäbe keine Beruhigungsmittel mehr, und sie müsse nun den Tatsachen ins Auge sehen.

Den Tatsachen ins Auge sehen. Ihrer Mutter und ihrem Vater. Dem Mitleid ihrer Schulfreunde, während ihr Bauch wuchs und sie jeden Sonntag Blumen auf Steves Grab legte.

Oh Gott.

»Amy?« In Bonnies Gesichtsausdruck lagen Sorge und Hoffnung, als sie das Zimmer betrat. »Dr. Daniels meint, du solltest etwas essen. Eine Schwester wird dir gleich ein Tablett bringen.«

»Das ist mir egal«, murmelte Amy, zutiefst gleichgültig. Sie kramte nach der Fernsteuerung für das Bett und hob das Kopfteil an.

Bonnie setzte sich neben sie. »Vor Kurzem ist ein Schneepflug vorbeigefahren, die Straßen werden also geräumt. Ich denke ... deine Mutter wird kommen und dich nach Hause holen wollen, nachdem der Sturm jetzt vorbei ist.«

»Vermutlich fällt die Schule aus«, sagte Amy.

»Ja. Morgen wahrscheinlich auch.«

Amy fummelte am Leintuch herum. »Aber danach nicht mehr. Und dann werden es alle wissen.«

»Du wirst es nicht lange geheim halten können«, sagte Bonnie sachlich, aber mitfühlend. »Aber du kannst dir noch überlegen, was du machen willst. Und du bist nicht allein, vergiss das nicht.«

»Mein Dad bringt mich um.«

»Du weißt, dass er das nicht tun wird.«

Amy sah ihre beste Freundin etwas verärgert an. »Das weiß ich nicht. Ich weiß nur, dass Steve tot ist und mich mit einem Baby hat sitzen lassen.«

Bonnie widersprach nicht und wies Amy auch nicht darauf hin, dass sie an der Zeugung des Babys ebenfalls beteiligt gewesen war. »Wenn er die Wahl gehabt hätte, wäre er jetzt bestimmt bei dir«, sagte sie nur.

»Ich soll also glücklich darüber sein, dass er lieber Vater als tot gewesen wäre? Super, das ist einfach super.«

»Das hab ich nicht gemeint, Amy. Ich sag doch bloß, du kannst Steve nicht die Schuld geben, dass er nicht hier ist.«

»Willst du darauf wetten?« Amy lachte und war sich vage bewusst, dass es ziemlich schrill klang. »Überall musste er mitmischen, das war das Problem. Das hat ihn umgebracht. Er hat alles übertrieben, musste immer ein paar Schritte weiter gehen, als gut für ihn war.«

»Wovon redest du?« Bonnie runzelte die Stirn.

»Ich rede von Steve und seinen dämlichen Plänen und Machenschaften. Denkst du, er wollte sein ganzes Leben in der Papiermühle arbeiten? Oh nein, Steve Penman doch nicht. Er wollte höher hinaus, wollte was Besseres. Das Problem war nur, er wollte es sich nicht verdienen oder erarbeiten – er wollte es einfach nur haben. Und er hatte immer irgendeinen Plan, einen raffinierten Einfall, wie er auf kürzestem Weg das bekommen konnte, was er wollte.«

»Amy, sprichst du von etwas Bestimmtem? Hast du eine Ahnung, wer Steve umgebracht haben könnte?«

»Ich weiß, dass *er* eine Ahnung hatte, wer Adam Ramsay umgebracht hat – und wieso.«

»Was? Wie lange weißt du das schon?«

Amy zuckte die Schultern. »Kurz nachdem Adams Knochen gefunden wurden, glaube ich. Steve hat angedeutet, er wüsste, warum Adam ermordet wurde. Zuerst wollte er mir nicht mehr sagen. Er kommt … kam sich dann wichtiger vor, wenn er etwas wusste, was andere nicht wussten. Ich sowieso.«

»Was hat er dir erzählt?«

»Er sagte, Adam hätte ein echtes Talent dafür, Sachen herauszufinden, die er nicht wissen sollte, und würde immer seine Nase in Angelegenheiten stecken, die ihn nichts angingen. Steve meinte, er würde wetten, dass Adam etwas Gefährlichem auf die Spur gekommen sei. Und er wüsste, wie er herausfinden könnte, worüber Adam da gestolpert war.«

»Wieso hast du uns das nicht schon früher erzählt, Amy?«, frage Bonnie gedehnt.

Wieder fummelte Amy am Laken herum. »Ich weiß nicht. Ich war so durcheinander, als er verschwand … und ich weiß wirklich sonst nichts. Ich habe Steve davor gewarnt, herausfinden zu wollen, warum Adam umgebracht worden ist, aber er lachte mich nur aus. Er sagte, er wäre vorsichtig.« Ihre Augen füllten sich plötzlich mit Tränen. »Er sagte, er wäre … aber anscheinend war er es nicht, oder? Er war nicht vorsichtig genug.«

»Nein«, pflichtete ihr Bonnie bei. »War er nicht.«

»Wann werden die Deputys mit Marsh zurückkommen?«, fragte Tony.

Bishop sah auf die Uhr. »In einer halben Stunde etwa, kommt auf den Straßenzustand an.« Er hockte wie immer auf der Kante des Konferenztisches und blickte grübelnd auf die Pinnwand.

»Was überlegst du?«

»Ich versuche dem Kerl auf die Schliche zu kommen. Und lande immer wieder bei der Art, wie er Lynet umgebracht hat.«

»Weil er sie betäubt hat?«

»Weil er sie betäubt und erst danach so brutal verprügelt hat. Wenn man bedenkt, was er mit den anderen gemacht hat, Kerry Ingram zum Beispiel, die anderen hat er absichtlich bei Bewusstsein gefoltert. Das war nicht nur körperliche Folter, sondern auch seelische und psychische.«

»Doch bei Lynet war es nur körperliche Folter – und sie war sich dessen absolut *nicht* bewusst«, warf Miranda ein, die in diesem Moment den Raum betrat.

Bishop nickte. »Wozu also das Ganze? Ich meine, sie zu töten, klar, nachdem er sie nun mal hatte, musste er es durchziehen, auch wenn es ein Fehler war. Aber wieso hat er sie zu Tode geprügelt?«

»Weil er ein perverses Schwein ist?«, mutmaßte Tony.

»Weil er wütend war«, entgegnete Bishop. »Nicht wütend auf sie, denn dann hätte er dafür gesorgt, dass sie es mitbekommt.«

»Auf sich selbst?«, vermutete Miranda.

»Möglich. Oder auf seine Situation. Vielleicht wurde ihm klar, dass Lynet der Anfang vom Ende war, sozusagen. Vielleicht wurde ihm durch sie klar, dass er nicht mehr lange so weitermachen konnte, wenn er Kinder töten musste, die er kannte.«

Tony schüttelte schnaubend den Kopf. »Er ist also sauer auf sein armes Opfer, weil sie jemand ist, den er kennt, und weil er sauer ist, prügelt er sie zu Tode, aber vorher betäubt er sie, weil sie nicht mitkriegen soll, dass er ihr wehtut?«

»Dir entgeht der springende Punkt, Tony.« – »Welcher springende Punkt?«

Bishop sah ihn an. »Diese unkontrollierte Wut. In ihm, in seinem Verhalten ist eine Veränderung eingetreten. Wenn du dir den Ramsay-Jungen und Kerry Ingram anschaust, war das, was er seinen Opfern antat, fast … gefühlskalt zu nennen. Emotionslos. Er würgte Kerry immer wieder, bis zur Bewusstlosigkeit, wartete dann, bis sie wieder zu sich kam, und begann von Neuem. Als ob er … ihre Reaktionen erforschte. Und obwohl wir von dem Ramsay-Jungen nur die Knochen haben, geht aus ihnen klar hervor, dass sich sein Mörder mehr als nur eine kreative Foltermethode hat einfallen lassen. Falls es Folter war.«

»Worauf willst du hinaus?«, fragte Tony.

Wieder richtete Bishop den Blick auf die Pinnwand. »Vielleicht habe ich das Ganze aber auch aus dem falschen Blickwinkel betrachtet. Möglicherweise geht es ihm weniger ums Foltern … als ums Lernen.«

»So wie die Ärzte in Auschwitz lernen wollten?«, fragte Tony angewidert.

»Könnte sein. Das würde erklären, nach welchen Kriterien er seine Opfer auswählt. Wie er es vor sich begründet, meine ich. Vielleicht hält er Teenager in gewisser Weise für wertlos, für weniger wert als Erwachsene. So könnte er das Ganze vor sich selbst rechtfertigen. Teenager sind … gefühlsbetont, aggressiv, getrieben von ihren Hormonen. Sie widersetzen sich jeder Autorität, demonstrieren ihre Unabhängigkeit, machen meist den Eltern und der Gesellschaft Schwierigkeiten.«

»Also benutzt er sie als Laborratten?« Tony schüttelte den Kopf. »Aber zu welchem Zweck? Falls er sich erfolgreich eingeredet hat, dass er etwas Edles und Gewinnbringendes für die Menschheit tut, was ist dann sein Endziel? Oder gehe ich das zu logisch an?«

»Nein, er hat bestimmt ein Ziel«, erwiderte Bishop. »Ein Endziel, oder zumindest einen Weg, den er verfolgt.«

»Jetzt sag bloß nicht, er bastelt an einem Menschen«, bat ihn Tony.

»Nein«, erwiderte Bishop nachdenklich. »Nein, ich glaube nicht, dass er das tut.«

Als Seth die Schachtel mit dem Ouija-Brett bei den Spielen auf dem Couchtisch sah, dachte er zuerst, Bonnie hätte ihre Meinung geändert und wollte es doch benutzen. Aber dann fielen ihm wieder ihre Stimme und ihr Gesichtsausdruck ein, als sie ihm sagte, wie gefährlich es sei, auch nur unbewusst in Versuchung geführt zu werden, es zu benutzen, und dass sie Miranda versprochen hatte, es nicht wieder zu tun. Da war ihm klar, dass Bonnie das Spiel bestimmt nicht auf die Station zurückgebracht hatte.

Er hatte gerade den Raum betreten, in den Händen hielt er den Saft, den er für die beiden kleinen Patientinnen geholt hatte. Auf der anderen Seite des Zimmers las Bonnie ihnen eine Geschichte vor. Niemand hatte seine Rückkehr bemerkt.

Er war höchstens zehn Minuten weg gewesen.

Die Frage, die Seth beschäftigte, war eigentlich ganz simpel. Wenn Bonnie das Spiel nicht geholt hatte, er es nicht geholt hatte und keines der beiden kleinen Mädchen – die nicht aufstehen durften – es getan hatte … wer war es dann gewesen? Wer konnte es gewesen sein?

Er blickte nochmals zu den Spielen hinüber, und diesmal lief ihm ein kalter Schauder über den Rücken.

Das Ouija-Brett war aus der Schachtel genommen worden, der Zeiger stand in der Mitte bereit.

Himmel, es reizte sogar ihn. Es reizte ihn, die Finger auf die Planchette zu legen und zu sehen, ob sie sich bewegen würde, zu sehen, ob die Toten tatsächlich durch Buchstaben auf dem Brett sprechen konnten …

Nur mit Mühe riss sich Seth davon los.

Er hätte sich zu gerne eingeredet, dass es bloß ein Traum war, eine Ausgeburt seiner angespannten und besorgten Fantasie. Doch hier stand er, hellwach, und ein Spiel, das vor zehn Minuten noch nicht einmal im Zimmer gewesen war, hatte sich innerhalb weniger Sekunden bereit gemacht, um … gespielt zu werden.

Und wenn er genau hinhörte, sich völlig konzentrierte und den Klang von Bonnies melodischer Stimme ausblendete, war er sich fast sicher, dieses gespenstische Gewisper zu hören.

»Seth?«

Er zuckte leicht zusammen und blickte zu den Mädchen und Bonnie hinüber, die ihn fragend ansah.

»Ich wollte euch nicht unterbrechen«, erklärte er und war überrascht, dass seine Stimme so ruhig klang. Er brachte den Mädchen den Saft.

»Die Geschichte ist toll«, vertraute ihm Jordan an.

»Bonnie kann sehr gut vorlesen«, stellte Christy fest.

Er nickte, sah auf die Uhr und brachte ein Lächeln zustande. »Dad ist draußen in der Halle. Ich gehe mich mal erkundigen, was sich so tut.«

»Okay«, erwiderte Bonnie. »Wir sind hier.« Als er zur Tür zurückging, fiel Seth auf, dass Bonnie den Couchtisch von ihrem Platz aus nicht sehen konnte. Er schlug einen kleinen Bogen und steckte das Brett und den Zeiger wieder in die Schachtel, nicht im Geringsten überrascht, dass seine Hände ein wenig zitterten.

Fast hatte er erwartet, dass das Brett ihn beißen oder sonst etwas tun würde.

Doch jetzt wirkte es vollkommen harmlos und tat nichts Übernatürliches, sprang nicht etwa aus seiner Hand, als er es zurück in den Lagerraum trug und auf das oberste Regal legte.

»Ich will Bonnie nicht noch mehr beunruhigen«, murmelte er und stellte drei weitere Spiele und einen Kasten mit Holzklötzchen oben auf das Ouija-Brett. »Sie hat schon genug am Hals, ohne auch noch von einem verdammten, blöden Spiel verängstigt zu werden.«

Es reichte schon, dass es ihn ängstigte.

Er drückte die Schachtel ein letztes Mal nach hinten, verließ den Lagerraum und schloss die Tür energisch hinter sich.

Und er redete sich ein, dass er nicht das Leiseste hörte, als er wegging.

Sandy Lynch schenkte sich eine Tasse Kaffee ein und wärmte sich ihre kalten Hände daran. »Wieso schiebt man immer mir die beschissensten Aufgaben zu?«, fragte sie in den Raum hinein.

»Weil du das Deputy-Küken bist«, erklärte Carl Tierney, der an seinem Schreibtisch lümmelte und darauf wartete, dass Sheriff Knight ihn anpiepste, mit träger Stimme. – »So ein Mist«, sagte sie rundheraus.

»Da mussten wir alle durch, Mädchen.« Er lächelte sie an. »Außerdem, so beschissen war es auch wieder nicht. Ich war dabei.«

»Du bist aber gefahren. Und ich musste hinten sitzen und mir die ganze Litanei von Justin Marsh anhören.«

Alex, am Nachbarschreibtisch, sagte gedankenverloren: »Typisch Justin.«

Sandy, die nicht so recht wusste, wie sie nach seinem gerade erlittenen Verlust mit ihm umgehen sollte, und Angst hatte, etwas Verkehrtes zu sagen, bemühte sich, einen absolut nüchternen und professionellen Ton anzuschlagen. »Allerdings. Und der Mann hat ein Gespür für Klatsch und Tratsch, da kannst du Gift drauf nehmen. Ich hab Sachen über Leute gehört, die ich wirklich nicht wissen wollte.«

»Zum Beispiel?«, bohrte Carl neugierig nach.

»Schäm dich.«

»He, das ist immer noch besser, als sich zu langweilen. Sag schon.«

»Nein.« Doch Sandy konnte sich nicht zurückhalten. »Jetzt verrate mir nur, wie er da draußen, wo er wohnt, gehört haben kann, dass uns die Schwester von Sheriff Knight gesagt haben soll, wo wir Steve Penmans Leiche finden. Natürlich verbreiten sich die Gerüchte inzwischen wie ein Lauffeuer, aber bis nach dort draußen? Und von all den verrückten Geschichten, die er gehört haben kann, glaubt er ausgerechnet die?«

»Die Geschichte ist genauso gut wie jede andere«, erwiderte Carl achselzuckend. »Ich hab sie von einem, der mit einer der Schwestern aus der Kinderklinik verheiratet ist, warum also nicht?«

»Warum nicht? Ich sag dir, warum nicht. Wie sollte ein so liebes Mädchen denn etwas über Morde wissen?«

»Tarotkarten, hab ich gehört. Oder vielleicht war es ein Ouija-Brett.«

Alex hob den Blick von den auf seinem Schreibtisch ausgebreiteten Akten und runzelte leicht die Stirn. Da war etwas, an das er sich erinnern musste, etwas, das er sagen musste. Aber was es auch war, es entglitt seinen Gedanken, ehe er es richtig zu fassen bekam.

Er war so müde, dass er kaum denken konnte, seine Augen juckten vom Starren auf schwer entzifferbare Handschriften, und seine Kehle war fast zugeschnürt vom Staub.

Natürlich vom Staub.

Er hatte in den letzten achtundvierzig Stunden kaum geschlafen, hatte so viel Kaffee in sich hineingeschüttet, dass ein ganzer Mannschaftszug in einen Koffeinrausch verfallen wäre, und nach seinem laut knurrenden Magen zu schließen, hätte er wohl irgendwann was essen sollen.

Liz hätte gesagt, er sei selbst schuld, wenn er sich so kaputt macht…

Nein. Er würde nicht an Liz denken. Er schaffte es noch nicht, an Liz zu denken. Diese Tür musste geschlossen bleiben, einfach geschlossen.

Er zwang sich, wieder der Unterhaltung zwischen dem altgedienten Deputy und dem Neuling zu folgen.

»Und was hat es für einen Sinn, schießen zu lernen, wenn ich nie dazu kommen werde, meine Waffe einzusetzen?«, schimpfte Sandy. »Ich erledige Papierkram, nehme Anrufe entgegen, halte die Lampen für FBI-Ärzte, höre religiösen Fanatikern zu, die über ihre Nachbarn herziehen, und mach den verdammten Kaffee. Was für ein Cop bin ich eigentlich?«

»Einer, der seinen Job erst lernt«, erwiderte Carl beschwichtigend, jedoch leicht amüsiert. »Hab Geduld. Sogar Sheriff Knight musste all das machen, als sie anfing.«

»Tatsächlich?«

»Klar. Mussten wir alle. Allerdings kann ich mich nicht erinnern, dass sie sich die Seele aus dem Leib gekotzt hat, als sie zum ersten Mal eine Leiche sah.«

»Knochen«, berichtigte ihn Sandy kühl. »Entsetzliche Knochen mit Fetzen von… Haut und Haaren, die noch daran klebten. Das war es, was ich gesehen habe, Carl Tierney. Keine Leiche. Knochen. Und du musst gerade angeben. Jeder weiß, dass dir auch schlecht geworden ist.«

»Das ist üble Nachrede.«

»Nicht, wenn es stimmt.«

»Stimmt aber nicht. Ist nur bösartiges Geschwätz.«

Alex blendete die Unterhaltung wieder aus und fragte sich, was ihn daran überhaupt interessiert hatte. Erneut widmete er sich den alten Akten und versuchte daraus schlau zu werden. Er nahm die Gespräche und klingelnden Telefone gedämpft wahr, doch nichts von alldem berührte ihn.

Konnte er das lebend überstehen?

Würde er?

»Das ist eine Zumutung!«, empörte sich Justin Marsh.

»Es ist nur ein Gespräch, Justin«, widersprach ihm Miranda geduldig. »Eine Routinebefragung.«

»Routine? Nur ein Gespräch? Sie haben einen *Streifenwagen* geschickt, um mich abzuholen, Sheriff! Sie haben mich von bewaffneten Grobianen aus meinem eigenen Haus zerren lassen, vor den Augen meiner leidgeprüften Familie!«

Miranda dachte daran, dass sowohl Sandy Lynch als auch Carl Tierney über diese Beschreibung entsetzt gewesen wären und dass Selena wahrscheinlich eher verwirrt als zutiefst getroffen gewesen war, doch sie sagte nur: »Man hat Sie nicht herausgezerrt, Justin. Sie wurden höflich gebeten, mit hierherzukommen, damit wir über ein paar Dinge reden können. Das ist alles. Einfach nur reden.«

»Davon wird mein Anwalt hören!«

»Nur zu, rufen Sie ihn an«, forderte ihn Miranda auf, da sie genau wusste, dass Bill Dennison Justin raten würde, sich nicht weiter wie ein Idiot zu benehmen und die Fragen zu beantworten.

Justin wusste das auch, so wie er Miranda anfunkelte. »Ich werde Sie verklagen und das Sheriffdepartment *ebenfalls*«, knurrte er, wobei er vor allem beleidigt klang. »Mich wie einen gemeinen Verbrecher zu verhören! Und in Gegenwart eines FBI-Agenten, der in einschüchternder Weise neben mir steht!«

Da Bishop am anderen Ende des Raums lässig am Aktenschrank lehnte, handelte es sich um eine so offenkundige Übertreibung, dass Miranda sie einen Moment lang nur schweigend zur Kenntnis nehmen konnte. Sie stützte den Ellbogen auf den Schreibtisch und rieb sich erschöpft den Nacken.

Soll ich vielleicht meine Waffe ziehen und sie auf ihn richten?, schlug Bishop telepathisch vor.

Führ mich nicht in Versuchung, erwiderte sie, ohne ihn anzusehen.

»Justin, die letzten Wochen waren wirklich schrecklich, und diese Woche wird wahrscheinlich auch nicht besser. Ich habe mindestens vier tote Teenager und eine tote Frau, die ich dazu noch sehr geschätzt habe, und ich beabsichtige, den Dingen auf den Grund zu gehen.«

»Das Böse ist hier, ich habe Sie gewarnt …«

»Ich möchte, dass Sie mir erklären, wie Ihre Bibel auf den Nachttisch von Liz Hallowell gelangte.«

Justin wurde blass und dann knallrot. »Neben ihrem Bett? Sheriff Knight, wollen Sie andeuten, meine Beziehung zu Elizabeth sei in irgendeiner Hinsicht eine verbotene gewesen?«

Miranda hätte beinahe aufgestöhnt. »Ich möchte nur wissen, wie Liz zu Ihrer Bibel kam, Justin.«

»Ich habe nicht die geringste Ahnung«, erwiderte er pikiert.

»Nun, seit wann haben Sie sie dann vermisst?«

»Habe ich gar nicht.«

Miranda sah ihn mit hochgezogener Augenbraue an.

»Ich war mit dem Schneesturm beschäftigt, wie alle anderen auch«, erklärte Justin und wurde erneut rot. »Bei uns fiel schon in den ersten Stunden der Strom aus, und ich musste mich um das Feuer kümmern, Holz hereinholen und so weiter. An die Bibel habe ich nicht gedacht, bis Sie sie mir gezeigt haben.«

»Wann haben Sie sie zuletzt in der Hand gehabt?«

Er sah sie stirnrunzelnd an, zwar noch immer empört, doch allmählich interessiert. »Ich nehme an … das war in Elizabeth' Café. Kurz vor Ausbruch des Unwetters. Ich muss sie dort liegen gelassen haben.«

»Samstagabend?«

»Ja.«

»Wie lange waren Sie dort?«

»Nicht lange. Eine halbe Stunde, vielleicht ein bisschen länger. Es muss so Viertel nach neun gewesen sein, als ich ging.«

»Und danach?«

»Bin ich selbstverständlich nach Hause gefahren. Es hatte zu schneien begonnen.«

»Um welche Uhrzeit kamen Sie zu Hause an?«

»Neun Uhr dreißig, oder kurz danach. Ich habe nicht getrödelt. Ich wusste, dass Selena sich Sorgen machen würde.«

Dass Selena alles bestätigen würde, was Justin gesagt hatte, verstand sich von selbst. Darüber hinaus war es auch das, was Miranda zu hören erwartet hatte. Sie schob ihm einen Notizblock und einen Stift hin. »Justin, würden Sie bitte versuchen, sich an jeden zu erinnern, den Sie an diesem Abend im Café und in der Buchhandlung gesehen oder gesprochen haben?«

Er nahm den Stift, runzelte aber weiter die Stirn. »Sie verdächtigen mich doch nicht, Elizabeth ermordet zu haben?«

»Haben Sie?«, fragte Miranda höflich.

»Natürlich nicht!«

»Wieso sollten wir Sie dann verdächtigen?«

»Sie haben mich hierhergebracht, um …«

»Ich habe Sie herbringen lassen, um Sie nach der Bibel zu fragen, Justin, sonst nichts. Wir müssen alle Einzelheiten überprüfen, wie Sie wissen. Das mit der Bibel auch. Das war etwas eigenartig, es passte nicht dazu, und wir müssen herausfinden, wie sie dahin kam. Eine Liste aller Personen, die

die Bibel hätten an sich nehmen können, würde unseren Ermittlungen zweifelsohne sehr helfen.« Ernst fügte sie hinzu: »Vielen Dank.«

Er starrte sie einen Augenblick lang an, dann murmelte er: »Selbstverständlich, selbstverständlich. Freue mich, wenn ich helfen kann.« Er beugte sich über den Block.

Du solltest in die Politik gehen.

Ich bin in der Politik. Sie warf Bishop einen bedauernden Blick zu.

Ach ja – stimmt. Er richtete sich auf und sagte laut: »Darf ich Sie etwas fragen, Mr Marsh?«

»Ich wüsste nicht, wie ich Sie daran hindern könnte«, entgegnete Justin wenig freundlich.

Miranda fiel ein, dass Justin wahrscheinlich daran dachte, wie mühelos Bishop ihn bei den Bibelzitaten geschlagen hatte, und sein verletzter Stolz amüsierte sie.

Falls Bishop es auch amüsant fand, ließ er es sich nicht anmerken. Sein Gesicht war ausdruckslos und seine Stimme sachlich. »Sie haben uns seit geraumer Zeit vor dem Bösen in Gladstone gewarnt. Handelt es sich dabei nur um ein allgemeines Gefühl, oder können Sie uns etwas Genaueres dazu sagen?«

»Wie genau hätten Sie es denn gerne?«, zischte Justin. »Menschen sterben.«

»Das wissen wir, Justin.« Miranda übte sich in Geduld. »Und solange Sie nicht etwas Verwertbares beisteuern können, was denjenigen betrifft, der diese Menschen umbringt, oder was seine Beweggründe sind, ist es nicht besonders hilfreich, uns ständig vorzuhalten, dass es böse ist. Das wissen wir, und wir wollen dem ein Ende bereiten. Falls Sie irgendwelche Vorschläge haben, wie wir das anstellen können, würden wir sie gerne hören.«

Die Augen auf den Block gerichtet, während er rasch und ordentlich eine Liste von Namen aufschrieb, sagte Justin ruhig: »Dann sollten Sie vielleicht herausfinden, wer Adam Ramsays Wagen jetzt hat.«

19

Von Justin eine Antwort ohne religiöse oder hochtrabende Ausschmückungen zu erhalten kam für Miranda so überraschend, dass sie sich erst mal wieder fassen musste. »Auf Adam Ramsay war kein Wagen zugelassen.«

»Das heißt nicht, dass er keinen hatte.« Justin warf ihr einen schiefen Blick zu. »Siebzehnjährige dürfen zwar von Rechts wegen kein Auto besitzen, aber Sie glauben doch nicht im Ernst, dass sie das daran hindert. Möglicherweise hat sein Vater es auf seinen Namen zugelassen.«

»Adams Mutter sagte ausdrücklich, er hätte keinen Wagen. Daher haben wir auch nie nach einem gesucht.«

»Julie Ramsay besitzt nicht mal genug Verstand, einen Welpen großzuziehen, geschweige denn einen Jungen. Es gab vieles, was sie nicht von ihm wusste.«

»Woher wissen Sie von dem Wagen?«

»Autos waren mein Geschäft, schon vergessen? Sie fallen mir eben auf. Ich erinnere mich an sie. Er hatte einen grünen 89er Mustang.«

Miranda sah zu Bishop. »Wieso glauben Sie, dass das Auto von Bedeutung ist?«, fragte er.

»Weil es nie wieder aufgetaucht ist, nehme ich an. Und weil ich immer, wenn ich den Jungen bei seinem Wagen sah, den Eindruck hatte, er hätte etwas Durchtriebenes, etwas Verschlagenes an sich. Ich habe selbst zwei großgezogen, und ich kann Ihnen sagen, dieser Junge führte was im Schilde.«

»Sonst noch was? Etwas Bestimmtes, meine ich?«

Justin schob den Block über den Tisch zu Miranda. »Wenn es etwas Bestimmtes gäbe, hätten Sie es inzwischen doch wohl längst entdeckt.«

Miranda war sich wirklich nicht sicher, ob der Seitenhieb auf sie gemünzt war, auf die Ermittlungen, auf Bishop, das FBI – oder ob es einfach Justins Art war, sie alle miteinander herunterzuputzen.

Justin stand auf. »Ich nehme an, ich kann jetzt gehen?«

Miranda drückte den Summer der Gegensprechanlage und erhob sich. »Da sind noch ein paar Dinge, die wir überprüfen müssen. Ich möchte Sie bitten, in einem unserer Befragungsräume zu warten, Justin.«

Er zog ein finsteres Gesicht. »In einer Zelle, meinen Sie.«

»Nein, ich meine einen unserer Befragungsräume.« Sie nickte Carl zu, der in der geöffneten Bürotür wartete. »Carl wird Sie mit Kaffee versorgen und allem, was Sie sonst noch zu Ihrer Zufriedenheit brauchen, und ich werde mich später noch einmal mit Ihnen unterhalten.«

Justin protestierte vehement, hatte aber keine andere Wahl, als dem stämmigen Deputy zu folgen.

Als er fort war, sagte Bishop: »Am meisten überrascht mich, dass er zwei Söhne großgezogen hat.«

»Von denen keiner Lust hatte, in Gladstone zu bleiben«, war Mirandas trockener Kommentar.

»Na, das wundert mich allerdings nicht.« Bishop lächelte leise. »Du wirst ihn vielleicht doch in einer Zelle unterbringen müssen.«

»Ohne Anklage kann ich ihn nicht länger als vierundzwanzig Stunden hierbehalten. Danach ist er wieder frei. Und dann weiß unser Mörder ganz bestimmt, dass wir den Köder nicht geschluckt haben.«

»Bevor das passiert, werden wir dafür sorgen, dass Bonnie in Sicherheit ist. Ein Sheriffdepartment ist zwar nicht gerade der interessanteste Ort für ein Mädchen im Teenageralter, aber …«

»Aber besser sie langweilt sich und ist nicht in Gefahr«, vervollständigte Miranda den Satz. »Ich kann nicht riskieren, sie weiter draußen herumlaufen zu lassen. Inzwischen kursieren bestimmt noch mehr wirre Gerüchte, und der Tod von Liz lässt es nur noch wahrscheinlicher wirken, dass Bonnie in die Geschichte verwickelt ist, aber …«

Ihr wird nichts passieren.

Ja. Ja, natürlich nicht. Doch auf einer viel tieferen Ebene ihres Bewusstseins hatte Miranda Angst um Bonnie. Wegen des Mörders aus Fleisch und Blut, der immer noch frei herumlief, und wegen des Geistes, der so verzweifelt am Leben hing, dass er beinahe den ersten ungeschützten Paragnosten vernichtet hatte, der ihm über den Weg lief. Der Mörder war, wie Bishop schon gesagt hatte, die unmittelbarere Bedrohung, und Miranda machte sich im Nachhinein Vorwürfe, nicht sofort einen hermetischen Schutzwall um ihre Schwester errichtet zu haben, auch wenn es zu viel Aufmerksamkeit auf Bonnie gelenkt hätte. Sie würde erst wieder freier atmen können, wenn sie sie hier unter ihren Fittichen hatte, in größtmöglicher Sicherheit.

Außer … Hatte Bishop bemerkt, fragte sich Miranda, wie sehr es ihr zusetzte, dass sie ihren Schutzschild nicht ausweiten und Bonnie mit paragnostischem Schutz umhüllen konnte? Das würde ihre Schwester zwar nicht vor einem lebendigen Mörder schützen, aber vor einem Geist, der es darauf abgesehen hatte, ein lebendes Wesen zu finden, in dem er wieder existieren konnte.

Diese Entscheidung hatte Miranda allein getroffen, ohne mit Bishop zu reden, doch sie wusste, dass er zugestimmt hätte, wenn auch widerwillig. Sie konnte ihre Schutzschilde nicht hochfahren und ausweiten, um Bonnie zu schützen, ohne sich selbst – und nun auch Bishop – auf paragnostischer Ebene blind zu machen. Und diesen eventuellen Vorteil konnten sie einfach nicht aufgeben, wenn sie weitere Morde verhindern wollten.

Bonnies eigener Schild würde ausreichen müssen, um sie zu beschützen, zumindest im Moment.

»Das mit dem Wagen ist interessant, falls es stimmt«, sagte Bishop nachdenklich, als sie zum Konferenzraum gingen. »Herauszufinden, ob auf Adam Ramsays Vater ein Wagen angemeldet ist, dürfte nicht lange dauern.«

»Ich finde es seltsam, dass sonst niemand einen Wagen erwähnt hat, aber wir haben ja auch nicht danach gefragt. Die halbe Stadt könnte ihn damit gesehen haben, und keiner hat was gesagt, weil wir einfach nicht die richtigen Fragen gestellt haben.« Miranda schüttelte den Kopf. »Seine Mutter behauptete, er hätte kein Auto, auf ihn sei keins zugelassen. Also haben wir nicht weiter darüber nachgedacht. Wir haben nie gefragt, ob jemand ihn hatte fahren sehen oder wusste, ob er einen Wagen hatte.«

»Dafür gab es keinen Grund.« – »Vielleicht, aber …« Miranda unterbrach sich, als der Bürgermeister plötzlich in dem Flur auftauchte, der zur Vorderseite des Gebäudes führte. »John, was machen Sie denn hier?«

MacBride seufzte tief. »Was glauben Sie wohl? Justin hat mich sofort angerufen, als Ihre Leute vor seinem Haus auftauchten.«

Miranda sah Bishop an. »Kein Wunder, dass er nicht darauf bestanden hat, seinen Anwalt anzurufen. Er hatte bereits die großen Geschütze aufgefahren.«

»Man muss seine Beharrlichkeit bewundern«, stellte Bishop fest.

»Ist Justin verhaftet?«, wollte MacBride wissen.

»Er wird hier nur so lange festgehalten, bis wir ein paar Dinge überprüft haben, das ist alles«, erwiderte Miranda ruhig. »Gewisses Beweismaterial vom Tatort des letzten Mordes deutet auf ihn.«

»Beweismaterial? Welches Beweismaterial?«

»John, Sie wissen, dass ich Ihnen darüber keine Auskunft geben kann. Aber wenn Sie mit ihm sprechen wollen, nur zu.«

»Natürlich will ich nicht mit ihm sprechen«, sagte MacBride hastig. »Ich wäre gar nicht hergekommen, wenn ich nicht sowieso in mein Büro gemusst hätte. Aber … Liz tot … Himmel, ich konnte es kaum glauben. Sie glauben doch sicher nicht, dass Justin etwas …«

»Ich glaube, ich sollte in alle Richtungen ermitteln, John. Dafür werde ich schließlich bezahlt.« Sie klang höflich, unterließ es jedoch, ihn in ihr Büro oder in den Konferenzraum zu bitten. »Und es ist gut, dass Sie hier sind, das erspart mir einen Anruf.« Sie blickte auf ihren Block mit Justins Liste. »Sie waren am Samstagabend in Liz' Café, nicht wahr?«

»Ja, aber nur ganz kurz.«

»Haben Sie da zufällig Justins Bibel gesehen?«

»Seine Bibel?«, sagte MacBride überrascht. »Na ja, da er sie ständig bei sich trägt, wahrscheinlich schon. Doch wenn Sie mich fragen, ob ich sie tatsächlich gesehen habe … dann kann ich das nicht bejahen.«

Bishop seufzte. »Wieso habe ich das Gefühl, dass jeder so antworten wird?«

»Weil bisher auch sonst nichts einfach war«, erklärte ihm Miranda.

»Gegen ein wenig mehr Einfaches hätte ich nichts einzuwenden.«

»Ich auch nicht, aber es sieht nicht danach aus.«

»Nein, wohl nicht.«

Mit zuckendem Mund blickte MacBride von einem zum anderen, doch seine Stimme klang ganz ungezwungen. »Können wir uns einen Augenblick unterhalten, Randy? Privat, wenn es Agent Bishop nichts ausmacht.«

»Ich bin im Konferenzraum«, sagte Bishop freundlich. Er nahm Miranda den Block aus der Hand und ging, ohne auf eine Antwort zu warten.

»Was gibt es, John?«

»Ich wollte nur wissen, wie es Ihnen geht«, erwiderte er mit einem Anflug von Verlegenheit. »Wir haben uns in den letzten Wochen kaum gesprochen und …«

»Gut. Müde zwar, aber sonst okay, alles in allem.« Sie lächelte schwach. »Danke, dass Sie sich Sorgen machen.«

»Sie wissen, dass ich Sie mag, Randy.« Miranda war sich

bewusst, dass Bishop schamlos lauschte, doch das störte sie nicht weiter, denn ihre Antwort wäre die gleiche gewesen, auch wenn er das Gespräch nicht hätte mitverfolgen können. »Ich habe Ihre Freundschaft immer zu schätzen gewusst, John«, sagte sie mit ruhiger Stimme.

»Freundschaft.«

»Mehr war da nie, das wissen Sie.«

»Hätte es aber sein können, wenn nicht …«

Sie schüttelte den Kopf. »Mit jemand anderem hat das nichts zu tun, wirklich nicht. Wir kennen uns seit Jahren, John. Meinen Sie nicht, es wäre schon lange etwas passiert, wenn es denn hätte sein sollen?«

»Sie sind sich da ganz sicher, oder, Randy?«, erwiderte er geknickt.

»Ganz sicher. Es tut mir leid.«

»Ja. Ja, mir auch.« Er straffte die Schultern und versuchte zu lachen, was aber misslang. »Ich mache mich wohl besser wieder auf den Weg in mein Büro und lasse Sie weiterarbeiten.«

»Bis dann, John.«

Nachdem er gegangen war, blieb Miranda noch einen Moment draußen stehen und betrat dann den Konferenzraum. Tony war am Telefon, Bishop hockte an seinem üblichen Platz auf der Tischkante und betrachtete die Pinnwand.

Sie hätten sich auch völlig schweigend unterhalten können, doch Miranda ging zu Bishop und murmelte: »Das war John gegenüber nicht besonders fair.«

»Fair, verdammt.« Er lächelte. »Ich hab dir doch gesagt, ich würde dich nicht mehr aus den Augen lassen, und das habe ich ernst gemeint.«

Sie fixierte ihn. »Ach, deshalb hast du gelauscht?«

»Na klar.«

»Das solltest du noch mal überzeugender vorbringen.«

Bishop schmunzelte. »Okay, ich hatte auch noch andere Gründe.«

»Eifersucht. Das hätte ich nie von dir erwartet.«

»Oh, ich glaube, das wird kein Problem sein«, erwiderte er gelassen. »Das heißt, wenn ich mir deiner voll und ganz sicher sein kann und du mir versicherst, dass ich mir darum keine Sorgen mehr zu machen brauche.«

Miranda überlegte noch, was sie darauf antworten sollte, als Tony den Hörer auflegte und forsch verkündete: »Gefunden. Es gibt einen grünen 89er Mustang, zugelassen auf Sam Ramsay – Adam Ramsays Onkel. Lebt hier in diesem Bundesstaat, aber nicht in der Nähe, und wird wahrscheinlich zur Beerdigung kommen, wenn eine stattfindet.«

»Und dann seinen Wagen abholen«, ergänzte Bishop.

»Ja, oder ihn zum Verkauf anbieten.«

»Die Frage ist nur«, warf Miranda ein, »wo zum Teufel steckt der Wagen jetzt?«

Es dauerte eine Stunde, Sam Ramsay ausfindig zu machen, der tatsächlich Adams Onkel war und sich tatsächlich vor sechs Monaten bereit erklärt hatte, auf seinen Namen einen Wagen zuzulassen, den sein Neffe benutzen durfte.

»Die Versicherung hat sein Vater bezahlt«, erklärte er Tony leicht pampig am Telefon. »Und hat sich auch darum gekümmert, dass der Wagen zur Inspektion kam und so weiter. Die Zulassung läuft – lief – auf mich, bis Adam alt genug sein würde, den Wagen auf seinen Namen anzumelden.« Er hielt inne, räusperte sich und fuhr fort: »Ich hatte vor, mich um das Auto zu kümmern, wenn ich zur Beerdigung nach Gladstone komme. Ich wusste, Julie würde es nicht haben wollen, und den Wagen nach Florida zu fahren oder bringen zu lassen wäre ein zu großer Aufwand, auch wenn sein Vater daran interessiert sein sollte.«

»Adam hatte den Wagen offensichtlich nicht bei sich zu Hause«, sagte Tony.

»Nein, Julie ist fast durchgedreht bei der Vorstellung, dass er ein eigenes Auto bekommt, hat einen Riesenaufstand gemacht. Hat gesagt, er sei zu jung. Also hat Adam den Wagen bei einem Freund untergestellt.«

»Wissen Sie den Namen des Freundes?«

»Woll'n mal sehen. Steve Sowieso. Kann mich an den Nachnamen nicht erinnern.«

»Penman?«, schlug Tony vor.

»Ja, das könnte stimmen – Steve Penman.«

»Adam hat den Wagen bei Steve abgestellt?«

»Das hat er mir jedenfalls erzählt. Ich glaube, sie wohnten nicht weit voneinander entfernt, deshalb war es für Adam auch kein Problem, rüberzugehen und sein Auto zu holen, wenn er es brauchte.«

»Verstehe. Danke, Mr Ramsay, vielen Dank. Sollten wir noch weitere Fragen haben ...«

»Dann melden Sie sich.«

Tony legte auf und berichtete Bishop von dem Gespräch. »Damit hätten wir also die erste wirkliche Verbindung zwischen den beiden männlichen Opfern«, bemerkte er.

»Ruf den Vater des Penman-Jungen an«, schlug Bishop vor. »Stell fest, ob er was über den Wagen weiß.«

»Mach ich.«

Während Tony damit beschäftigt war, kehrte Miranda in den Konferenzraum zurück. Sie hatte sich um die Meldungen einiger Blechschäden gekümmert und den Fortschritt bei der Wiederherstellung der Stromversorgung überprüft.

Bishop berichtete ihr über die neuesten Erkenntnisse. Das geistige Band zwischen ihm und Miranda blieb bestehen, doch um sich auf unterschiedliche Dinge konzentrieren zu können, ohne den anderen abzulenken, hatten sie bewusst ihre »Türen« fast geschlossen. Gefühle und auch manchmal der Schatten eines Gedankens kamen durch, aber bis auf die Befragung Justins und Mirandas Gespräch mit dem Bürgermeister hatten sie beschlossen, auf herkömmliche Weise miteinander zu kommunizieren. Und für Tony war es auf diese Weise auch weniger verwirrend.

Während er darauf wartete, dass Steve Penmans Vater ans Telefon kam, beobachtete er die beiden, wie immer fasziniert von der Art ihrer Beziehung. Bishop hatte sich bei seiner Erklärung, wieso sein Sender ziemlich abrupt verstummt war, wie immer kurz gehalten, hatte nur gesagt, er könne sich Mirandas Fähigkeit der selektiven Abschirmung »ausleihen«. Tony schwor sich, ein paar neugierige Fragen zu stellen, sobald sich Zeit und Gelegenheit ergaben, der Sache auf den Grund zu gehen, doch am meisten interessierte ihn diese anscheinend mühelose telepathische Verbindung zwischen Bishop und Miranda.

Also, das war wirklich der Hammer.

Sie waren gestern spät aus Mirandas Büro gekommen und hatten offensichtlich mindestens ein größeres Hindernis zwischen sich aus dem Weg geräumt. Miranda war erstaunlich heiter, nicht mehr so verschlossen oder in sich gekehrt, und Bishop tigerte nicht mehr auf und ab – obwohl Tony daran, wie Bishop Miranda ansah, erkannte, dass noch nicht alles geklärt war und einige Probleme nach wie vor bestanden. Jedenfalls schienen sie sich miteinander vollkommen wohlzufühlen, und die einzig erkennbare Spannung zwischen ihnen war eine sinnliche.

Nicht wie geile Teenager, die mit verstohlenen Blicken und Schwitzehändchen nach einander grapschten, dachte Tony. Nein, da war etwas viel Raffinierteres. Tony hatte das Gefühl, wenn er paragnostische Auren wahrnehmen könnte, würde er ihre sich vermischen, ineinander verschmelzen sehen, sobald sie sich nahekamen – und sich auch begierig wieder miteinander verbinden, nachdem sie ein paar Minuten getrennt waren. Er hatte diesen Eindruck, dass sie sich berührten, auch wenn sie es nicht taten.

Es war wirklich faszinierend.

Die telepathische Kommunikation war sehr schnell zutage getreten, und nach dem zweiten oder dritten Mal, als sich Miranda oder Bishop mit einer Bemerkung an Tony gewandt hatte, die eindeutig das Ergebnis einer telepathisch geführten Unterhaltung war, hatte Tony massiv dagegen protestiert.

»Leute, würdet ihr das bitte sein lassen? Das ist einfach zu unheimlich. Und außerdem verwirrend.«

»Wahrscheinlich hat er recht«, hatte Bishop gesagt, offenkundig belustigt. »Oder er ist nur neidisch, weil er es nicht kann.«

Darauf hatte Tony eine unflätige Antwort gegeben, obwohl alle drei wussten, dass es zumindest zur Hälfte stimmte.

»Hallo?«

Die Pflicht rief, und Tony antwortete: »Mr Penman? Hier spricht Agent Harte. Es tut mir sehr leid, Sie erneut stören zu müssen, aber …«

»Also«, sagte Miranda nachdenklich zu Bishop, »Adam Ramsay hatte einen Wagen. Seit wann?«

»Laut seinem Onkel seit letztem Juli«, erwiderte Bishop.

»Ein paar Monate bevor er verschwand.« Sie stützte die Hände auf den Tisch und blickte gedankenverloren auf die Pinnwand. »Hat sich schon jemand um Verkehrsdelikte gekümmert?«

»Tony. Nichts im Strafregister. Der Junge war entweder ein guter Fahrer, oder er hatte Glück. Wie auch immer, deinen Deputys scheint der Wagen nicht in einem Maße aufgefallen zu sein, dass sie ihn nach Adams Verschwinden erwähnt hätten. Seine Freunde wussten bestimmt davon, aber wie du schon sagtest, hat keiner von uns die richtigen Fragen gestellt.«

Sie nickte und blickte dann stirnrunzelnd auf einen Stapel Akten, der umzustürzen drohte. »Sind das …«

»Noch mehr vermisste Teenager, ja. Alex hat die Akten vor Kurzem gebracht. Wir sind jetzt bei 1987 und einer Anzahl von neunundzwanzig.«

Sichtlich erschüttert sank Miranda auf einen Stuhl. »Neunundzwanzig vermisste Jugendliche? In dreizehn Jahren?«

»Neunundzwanzig aktenkundig vermisste Teenager, die zuletzt in einem Umkreis von fünfzig Meilen um Gladstone gesehen wurden«, bestätigte Bishop grimmig. »Wir wissen nicht mal mit Sicherheit, ob sie tatsächlich verschwunden sind, Miranda, und schon gar nicht, ob sie hier verschwunden sind. Sie könnten auch anderswo wieder aufgetaucht sein, unter falschem Namen, oder an einer Überdosis Drogen oder sonst etwas gestorben sein. Wir wissen es nicht.«

»Nein, das wissen wir nicht«, murmelte Miranda. »Aber die Möglichkeit, dass keines dieser Kinder diese Stadt lebend verlassen hat, ist genauso groß. Mein Gott ... wie konnten so viele verschwinden, ohne dass es auffiel?«

»Wenn du damit meinst, ohne dass es amtlich wurde, dann musst du bedenken, dass es sich im Schnitt um zwei oder drei Fälle pro Jahr handelt, über einen Zeitraum von mehr als zwölf Jahren. Wie häufig haben die Sheriffs in dieser Zeit gewechselt? Wie viele Fremde kamen auf dem Weg nach Nashville durch Gladstone? Und denk daran, dass die alten Akten nicht in den Computer eingegeben wurden, wo das Muster vielleicht eher aufgefallen wäre.«

»Trotzdem. Wir hätten etwas merken müssen. Wir hätten *irgendetwas* sehen müssen.«

Bishop konnte nichts sonderlich Beruhigendes dagegen anführen. »Eines geht aus diesen Akten deutlich hervor«, sagte er, »nämlich, dass unser Mörder eine Menge Übung gehabt hat. Es sind über die Jahre so viele junge Leute durch diese Stadt gekommen, Kinder, die niemand vermissen würde und deren Verschwinden weder von den Einheimischen bemerkt noch mit ihnen in Verbindung gebracht wurde. Das verschaffte ihm jede Menge Zeit und Gelegenheit, sehr gut im Töten zu werden.«

»Und auch darin, sich der Leichen zu entledigen.« Miranda runzelte die Stirn. »Da ist noch etwas, das ich nicht begreife. Wenn er all die Jahre so erfolgreich gemordet hat, wieso lässt er jetzt plötzlich die Leichen an Stellen liegen, wo man sie relativ schnell und mühelos findet? Sowohl Kerry Ingram als auch Lynet wurden an Orten zurückgelassen, wo sie eher früher als später entdeckt werden würden. Wieso?«

Bishop wandte den Blick der Pinnwand zu. »Nur bei einem können wir uns ziemlich sicher sein«, überlegte er. »Die neue Umgehungsstraße hat ihn gezwungen, Jugendliche von hier zu töten, sogar welche, die er kannte. Solange sie Fremde für ihn waren, hat er es genossen. Doch sobald er sie kannte, ihren Namen kannte und ihre Augen oder ihr Lächeln später in den Gesichtern ihrer Verwandten wiedersah ... war das vielleicht zu viel. Selbst wenn er es nur unterbewusst tut, hofft er möglicherweise, dass wir ihn aufhalten werden.«

»Adam war der erste Junge von hier, der ermordet wurde«, dachte Miranda laut nach. »Aber er begrub Adam, so wie er – aller Wahrscheinlichkeit nach – seine früheren Opfer begraben oder beseitigt hatte, damit die Leiche möglichst nicht gefunden wurde. Also ... hat er ihn aus reiner Gewohnheit so begraben? Weil er noch nicht mal unterbewusst erkannt hatte, dass er gefasst werden will? Oder gibt es dafür einen anderen Grund?«

Bishop überlegte. »Ich bin noch immer der Meinung, dass etwas an Adam oder seinem Tod direkt auf den Mörder hinweist. Deshalb wurde er auf diese Weise und an dieser Stelle begraben – weil dem Mörder klar war, dass wir durch Nachforschungen über dieses Opfer oder diesen Mord etwas über ihn selbst herausbekommen könnten. Und was auch immer das sein mag ... er will nicht, dass wir es entdecken.«

»Wir wissen nach wie vor nicht, wie er seine Opfer auswählt«, gab Miranda zu bedenken. »Vielleicht hat das etwas damit zu tun? Vielleicht hat er sich Adam aus einem völlig falschen Grund geschnappt und wusste oder fürchtete, dass wir das irgendwann entdecken?«

Bishop nickte zustimmend. »Das ist sogar mehr als wahrscheinlich. Anscheinend hat er Adam am längsten von allen Opfern aus der Stadt am Leben gelassen, ihn auf die schlimmste, schmerzhafteste Weise gefoltert – mit den Chemikalien zur Alterung seiner Knochen. Auch wenn es aus einem anderen Grund geschehen sein sollte, könnte es doch schlicht und einfach Strafe gewesen sein, etwas, das Adam zugefügt wurde, um ihn so viel wie möglich leiden zu lassen. Hat Sharon nicht gesagt, der Mörder hätte es wahrscheinlich nur getan, um zu sehen, was passieren würde – zum Spaß?«

»Ja, hat sie. Und *du* hast gesagt, du glaubst, der Mörder habe Adam entführt, weil er etwas von ihm haben wollte.«

»Der Meinung bin ich immer noch. Angenommen … Adam wusste etwas über den Mörder, das ihm schaden konnte, und konfrontierte ihn entweder direkt damit oder ließ im falschen Moment durchblicken, dass er etwas wusste. Und wurde zum Opfer. Er wurde für das bestraft, was er wusste, und vielleicht zum Teil auch gefoltert, damit er dem Mörder alles sagte.«

»Aber hat er das getan?«

»Nein. Obwohl ich dir im Moment nicht sagen könnte, warum ich mir da so sicher bin.«

»Instinkt, möglicherweise«, meinte sie.

»Kann sein. Oder gute Übung darin, die Methoden und Gedankengänge von Monstern zu verstehen.«

»Was es auch sein mag, ich denke, du hast recht. Und es klingt umso wahrscheinlicher im Zusammenhang mit dem, was Bonnie uns vorhin am Telefon gesagt hat – dass Amy davon überzeugt ist, Steve hätte gewusst, warum Adam ermordet wurde, und hätte selbst nachforschen wollen. Es kann kein Zufall sein, dass Steve zum Opfer wurde. Das spricht für die Möglichkeit, dass es einen Beweis oder eine Information *gibt* – oder zumindest *gab* –, die er finden konnte. Vielleicht hat er sie gefunden. Und vielleicht ist er deshalb gestorben.«

Genau in diesem Moment beendete Tony das Telefongespräch und drehte sich zu ihnen um. »Mr Penman ist bereit, auf die Bibel zu schwören, dass Adam Ramsay niemals sein Auto bei ihrem Haus geparkt, geschweige denn dort untergestellt hatte«, berichtete er aufgeregt.

Bishop fixierte ihn. »Ich höre da ein ›aber‹ folgen.«

»Da hast du recht. Mit ein bisschen Nachbohren und geschickter Befragung durch meine Wenigkeit räumte er ein, dass die Familie hier in der Gegend einiges Land besitzt, einschließlich einer alten Scheune, etwa eine Meile von ihrem Haus entfernt. Eine alte, wohl leer stehende Scheune nicht weit von der Straße, die eine ziemlich gute Unterstellmöglichkeit für einen Wagen bieten würde.«

»Wenn der Wagen dort war«, sagte Miranda, »muss Steve es gewusst haben. Wieso hat er es verschwiegen?«

»Vielleicht hat Steve nachgeschaut, als Adam verschwunden war«, erwiderte Bishop. »Er stellte fest, dass der Wagen noch da war, und wollte abwarten, ob Adam wieder auftauchte. Als der aber erst tot wieder auftauchte, fragte sich Steve, was aus dem Auto geworden war, und beschloss, erneut nachzuschauen.«

»Die arrogante Selbstüberschätzung der Jugend«, murmelte Tony.

»Kann sein«, erwiderte Miranda. »Oder Steve machte einen Fehler zu viel, genau wie Adam.« Sie stand auf. »Ich würde sagen, wir sehen nach, ob der Wagen dort ist.«

Bonnie kam aus Amys Zimmer und schloss die Tür hinter sich.

»Schläft sie?«, fragte Seth, der in der Nähe gewartet hatte.

»Endlich. Ich glaube, sie hat große Angst vor dem Besuch ihrer Mutter heute Nachmittag. Dein Vater hatte doch recht – da sie nichts anderes tun kann, als über alles nachzugrübeln, schläft sie lieber, mit oder ohne Beruhigungsmittel.«

»Du musst dich inzwischen auch ziemlich langweilen.«

Bonnie lächelte ihn an. »Nein, ist schon in Ordnung. Ich bin es vielleicht ein bisschen leid, eingesperrt zu sein, aber langweilig ist mir eigentlich nicht.«

»Na ja, wenigstens kommst du jetzt mal an die frische Luft. Miranda hat gerade angerufen. Ich weiß zwar nicht, ob sich etwas Neues ergeben hat – seit Miss Hallowell ermordet wurde, meine ich –, doch sie möchte, dass du ins Sheriffdepartment kommst. Sie schickt einen Streifenwagen mit zwei Deputys, und wir sollen die Tür erst aufmachen, wenn wir uns vergewissert haben, dass sie es sind. Ich habe ihr gesagt, ich würde dich begleiten, und sie hatte nichts dagegen.«

»Seth, du musst wirklich nicht …«

»Doch«, erwiderte er und nahm ihre Hand, »ich muss wirklich. Keine Widerrede, Bonnie.«

Sie lächelte ihn an und widersprach nicht.

Das Auto war da. Im hohen Schnee rings um die Scheune fanden Miranda, Bishop und Tony keine Spuren, die angezeigt hätten, dass seit dem Beginn des Unwetters jemand hier gewesen war. Dennoch gingen sie sehr behutsam vor, als sie den Schnee vor dem zwar mit einem Balken verriegelten, aber nicht verschlossenen Tor weit genug wegräumten, um es öffnen zu können.

Ihr Blick fiel auf einen staubigen grünen 89er Mustang.

Sie musterten den Wagen einige Minuten lang vom Eingang her, alle Sinne, die ihnen zur Verfügung standen, im Einsatz und geschärft.

»Irgendwas stimmt hier nicht«, sagte Miranda. »Entweder mit der Scheune oder dem Wagen.«

»Ich fange nichts auf«, meinte Tony.

»Es ist kein Gefühl«, erwiderte sie, »sondern etwas anderes.«

»Etwas eher … Urtümliches«, fügte Bishop hinzu.

Tony blickte von einem zum anderen. »Urtümlich? Meinst du Instinkt?«

»Nein. Ich meine … elementar. Fast wie … ich kann beinahe Blut riechen, und doch wieder nicht.«

»Das hier ist eine Scheune«, wies ihn Tony hin. »Da gab es bestimmt Blut von Tieren, die hier geboren oder geschlachtet wurden. Vielleicht ist es das.«

»Mag sein.«

»Wir sehen nach«, verkündete Miranda.

Wieder bewegten sie sich sehr vorsichtig, während sie sich dem Wagen näherten. Jeder war mit einer Taschenlampe und Einweghandschuhen ausgerüstet, um keine Fingerabdrücke zu vernichten, die sie mit etwas Glück vielleicht finden würden.

Miranda öffnete die Fahrertür. »Falls Steve tatsächlich etwas im Wagen gefunden hat, wie stehen die Chancen, dass es noch hier ist?«, sagte sie plötzlich.

»Gar nicht so schlecht, würde ich sagen«, erwiderte Bishop und öffnete die Beifahrertür. »War sicherer, es hierzulassen, bis er wusste, was er damit anfangen sollte. Wie du weißt, hatte der Mörder wahrscheinlich keine Gelegenheit, den Jungen zu fragen, was er gefunden hatte. Zweifellos unterlief ihm ein Fehler, als er seinem Opfer gleich zu Anfang einen heftigen Schlag versetzte, um es zu überwältigen.«

»Das könnte die blinde Wut erklären, die ich in der alten Mühle gespürt habe«, sagte Tony nachdenklich. »Wenn Steve etwas hatte, das der Mörder nicht mehr in die Hände bekommen konnte, könnte ich mir vorstellen, dass er sehr wütend war.«

»Gut möglich.« Bishop setzte sich auf den Sitz und durchsuchte das Handschuhfach. »Meiner Ansicht nach war er sowieso wütend, seit er Lynet ermordet hatte.«

Miranda sah hinter der Sonnenblende und unter der Fußmatte nach. »Keine Schlüssel«, sagte sie zu Tony. »Du wirst das Kofferraumschloss knacken müssen.«

»Wie kommst du darauf, dass ich weiß, wie man das macht?«, entgegnete Tony etwas gekränkt.

»Weil du für ihn arbeitest.«

Tony blickte Bishop an, seufzte dann und zog ein kleines ledernes Werkzeugetui aus seiner Jackentasche. »Er hat behauptet, solche Fertigkeiten könnten sich einmal als nützlich erweisen.«

»Und er hatte recht, stimmt's?«

Mit einem erneuten Seufzen ging Tony nach hinten zum Kofferraum.

Er hielt sich zwar für nicht besonders geschickt im Schlösserknacken, hatte es jedoch recht schnell offen.

»Bingo«, rief er. »Glaube ich.«

Sofort kamen die beiden anderen nach hinten. Zu dritt betrachteten sie die verschiedenen Dinge im Kofferraum, unter anderem einen Kreuzschlüssel, eine halb leere Plastikflasche mit einer Flüssigkeit, die wie Wasser aussah, wahrscheinlich für den Kühler, der nicht richtig funktionierte, einen Ersatzreifen, der so abgefahren war, dass nahezu kein Profil mehr vorhanden war – und zwei offensichtlich gefüllte Säcke.

»Keine abgehackten Gliedmaßen bitte.« Tony trat einen Schritt zurück.

»Nein«, sagten Miranda und Bishop im gleichen Atemzug. Dann fügte sie hinzu: »Aber da ist etwas …«

Während zwei der drei Taschenlampen den Kofferraum beleuchteten, beugte sich Bishop hinein und knotete ganz vorsichtig die Schnur des ihm am nächsten liegenden Sacks auf. Als er ihn offen hatte, blickten alle auf etwas, das wie der Deckel eines alten Einmachglases aussah, nur dass dieses Glas mindestens zwei Liter Fassungsvermögen hatte – ungewöhnlich viel für diesen Zweck. Auf dem Deckel war ein Stück Klebeband angebracht, auf dem in verblasster Tinte ein Datum stand: 16. Juni 1985.

Vorsichtig schob Bishop den Sack weiter nach unten und kippte das Glas nach hinten, damit sie den Inhalt sehen konnten. Es schien Eingemachtes oder Gelee zu sein, das so dunkel war, dass es fast schwarz wirkte. Doch durch die Bewegung des Glases bewegte sich dessen Inhalt ebenfalls träge, und ein halbes Dutzend runder Objekte stieß gegen die Glaswand, auffallend hell im Gegensatz zu der sie umgebenden dicklichen Flüssigkeit.

Dann kippte Bishop das Glas noch weiter nach hinten, und drei der runden Dinger drehten sich langsam um, sodass ihre Rückseite zu sehen war. Zwei waren blau. Eins war braun.

»Oh Gott«, stöhnte Miranda. »Das sind Augen. Menschliche Augen.«

Tony räusperte sich, doch seine Stimme klang noch immer etwas heiser. »Genau genommen wäre es mir doch lieber gewesen, abgehackte Glieder zu finden, glaube ich. Einen Arm, ein Bein. Himmel.«

»Sei vorsichtig mit dem, was du dir wünschst«, mahnte ihn Bishop, als er das Glas wieder aufrichtete und nach dem zweiten Sack griff.

Sie hatten sich schon auf weitere Schrecken gefasst gemacht, doch der Inhalt des zweiten Sackes wirkte vergleichsweise harmlos. Er enthielt eine alte Zigarrenkiste mit etwa zwei oder drei Unzen Asche, ein Paar leicht verrostete Handschellen und ein zusammengeklapptes Taschenmesser.

»Wir können doch wohl davon ausgehen, dass es sich hier nicht um eine sehr merkwürdige Sammlung von Gegenständen von Adam Ramsay handelt«, meinte Tony.

Miranda klopfte auf den Deckel des Einmachglases. »1985 war Adam drei Jahre alt.«

»Okay … und der Rest von dem Zeug?«

Bishop nahm das Messer in die Hand und betrachtete es genauer. »Sharon könnte vielleicht etwas auffangen, wenn sie es berührt«, sagte er. »Doch auch wenn ihr das nicht gelingt, das hier ist ein Sammlermesser. Die werden oft in Haushaltswarengeschäften oder Drugstores verkauft, vor allem in Kleinstädten.«

Miranda fragte nicht, woher er das wusste, sondern sagte nur: »Steve Penman befand sich in der Nähe des Drugstores, als er verschwand.«

»Ja«, sagte Bishop. »Das stimmt, nicht wahr?«

20

Der Aufenthaltsraum des Sheriffdepartments hatte nicht viel zu bieten, wie Bonnie fand. Die eine Seite des langen, schmalen Raumes wurde von einer Küchenzeile eingenommen, an der gegenüberliegenden Seite standen zwei Ledersofas, zwei Tische mit Stühlen und eine Reihe Spinde. An einer Wand hing ein Dartboard, und in einem offenen Regal befanden sich einige Brettspiele und eine Dose mit Pokerchips sowie Spielkarten.

Nichts davon konnte Bonnie reizen, auch wenn es jemanden gegeben hätte, mit dem sie hätte spielen können. Seth hatte sich auf eins der Sofas geworfen und schlief tief und fest. Er hatte die letzten Nächte wenig Schlaf bekommen, und sie gönnte ihm diese Ruhephase.

Die Deputys im Haus arbeiteten alle an ihren Schreibtischen, waren entweder mit den Folgen des Schneesturms beschäftigt oder damit, die Identität des Mörders herauszufinden.

Randy würde bald ins Büro zurückkommen. Und Bishop.

Bonnie war unbehaglich bei dem Gedanken, Bishop wiederzusehen, mit ihm zu reden. Jetzt mehr denn je. Randy und er waren wieder ein Paar, und obwohl Bonnie eigentlich nichts dagegen hatte, machte sie sich Sorgen.

Wenn es diesmal wieder schiefging, wusste Bonnie nicht, wie Randy es verkraften würde.

Ruhelos verließ sie den Aufenthaltsraum. Sie ließ ihren Blick durch das Großraumbüro schweifen, das »Bullenpferch« genannt wurde, ein kleines Meer kreuz und quer stehender Schreibtische mit einer niedrigen Trennwand, die das Büro vom Eingangsbereich abteilte. Auf einem Aktenschrank lief ein Fernseher mit dem Wetterbericht, Telefone klingelten mit schöner Regelmäßigkeit vor dem Hintergrund des Stimmengewirrs.

Der Raum roch nach Kaffee und Pizza.

Alle hatten zu tun, und so wanderte Bonnie weiter. Die Tür des Konferenzraums war verschlossen, was sie nicht überraschte. Randys Büro war offen und leer. Im Büro daneben saß ein Deputy mit dem Rücken zur Tür und telefonierte. Seinem beschwichtigenden Ton nach zu schließen, versuchte er mit einer Freundin wieder ins Reine zu kommen.

Bonnie lächelte vor sich hin und ging weiter. Aus einem der Büros hatte man das normale Mobiliar entfernt und stattdessen ein halbes Dutzend Feldbetten aufgestellt, doch nur ein Deputy, in Unterhemd und Unterhose, schnarchte dort leise. In einem anderen Raum stapelten sich Kartons und anderes Zeug, das Randy, wie Bonnie sich erinnerte, aus dem Konferenzraum hatte räumen lassen, als das FBI eintraf.

Ein paar Stufen tiefer und einen weiteren Gang entlang befanden sich wieder Zimmer. Da sie klein waren und winzige

Fenster in den Türen hatten – und im Raum selbst keine –, nahm sie an, dass dort Verhöre durchgeführt wurden, die mehr Abgeschiedenheit und größere Sicherheit erforderten.

Sie spähte in eines hinein und sah Justin Marsh, der an einem kleinen Tisch saß und Zeitung las, die gerunzelte Stirn und der ungeduldig wippende Fuß ein schweigendes, doch beredtes Zeichen von Frustration und Verärgerung. Bonnie ging schnell weiter, weil sie nicht besonders scharf darauf war, seine Aufmerksamkeit zu erregen.

Sie schaute noch in ein paar andere Zimmer, doch alle waren leer. Am Ende des Ganges befanden sich drei Türen. Zwei führten zu den Zellen, wie sie wusste, und die andere zu der Garage, in der beschlagnahmte Fahrzeuge untergestellt wurden.

Da diese Gebäudeteile sie nicht interessierten, drehte sie um und machte sich auf den Rückweg. In dem Moment, als sie an dem kleinen Nebengang vorbeikam, der zu einer Tür nach draußen auf den Parkplatz führte, spürte sie einen kalten Luftzug.

Bonnie drehte den Kopf, sah aber nur den Schatten einer Bewegung. Und dann traf etwas sie am Kopf, sie spürte einen explosionsartigen Schmerz, und alles wurde schwarz.

»Ich kann's nicht fassen«, krächzte Alex heiser und schüttelte den Kopf. »Ausgerechnet hier? Er hat sie sich aus dem verdammten Sheriffdepartment geholt?«

»Ich hätte wach bleiben müssen.« Seth' junge Stimme war dünn vor Angst, Sorge und Schuldgefühl.

»Du? Himmel, Junge, bei einem Dutzend Deputys hier – mich eingeschlossen!«

»Völlig egal, wer schuld ist«, sagte Tony ungeduldig. »Wichtig ist nur, ihn zu finden, bevor … bevor …«

»Er sie umbringt«, ergänzte Miranda. Sie klang gefasst, doch ihre Augen waren blind.

Tony wusste nicht, was er sagen sollte. Vermutlich war es das erste und letzte Mal, dass er Miranda Knight im wahrsten Sinne des Wortes gelähmt erlebte, unfähig, etwas anderes zu tun, als am Konferenztisch zu sitzen und die Wand anzustarren. Bishop kam wieder herein. Er war nur ein paar Minuten fort gewesen, um das Gebäude nach Hinweisen zu durchsuchen, die ihnen weiterhelfen könnten, da er sich auf keinen anderen verlassen wollte.

Er ging vor Miranda in die Hocke und legte ihr sanft die Hand aufs Knie.

Ihr Blick richtete sich auf ihn. »Ich habe versprochen, sie zu beschützen.« Sie sprach nur zu ihm, vergaß alle anderen im Raum. »Ich habe geschworen, für ihre Sicherheit zu sorgen.«

»Bonnie wird nichts passieren, Miranda. Wir werden sie finden, und zwar bevor der Dreckskerl ihr etwas antun kann.«

»Das kannst du nicht versprechen«, erwiderte sie fast schwermütig.

»Doch, das kann ich.« Bishop beugte sich vor und küsste sie, ebenfalls ohne sich um die Blicke, die auf sie gerichtet waren, zu kümmern. Dann richtete er sich auf und wandte sich den anderen zu, die Hand auf Mirandas Schulter.

»Viel Zeit bleibt uns nicht«, sagte er, »aber ich glaube nicht, dass er sie sofort umbringt. Diesen Fehler hat er bei dem Penman-Jungen gemacht und daher die Gelegenheit verpasst, ihn zu befragen. Und einen ähnlichen Fehler hat er auch bei Liz Hallowell gemacht.«

»Bei Liz?« Alex sah ihn stirnrunzelnd an.

Bishop erwiderte den Blick. »Er dachte, sie sei diejenige, die uns erzählt hat, wo wir Steve Penman finden würden, und er hat sich nicht die Zeit genommen, sich zu vergewissern. Das hängt ihm bestimmt nach.«

»Hängt ihm nach?«, explodierte Alex. »Er ist ein kaltblütiger Mörder ohne einen Funken Gewissen, und Sie behaupten, ein Fehler würde ihm nachhängen? Ein verdammter *Fehler?*«

Bishop blieb ganz ruhig. »Ich behaupte nur, dass dieser Mörder ein intelligenter, vielschichtiger Psychopath ist, mit ausgeprägten Ritualen und Regeln, die sein Leben und sein Handeln bestimmen. Nachlässigkeit hat ihn veranlasst, einen schweren Fehler zu begehen, und Panik führte zu einem weiteren. Einen dritten Fehler wird er so schnell nicht machen. Er muss sich erst Gewissheit verschaffen, dass Bonnie die Bedrohung darstellt, für die er sie hält.«

Miranda regte sich. »Wie? Wie kann er sich dessen vergewissern? Du hast es selbst gesagt – mit den Toten sprechen zu können lässt sich nicht so leicht beweisen.«

»Und deshalb haben wir auch etwas Zeit«, erklärte Bishop und sah ihr unverwandt in die Augen. »Aber nicht viel, Miranda.«

Einen Sekundenbruchteil schien sie zu zögern, doch dann straffte sie die Schultern, ihr Mund bekam einen energischen Zug, und sie stand auf. »Wir müssen feststellen, ob Steve Penman am Tag seines Verschwindens jemanden im Drugstore nach dem Taschenmesser gefragt hat. Wir müssen der

Liste der Reifenhändler in der Umgegend nachgehen. Wir müssen herausfinden, ob es etwas gibt, einen Ort oder eine Begebenheit, die einen Zusammenhang zwischen den vermissten Kindern herstellt.« Sie holte Luft. »Und wir müssen feststellen, wie er entdeckt haben könnte, dass Bonnie diese Bedrohung war. Und woher er wusste, dass sie hier war.«

Alex schnaubte verächtlich. »Zum Teufel, die Hälfte der Deputys im Großraumbüro hat heute Morgen den ganzen Tratsch durchgekaut, und die vorherrschende Meinung war, dass Bonnie es durchaus gewesen sein könnte.«

»Sie ist nicht von einem Deputy entführt worden«, widersprach Bishop. »Die kommen alle nicht infrage. Und Marsh sitzt immer noch sicher verwahrt in einem der Verhörzimmer.«

»Stimmt«, meinte Alex. »Doch jeder, der vorbeikam, hätte alle Gespräche mithören können, und wir hatten heute immer wieder Besucher.«

Miranda erstarrte plötzlich. »John war hier«, sagte sie langsam und sah zu Bishop. »Erinnerst du dich? Er sagte, Justin hätte ihn angerufen. Und als wir ihm begegneten, kam er aus dem Großraumbüro. Er könnte die Gespräche gehört haben.«

»Wir brauchen mehr als Vermutungen«, sagte Bishop. »Wir dürfen keine Zeit mit Sackgassen vergeuden. Tony, treib jemanden aus dem Drugstore auf und frag ihn nach dem Messer, ja?«

»Mach ich.« Tony nahm das eingetütete Messer vom Konferenztisch und hängte sich ans Telefon.

Miranda fiel noch etwas anderes ein. »John war Samstagabend vor dem Sturm in Liz' Laden. Das Gerede begann da schon, also könnte er die verdrehte Version gehört haben, Liz hätte uns erzählt, wo wir Steves Leiche finden. Er hatte die Gelegenheit, Justins Bibel an sich zu nehmen, und mehr als genug Zeit, um … um Liz zu töten und sie in ihr Haus zu bringen, bevor zu viel Schnee fiel.«

»Wie sieht es mit dem Profil aus?«, fragte Bishop. »Lebt er allein, oder verfügt er über einen sicheren, abgeschiedenen Ort, an dem er sich ungestört fühlen kann?«

»Er lebt schon seit Jahren allein. Davor hat sein Vater bei ihm gelebt, und der war praktisch seit Johns Kindheit in einer gesundheitlich äußerst schlechten Verfassung.« Miranda sprach hastig, stirnrunzelnd, während sie die Einzelheiten aus ihrem Gedächtnis kramte. »Johns Elternhaus ist ein großes, altes Gebäude, einige Meilen vor der Stadt, sehr einsam gelegen. Er hat sich ein neues Haus gebaut, näher bei der Stadt, doch er sagt, er hängt so sehr an der alten Farm.«

»Er hat das passende Alter«, stellte Bishop fest. »Ist alt genug, die Sache schon seit fünfzehn oder mehr Jahren durchzuziehen. Das Persönlichkeitsmuster könnte stimmen. Es ist zwar ungewöhnlich, dass ein Mörder wie dieser ein politisches Amt innehat, vor allem nicht ein so hohes, aber möglich ist es. Und er kann hier völlig ungezwungen ein und aus gehen, ohne den geringsten Verdacht zu erwecken.«

»Er kannte Lynet«, sagte Miranda. »Hatte vor nicht allzu langer Zeit mal was mit ihrer Mutter.«

Seth, der wortlos zu einem der Telefone gegangen war, legte auf und sagte zu Miranda: »Ich habe in der Klinik angerufen. Dad sagte, der Bürgermeister sei dort vor etwa einer Stunde aufgetaucht und behauptete, er wolle sich nur vergewissern, dass alle den Sturm heil überstanden hätten. Er ging durch das ganze Gebäude, begrüßte die Patienten und Schwestern, sogar das Küchenpersonal.«

»Auf der Suche nach Bonnie«, ergänzte Miranda.

»Er fragte nach ihr. Ganz beiläufig, sagte, er dachte, sie sei in der Klinik. Dad … Dad hat ihm erzählt, dass wir im Sheriffdepartment sind.«

Alex runzelte die Stirn. »Wenn ich jetzt darüber nachdenke, fällt mir ein, dass einer der Jungs heute Morgen sagte, er habe die Sache mit Bonnie von jemandem gehört, der mit einer der Krankenschwestern aus der Klinik verheiratet ist. Wenn MacBride das mitgekriegt hat, wusste er, dass er dort nach ihr suchen musste.«

Tony knallte den Hörer auf und wandte sich den anderen zu. »Geschafft. Ich habe zwar nicht den Verkäufer gefunden, der Steve am Tag seines Verschwindens bedient hat, aber der Geschäftsführer war im Laden und hat in seinen Unterlagen nachgesehen. Das Messer ist ein Sammlerstück, und davon wurden nur drei in Gladstone verkauft. Die Fabrikationsnummer auf diesem beweist, dass es letzten Sommer an Bürgermeister MacBride verkauft wurde.«

Bei all dem Schnee konnte es natürlich an einem Januarnachmittag um drei noch nicht dunkel sein, doch der mit schweren Wolken verhangene Himmel ließ es wenigstens nicht ganz so hell erscheinen. Bishop meinte, man müsse auch schon für Kleinigkeiten dankbar sein.

Stirnrunzelnd betrachtete Miranda die Landschaft vor ihnen und fluchte leise.

»Wir haben keine andere Möglichkeit, als uns zu Fuß zu

nähern, wenn wir auch nur den Hauch einer Chance haben wollen, unentdeckt zu bleiben«, stellte Bishop fest.

»Dann gehen wir eben zu Fuß.« Miranda stieg aus dem Jeep und wünschte, der Schnee würde weniger laut unter ihren Sohlen knirschen. Sie hielt den Blick auf das Haus gerichtet, das durch den dichten Kiefernwald kaum zu sehen war.

Bishop trat zu ihr. »Was meinst du, wie schnell wird Alex merken, dass wir weg sind?«

»Ich verlasse mich darauf, dass Tony ihn so lange wie möglich ablenkt. Ich will ihn unter keinen Umständen hierhaben. Er ist viel zu wild darauf, den Mörder von Liz in die Hände zu kriegen. Es ist viel besser, wenn sich Seth und er darauf konzentrieren, in diesen Akten eine Verbindung zwischen John und den vermissten Jugendlichen zu entdecken.«

»Wir hätten einen oder zwei Deputys mitnehmen sollen«, sagte Bishop leise.

»Ich traue niemandem sonst zu, mit dem hier fertigzuwerden«, erwiderte sie rundheraus.

»Das ist das Netteste, was du je zu mir gesagt hast.« Er zog seine Waffe, kontrollierte und entsicherte sie. Miranda tat dasselbe. »Ich schlage vor, wir gehen um das Haus herum, sobald wir unter den Bäumen sind, und nehmen alles in Augenschein, ohne zu nahe ranzukommen«, sagte er.

»In Ordnung.«

Vorsichtig bewegten sie sich auf das Haus zu, setzten sorgsam jeden Schritt im tiefen Schnee und hielten sich in der Deckung von Bäumen und größeren Büschen, wo immer es möglich war. Als sie nahe genug daran waren, trennten sie sich, um das Haus von zwei Seiten in die Zange zu nehmen.

Im Schutz der großen, alten Kiefern war es dunkler. Das Haus ragte drohend vor ihnen auf. Aus keinem der Fenster fiel ein Lichtstrahl, obwohl zu der frei stehenden Garage führende Reifenspuren deutlich erkennen ließen, dass MacBride heute zumindest schon einmal weggefahren und zurückgekommen war.

Miranda gelangte als Erste auf die Rückseite des Hauses. Während sie auf Bishop wartete, fiel ihr Blick auf ein Gewächshaus, von dessen Existenz sie nichts gewusst hatte. Es war ziemlich groß, und die Scheiben waren entweder aus Milchglas oder von Kondenswasser beschlagen, denn man konnte nicht hineinsehen, obwohl drinnen eindeutig Licht brannte. Bishop trat schweigend zu ihr, und nur ihre innere Verbindung hatte sie sein Kommen spüren lassen.

»Wo ist deine Jacke?«, fragte sie, ihre Stimme kaum mehr als ein Flüstern.

Er deutete zur Vorderseite des Hauses. »Hab ich dort gelassen.«

»Warum? Du wirst frieren.«

»Sie war zu dunkel und knarrte. Ich wusste gar nicht, dass Leder so laut sein kann«, erklärte er ihr. »Erinnere mich daran, sie einzuölen. Später. Fürs Erste werde ich nicht frieren, wenn wir nicht noch länger hier hocken. Das Gewächshaus?«

»Er sendet ein wahres Funkfeuer aus«, meinte Miranda beunruhigt.

»Dann erwartet er uns entweder … oder er vermutet überhaupt nicht, dass wir ihm so schnell auf die Spur gekommen sind. Wie auch immer, bleibt uns eine andere Wahl, als reinzugehen?«

»Mir fällt keine ein.«

»Dann gehen wir rein.«

»Er spricht, glaube ich«, sagte sie und legte den Kopf etwas schief, um all ihre Zusatzsinne auf das Gebäude zu konzentrieren.

»Solange er redet, ist seine Aufmerksamkeit abgelenkt. Das ist das Beste, was wir uns wünschen können. Ich sehe zwei Türen, an jedem Ende eine. Und das Licht ist irgendwo in der Mitte. Gehen wir.«

Sie hatten keine Zeit, einen Plan abzusprechen, machten sich aber darüber auch keine Gedanken. Ihre Verbindung war wieder weit geöffnet, daher konnten sie sich direkt und schweigend verständigen und diesen Vorteil nutzen, um ihre Vorgehensweise zu koordinieren.

Die Türen zu öffnen und hineinzuschlüpfen stellte keine Schwierigkeit dar, doch danach fanden sie sich in einem wahren Dschungel wieder, einem dichten Wald aus Pflanzen und Bäumen, von Ranken überwuchert und von einem Dickicht aus Unkraut fast erstickt.

Na toll.

Es hilft nichts, wir müssen da durch. Man konnte nicht mehr als ein oder zwei Schritte weit sehen, und es stank entsetzlich nach verfaulendem Grünzeug und feuchter Erde. Herabhängende Ranken streiften sie mit glitschigen Tentakeln, und Dornen verhakten sich in ihrer Kleidung, während sie durch den Wildwuchs krochen und Pfaden zu folgen versuchten, die nur noch schwach zu erkennen waren.

Ihre Zusatzsinne sagten ihnen, dass sie fast in der Mitte

des Gewächshauses angelangt waren, doch selbst mit deren Hilfe gelang es ihnen nicht, genauer abzuschätzen, was vor ihnen lag. Sie hielten beide inne und bemühten sich, die grüne Wand zu durchdringen. Das Brummen von MacBrides Stimme hielt an, ein tiefes Gemurmel, dem sie keine einzelnen Worte entnehmen konnten, daher fuhren sie erschreckt zusammen, als er plötzlich mit einer ruhigen, sogar lässigen Stimme zu sprechen begann, die aus einer Entfernung von kaum mehr als ein paar Schritten zu kommen schien.

»Wenn ihr beide euch entschließen würdet, noch ein bisschen weiter zu gehen, wäre es sicher einfacher für uns alle.«

Verdammt.

Es hilft noch immer nichts. Sie folgten dem Befehl und traten nach wenigen Schritten auf eine Art Lichtung in der Mitte des Gewächshauses hinaus.

Das musste wohl der ehemalige Arbeitsbereich sein. An einem Ende stand ein wackliger Tisch mit rostigen Werkzeugen und leeren Tontöpfen. Hoch über dem Tisch hing eine lange Leuchtstoffröhre, die trotz ihres Flackerns ein fast schmerzend grelles Licht auf die Szene darunter warf.

Bishop und Miranda blieben wie angewurzelt stehen.

Bürgermeister John MacBride lächelte ihnen zu, als begrüße er liebe Gäste, mit freundlichem Gesicht und in entspannter Haltung.

Doch da war die Waffe, die er an Bonnies Schläfe hielt, schussbereit und mit gespanntem Hahn.

Bonnie war eindeutig verängstigt, gleichzeitig jedoch erstaunlich gefasst, blass, aber ohne Tränen. Sie versuchte sogar zu lächeln, als wollte sie ihrer Schwester versichern, dass es ihr gut ging.

Miranda hatte plötzlich das überwältigende Gefühl, dass dies der Ort war, den sie in ihrer Vision gesehen hatte. Hilflos wurde sie sich dem über sie hereinbrechenden Schicksal und der Ereignisse bewusst, die sie auf das zutrieben, was ihr bestimmt war. Sie sah nicht zu Bishop hinüber, spürte aber deutlich ihre Verbindung und seine absolute Gewissheit, dass sie nicht hier sterben würde.

Doch wenn das stimmte, was sie gesehen hatte, konnte das plötzliche Durchtrennen ihrer Verbindung sowohl für die Lebenden als auch die Toten gleichermaßend verheerend sein, daher schloss sie sacht und ohne Vorwarnung die Tür auf ihrer Seite.

»Sie sollten besser die Waffen fallen lassen«, riet ihnen MacBride.

Keiner von beiden zögerte. Sie ließen ihre Waffen fallen. Nicht nur wegen der Pistole, die er an Bonnies Schläfe hielt, sondern auch wegen des Gegenstands, den er in der anderen Hand hatte. Offensichtlich ein Sprengkörper, eine Art kleine, doch zweifellos tödliche Handgranate mit gezogenem Sicherungsstift.

Ein Totmannschalter.

»Schiebt die Waffen zu mir rüber«, wies er sie an.

Sie kamen der Aufforderung nach, und als MacBride gebieterisch mit der Waffe wedelte, trat Bishop zu Miranda, bis er nur noch wenige Schritte von ihr entfernt war. So konnte MacBride sie beide gleichzeitig in Schach halten. Sie standen ihm in einer Entfernung von etwa fünf Metern gegenüber, zwischen sich nicht viel mehr als verfaulenden Mulch, und das Dschungelgewirr um sie herum schien sie zu belauern und auf sie zuzukommen. Es verlieh dem Ort eine klaustrophobische Enge, in der das Atmen durch den säuerlichen Geruch verrottender Pflanzen schwerfiel.

Oder vielleicht ist es auch nur meine Angst, dachte Miranda. Sie verstopfte ihr die Kehle, kalt und sauer. Und ihr Herz hämmerte schwer und eindringlich gegen ihre Rippen.

Sie hatte versprochen, ihre Schwester zu beschützen. Hatte es *geschworen.*

Bonnies Hände waren hinter ihrem Rücken gefesselt, die Beine an den Knöcheln zusammengebunden. Sie war völlig hilflos. Und sie kam ihrer Schwester so klein, so zerbrechlich vor. Sie weinte noch immer nicht, doch ihre Ruhe hatte etwas von Resignation, von Schicksalsergebenheit.

Miranda hatte ihr nicht den ganzen Inhalt ihrer Vision erzählt, jedoch stets vermutet, dass Bonnie den Rest erraten hatte.

»Ich frage sie schon die ganze Zeit, ob sie tatsächlich mit den Toten reden kann«, sagte MacBride im Plauderton zu ihnen. »Aber sie will es mir nicht sagen. Ich dachte, es sei Liz, als ich die Geschichte an jenem Abend in ihrem Café hörte. Ich dachte, sie hätte Ihnen geholfen und Ihnen gesagt, wo Steves Leiche zu finden war. Doch es war gar nicht Liz. Arme Liz.«

»Sie haben einen Fehler gemacht.« Miranda war selbst von der Festigkeit ihrer Stimme überrascht. »Machen Sie nicht noch einen, John.«

»Ich wollte Liz nicht wehtun. Ich mochte sie. Sie wissen, dass ich sie mochte, Randy. Aber welche Wahl hatte ich denn? Ich bin sorgsam mir ihr umgegangen. Und ich habe nichts von ihr behalten.« Seine Stimme klang nüchtern, doch es schien etwas Flehentliches darin mitzuschwingen, als wollte er ihre Billigung.

Miranda musste sich zusammenreißen, damit ihr nicht übel wurde. »Sie meinen, keine Körperteile oder Blut? Das war anständig von Ihnen, John.«

»Sie verstehen einfach nicht«, sagte er kopfschüttelnd.

»Dann ändern Sie das. Sorgen Sie dafür, dass ich verstehe.« Sie war sich nicht sicher, ob es überhaupt klug war, ihn reden zu lassen, aber sie folgte einfach ihrem Instinkt.

»Sie sind ein Cop, Sie kennen sich doch damit aus, wie man mit Bedrohungen umgeht«, erwiderte MacBride. »Liz war eine Bedrohung.«

»Nein, Sie nahmen nur an, dass sie eine ist. Und Sie haben sich geirrt.« Sie bemerkte, dass seine Selbstgefälligkeit ein wenig ins Wanken geriet, und konzentrierte sich auf diesen Schwachpunkt. »Sie haben sich *geirrt,* John.«

Plötzlich lächelte er. »Ich weiß, worauf Sie hinauswollen, Randy. Doch das funktioniert nicht. Es tut mir leid wegen Liz, aber geschehen ist geschehen. Das hier«, er tätschelte Bonnie beinahe freundlich, »ist gewiss kein Fehler. Ich kann so viel von Bonnie lernen.«

»Nein. Sie …«

»Denn wenn sie mit den Toten sprechen kann, gibt das meinen Forschungen eine völlig neue Stoßrichtung. Ich habe nämlich schon länger darüber nachgedacht, müssen Sie wissen, was ich als Nächstes unternehmen soll. Mir war klar geworden, dass ich meine Versuchspersonen nicht weiterhin hier aus der Gegend rekrutieren kann.«

Versuchspersonen? Aber Miranda konnte es nicht aussprechen, sie brachte kein Wort heraus. Die Angst schnürte ihr erneut die Kehle zu.

Bishop wusste es oder erriet es, denn er sagte mit fester

Stimme: »Weil Sie sie kannten. Ihre Namen, ihre Gesichter. Ihre Mütter, ihre Väter.«

MacBride ging darauf sofort, ja geradezu eifrig ein. »Das erwies sich als … überraschend schwierig. Mit Adam, dem hinterhältigen kleinen Dreckskerl, ging es ja noch, aber bei Kerry … sie hat die ganze Zeit geheult und gefragt, warum. Und dann Lynet, die kleine Lynet … ich mochte sie.«

»Aber umgebracht haben Sie sie trotzdem«, sagte Bishop.

»Was blieb mir anderes übrig? Nachdem ich sie entführt hatte, na ja … sie hatte mich doch gesehen. Ich konnte sie nicht laufen lassen. Aber ich habe dafür gesorgt, dass sie nicht leiden musste.«

Miranda schluckte schwer. »Ich bezweifle, dass Ihnen das ein kühleres Fleckchen in der Hölle einbringt.«

»Sie verstehen noch immer nicht. Es ging um Forschung, Randy. Sonst nichts. Studien.«

»Um herauszufinden, wie ein Körper funktioniert? Tut mir leid, John, aber das hat die Medizin schon ziemlich gut ergründet.«

»Glauben Sie? Der Meinung bin ich nicht. Es gibt noch so viel zu lernen. Ich wollte lernen.« Zum ersten Mal verdüsterte sich seine Miene. »Ich wollte Arzt werden. Doch es hieß, meine Noten vom College seien nicht gut genug. Meine Noten. Dummköpfe. Ich habe mir selbst mehr beigebracht, als ich auf jeder Universität hätte lernen können. Das erforderte nur eine gewisse … Distanz.«

»Über eines sind wir uns bisher nicht klar«, warf Bishop ein. »Weshalb haben Sie ihnen das Blut abgezapft?«

»Ich suchte nach einer Methode, Organe und Fleisch auf natürliche Art zu konservieren«, erklärte MacBride bereitwillig. »Ich dachte, mit Blut sei das möglich. Aber ich habe bis jetzt nicht das richtige Mischungsverhältnis von Blut und Chemikalien gefunden.«

Bishop nickte ernst. »Ich nehme an, Sie haben mit den Chemikalien experimentiert und dabei entdeckt, wie man Knochen altern lassen kann?«

MacBride zuckte wegwerfend die Schultern. »Die Chemikalien habe ich benutzt, um die Knochen zu säubern, und dabei festgestellt, dass die Mittel sie altern ließen. Ich fragte mich, welche Auswirkungen die Rezeptur bei einer lebenden Versuchsperson wohl hat, und probierte sie deshalb an Adam aus. Ich fürchte, das war sehr schmerzhaft, doch er verdiente es, der kleine Kotzbrocken.«

»Er kam Ihnen auf die Schliche.«

»Die miese Ratte. Steckte seine Nase in Dinge, die ihn nichts angingen. Hätte er nur die Gartenarbeit erledigt, für die ich ihn eingestellt hatte, wäre alles in Ordnung gewesen. Aber nein, er musste herumschnüffeln. Er hat mein Messer gestohlen. Eines meiner Einmachgläser. Andere Sachen wahrscheinlich auch.« MacBride lachte plötzlich. »Der kleine Dreckskerl wollte mich erpressen, können Sie sich das vorstellen? Wollte, dass ich zahle, damit er den Mund hält.«

»Also haben Sie ihn umgebracht«, ergänzte Bishop. »Doch er hat nicht geredet, oder, MacBride? Er hat Ihnen nicht verraten, wo die Sachen versteckt waren, die er Ihnen gestohlen hatte.«

»Nein. Er schien sich einzubilden, ihm könne nichts passieren, solange er das Zeug in seinem Versteck hatte. Der Idiot.« MacBride trat etwas von Bonnie zurück. Vielleicht ermüdete ihn seine Haltung, denn er bedeutete ihr mit der

Waffe, sich zu setzen. Dabei hielt er den Blick unverwandt auf die zwei Polizisten vor sich gerichtet.

Mirandas Wunsch, zu ihrer Schwester zu gehen, war so stark, dass sie spürte, wie sich ihre Muskeln anspannten, und sie musste sich zwingen, möglichst ruhig zu bleiben. Es war noch nicht Zeit zu handeln. Noch nicht.

MacBride hielt die Pistole nicht mehr an Bonnies Kopf, aber er hatte noch immer die Handgranate.

Er richtete sich auf und hielt dabei die Waffe lässig in der Hand, doch nicht so unvorsichtig, dass sich Miranda eine Chance ausgerechnet hätte. »Natürlich hätte ich gern gewusst, wo sich das Zeug befand, aber da der Bengel so verschlagen und gewieft war, konnte ich mir nicht vorstellen, dass er es jemandem erzählt hatte.«

»Ein Risiko, das Sie in Kauf genommen haben«, sagte Bishop. »Bis Steve Ihnen verriet, dass er es hatte.«

»Das war gar nicht geplant«, entgegnete MacBride achselzuckend. »Es war Zufall. Ein sehr glücklicher Zufall. Ich bin ihm vor dem Drugstore begegnet, und er fragte mich wegen des Messers. Er wusste, dass ich solche Messer sammle, also dachte er, ich könnte ihm vielleicht sagen, ob es noch andere Sammler in der Stadt gibt. Ich behauptete, ich hätte einen Sammlerkatalog in meinem Wagen, und er kam mit, um ihn sich anzusehen. Danach war alles ganz einfach.«

»Zu einfach«, meinte Bishop. »Sie haben zu fest zugeschlagen.«

»Tja, ich dachte, der Junge hätte einen harten Schädel, so groß wie der war. Ich hatte mich geirrt. Ziemliches Pech.« Plötzlich runzelte er die Stirn und sah zu Bonnie hinunter.

Anscheinend hatte sich der Kreis seiner Gedanken geschlossen. »Ich war überrascht, dass Sie ihn schneller fanden, als ich es geplant hatte. Doch wenn sie das war… dann tun sich ganz neue Möglichkeiten auf. Vielleicht brauche ich gar nicht mehr so viele verschiedene Versuchspersonen. Vielleicht genügt nur eine.«

Miranda überlief ein kalter Schauder, der ihr bis in die Knochen drang. Bonnie in den Händen dieses Irren, als Versuchsperson für seine wahnsinnigen »Forschungen«, für Gott weiß wie lange?

Nein.

»Sie kann Ihnen nicht helfen«, verkündete Miranda.

»Kann sie schon, wenn sie tatsächlich mit den Toten reden kann«, erwiderte MacBride mit nüchterner Stimme. Er war die Ruhe selbst, während er die Handgranate wieder sicherte und sie achtlos in den Mulch fallen ließ. »Das ist ein Aspekt des menschlichen Lebens, den ich noch nicht studiert habe. Ich weiß, was passiert, wenn das Fleisch stirbt, aber nicht, was mit dem Geist und der Seele geschieht.« Er blickte auf Bonnie hinab. »Gibt es einen Himmel? Eine Hölle? Einen Gott?«

»Alle drei«, antwortete Bonnie völlig ruhig. Die Antwort überraschte Miranda, doch MacBride geriet zum ersten Mal sichtlich aus dem Gleichgewicht.

»Du lügst«, warf er ihr vor, und sein Blick schoss zwischen seiner Gefangenen und dem Paar gegenüber hin und her.

»Nein.« Bonnies Stimme war immer noch ruhig. Sie lächelte sogar. »Es ist die Wahrheit. Wussten Sie das nicht? War Ihnen nicht klar, dass es Gericht und Strafe geben wird?«

Miranda musste sich auf die Lippe beißen, um nicht laut

zu sagen: *Sei vorsichtig! Reiz ihn nicht zu sehr! Mach ihm keine Angst!*

MacBride bemühte sich offensichtlich, zu seinem nüchternen Ton zurückzufinden, was ihm aber nicht so recht gelang. »Dein Gehirn muss anders strukturiert sein, wenn du mit den Toten reden kannst. Es wäre interessant, das zu erforschen.«

Doch Bonnie sprach weiter, als hätte sie ihn gar nicht gehört. »Ihre Opfer würden nur zu gerne über Sie richten und Sie bestrafen. Sie suchen noch nach einer Tür, um zurückkommen zu können.«

»Tür?« Sichtbar beunruhigt runzelte MacBride die Stirn.

»Zwischen unserer Welt und ihrer. Mordopfer sind unglückliche und wütende Seelen. Sie verharren lange Zeit in einem Schwebezustand, sind unfähig weiterzuziehen.«

»Tot ist tot.« Er klang nicht halb so sicher, wie er gerne gewollt hätte. »Ich weiß das. Ich habe den Tod wieder und wieder beobachtet. Es ist, als legte man einen Schalter um. Lebendig – dann tot. Danach gibt es nichts. Nichts.«

Bonnie drehte den Kopf und sah mit einem seltsam heiteren Lächeln zu ihm auf. »Nichts? Und woher wussten wir dann, wo wir Steve finden würden? Sie dachten, Liz hätte es in den Teeblättern gelesen. Doch sie war es nicht. Ich war es. Und Steve. Der arme tote Steve.«

MacBrides Kehle bewegte sich krampfartig.

»Soll ich diese Tür nochmals öffnen, Bürgermeister? Soll ich den armen toten Steve und all Ihre anderen Opfer wieder hereinlassen?«

Mach ihm keine Angst, dachte Miranda erneut. MacBride würde sich verhalten wie ein in die Ecke gedrängtes Tier, wenn man ihm Angst machte…

»Geister können mir nichts anhaben«, höhnte MacBride, und nur ein leises Zittern verriet seine Besorgnis.

»Sind Sie sich da sicher, John?«, fragte Miranda, um seine Aufmerksamkeit von Bonnie abzulenken. »Sind Sie sich da ganz sicher?«

»Sicher genug.« Doch rings um seine Lippen zeigte sich eine Spur von Anspannung, und sein Blick wanderte noch immer ruhelos hin und her, als suchte er die üppige Vegetation um sie herum nach etwas Bedrohlichem ab.

»Sie wollen wieder herein«, erklärte Bonnie leise. »Sie wollen … wollen mit Ihnen reden, Bürgermeister MacBride.«

»Es gibt nichts nach dem Tod.« Die Waffe in seiner Hand bewegte sich, bis sie auf Bonnie zielte. »Nichts. Keinen Himmel. Keine Hölle. Keine Geister.« Seine Stimme war plötzlich tonlos, und in seinem Gesicht zeichnete sich allmählich der Ausdruck eines Mannes ab, der sich mit einem Albtraum konfrontiert sieht, den er sich nicht hätte vorstellen können.

Miranda konnte beinahe die Schreie seiner Opfer hören und wusste, dass John MacBride sie tatsächlich hörte. Sie sah, wie sich sein Finger fester um den Abzug legte, und begriff in Sekundenschnelle mit absoluter Klarheit, dass er Bonnie töten würde, weil er nicht wagte, sie am Leben zu lassen. Bonnie konnte mit den Toten reden. Und John MacBride konnte den Gedanken nicht ertragen, sich anhören zu müssen, was die Toten ihm zu sagen hatten.

Miranda war klar, dass sie handeln musste, und zwar schnell. Doch sie wusste auch, dass die zweite Pistole, die im hinteren Bund ihrer Jeans steckte, wegen der dicken Jacke viele Sekunden zu weit von ihrer Hand entfernt war.

Sie wusste auch, dass ihr keine Wahl blieb.

Sie griff nach der Waffe.

MacBride sah oder fühlte die Bedrohung, riss blitzschnell seine Waffe herum und zielte damit auf Miranda. Er drückte ab, und im gleichen Moment warf sich Bishop zwischen sie und die tödliche Kugel. Als sich ihre Finger um die eigene Waffe schlossen, hörte sie den Schuss, hörte das entsetzliche dumpfe Geräusch, mit dem das Geschoss Bishop traf. Alles in ihr schrie in verzweifeltem, wildem Protest auf, doch es war zu spät. Mit fürchterlicher Plötzlichkeit wurde ihre Verbindung durchtrennt, und die Woge seines Todesschmerzes spülte brennend über sie hinweg und durch sie hindurch. Miranda konnte kaum etwas sehen, als sie die Waffe auf MacBride richtete.

Das war ihre Vision gewesen. Bishop lag auf dem Boden, im Augenblick konnte sie ihn nicht sehen. Bonnie war gefesselt und hilflos, die Pistole zielte auf Miranda, ein Schuss knallte – und dann die Qualen des Todes.

Doch nicht ihres Todes.

Sie schoss dreimal, traf MacBride mitten in die Brust, ließ, noch während er zusammensank, ihre Waffe fallen und kniete sich an Bishops Seite.

Voller Entsetzen über sein totenbleiches Gesicht starrte sie auf das ehemals weiße T-Shirt, auf dem sich nun ein scharlachroter Fleck ausbreitete. Sie zerrte an dem Hemd, zog es hoch, damit sie sehen konnte, wie schlimm es war. Die Wunde war ein kleines, rundes Loch in Bishops Brust, sauber, kaum mehr blutend.

Es sah so harmlos aus. So unbedeutend. Doch Miranda kannte den irreparablen Schaden nur zu gut, den eine Kugel dem menschlichen Körper zufügen kann. Die zerrissenen Muskeln, die zerschmetterten Knochen, die unrettbar zerfetzten inneren Organe …

Sie presste beide Hände auf die Wunde, drückte darauf, versuchte mit all ihrer Kraft und ihrem Willen, das Leben in diesem Körper festzuhalten. Er konnte sie doch nicht verlassen.

Das durfte einfach nicht sein.

»Randy, du musst mich losbinden«, sagte Bonnie.

»Ich muss die Blutung stoppen«, erwiderte Miranda, irgendwie überrascht, dass sie so ruhig klang.

»Das hilft ihm jetzt nicht.« Bonnies Stimme war ganz dünn und doch erstaunlich fest. »Schau dir an, wo die Wunde ist, Randy. Sein Herz hat schon zu schlagen aufgehört.«

»Nein.«

»Randy …«

»Nein!«

»Hör mir zu. Du musst mich losbinden. Jetzt, bevor es zu spät ist.«

Miranda versuchte einer anderen Stimme zu lauschen. »Noah?« Mit blutigen Fingern berührte sie seine Wange. »Noah, bitte …«

Sie sah ihre Schwester mit blinden Augen an. »Ich kann ihn nicht mehr *fühlen,* Bonnie.«

»Ich schon.«

Miranda blinzelte und sah nun ihre Schwester klar. »Du kannst ihn fühlen? Dann …«

»Es ist noch nicht zu spät. Du musst mich losbinden, Randy. Beeil dich.«

»Ich will ihn nicht allein lassen«, flüsterte Miranda. Doch

noch während sie das sagte, kroch sie über den feuchten Mulch zu Bonnie, denn sie hatte endlich begriffen, was ihre Schwester vorhatte. Ihre dreckigen und blutverschmierten Finger mühten sich mit den Stricken ab.

»Beeil dich, Randy. Es bleibt nicht mehr viel Zeit.«

»Das schaffst du nicht«, entgegnete Miranda.

»Doch, ich schaffe es.«

»Glaubst du, ich könnte es verkraften, euch beide zu verlieren?«, erwiderte Miranda verbittert.

»Du wirst keinen von uns verlieren«, versprach Bonnie mit fester Stimme.

Endlich lösten sich die Knoten, aber Miranda protestierte sogar noch, als sie zu Bishops reglos hingestrecktem Körper rannten.

»Du musst zu tief gehen, zu viel von dir selbst geben …«

»Du kannst mich zurückholen, bevor es zu spät ist.« Bonnie kniete ihr gegenüber an Bishops Seite und sah sie mit absolutem Vertrauen an. »Aber erst, wenn er wieder zurück ist. Versprich mir das.«

»Bonnie …«

»Versprich es mir, Randy. Du weißt, was geschehen kann, wenn du mich zu früh zurückholst.«

Miranda schloss für einen Moment die Augen, sich voller Verzweiflung bewusst, dass entscheidende Sekunden verrannen. »In Ordnung. Mach es, Bonnie.«

Bonnie beugte sich über Bishops Körper und legte beide Hände auf die Wunde in seiner Brust.

Sie holte tief Luft, schloss die Augen, und Miranda sah, wie ihre Schwester erbebte, sah die Farbe aus ihrem Gesicht weichen, während sie alles, all ihre Willensstärke und Lebenskraft in den Versuch legte, die tödliche Verletzung zu heilen.

Miranda legte ihre Hand auf Bishops kalte Wange und betete schweigend zu einem Gott, an den sie nie geglaubt hatte.

21

Als Alex und Tony ins Gewächshaus stürmten, verbreitete die grelle Leuchtstoffröhre über dem einstigen Arbeitsbereich genügend Licht, um alles genau sehen zu können. Die Leiche von John MacBride lag auf einem Haufen verrottendem Rindenmulch, sein blutiges Hemd und die offenen, blicklos starrenden Augen ein stummes Zeugnis seines plötzlichen, gewaltsamen Todes.

Gut einen Meter entfernt hockte Miranda, Bonnies Kopf auf dem Schoß, und streichelte sanft über das Haar ihrer Schwester. Hinter ihr, die Arme um sie geschlungen und die Wange mit der Narbe an ihre Schläfe gedrückt, saß Bishop. Er wiegte sie in einer seltsam innigen, tröstenden Umarmung.

Tony war es ein bisschen peinlich, die beiden anzusehen. Er kam sich wie ein Eindringling vor.

Miranda sah ruhig zu ihnen auf. »Wieso habt ihr so lange gebraucht?«

»Wir waren Meilen entfernt.« Tony hockte sich hin und fühlte sicherheitshalber MacBrides Puls an der Halsschlagader. »Aber das ist ein irrer Sender, den du da hast. Sogar auf diese Entfernung hat es mich vom Stuhl gerissen, als du gerufen hast.«

»Hab ich gerufen?«, fragte sie abwesend. Tony tippte sich mit zwei Fingern an die Schläfe, während er sich aufrichtete.

Sie verzog das Gesicht. »Entschuldige. Das habe ich gar nicht gemerkt.«

»Tja, deshalb ist es ja auch so außergewöhnlich«, stellte Tony trocken fest.

»Zum Kuckuck, das hab ja sogar *ich* gehört. Himmel, Randy«, fügte Alex trocken hinzu.

Miranda fragte sich, ob sie auch jetzt noch wie ein Funkfeuer sendete, doch es war ihr egal. Sie war so müde, dass sie bezweifelte, dafür im Moment noch über genügend paragnostische Energie zu verfügen.

»Ist alles in Ordnung mir ihr?«, erkundigte sich Tony, während er den Blick auf Bonnies entspanntes Gesicht gerichtet hielt.

»Wird schon wieder. Aber wir sollten sie von dem kalten Boden wegbringen, denke ich.«

Tony sah Miranda mit festem Blick an. »Dann ist es also vorbei?«

»So ziemlich.«

Erst jetzt bewegte sich Bishop, und als er von Miranda wegrutschte und aufstand, bemerkten die beiden anderen Männer sein blutiges Hemd. Tony musterte ihn ein paar Sekunden. »Beim Rasieren geschnitten?«

Alex blieb vor Erstaunen der Mund offen stehen. »Um Himmels willen. Liz hatte recht. Ich *schwöre,* ich hatte alles vergessen, aber sogar das weiße Hemd …« Er stöhnte plötzlich und blickte leicht amüsiert. »Es war überhaupt nicht symbolisch gemeint, sondern wortwörtlich.«

»Alex, soll das heißen, Sie wussten, dass das geschehen würde?«, fragte Miranda.

Er verzog das Gesicht. »Ich hatte das total vergessen, aber Liz … hatte eine Vision. Schon bevor Bishop nach Gladstone kam, sagte sie, er würde sein Leben für jemanden hier in der Stadt opfern. Sehr tot sieht er allerdings nicht aus.«

»Nächstes Mal wäre es angebracht, mir solche Informationen zukommen zu lassen«, wies Miranda ihren Deputy an.

»Ich wollte es anfangs nicht so recht glauben«, rechtfertigte er sich. »Und dann, als ich es doch glaubte … passierte alles Mögliche, und ich habe es vergessen.« Er musterte Bishop mit leichtem Stirnrunzeln. »Das ist eindeutig das Einschussloch einer Kugel. Und eine Menge Blut. Wenn Sie mir also die Frage erlauben – wieso sind Sie nicht tot?«

»Man könnte sagen, ich hatte einen Schutzengel«, erwiderte Bishop.

Tony kniete sich hin und betrachtete Bonnie. Er hob ihre Hand hoch, sah die Blutflecken und blickte Miranda durchdringend an. »Wow. Ihre Zusatzfähigkeit.«

»Ja«, bestätigte Miranda und erwiderte seinen Blick genauso ernst. »Doch das bleibt unter uns. Sie hat nicht die Kraft, die ganze Welt zu heilen, deshalb hilft sie eben nur jenen, die ihr über den Weg laufen. Und so sollte es auch sein.«

Nach kurzem Nachdenken nickte er. »Absolut.« Mit erstaunlicher Kraft nahm er Bonnie auf die Arme und erhob sich. »Gleich nach uns müsste ein Streifenwagen gekommen sein. Ich würde sagen, wir überlassen es den Deputys, den Tatort abzusichern, während ihr drei euch umzieht und euch

vielleicht ein wenig erholt. Ich glaube, das habt ihr verdient.«
Bishop half Miranda hoch. »Da wird dir wohl keiner widersprechen«, sagte er. Mirandas Hand ließ er nicht mehr los.

Keine zwei Stunden später, während Bonnie noch unter der Aufsicht von Dr. Daniels in der Klinik schlief – und ein dickköpfiger Seth bei ihr Wache hielt –, waren alle drei FBI-Agenten und der größte Teil des Cox County Sheriffdepartments in dem abgelegenen Haus von Bürgermeister John MacBride versammelt.

Das Gebäude war vom Dach bis zum Keller hell erleuchtet. Eine erste oberflächliche Durchsuchung hatte ergeben, dass sich das Interessanteste im Keller befand. Ein Teil des großen Raumes unter dem Haus war ein ganz normaler Keller mit der üblichen Ansammlung überflüssiger und kaputter Möbelstücke und großer Regale, die sich unter der Last alter Werkzeuge und anderer ausrangierter Dinge bogen.

Doch durch eine mit einem Vorhängeschloss gesicherte Tür gelangten sie in einen ebenso großen und weit weniger vollgestellten Raum, an dessen einer Wand sich ordentliche Schränkchen befanden, an einer anderen offene Regale und zwei richtige Zellen mit Eisenstäben. Dazu gab es jede Menge Werkzeug aus glänzendem Edelstahl, wie es hauptsächlich in Kranken- und Leichenschauhäusern und in Beerdigungsinstituten zu finden ist.

»Wohl für Laborexperimente«, murmelte Alex.

Der Umfang der »Experimente« wurde deutlich, als sie den Inhalt der offenen Regale in Augenschein nahmen. Flaschen mit Chemikalien, sauber beschriftet. Werkzeuge und Instrumente. Vorräte. Und Aufzeichnungen.

Aufzeichnungen von etwa zwanzig Jahren.

Miranda zog einen der Ordner aus dem Regal und öffnete ihn.

Die ordentliche Handschrift verwunderte sie nicht angesichts dessen, was sie über John MacBride wusste, doch wenig von dem, was sie da las, ergab für sie einen Sinn.

»Sharon, das sieht mehr nach Ihrem als nach meinem Zuständigkeitsbereich aus.«

Die Ärztin sah sich den Ordner an und runzelte die Stirn. »Wir müssen sie uns natürlich alle ansehen, aber er scheint mit verschiedenen Konservierungsmethoden experimentiert zu haben.«

»Ja, das sagte er.«

Alex öffnete eines der Schränkchen und machte einen Schritt zurück. »Scheiße. Seht euch an, was der Dreckskerl konserviert hat.«

Sie konnten es alle deutlich sehen, da beim Öffnen das Licht in dem Schränkchen anging und man erkennen konnte, was sich darin befand.

Weitere Einmachgläser. Jede Menge. Einige mit klaren oder fast klaren Flüssigkeiten, andere mit eher dicklichen, doch alle hatten den gleichen grausigen Inhalt: verschiedene Teile menschlicher Körper.

Miranda hielt sich nicht lange damit auf. »Das hier übersteigt die Kapazität des Sheriffdepartments einer Kleinstadt, und ich nehme an, auch ihr wart auf etwas Derartiges nicht vorbereitet«, sagte sie zu den anderen gewandt.

»Das kannst du laut sagen«, meinte Tony.

»Quantico einzuschalten wäre wohl das Beste«, schlug Bishop vor. »Die sind als Einzige gut genug ausgerüstet und können ein Team herschicken, das mit so etwas umgehen kann.«

»Das käme mir sehr entgegen«, erwiderte Miranda. »Ich werde genug Probleme in der Stadt haben, wenn sich morgen die Neuigkeiten herumsprechen. Diesen Albtraum hier überlasse ich gern jemand anderem.«

Bishop nickte. »Dann versiegeln wir das Ganze, stellen ein paar Wachen auf und ziehen ab. Je weniger wir anfassen, desto besser.«

Keiner widersprach.

Die Deputys, die Wache halten sollten, waren darüber zwar nicht allzu glücklich, doch angesichts der grauenvollen Aufgabe und der schlechten Wetterverhältnisse versprach ihnen Miranda eine jeweils nur vierstündige Schicht. Alle anderen zogen ab.

»Wieso habe ich das Gefühl, dass es noch nicht zu Ende ist?«, fragte Miranda, während sie mit Alex und Tony zur Stadt zurückfuhr. »Es ist doch vorbei. Das Monster ist tot.«

»Es wird noch etwas dauern, bis das in deinem Bewusstsein angekommen ist.« Bishop sprach aus Erfahrung. »So hart es klingen mag, aber herauszufinden, wie sein Gehirn arbeitete, wird dir dabei helfen. Es liegt in der menschlichen Natur, die Monster verstehen zu wollen, sie ordentlich etikettieren zu können, bevor man sie in eine Schublade sperrt. Unser Glück ist, dass uns dieses Monster die kompletten Aufzeichnungen seiner Scheußlichkeiten hinterlassen hat.«

»Das wird keine angenehme Lektüre werden«, stellte Alex fest.

»Nein, aber dort finden wir die Antworten, die wir brauchen. Und ehe wir diese Antworten nicht haben, wird keiner von uns in der Lage sein, mit dieser Sache abzuschließen.«

»Doch für heute Abend reicht es«, sagte Miranda. »Wir sollten nicht mehr daran denken, und sei es auch nur für ein paar Stunden.«

Zwei dieser Stunden verbrachten sie im Sheriffdepartment. Bishop musste Quantico anrufen, und angesichts der Schwere von John MacBrides Verbrechen wurde es ein reichlich langes Telefongespräch. Miranda musste mit ihren Deputys die Lage besprechen, einen vorübergehenden Schichtdienst einrichten und sich danach mit den Mitgliedern des Stadtrates in Verbindung setzen.

Dieser Verpflichtung kam sie nur ungern nach. Niemand hatte MacBride verdächtigt, niemand hatte auch nur den leisesten Zweifel an ihm gehegt, und der Schock und die Trauer der Stadträte waren tief empfunden und echt. Hier ging es nicht um eine politische Angelegenheit oder einen Vertrauensmissbrauch. John McBride hatte den Glauben derer zerstört, die ihm vertraut und an das grundsätzlich Gute in ihren Mitmenschen geglaubt hatten.

Irgendwann waren die notwendigen Telefonate geführt und die dringendsten Pflichten erledigt. Die Erschöpfung hatte Alex nun doch eingeholt, und er schlief tief und fest auf einem der Sofas im Aufenthaltsraum. Carl Tierney versicherte Miranda, er würde sich um alles kümmern, bis Alex wieder aufwachte oder sie zurückkäme. Tony bot mit der ironischen Bemerkung, dass die Feldbetten so schlecht gar nicht seien, ebenfalls an, die Nacht über hierzubleiben.

»Geh heim, Sheriff«, sagte er. »Und nimm meinen Boss mit. Er war schließlich tot. So was ist sehr anstrengend.«

Es war nach acht Uhr abends, als Bishop Mirandas Jeep in der Einfahrt ihres Hauses parkte und sie erschöpft ausstiegen.

»Demnächst würde ich gerne eine Woche freinehmen und nur schlafen«, sagte sie.

»Da bin ich absolut deiner Meinung.« Er griff nach ihrer Hand, als sie den Weg hinaufgingen. »Sieht aus, als wäre deine Haushälterin wie versprochen hier gewesen.«

»Ich hatte sie gebeten, das Licht anzulassen. Und so, wie ich Mrs Task kenne, wird im Herd oder im Kühlschrank ein richtiges Essen auf uns warten.«

»Schön. Mein Appetit scheint sich wieder zu regen.«

Sie gingen hinein, und Miranda lachte, als sie beide beim Betreten des Wohnzimmers automatisch nach ihren Schulterholstern griffen, um sie abzulegen.

Sie wollte gerade eine witzige Bemerkung machen, als sie von einem unerwarteten Anblick auf dem Couchtisch abgelenkt wurde.

»Sieh nur. Mrs Task hat das Ouija-Brett hier liegen lassen. Ich hätte daran denken sollen, sie zu bitten, es …«

Der Zeiger begann wie wild auf dem Brett zu kreisen.

Bishop trat neben sie und schaute stirnrunzelnd auf das Brett. »Ich bin das nicht«, erklärte sie.

»Ich auch nicht. Der Geist vielleicht? Der hier gefangen ist?«

»Aber wie kann er ohne ein Medium kommunizieren? Das würde derart viel Konzentration und Entschlossenheit verlangen …« Sie schüttelte den Kopf und sah wieder auf das Brett. »Sinnlos, gegen Tatsachen zu argumentieren. Wer bist du?«

L…Y…N…E…T.

»Ist sie das?«, fragte Bishop.

»Ich weiß es nicht. Doch wer auch immer es ist, wir sollten zuhören«, erwiderte Miranda. »Was willst du, Lynet?«

Bishop nahm Block und Bleistift von einem Tisch und schrieb die Buchstaben auf, während Miranda sie laut ablas.

EUCH WARNEN.

»Uns warnen, weswegen?«

BONNIE.

Miranda erschauderte. »Was ist mit Bonnie?«

IN GEFAHR.

Miranda sah Bishop an und richtete ihre Aufmerksamkeit wieder auf das Brett. »Du meinst, Bonnie ist noch immer in Gefahr, Lynet?«, fragte sie mit fester Stimme.

JA. VON DEM ANDEREN.

»Welchem anderen?«

EIN ANDERER KAM HEREIN, ALS SIE DIE TÜR FÜR MICH ÖFFNETE.

»Lynet…«

BÖSER MANN. SEHR BÖSER MANN. WILL BONNIE HABEN.

Mit Entsetzen wurde Miranda schlagartig bewusst, dass sie vor Erleichterung, dass sie die Konfrontation mit MacBride lebend überstanden hatten, etwas äußerst Wichtiges außer Acht gelassen hatte. Die Gefahr für Bonnie ging nicht von einem menschlichen Wesen aus, sondern von einem Geist, der so verzweifelt leben wollte, dass er Miranda beinahe umgebracht hätte. Sie sah Bishop an. »Ich dachte, Bonnie sei nur hier im Haus gefährdet, zumindest für eine Weile, aber…«

»Sieh doch«, sagte er. Die Planchette kreiste wie verrückt,

hielt mehrmals bei Nein an und begann dann langsam Buchstaben für Buchstaben anzuzeigen.

GEFAHR JETZT. ER IST SCHON DIE GANZE ZEIT BEI IHR. BEOBACHTET SIE. WARTET. ER WEISS, SIE IST JETZT MÜDE. GESCHWÄCHT. ER WILL SIE HEUTE NACHT HOLEN.

»Himmel«, flüsterte Miranda. »Aber … wie? Wer hätte eine so starke Verbindung zu ihr, dass er sie so schnell finden kann?«

»Wer ist es, Lynet?«, wollte Bishop wissen. »Wer ist dieser böse Mann?«

Der Zeiger rührte sich ein paar Sekunden überhaupt nicht, dann begann er langsam zu buchstabieren: LEWIS HARRISON.

Miranda und Bishop vergeudeten keine Sekunde mit weiteren Fragen und waren schon unterwegs zur Tür.

Auf halbem Weg zur Klinik durchbrach Miranda das angespannte Schweigen. »Sechseinhalb *Jahre?* So lange schon tot, und noch immer eine Bedrohung für uns?«

»Bonnie war diejenige, die ihm entkommen ist«, erwiderte Bishop. »Das einzige seiner Opfer, das tatsächlich überlebt hat. Er war ein Paragnost. Er muss gewusst oder irgendwann erkannt haben, dass sie ein Medium ist. Möglicherweise ist ihm im letzten Moment der Zugriff auf ihren Geist gelungen, und er knüpfte eine Verbindung, die ihr nicht bewusst war. All die Jahre hat er auf den richtigen Moment gewartet, darauf, dass sie ihm eine Tür öffnet. Wenn du sie nicht in jeglicher Hinsicht beschützt hättest, dann hätte er sie schon vor Jahren erwischt.«

»Und als sie die Tür öffnete, um die arme Lynet reinzulassen, kam er mit herein. Bonnie sagte mir, sie hätte ein ungutes Gefühl dabei gehabt. Das war einer der Gründe, weshalb sie mit Seth und Amy so schnell das Haus verlassen hat. Aber erwischt hat er sie trotzdem. Das Haus konnte ihn nicht aufhalten.«

»Wir werden ihn aufhalten, Miranda.«

»Wie denn?« Ihre Stimme zitterte. »Noah, ich hatte mit Menschen zu tun, die gegen einen eindringenden Geist angekämpft haben, erinnerst du dich? Ich weiß, in welcher Hölle sie gefangen sind. Ich weiß jedoch *nicht,* wie man sie von dieser Qual erlöst.«

»Wir finden einen Weg. Du hast es doch gesehen, Miranda.«

»Das hier habe ich nicht gesehen«, entgegnete sie.

»Hast du wohl. Es war kein Bild, sondern eine absolute Gewissheit. Du wusstest seit Wochen, dass ich Bonnies Leben retten würde.«

»Du hast sie schon gerettet.«

Er nahm ihre Hand in seine. »Denk nach. Du bist diejenige, die Bonnie gerettet hat, Miranda. Du hast MacBride erledigt, bevor er Bonnie etwas antun konnte. Ich habe *dein* Leben gerettet. Seine Waffe zielte auf dich.«

Miranda war sich nicht sicher, ob er recht hatte, aber sie wollte sich nicht mehr streiten. Natürlich würden sie Bonnie retten, irgendwie. Alles andere war einfach unvorstellbar. »Hab ich mich eigentlich schon bei dir dafür bedankt?«, fragte sie leicht abwesend. – »Das wirst du«, antwortete er rätselhaft. Für eine weitere Frage blieb keine Zeit, denn sie hatten die Klinik erreicht. Sie rannten direkt zu Bonnies Zimmer und fanden dort einen verzweifelten Seth vor, der zusah, wie sein Vater Bonnie untersuchte. Sie lag auf dem Bett, bewegungslos und schweigend, doch ihre Augen waren weit geöffnet.

»Ich wollte Sie gerade anrufen«, sagte Seth mit brüchiger Stimme zu Miranda. »Es ging ihr gut, sie hat geschlafen. Sie hatten mir ja gesagt, sie würde wahrscheinlich die Nacht durchschlafen, ohne aufzuwachen. Aber sie machte plötzlich so ein kleines Geräusch, als hätte sie sich wehgetan oder erschreckt – und ihre Augen öffneten sich. Seitdem liegt sie so da.«

Colin Daniels richtete sich auf und blickte stirnrunzelnd auf Bonnie hinunter. »Ich verstehe das nicht. Ihr Puls und ihr Blutdruck sind normal, die Pupillen, die Reflexe auch.« Er richtete den Blick auf Miranda. »Ich weiß, wozu sie imstande ist, was sie heute getan hat, und ich weiß, wie viel sie das kostet, aber das hier ist etwas anderes.«

»Etwas ganz anderes. Ihrem Körper geht es gut, Colin«, erwiderte Miranda und trat ans Bett. Sie wollte nach der Hand ihrer Schwester greifen, doch Bishop hielt sie zurück.

»Lass mich.«

Miranda wusste, dass er der stärkere Telepath war, und da ihre Verbindung vor einigen Stunden so gewaltsam gekappt worden war, konnte sie sich diese Stärke nicht ausborgen, daher nickte sie bloß.

Bishop nahm Bonnies Hand, und seine Züge verspannten sich nahezu augenblicklich. »Verdammt, er ist es«, murmelte er fast unhörbar. »Ich habe seinen Geist schon einmal berührt. Kalt und schleimig, so schwarz von all dem Bösen wie ein bodenloser Schlund.« Er konzentrierte sich. »Er hat noch nicht gewonnen. Bonnie schützt sich selbst, zumindest teilweise. Doch ihre Kräfte lassen nach.«

»Er?«, fragte Seth verwirrt. »Sie meinen, jemand ist – im *Inneren* von Bonnies Kopf?«

»Ein alter Feind«, erklärte Miranda. »Wir glauben, dass er gewartet und sie beobachtet hat. Jetzt, wo sie geschwächt ist …«

Seth holte Luft und stöhnte verzweifelt auf. »Ich *wusste,* dass hier etwas war, etwas, das hier nicht sein sollte. Manchmal konnte ich es hören, sogar fast sehen. Und dann das verdammte Ouija-Brett, das immer wieder aufgetaucht ist, als hätte es einen eigenen Willen und wollte, dass Bonnie es benutzt …«

»Mach dir keine Vorwürfe«, redete ihm Miranda zu. »Du hättest nichts tun können, um es zu verhindern, Seth.«

»Ich hätte sie warnen können«, erwiderte er unglücklich. »Sie schien nichts zu bemerken, keinerlei Bedrohung, im Gegensatz zu mir.«

»Nein, das konnte sie nicht. Ihre geistigen Schutzschilde waren hochgefahren. Dadurch … werden wir gewissermaßen blind für eine derartige Bedrohung.«

»Verdammt«, murmelte Seth. »Dad, kannst du denn nicht …«

Colin Daniels schüttelte den Kopf. »Manche Dinge gehen über den Horizont der heutigen Medizin hinaus, mein Sohn. Das hier ist eines davon. Ich kann ihr nicht helfen. Das liegt jetzt in ihren Händen.«

Seth blickte ihn leicht überrascht an, äußerte sich aber nicht dazu, dass sich sein Vater zu den Grenzen der Wissenschaft bekannte oder offenkundig die Existenz paranormaler Phänomene anerkannt hatte. Er richtete seine besorgte Aufmerksamkeit wieder auf Bonnie und murmelte hilflos einen weiteren Fluch vor sich hin.

Miranda wartete, bis Bishop vorsichtig Bonnies Hand losließ. »Ich weiß noch immer nicht, wie ich sie retten kann«, sagte sie so gefasst wie möglich.

»Ich schon.« Er legte ihr die Hände auf die Schultern und drehte sie zu sich um. »Ich habe ihn schon einmal bekämpft, Miranda. Ich habe mich in seinem Kopf eingenistet, bis ich vorhersagen konnte, was er tun würde, bevor er es selbst gedacht hatte. Ich habe ihn aufgespürt, ihn gejagt. Und ihn getötet. Ich habe ihn einmal getötet, ich kann es wieder tun.«

»Nach dem, was heute geschehen ist, kannst du unmöglich die Kraft haben, um …«

»Mit deiner Hilfe. Deine Kraft und deine Fähigkeiten mit meinen vereint, werden ausreichen, gegen ihn zu kämpfen und zu gewinnen. Er kann nicht uns beiden standhalten.«

»Die Verbindung wurde zerstört«, erinnerte sie ihn. »Sie kann nur durch eine körperliche Vereinigung wiederhergestellt werden.«

»Nein, es gibt noch einen anderen Weg. Etwas anderes kann ein Band schmieden, sogar ein stärkeres als das vorherige. Wenn wir es zulassen.«

Sie blickte einen langen Moment zu ihm auf, und trotz des verzweifelten Wunsches, ihre Schwester zu retten, und der wertvollen Sekunden, die verstrichen, ließ ein letzter Rest von Angst sie zögern.

Bishop sah sie unverwandt an und wartete. Schließlich wurde Miranda klar, dass ihr Zögern nur ein Reflex war, der instinktive Versuch, sich zu schützen. Doch das war nun nicht mehr nötig. Sie hatte die Wahrheit schon lange zuvor erkannt. Sie streckte die Hand aus, und als sich seine Finger um die ihren schlossen, lächelte sie ihn an. »Holen wir uns das Schwein.«

Er lächelte zurück. »Greif nach mir, Miranda. Greif mit deinem Geist nach mir.«

Miranda gehorchte, schloss die Augen, um sich besser konzentrieren zu können, und öffnete ihm ihren Geist.

Es war erstaunlich einfach. Bishops Geist und seine Seele waren ihr so vertraut, dass sie fast unwillkürlich danach griff, und als er ihr auf halbem Weg entgegenkam und sich ihr vollkommen öffnete, empfand sie ein seltsam schicksalhaftes Gefühl, als wäre sie zu Hause angekommen. Sie konnte spüren, wie sich zwischen ihnen hauchdünne Fasern von Energie bildeten, sich berührten und verwoben, stärker und fester verankert als je zuvor, sodass ihre Verbindung tief und tragfähig wurde.

Fertig, Liebes?

Fertig, bestätigte sie.

Lass mich gegen ihn kämpfen. Leih mir deine Kraft und deinen Willen, aber beteilige dich nicht aktiv daran. Zwinge ihn, sich auf mich zu konzentrieren, während du Bonnie hilfst. Miranda war überhaupt nicht überrascht, dass sie nun wusste, wie sie Bonnie helfen konnte. Ihre Zuversicht und ihr Vertrauen in Bishop waren grenzenlos. *Ich weiß, was ich zu tun habe. Schnapp ihn dir.* Die Augen noch immer geschlossen, streckten sie ihre freien Hände aus und berührten Bonnie.

»Was …«, setzte Seth an, doch sein Vater packte ihn am Arm und warf ihm einen warnenden Blick zu.

»Warte«, murmelte er. »Warte ab.«

Miranda war sich der Anwesenheit der beiden gar nicht

mehr bewusst. Sie war völlig eingetaucht in das, was Bishop und sie zu tun versuchten. Nur mit Bishop hatte sie jemals eine Verbindung von Geist zu Geist erlebt und war daher erstaunt über die ganz anderen Empfindungen, als sie mit ihm in Bonnies Geist schlüpfte.

Es war dunkel, doch die Dunkelheit wurde von roten Blitzen und Energieschüben durchzuckt. Es glich eher einem Durchschneiden als einem Erhellen. Wütend. Hungrig. Und da waren Geräusche. Fast kaum wahrnehmbar erklang ein Rascheln, eine Art rhythmisches Flüstern, das anschwoll und verebbte, manchmal heftig, manchmal schwach.

Das ist er, erkannte Miranda. *Er ist überall.*

Nein, das scheint nur so. Er streut seine Energie, bündelt sie nicht. Er dachte, sie sei eine leichte Beute, doch er hat sich geirrt. Hier, sieh mal. Das ist Bonnie. Miranda blickte in die Richtung, in die er deutete, und sah einen kleinen Kokon aus Kristall in einer entfernten Ecke. Er war undurchsichtig und verbarg, was er enthielt, doch er leuchtete, und die roten Tentakel von Harrisons ohnmächtiger Wut prallten wirkungslos daran ab.

Wie bei einem Diamanten, bemerkte Bishop. *Sie hat sich das Härteste vorgestellt, das sie kannte, und sich darin versteckt. Du hast sie gut unterrichtet, Liebes.* Miranda war sich nicht sicher, ob es an ihren Unterweisungen lag, aber sie hatte keine Zeit, darüber nachzudenken.

Geh zu ihr, sagte Bishop. *Sei bereit. Hilf ihr, sich zu befreien, sobald ich Harrison im Griff habe. Wir werden zu dritt sein müssen, um ihn rauszuwerfen … und in die Hölle zu schicken.* Denken bedeutete Handeln. Miranda kniete bereits vor dem Kristallkokon. Sie legte die Hand auf die kühle, glänzend harte Oberfläche einer der Facetten, drehte den Kopf und beobachtete, wie sich Bishop an den Mörder heranschlich.

Später fand sie es seltsam, dass vieles von dem Geschehen für sie sichtbar war. Aber sie vermutete, dass es daran lag, weil der menschliche Verstand die bloßen elektrischen Impulse des Gehirns nur in Form von Bildern verstehen und interpretieren kann.

Es war faszinierend. Und erschreckend.

Bishop, den sie am besten kannte, konnte sie ganz normal sehen, wie er sich geschickt und kraftvoll durch das Dunkel bewegte, sein Geist leuchtend vor Energie und Zielstrebigkeit. Harrison, dessen Energie breit streute, war zuerst nur ein roter Blitz, der durch die Dunkelheit schoss, scharlachrote Flammenzungen, die nach Bishop züngelten, sobald er als Bedrohung wahrgenommen wurde. Dann wurden die Flammen heller und heißer, als Harrison seinen Angriff auf Bishop konzentrierte und ihn umkreiste, während er nach einer Schwachstelle in seiner Verteidigung suchte.

Ohne sich dessen überhaupt bewusst zu sein, sandte Miranda noch mehr von ihrer Energie zu Bishop, da ihr unbewusst klar war, dass die Attacke eine tödliche Gefahr barg. Nicht weil Harrison stärker gewesen wäre, sondern weil Bishop auf Kampf aus war – und nicht auf Verteidigung.

Wieder und wieder umkreisten ihn die Flammen und drangen auf ihn ein, loderten auf, um nach ihm zu greifen. Bishop schien jeden Angriff vorauszuahnen und wich den energiegeladenen Fäden mit nahezu spielerischer Leichtigkeit aus. Jedes Mal hörte Miranda das wütende Zischen von Energie, wenn er Harrison einen Strich durch die Rechnung machte, und als ihr gerade klar wurde, dass Bishop seinen Gegner absichtlich reizte, nahm Harrison eine gespenstische menschliche Gestalt an und warf sich zornbrüllend auf Bishop.

Miranda wartete, bis sich die beiden in einem derart wilden und gewaltigen Kampf vereint hatten, dass sie ständig Fäden weiß glühender und zornesroter Energie versprühten. Dann wandte sie sich schnell wieder dem Kristallkokon zu und schickte eine eindringliche Botschaft hinein.

Bonnie? Alles in Ordnung, Süße, wir sind hier. Komm raus. Herzschläge und Sekunden vergingen, in denen sich Miranda voller Sorge bewusst war, dass Bishops Kampf ihm das Letzte abverlangte, obwohl sie seine Energie mit ihrer unterstützte. Harrison wollte sein Leben zurück, und das war ein so grundlegendes Bedürfnis, dass es ihn fast zu stark machte, um gegen ihn anzukämpfen.

Fast.

Plötzlich verschwand der Kokon, und Bonnie war da, bleich und voller Angst, doch mit derselben Ruhe, die sie gezeigt hatte, als sie sich in der Gewalt eines anderen Mörders befand.

Sag mir, was ich tun soll, Randy. Miranda nahm ihre Hand, und sie verbanden sich, wie sie noch nie zuvor verbunden gewesen waren. *Konzentrier dich. Wir brauchen deine ganze Willenskraft und Entschlossenheit, diesen Dreckskerl loszuwerden.*

Ich hasse ihn. Bonnies Geist war überraschend stark. *Er hat Mama und Daddy und Kara umgebracht. Ich will ihn zerstören, Randy. Ich … will … ihn … tot … sehen!* Miranda fühlte, wie diese Emotionen, diese unbedingte Entschlossenheit sie durchströmte. Eine heftige, gewaltige Energie, die in einer kraftvollen Woge durch die Verbindung zu Bishop schoss.

Miranda sah Harrisons Geist ermatten, sah seine ohnmächtige Wut, hörte ihn in wilder Gegenwehr aufheulen, als sich Bishops Hände mit neuer Kraft um seine Kehle legten.

Diesmal, verkündete Bishop ihm mit schonungsloser Gewissheit, *schicke ich dich direkt in die Hölle.*

Für Seth und seinen Vater, die schweigend zusahen, war der Kampf nicht weniger dramatisch, obwohl er in absoluter Stille ablief. Bishop und Miranda hielten sich an den Händen gefasst, ihre freien Hände berührten Bonnie, die Augen hatten sie geschlossen. Und nach und nach, während die Minuten verrannen, wich aus ihren Gesichtern die Farbe, und ihre Körper schienen zu schwanken.

Seth bewegte sich unruhig und flüsterte: »Spürst du das?«

Sein Vater nickte und streckte den Arm aus. Die feinen braunen Härchen standen senkrecht in die Höhe. »Und da ist ein Summen«, murmelte er. »Ich fühle es mehr, als ich es höre. Wie …«

»Strom«, ergänzte Seth. »Elektrischer Strom.«

Gebannt sahen sie eine weitere Minute zu. Und dann holten Miranda und Bishop plötzlich Luft und öffneten die Augen.

Colin und Seth schraken zusammen, als im gleichen Moment die Tür des Zimmers mit einem Knall zuschlug.

»Er ist fort«, murmelte Miranda. »Diesmal für immer.«

»Himmel«, sagte Colin.

»Hat es funktioniert?«, fragte Seth.

Die Antwort bekam er, als Bonnie blinzelte und zittrig fragte: »Hat jemand ein Aspirin für mich?«

Seth warf sich beinahe auf sie, seine Erleichterung übermannte ihn fast. Die Aufmerksamkeit seines Vaters galt den beiden, die auf der anderen Seite des Bettes standen.

Sie hielten sich immer noch an den Händen, kaum mehr in der Lage, aufrecht zu stehen, eindeutig am Ende ihrer Kräfte. Ihre Gesichter waren von Erschöpfung gezeichnet, aber auch von stillem Triumph. Sie sahen aus wie zwei Menschen, die eine Schlacht geschlagen hatten und in gewisser Weise gestärkt und erfüllt aus ihr hervorgegangen waren.

Doch da war noch etwas. Eine Sache, die Colins Blick auf sich zog und fasziniert festhielt und die nur zum Teil von medizinischem Interesse war. »Ich nehme an«, sagte er, »man zahlt immer einen gewissen Preis, nicht wahr? Mit einer im Kampf erworbenen Narbe.«

Miranda blinzelte und blickte zu Bishop auf. Sie war nicht besonders verwundert über das, was sie sah. Sie streckte die Hand aus und berührte seine linke Schläfe, an der sich eine leuchtend weiße Haarsträhne zeigte.

»Liegt in der Familie«, sagte er.

Epilog

Montag, 24. Januar

Also«, sagte Tony, »wir hätten die Bestätigung zwar nicht mehr gebraucht, aber jetzt steht fest, dass die Reifen an MacBrides Wagen mit den Abdrücken übereinstimmen, dass er mit Kleinanzeigen nach ›dienstbaren Geistern für leichte Arbeiten‹ suchte, bis er vor zehn Jahren durch die Annoncen der Stadtverwaltung einige seiner Opfer fand, dass sich sowohl das Messer als auch die Handschellen, die wir in Ramsays Wagen fanden, zu ihm zurückverfolgen lassen, ebenso die Asche in dieser Zigarrenkiste – die aus seinem eigenen Krematorium stammt –, und dass die Haare, die wir in der alten Mühle fanden, von ihm stammen.«

»Gut zu wissen, dass solide, altmodische Polizeiarbeit so viel zu leisten imstande ist«, antwortete Alex ernst. Er war Tony dankbar, denn der ziemlich gesprächige und humorvolle Agent hatte ihn während der vergangenen Tage erfolgreich davon abgehalten, sich mit einem Verlust zu beschäftigen, dem er sich noch immer nicht stellen wollte.

»Nicht wahr?« Tony polierte seine Fingernägel am Hemd.

Doch Alex konnte es sich nicht verkneifen, noch etwas hinzuzufügen. »Allerdings würde ich sagen, alles andere ist ziemlich überflüssig angesichts der Tatsache, dass wir auch noch mehr als dreißig Einmachgläser mit den verschiedensten Körperteilen haben, ebenso siebzehn Jahre akribisch geführter Akten, die jede Abscheulichkeit im Detail auflisten, und MacBrides Tagebuch voll geradezu absurder poetischer Ergüsse.«

»Das mussten Sie wohl unbedingt noch loswerden«, beschwerte sich Tony.

Alex blieb eine Rechtfertigung erspart, denn in diesem Moment betrat Miranda den Konferenzraum. Sie gab Tony ein Bündel Papiere. »Leg das zu den Akten von MacBride. Sie sind zwar noch immer dabei, sein Tagebuch zu lesen und auszuwerten, doch anscheinend stimmt es, was er uns über Adam Ramsay erzählt hat. Er hat ihn für Gartenarbeiten angestellt, und der Junge wurde dann ein bisschen zu neugierig. Adam sollte die Büsche rings um das Fundament stutzen. Offenbar hat er etwas herumgeschnüffelt. Und er scheint sich mit Vorhängeschlössern ausgekannt zu haben.« In erstauntem Ton fuhr sie fort: »Ich werde nie begreifen, wie jemand es fertigbringt, die Gräuel in diesem Raum zu betrachten und nicht schreiend davonzulaufen.«

»Und stattdessen etwas davon mitnimmt, um jemanden zu erpressen?« Alex schüttelte ebenso verständnislos den Kopf. »Ich glaube, es gibt nichts, was es nicht gibt. Und in derselben Stadt lebte unser ganz eigener Frankenstein. Nur dass MacBride die Leichen zerlegt und nicht zusammengeflickt hat.« Er bemühte sich, nicht an Liz zu denken.

Noch nicht. Noch nicht.

Erst wenn er in der Lage war, den Schmerz zu ertragen.

Miranda seufzte. »Ich bin nur froh, dass die meisten Presseleute bei seinem Haus Stellung bezogen haben. Ich habe es satt, dass man mir Mikrofone vors Gesicht hält und mich mit Fragen löchert, und ich kann es nicht leiden, mich in den Abendnachrichten zu sehen.«

In diesem Moment betrat Bishop den Raum. »Vollkommen ausgeschlossen, dass sie aufhören, die Kameras auf dich zu richten, Schatz«, meinte er. »Sie haben ihren Aufhänger gefunden. Schöne Sherifflady bringt brutalen Serienmörder zur Strecke und macht ihre Stadt wieder sicher.«

Miranda sah ihn mit hochgezogenen Augenbrauen an. »Du hast ›mit Unterstützung von gut aussehendem, rätselhaftem FBI-Agenten‹ vergessen. Das war der Zusatz von heute.«

»Haben Sie nicht das Gefühl, unsichtbar zu sein?«, sagte Tony zu Alex gewandt.

»Und ungeliebt«, ergänzte Alex bekümmert.

»Wir müssen diese beiden trennen. Sie werden jeden Tag schlimmer«, verkündete Miranda, während sie Bishop ansah.

»Und ich dachte, wir werden jeden Tag besser«, erwiderte Tony gekränkt. »Ein bisschen Komödie, um die ganze Tragödie hier aufzulockern.«

»Ein sehr kleines bisschen Komödie«, stellte Miranda trocken fest.

Alex seufzte. »Schon wieder missverstanden. Das ist sehr entmutigend.«

Bishop sah kopfschüttelnd zu Miranda. »Ich sagte doch schon, ein Wort von dir, und ich bringe dich von all dem hier weg. Äh, einem Teil davon … Tony gehört zum Team, fürchte ich.«

Tonys Miene erhellte sich sichtlich, und er grinste Miranda an. »Oh, spielst du jetzt bei uns mit?«

»Ich muss meine Amtszeit als Sheriff beenden.«

Als hätte sie nichts gesagt, fuhr Bishop fort: »Wir haben schließlich unser kleines telepathisches Problem gelöst, also werden wir zusammenarbeiten können, ohne uns Gedanken machen zu müssen über …«

»Entsagung?«, vervollständigte Tony in schöner Deutlichkeit.

Miranda musterte ihn kritisch. »So weit hättest du eigentlich gar nicht denken sollen.«

»Ich bin eben ziemlich schlau«, führte er zu seiner Entschuldigung an.

»Also wirklich, darauf bin sogar ich gekommen«, murmelte Alex.

»Nachdem wir Bonnie geholfen hatten, wurde unsere geistige Verbindung sehr viel fester und belastbarer«, erklärte Bishop mit Nachdruck in der Stimme. »Das war alles, was ich damit sagen wollte. Jetzt gibt es nichts mehr, was unsere Fähigkeiten mindert, und es lässt sich nicht leugnen, dass wir gemeinsam stärker sind als jeder von uns allein. Somit gibt es nichts, was uns davon abhält zusammenzuarbeiten.«

»Bis auf mein Amt als Sheriff. Und Bonnie. Ich möchte sie ungern von der Schule nehmen, und ich bezweifle, dass ich sie von Seth trennen kann.«

»Seth geht im Herbst aufs College«, erinnerte Bishop sie. »In Virginia gibt es jede Menge hervorragende Universitäten. Und ich hab so das Gefühl, dass Bonnie gegen einen Umzug nicht allzu viel einzuwenden hätte.«

Das war Miranda auch klar. »Schon, aber da wäre immer noch meine Dienstzeit, und …«

»Ich wette, Alex würde liebend gerne Sheriff werden«, entgegnete Bishop. »Ohne dir zu nahe treten zu wollen – vor allem nach den letzten Ereignissen –, aber böse Buben auf Landesebene zu jagen hieße, deine beachtlichen Talente weit besser einsetzen zu können. Und ich brauche dich.«

Miranda holte Luft, doch was auch immer sie sagen wollte, blieb ungesagt. Bishop und sie wurden blass, zuckten zusammen und schlossen die Augen.

»Was ist los?«, fragte Alex besorgt.

»Ich glaube, sie haben eine Vision«, bemerkte Tony, der sie voller Interesse beobachtete.

»Dass sie wehtun, hat mir niemand gesagt«, meinte Alex, während er fragend von einem zum anderen blickte.

»Autsch«, sagte Bishop vernehmlich nach ein paar Sekunden.

»Mir scheint, sie tun tatsächlich weh«, stellte Tony fest.

Miranda öffnete die Augen und rieb sich die Schläfen. »Ich habe dich gewarnt«, sagte sie zu Bishop. »Sie tauchen einfach aus dem Nichts auf.«

Bishop lächelte sie an. »Ich glaube nicht, dass diese hier aus dem Nichts kam, du etwa? Ich glaube, das Schicksal hat dir gerade die Frage beantwortet, Liebling.«

Da sie sich nicht geschlagen geben wollte, erwiderte Miranda: »Nicht unbedingt. Meine Visionen treffen nicht immer ganz genau zu.«

»Diese wird ganz bestimmt zutreffen.«

Sie starrte ihn an.

Er ging zu ihr hinüber und küsste sie. »Diese schon. Du kannst deinem Schicksal nicht entgehen, Miranda. Diesem Schicksal nicht. Ich werde es nicht zulassen.« Ohne ihr die

Möglichkeit zu einer Antwort zu geben, machte er kehrt und verließ den Raum.

»Was für ein Schicksal?«, wollte Tony wissen.

Miranda setzte sich an den Tisch. »Nicht so wichtig.«

Er grinste sie an. »Ich kann es mir schon denken.«

»Zum Kuckuck«, sagte Alex, »das kann ja ich sogar.«

»Ihr redet beide nur Unsinn!«

Tony begann zu lachen. »Miranda, ich sag es dir ja nur ungern, aber schon vor ewig langer Zeit haben wir beim FBI Wetten abgeschlossen über die Frage eins: Würde Bishop dich je finden? Und über Frage zwei: Wenn er dich gefunden hat, wird er dich endgültig überreden können, dich unserem Team anzuschließen und bei ihm zu bleiben?«

Sie lächelte beinahe. Nur beinahe. »Und?«

»Und Bishop war immer der klare Favorit. Mit Abstand.« Er grinste und zuckte die Schultern. »Was soll ich sagen? Der Mann ist ein Gewinnertyp.«

Langsam breitete sich ein Lächeln auf Mirandas Gesicht aus. Es war das erste Mal, dass Tony die Wärme und Lebendigkeit wahrnahm, die sie normalerweise unter ihrem professionellen Verhalten verbarg, und einen Augenblick lang fragte er sich, worüber sie eigentlich gesprochen hatten.

Plötzlich wurde ihm klar, wieso Bishop sofort gefragt hatte, wie schnell der Jet aufgetankt werden könnte, als er erfuhr, wo sich Miranda aufhielt.

»Ach, zum Kuckuck«, sagte Miranda, diesmal voller Glück, dem Schicksal seinen Lauf lassen zu können. »Alex, wollen Sie Sheriff werden?«